TOXIC HELL

De la même auteure dans la collection

Luv

No Rules
My Rules
J'aime pas Noël ni les voleurs de taxis !

ANITA RIGINS

TOXIC HELL

Luv

À tous ceux qui ont des fêlures en eux.
Ne les cachez pas. Ne cherchez pas à tout prix à les réparer.
Les fêlures sont importantes : elles laissent passer la lumière[1].

À chaque lecteur qui lira ces quelques mots, vous êtes fort.
Plier un jour ne veut pas dire que vous êtes faible,
mais justement que vous êtes incassable. *Vous êtes fort*.
Et ne laissez personne vous dire le contraire.

Et n'oubliez pas une chose au cours de votre lecture :
toute souillure possède une part de beauté.
Il suffit de savoir où regarder.
Alors… *gardez vos yeux grands ouverts*.

1. Référence à la citation de Michel Audiard : « Heureux soient les fêlés, car ils laisseront passer la lumière. »

AVANT-PROPOS

D'après la Miviludes[1], les dérives sectaires sont aujourd'hui définies comme des « pratiques, émanant de tout groupe ou tout individu, qui portent atteinte à l'ordre public, aux lois et aux règlements, aux libertés fondamentales et à la sécurité ou à l'intégrité des personnes par la mise en œuvre de techniques de sujétion, de pressions ou de menaces, ou par des pratiques favorisant l'emprise mentale et privant les personnes d'une partie de leur libre arbitre ».

Des recherches ont été réalisées pour ce manuscrit. J'aborderai certains faits, mouvements et cas qui se sont véritablement produits dans le monde. L'histoire d'Hena et de Nasser est purement fictive, ainsi que la secte Délivrance, mais sachez que les dérives sectaires existent réellement et qu'à travers mes personnages, ce sont de nombreux rescapés qui vous racontent leur histoire.

Parfois, on se dit que certaines choses sont impossibles, trop grosses pour être vraies. On refuse presque d'y croire. Mais les faits et les témoignages sont là. Comment ne pas citer les neuf cents âmes perdues de Jonestown ou encore les Enfants de Dieu, groupe sectaire qui incitait à l'inceste et à la pédophilie ? Je n'entrerai pas dans l'analyse profonde de ces faits, mais sachez que de nombreux témoignages sont à notre portée, notamment ceux d'Amoreena Winkler, d'India Oxenberg ou encore de Mona Vasquez, toutes trois rescapées de sectes et qui ont nourri mes recherches.

1. Mission interministérielle de vigilance et de lutte contre les dérives sectaires.

Tant de témoignages, tant de victimes. Tant de personnes qui se sont battues pour se reconstruire ensuite. À nous de les entendre. À nous d'écouter cette réalité qui est indéniablement présente, bien que parfois peu connue.

Je souhaite terminer sur les mots d'Amoreena Winkler, rescapée du groupe sectaire pédophile « Les Enfants de Dieu » : « Quand on est dans une telle secte, on ne s'appartient pas. J'ai toujours vécu dans une prédation totale de mon être. Sur le plan sexuel mais aussi au niveau de mon esprit. On a été élevés pour mourir en martyrs. »

Vous l'aurez compris, ce livre comporte plusieurs *trigger warnings* : la violence sera présente, qu'elle soit psychologique ou physique, le langage sera parfois cru. Certains passages pourront heurter votre sensibilité.

PROLOGUE

Hena

Tic-tac. Tic-tac.

Les seuls bruits qui résonnent entre ces quatre murs glacials sont ceux du mécanisme de l'horloge murale. Elle est dépourvue de tout ornement, comme le reste de la pièce, et comme le reste du commissariat de Lafayette. Il fait chaud, ce qui correspond bien à la température typique d'une fin de mois de juin en Louisiane.

Un frisson désagréable remonte le long de mon épine dorsale et je me recroqueville un peu plus sur ma chaise. Si seulement je pouvais disparaître à cet instant, me réveiller, sortir de ce cauchemar et me rendre compte que ce n'était que ça : un foutu cauchemar ! Mais c'est impossible. L'horreur qui a eu lieu est intimement liée à mon présent.

Mes yeux éteints fixent mes mains, posées sur la petite table en métal. Mes ongles sont à moitié arrachés, mais je ne m'attarde pas dessus. Je me focalise sur le sang séché qui recouvre ma peau. Je peux presque sentir le goût métallique à l'arrière de ma langue.

Oh, oui, l'abominable vérité s'impose à moi ! Je ne suis pas au milieu d'un cauchemar. Je suis bien éveillée et je n'ai pas d'autre choix que d'affronter ce qu'il s'est passé. Ce que j'ai fait. La vie que j'ai prise tandis que l'on me dépouillait de mon âme contre ma volonté.

La porte, sur ma gauche, s'ouvre dans un grincement. Je fixe l'inconnu qui pénètre dans la pièce. Le type d'une cinquantaine d'années tient un calepin dans la main droite et un stylo dans la main gauche. Il doit voir quelque chose de particulièrement triste sur mon visage, car il s'immobilise une seconde sur le seuil, le regard presque aussi hanté que le mien.

Ça doit être l'effet des bleus sur mon visage, ou peut-être de ma lèvre fendue. En pensant à cette dernière, je sens la douleur se réveiller. Mais je la laisse m'envahir. Elle m'aide à tenir et à me rendre compte que je suis bien vivante, que j'ai survécu. Dans quel état je me trouve? Ah, ça, c'est une autre histoire! Mon ventre me brûle, et je ne vous parle pas des autres parties de mon corps.

Le policier s'avance lentement dans la salle. Si lentement que je me demande s'il ne veut pas éviter de m'effrayer. Il ne sait pas que je ne ressens plus la peur depuis bien longtemps. Je ne ressens que la douleur qui me brûle de l'intérieur.

Douce, douce douleur, rejoins ma barque et aide-moi à naviguer en eaux troubles.

Le type pose son carnet et son stylo sur la table entre nous, puis tire sa chaise en face de moi. Je continue d'observer ses gestes. Il se gratte la gorge et triture ses cheveux gris avant de pousser le plus long soupir que j'ai jamais entendu.

– Bonsoir, Milhena. Je suis l'inspecteur Tate, se présente-t-il doucement.

– C'est Hena, le coupé-je de ma voix cassée. Juste Hena.

Plus jamais Milhena.

Je penche la tête sur le côté, observant les rides qui creusent son visage. Celle entre ses sourcils se démarque un peu plus des autres. J'ignore pourquoi je m'attarde sur ce détail insignifiant.

Mais une question tourne en boucle dans ma tête, et la réponse m'est vitale. Alors, mes lèvres meurtries s'ouvrent.

– Où est mon frère?

Ma voix est rauque tant j'ai crié ces dernières heures. Les traits de l'inspecteur s'adoucissent. Il pose les deux mains à plat sur la table, bien en évidence. Je sens mes muscles se tendre. Je n'ai qu'une envie : prendre la fuite. Mais il n'y a aucune issue qui s'offre à moi.

– Votre frère va bien. Il est actuellement en train d'être examiné.

Examiner. Ils sont en train de l'examiner.

– Il n'aime pas qu'on le touche, craché-je en serrant les poings.

Ses traits s'adoucissent un peu plus, comme s'il était capable de comprendre quelque chose qui m'échappe. Il me prend pour une pauvre chose brisée. C'est vrai, mais je sais aussi que je suis forte. C'est cette dernière pensée qui m'a aidée à tenir durant ces deux derniers mois en enfer. Sans ça, mon âme arrachée ne m'aurait jamais été rendue. Ils n'ont pas réussi à m'en dépouiller. Je l'ai récupérée et je la garde précieusement.

Une âme meurtrie vaut mieux que pas d'âme du tout.

– Nous veillons à le toucher le moins possible, me rassure Tate. Mais, vu son état, un examen était nécessaire.

– Je veux voir Karl, annoncé-je.

Je prends une grande inspiration tant l'envie de voir le seul pilier que j'ai dans cette foutue vie est puissante. J'ai besoin de lui autant que j'ai besoin de respirer. Qu'on m'arrache le cœur, s'il le faut, mais qu'on me rende mon frère !

– Je vous emmènerai le voir dès que j'en aurai la permission. Mais d'abord…

Tate rapproche sa chaise de la table et ouvre son calepin. Plusieurs lignes noires apparaissent, et quelques gribouillis également.

– D'abord, reprend-il, je vais devoir vous interroger.

Je vois le chagrin sur son visage. Les excuses, également. Mais je n'ai pas besoin d'excuses. Je veux uniquement qu'on me laisse tranquille. J'ai besoin de redresser tous les murs possibles autour de moi avant que l'acide ne touche ma peau et que tout ne vole en éclats.

– Je n'ai pas envie de p…

– De parler? me devance-t-il. Je le sais. Mais il le faut, Hena.

L'entendre prononcer mon surnom, c'en est presque agréable, en réalité. Enfin, je crois. Ces derniers temps, j'ai fini par être dégoûtée de mon prénom.

– Il le faut, reprend l'inspecteur avec patience, parce que ça va m'aider à mener mon enquête. J'ai besoin de vous afin d'avoir les meilleures cartes en main, vous comprenez?

Une enquête… Bien sûr. Parce que l'un d'eux est mort.

Et les deux autres courent toujours.

– Je veux qu'on laisse mon frère en dehors de tout ça.

– Mais ce qu'il a vécu et vu pourrait nous…

Je secoue la tête et serre les mains l'une contre l'autre, ne lui laissant pas l'occasion de terminer sa phrase.

– Si vous voulez que je vous aide à les retrouver, vous devez me promettre que vous laisserez mon frère en dehors de tout ça. Il a déjà assez souffert, asséné-je implacablement.

L'inspecteur pince les lèvres. Il ne me répond pas tout de suite, cherchant sûrement comment contourner mes exigences.

– Je vais essayer de le tenir à l'écart, me répond-il simplement.

Une réponse en demi-teinte. Je sais que si Tate n'a pas assez de détails pour son enquête, il ira voir mon frère. Mais ce dernier est complètement brisé. C'est donc à moi d'être assez forte pour deux. À moi de me plonger dans mes ténèbres, au cœur des souvenirs horrifiques qui me détruisent l'âme.

– Racontez-moi ce qu'il s'est passé ces dernières semaines, me demande gentiment l'inspecteur. Racontez-moi ce qu'ils vous ont fait à Délivrance.

Je serre les lèvres de toutes mes forces pour les empêcher de trembler. Je suis forte.

Je dois l'être. Hors de question de me briser maintenant.

Alors, j'inspire profondément et je lui raconte mon histoire. Mon calvaire au sein de la secte Délivrance.

1

REVENIR À LA RÉALITÉ

Hena
Deux mois plus tard
Monroe, Louisiane

Il faut du temps pour se reconstruire. Parfois, les traumatismes sont si profonds qu'ils mettent des mois, des années, voire des décennies avant d'être guéris. Parfois, au contraire, ils sont si ancrés en nous qu'on ne finit jamais par s'en remettre complètement. On devient un parfait condensé d'imperfections et de tourments du passé.

Mais il y a toujours de la beauté dans la souillure, non ?

Alors, il faut apprendre à vivre avec, coûte que coûte. En fait, t'as pas vraiment le choix si tu veux t'en sortir dans ce monde. Tu marches ou tu es laissé à l'abandon en arrière, et personne – personne ! – ne viendra te tenir la main pour t'éviter de sombrer dans le gouffre sans fond qu'est l'enfer. Ce sera toi – et uniquement toi – qui devras t'arracher les ongles en escaladant les parois pour fuir.

Alors, je peux au moins faire semblant d'aller mieux. Faire semblant, ça me connaît. Mais, au bout du compte, je fais tellement semblant que j'ai l'impression que les choses changent, alors qu'en réalité elles restent intactes.

Mon frère, Karl, apporte notre dernier carton et le pose sur le canapé. Assise en tailleur sur le sol, un peu plus loin, je relève les genoux et pose mes coudes dessus, l'observant silencieusement. Deux mois se sont écoulés depuis la fin de Délivrance. Nous sommes désormais fin août. Karl semble épuisé. Il passe une main sur son visage fatigué. Ces derniers jours ont été compliqués pour nous, avec notre emménagement dans cet appartement au nord de Monroe. Mais on a vécu pire. Bien pire, en réalité.

Je laisse mes yeux vagabonder sur les murs autour de nous. Ils sont blancs, sans décoration. Purs. Sans visages. Rassurants. Personne n'est là pour nous observer ni nous faire du mal. J'étudie ensuite le petit coin que forme le salon. L'espace sera parfaitement suffisant pour nous deux. En fait, on n'a jamais eu autant de place à disposition, surtout dans un environnement sain.

Je reporte mon attention sur mon frère. Nous n'avons qu'un an de différence – je suis la plus âgée, avec mes 19 ans. Pourtant, j'ai l'impression d'être la plus jeune tant ses traits sont creusés par la fatigue.

– Tous les cartons sont montés, me dit-il.

– Parfait.

Il s'installe, lui aussi, en tailleur devant moi. Ses cheveux blonds, les mêmes que les miens, captent la lumière. Mais, tandis que ses yeux sont bleus, j'ai hérité du regard vert de notre mère.

Songer à notre mère est si douloureux que je m'oblige à penser à autre chose. Mais c'est dur : je ne peux que me demander ce qu'elle fait actuellement. Est-elle sortie du silence dans lequel elle se mure depuis plusieurs mois ? Va-t-elle, elle aussi, s'en sortir ?

Délivrance n'a pas laissé des cicatrices que sur mon cadet et moi. Sur notre mère, aussi. Surtout sur elle, en fait.

Mon frère pousse un soupir et me sort de mes pensées. Le sport est devenu l'une des échappatoires de Karl, si bien qu'il s'est épaissi ces derniers mois. Ça lui permet d'évacuer la rage. La rage pour tout ce que l'on a vécu. Mais je la sens grandir en lui, et je me demande comment il va faire pour continuer à l'évacuer lorsqu'elle sera sur le point de tout emporter sur son passage. Je ne la laisserai pas le détruire. Je veux qu'il se reconstruise. Il le faut.

– C'est un nouveau départ, annoncé-je. On laisse tout derrière nous.

Il hoche la tête sans grande conviction. Je suis persuadée qu'il est encore plongé au cœur des marécages de la Louisiane, l'ancien QG de la secte Délivrance, avant qu'elle ne soit démantelée. Du moins… en partie démantelée. Je sais que, mentalement, Karl est toujours aux mains de Daryl, notre propre géniteur.

Notre ancien bourreau.

Un père est censé protéger ses enfants et ne pas abuser d'eux, pas vrai ? Mais cela n'était qu'une théorie au sein de Délivrance. La réalité est parfois bien plus triste et horrible qu'il n'y paraît.

Ma main agrippe les doigts de Karl. Je sens qu'il se tend à mon contact, comme si je l'avais frappé. Puis il fixe mes doigts et les agrippe à son tour, finissant par se détendre en réalisant que ce n'est que moi.

– Nous ne sommes plus là-bas, affirmé-je fermement. Notre vie est désormais ici, à Monroe. D'accord ? Le temps qui s'est écoulé dans le bayou ne doit pas déterminer l'avenir que l'on va se construire ici. Compris, Karl ?

Ma voix est forte, assurée, et pourtant je me craquelle intérieurement. Putain, moi aussi, je souffre ! Mais je dois lui montrer que je commence à aller mieux. Hors de question qu'il se sente abandonné. Nous sommes certes dans le même état que le QG de Délivrance, détruits, mais, au moins, la secte ne pourra plus nous atteindre.

Karl pince les lèvres et passe sa main libre dans sa courte barbe blonde.

– Je suis complètement flippé, articule-t-il avec difficulté. Je ne sais même plus ce que ça fait de… vivre normalement.

Il englobe le salon à moitié vide du regard. Je vois les ombres danser dans ses yeux. Tant d'ombres.

C'est difficile de croire qu'avant notre kidnapping, nous avions une vie parfaitement normale. Le retour à la réalité est compliqué. Compliqué, car notre vie ne sera plus jamais réellement ordonnée et harmonieuse. Pas maintenant, du moins.

– Moi aussi, j'ai peur, murmuré-je. Mais on va y arriver. Personne ne détruira le reste de notre vie ! C'est nous qui la dirigeons, désormais.

J'insuffle toute ma conviction dans mes derniers mots. Je vois que ça lui fait du bien de l'entendre. Il hoche la tête et un petit sourire étire ses lèvres. Il est tellement rare de le voir sourire ! Mais, quand ça lui arrive, Karl s'illumine de l'intérieur.

– Tu le crois vraiment, Hena ?

– Oui, mon pote, lui assuré-je avec le menton relevé. J'y crois dur comme fer.

Je lui lâche la main et m'allonge sur le parquet, croisant les doigts sur mon abdomen. Je peux presque sentir les cicatrices gravées à l'intérieur de mon être, mais, cette fois-ci, je leur interdis de me brûler.

– On va vivre, continué-je en regardant le plafond blanc.

Ou, du moins, on va survivre. Je suis sûre que certains ont vécu des choses encore pires dans leur vie. Je refuse de continuer à être bouffée par mes cauchemars. Eux, je les garde pour plus tard, quand les lumières seront éteintes et que je me retrouverai seule avec moi-même, une nouvelle fois. À ce moment-là, les cauchemars reprendront leur activité favorite : tenter de me détruire. Et je partirai en croisade, une arme à la main, prête à les tuer un par un.

Karl ne me répond pas, mais je ne m'y attendais pas vraiment. Je sais que sa guérison sera plus longue que la mienne. Il était suivi par un psychiatre, depuis deux mois, et il commençait tout juste à lui faire confiance, mais une autre va devoir prendre le relais : Samantha. Il appréhende cette nouvelle rencontre, je le sais. Mais, encore plus, il appréhende notre nouvelle vie ici.

– Est-ce que tu as eu des nouvelles de l'inspecteur Tate ? me demande-t-il ensuite en s'allongeant à son tour.

Ma respiration se coupe et tout mon corps se tend, mais je veille à ne rien laisser paraître. Je reste allongée, mes yeux rivés au plafond.

– Oui. Notre géniteur n'a toujours pas été retrouvé, lancé-je avec haine.

Ma réponse le taraude. Je sais qu'un tas de scénarios lui passent par la tête. Malheureusement, je ne peux rien y faire, car je suis dans le même cas que lui. Deux foutus mois se sont écoulés, et il est toujours en liberté.

– Et Marcus ?

Ce chien a fui avec notre père. Peut-être sont-ils en train de reconstruire Délivrance ailleurs. Je secoue la tête pour toute réponse. Ma seule consolation est de me dire qu'Abraham, le troisième homme, n'est plus. Il ne sera jamais plus une menace pour quiconque.

– Tate les trouvera.

Il nous l'a promis. Mais, même moi, je commence à perdre espoir. Son enquête n'avance pas alors que nos cauchemars gagnent du terrain. C'est difficile de ne pas les laisser prendre le dessus. Parfois, vous n'avez juste… plus envie de vous battre. Mais je sais que la vie met de nombreux obstacles sur notre chemin pour que l'on sache si nous sommes des guerriers. Qu'elle aille se faire foutre ! Je gagnerai.

– Et si…

– Arrête de te torturer l'esprit, le coupé-je. Le seul truc important à savoir, c'est qu'on s'en est sortis, d'accord ?

– On nous a sauvés, mais à quel prix, Hena ? Crois-tu vraiment que ce soit aussi simple que ça ?

J'inspire profondément. Non, le passé ne gagnera pas. Il est temps que l'on sorte la tête de l'eau, Karl et moi, avant que l'on se noie. Je repousse la petite voix criarde, dans ma tête, qui tente de me mettre à terre.

– Tu vas entrer en première année de fac, et moi aussi. On va retrouver le système scolaire et l'équilibre d'avant. On va apprendre de nouvelles choses. Il n'y a pas de place pour l'autodestruction. Plus maintenant.

Je me redresse. J'ai besoin de cette nouvelle vie avant de sombrer définitivement. Et, dans celle-ci, je serai celle qui dirige. Donc, on a fait un choix : utiliser les économies bloquées, pour nous, par notre mère, il y a des années, et les dépenser pour nos études dans cette petite faculté. Une partie de l'argent est passée dans notre inscription en première année à l'université de Monroe, mais je sais que cet investissement est nécessaire pour que nous ayons enfin un avenir.

– Nous allons continuer de consulter, chacun, notre propre psychiatre, ajouté-je. Le combat contre l'obscurité sera long et douloureux, mais il le faut. Je ne te laisserai pas sombrer.

Il avale difficilement sa salive, mais s'abstient de me répondre.

– Où est-ce qu'on va trouver l'argent pour les prochains loyers? me demande-t-il ensuite.

C'est vrai, nous allons vite avoir besoin d'argent. On a encore de quoi tenir un peu, mais, d'ici quelques semaines, ce qu'il nous reste d'économies ne sera plus qu'un souvenir. À ce moment-là, on n'aura plus de filet de sécurité…

– Je me débrouillerai, lui affirmé-je. Je vais trouver un job.

Je suis prête à tout accepter pour construire notre nouvelle vie. N'importe quel job.

2

VOLER LA MAUVAISE PERSONNE

Hena
Deux semaines plus tard

J'ai besoin d'argent. Voilà la phrase que je me répète depuis des jours. Trouver un petit boulot à Monroe? C'est apparemment mission impossible à cette période. Après des heures de recherches, je dois me rendre à l'évidence: je suis face à un échec cuisant. Nous sommes début septembre, et le désespoir a fini par avoir raison de moi.

Assise à ce vieux bar en bois, j'observe mes doigts fins, qui tiennent mon verre d'alcool. Je ne sais absolument pas ce que je suis en train de foutre ni si je vais me faire prendre.

– Je te ressers la même chose? me demande une voix masculine.

Je lève la tête et mon regard plonge dans celui du serveur. Il est plutôt mignon. Son visage est doux et ses yeux joliment bleus. Ses traits suggèrent qu'il a sûrement des origines asiatiques. Son prénom est inscrit sur un petit badge, fixé à son tee-shirt clair: Archi. Il attend patiemment, le regard inquisiteur. Je lui tends alors mon verre.

– Ouais. Merci.

Ma voix est assez froide. Je n'ai pas envie d'entamer la conversation. Je n'y arrive pas. J'avale aussitôt le shot de vodka qu'il a posé devant moi et lui tends quelques dollars.

Mon sac noir, accroché à mon tabouret, contient une chaîne – en or, me semble-t-il – et un billet de cinquante dollars qui traînait sur une table. Je ne suis pas fière, mais je ne regrette rien. Je n'écoute que mes pulsions, celles-là mêmes qui m'habitaient, à l'adolescence, quand j'effectuais de petits vols sur les passants. Jamais de trop grande valeur, et jamais de passants ayant l'air louches. Il suffit de bousculer la personne au bon moment et de récupérer ce qui t'a fait de l'œil.

Oui, ce n'est pas un comportement acceptable, et je n'aurais jamais pensé refaire ça aujourd'hui. Mais j'ai besoin d'argent. Maintenant. Coûte que coûte. Malgré la morale. Malgré les interdits.

Au diable les interdits !

Un type, au bout du bar, enchaîne les alcools forts. Il fait claquer son verre sur le comptoir et le serveur s'empresse de le remplir. L'homme d'une trentaine d'années semble en mauvais état, affecté par l'horreur et la tristesse d'une situation que je ne connais pas. Plongé dans ses pensées, il ne remarque rien de ce qu'il se passe autour de lui. Ce type est une masse au crâne chauve, entièrement tatouée. Il me fout les jetons, mais je pourrai sans doute réussir à lui voler son portefeuille sans même qu'il le sente. Je m'occupe de lui et ensuite je rentre.

Il avale une nouvelle rasade d'alcool, plisse les lèvres face au goût et ferme longuement les yeux. Je ne sais pas ce qu'il a appris ou fait, mais je repousse toute forme de compassion. Je n'ai pas le temps pour ça.

Au moment où je m'apprête à me lever pour passer à l'acte, je perçois une silhouette massive s'installer sur le tabouret à côté de moi. Je me braque, alors que cet inconnu investit mon espace vital, et serre les poings sur mes cuisses moulées dans un jean brut. Trop de choses mauvaises tentent de me bouffer la tête, alors j'inspire profondément pour lutter contre elles.

Je garde mon regard posé droit devant moi, priant pour que l'inconnu se casse rapidement.

Du coin de l'œil, je vois un bras hâlé et aux veines saillantes se tendre vers le serveur, qui se tient de l'autre côté du comptoir.

– Archi, commence l'inconnu d'une voix profonde et grave, donne-moi une BrewDog.

Son timbre chaud percute ma peau et me fait prendre conscience que l'homme est bien plus proche qu'il ne le devrait. Sans pouvoir m'en empêcher, je tourne lentement la tête dans sa direction et l'observe aussi discrètement que possible tandis que le serveur s'exécute.

Mon analyse commence par ses longues jambes, recouvertes d'un jean foncé. Puis mes yeux remontent sur son corps massif et suivent les muscles de son torse, sous son tee-shirt noir. Sa veste noire est posée sur le dossier du tabouret. Je m'arrête une seconde sur ses mains, aux ongles peints en noir, puis sur ses bras. Ils sont recouverts d'encre, de mots écrits dans une langue étrangère – peut-être de l'arabe. Ce ne sont pas les tatouages ni le dessin de ses muscles qui attirent mon attention. Non, c'est l'état de ses phalanges. Dire qu'elles sont abîmées serait un euphémisme. Les plaies qui les recouvrent sont à vif, comme s'il s'était fraîchement battu.

Un panneau clignote dans ma tête.

Dégage de là, Hena ! Vire ton cul au plus vite !

Pourtant, je reste là et continue mon observation. Je lève les yeux sur son cou noueux, ses oreilles, où trônent plusieurs boucles, et finis par croiser son regard, prise en flagrant délit. Ses sourcils sombres sont froncés. Il m'observe à son tour rapidement. Ne faisant désormais preuve d'aucune discrétion, je m'attarde une seconde sur le bleu en haut de sa pommette gauche. Il s'est pris un méchant coup, apparemment.

En redescendant mon regard, je tombe sur une courte barbe noire, qui recouvre sa mâchoire. Je suis sûre qu'elle cache d'autres blessures. Pourtant, il ne semble pas souffrir. Loin de là. Il penche son visage un peu en avant et une mèche de cheveux sombres effleure son front.

– Un problème?

À ces mots, je m'autorise enfin à affronter son regard. Sa voix grave, sourde, sans aucune once de bienveillance, vient de percuter chaque cellule de mon corps avant de les embraser de défi. Il ne semble pas beaucoup plus vieux que moi, mais ses blessures le rendent… sauvage. Létal. Toxique. Et ça, c'est flippant si vous voulez mon avis. Il évolue dans un joli petit enfer toxique pour tout et pour tous.

Ses yeux gris sont plantés droit dans les miens. Aucun de nous deux ne détourne le regard. Je me rappelle sa question et vois soudainement un petit sourire étirer sa bouche. Je continue de l'observer comme s'il n'était qu'un cobaye de laboratoire et que j'étais une scientifique en plein examen.

Je pince les lèvres, puis rétorque:

– T'es presque assis sur moi.

Il baisse son regard une seconde et observe sa jambe qui frôle la mienne, puis il avale une gorgée de bière.

– Crois-moi, trésor, si j'étais sur toi, tu le sentirais.

Je lève un sourcil tout en maîtrisant les expressions de mon visage. Faire semblant de ne pas être atteinte par des mots, c'est ma spécialité. Pourtant, son petit ton moqueur me remplit de haine.

Je devrais me taire et me barrer d'ici. Oui, ça serait effectivement une bonne idée. Mais je refuse que cet enfoiré ait le dernier mot.

Il envahit mon espace vital et me parle comme si j'étais stupide. On m'a privée de ma force pendant de longs mois, mais je ne suis pas une petite chose fragile. Alors, il va vite comprendre de quel bois je me chauffe, cet enfoiré !

– Bien sûr que *toi*, tu le sentirais, mon grand, rétorqué-je froidement. Parce que je t'arracherais les couilles pour te les faire bouffer jusqu'à ce qu'elles rejoignent le fond de ta gorge.

Sa bouteille de bière s'immobilise à quelques centimètres de sa bouche. Puis il la repose en un claquement sec sur le comptoir pour me fusiller du regard. Près de nous, le serveur explose de rire.

Après avoir repris ses esprits et calmé ses quintes de rire, le dénommé Archi indique mon verre des yeux, sourire aux lèvres.

– Un nouveau verre ?

Je secoue la tête et l'observe s'éloigner. Ignorant l'enfoiré assis près de moi, je reporte mon attention sur ma proie initiale, le chauve de l'autre côté du bar. Je remarque la douleur sur son visage. Une douleur qui fait écho à la mienne. Il se lève, et je comprends qu'il va sortir de ce bar miteux avant même que je n'aie pu l'approcher.

Il s'éloigne et je pousse un soupir de mécontentement. Bon, eh bien, ça ne sera pas pour ce soir.

Sans le savoir, tu as eu de la chance dans ton malheur, mon gars.

– T'es une vraie garce, reprend l'enfoiré aux yeux gris.

Vu son ton, il semble apprécier la situation. C'est quoi, son problème ? Je hausse une épaule et ne peux m'empêcher de lui répondre.

– Il faut dire que ta phrase était plutôt pitoyable.

Il étouffe un bruit dans sa gorge et je vois sa pomme d'Adam bouger rapidement.

– Qu'est-ce qui t'amène ici ?

Ni lui ni moi ne demandons le prénom de l'autre. Après tout, je ne veux pas savoir le sien, car je ne reverrai plus jamais ce type.

Je ne réponds pas à sa question. Je me demande ce qui lui a indiqué que j'avais envie de faire la conversation, vu mon regard assassin. Bon, peut-être que je me mens un peu et que le magnétisme dangereux qu'il dégage m'interpelle. Et ça, ce n'est pas bon. Pas bon du tout.

– Parfait, continue-t-il face à mon silence. Laisse-moi deviner : tu t'es fait larguer.

Je ne peux pas m'empêcher de grimacer. Ne me parlez pas d'amour, pitié ! Déjà, je ne crois pas en l'amour filial, alors l'amour romantique ! Le seul que j'aime, c'est Karl. Je refuse toute autre forme d'amour. Alors, ressentir une peine de cœur, j'en suis bien loin. Mais je ne peux définitivement pas m'ouvrir à lui de cette façon.

– J'avais juste envie… de vivre quelque chose de fort, murmuré-je entre mes lèvres sans me soucier qu'il comprenne de quoi je parle.

Il ne répond rien, mais je sais qu'il m'a entendue. Je sens son regard s'attarder sur mon visage. Peut-être qu'il reconnaît ma tête. Après tout, elle a été placardée dans plusieurs journaux locaux deux mois et demi plus tôt. M'enfin, beaucoup ne s'intéressent pas aux infos.

Je pousse un nouveau soupir, feins l'ennui et tourne mon buste dans sa direction.

– Et toi ? lui demandé-je. Qu'est-ce que tu fais là ?

– L'envie de vivre quelque chose de fort, rétorque-t-il avec un sourire calculateur.

Je plisse les paupières et fronce le nez.

– Plus sérieusement, je viens de semer le flic qui devait m'emmener. Alors je suppose que je vais attendre bien sagement qu'il arrête de me chercher.

Ses paroles m'intriguent, mais je retiens mes questions. Poser des questions aux autres revient à leur montrer qu'ils nous intéressent. Or, je me fous de ce type. Enfin, presque. Alors, même si je me demande quelle merde il a bien pu faire, je garde la bouche close tout en tripotant mon verre du bout des doigts.

– Ma réponse ne te choque pas? m'interroge-t-il, sincèrement intéressé par mon absence de réaction.

– Il en faut plus pour me choquer, énoncé-je tout en me replongeant dans mes mauvais souvenirs.

J'ai vu plus que ça, vécu plus que ça.

Ma réponse lui plaît. Il se penche dans ma direction une nouvelle fois, observant le moindre de mes traits. Je me retiens de me tendre de tout mon corps, mais c'est dur. Je suis prête à parier que, s'il voyait les cicatrices qui marquent mon âme, il reculerait d'un bond.

– Si tu recherches quelque chose de fort, reprend-il, on peut s'arranger.

Je ne fais même pas semblant de rigoler et garde un visage neutre. Au fond de moi, la folie que je vois danser dans ses yeux appelle la mienne.

Intéressant. Non, pas intéressant, s'énerve ma conscience. *Barre-toi d'ici.*

Mais un autre plan me vient en tête. Je ne connais pas ce type et je n'aime pas ce qui est en train de se dérouler. Voulant reprendre l'avantage sur cette situation, je peaufine mon plan dangereux et fourbe. Son attention est focalisée sur moi. Je me penche à mon tour et passe la langue sur ma lèvre inférieure. J'en profite pour plonger une main dans la poche de sa veste, posée derrière lui.

– C'est intéressant, murmuré-je avec une fausse envie, mais…

Mes doigts agrippent un petit quelque chose en cuir.

Bingo!

– Mais? reprend-il avec un air mécontent.

– Mais je vais devoir décliner ta proposition.

– Pourquoi donc?

Il s'apprête à me dire quelque chose d'autre, mais le serveur se ramène. Tandis que mon voisin se redresse, je sors ma main de la poche de sa veste et la rapproche discrètement de moi.

– Nasser? le hèle le serveur.

– Plus tard, le coupe sèchement le brun.

L'autre marmonne quelque chose – un juron, je suppose – et s'éloigne sans demander son reste.

Ainsi, il s'appelle Nasser. Ce dernier se tourne ensuite vers moi. J'ai déjà récupéré mon sac, où se trouve le petit portefeuille en cuir.

– Si tu parles aux autres comme à des chiens, ça ne montre qu'une chose, que tu en es un aussi.

– Effectivement, je mords facilement.

OK. Il m'énerve encore plus quand il a réponse à tout. Je quitte mon tabouret et commence à m'éloigner sans un mot de plus.

– Tu pars déjà? Pourquoi, tu as peur?

Je jette un œil à l'ensemble de son corps, rejetant tout ce qu'il m'inspire. J'ai l'impression d'avoir pris une bouffée d'oxygène, comme si, ces dix dernières minutes, je m'étais enfin sentie vivante, défiant la vie comme une battante.

– Je n'ai pas peur, dis-je d'une voix doucereuse.

Je fais un pas en arrière et le nargue:

– Mais je te l'ai dit, je voulais juste vivre quelque chose de fort. Et tu n'es pas de taille.

Son visage se ferme complètement face à mon mensonge. Bien sûr que je suis en train de mentir, mais je repousse tout ce que je ressens, comme à mon habitude.

– Garce, marmonne-t-il.

Je disparais du bar en sentant son regard brûler mon dos. Je m'engouffre dans ma petite voiture en fin de vie, que j'ai été ravie de trouver après Délivrance. Je jette un œil à l'entrée du bar pour être sûre qu'il ne soit pas déjà là, à me courir après, en criant au vol. Puis j'ouvre mon sac et, sans pouvoir m'en empêcher, je regarde ce que contient le portefeuille de Nasser.

– Putain de merde ! m'exclamé-je en apercevant les quatre cents dollars.

Je ne demande pas mon reste et démarre pour m'enfuir loin d'ici, direction chez moi. J'espère que je ne le reverrai jamais parce que je suis presque sûre qu'il me briserait la nuque.

3

UN ROI AU ROYAUME DESTRUCTEUR

Nasser

Nous sommes tous mauvais à notre manière. Ceux qui disent être purs et innocents sont les pires. Le vice les ronge encore plus que les autres. Ce ne sont que des mensonges destinés à redorer leur image fallacieuse, qui finira tôt ou tard par se briser. En réalité, nous sommes tous guidés par nos propres péchés. Nous trouvons tous une part de beauté dans nos travers. Chaque souillure a sa part de pureté. Chaque pureté a sa dose de souillure.

Je ne suis pas un menteur. Je ne suis pas pur, et encore moins innocent. Je suis un tricheur. Certains diraient que cela se rapproche de la définition du menteur. Après tout, celui qui triche finit par mentir. Quand on triche, on contourne les règles en faisant semblant de les respecter. La triche fait partie de la nature humaine. Elle sommeille en chacun de nous. Alors, oui, je suis un tricheur. Et un *joueur*.

Quelques minutes plus tôt, assis tel un roi sur son trône à moitié détruit, j'observais la misère humaine, dont je fais moi-même partie. Une misère que j'ai appris à manipuler jusqu'à l'apprécier. Un monde mauvais dans lequel j'aime jouer et éliminer chacun de mes adversaires.

La vie est un jeu merdique. La vie triche elle-même sans respecter ses propres règles. On apprend rapidement à se battre jusqu'à dominer les autres dans la partie. On se plonge dans la noirceur de son âme jusqu'à ce que toute lumière disparaisse. Les ténèbres surgissent, mais il est si bon de se laisser aller ! Rien ne peut nous arrêter. Rien ne peut nous atteindre. Rien ne peut nous obliger à abandonner la partie.

Ainsi, j'ai observé l'ensemble du bar, pendant de longues minutes, assis au fond, à ma place habituelle, entre les rires, les chuchotements et les corps qui se frottaient les uns contre les autres au centre de la piste.

Puis je l'ai vue. Elle est entrée dans ce bar, analysant tout de ses yeux comme un oisillon qui serait tombé du nid. J'ai su tout de suite qu'elle ne pourrait pas rejoindre le jeu – mon jeu – sans se briser. Certains se brisent si facilement.

Elle ne m'a pas particulièrement attiré. Certes, elle avait un joli corps, bien en chair, des hanches larges et envoûtantes, le tout accompagné d'un petit visage aux traits singuliers. Mais ses épaules étaient basses. Son regard était fuyant.

Milhena Williams.

Certains l'ont reconnue. C'est vrai qu'on est au fin fond d'une ville moyenne de Louisiane, et ce n'est pas courant de croiser une rescapée d'une secte plus que douteuse. Ce n'est pas courant qu'une nana ayant fait la une des journaux, deux mois et demi plus tôt, vienne se bourrer la gueule ici. Personne ne connaît vraiment son histoire, mais tout porte à croire qu'elle est assez moche.

Paradoxalement, une certaine innocence se dégageait d'elle. Je vous l'ai dit, chaque péché possède sa dose de pureté. Je l'ai observée pendant de longues minutes avant de m'approcher. Je suis habituellement un loup solitaire : je ne m'approche pas des autres, et surtout pas des inconnus. Ma vie est assez compliquée et dangereuse, et je n'ai pas suffisamment de temps à perdre à m'intéresser à celle des autres.

Mais je l'ai vue agir. Elle n'était pas si faible que ça, contrairement aux apparences. Elle a volé des clients, sous mes yeux, à deux reprises. La chaîne d'une femme, quand elle est revenue des toilettes, puis le billet de cinquante, en passant près des tables, ni vu ni connu. Enfin… moi, je l'ai vue. Et ça m'a plu. Parce que je n'ai lu aucun regret sur son visage. Il n'y avait qu'une acceptation franche et douloureuse.

Je l'ai observée regarder ce type, à l'autre bout du bar, pendant dix bonnes minutes, sans qu'elle agisse. Alors, je me suis levé et je me suis approché d'elle pour l'observer de plus près.

Mon portable vibrait de manière incessante, mais je m'en moquais. Je me suis installé près d'elle. Quand elle a ouvert la bouche, j'ai vu que c'était une garce, en réalité. Une forte tête. Pas une femme fragile. Du moins, elle le cachait derrière son air froid. Ça m'a donné envie de la malmener. Elle m'a envoyé chier comme si j'étais un vulgaire idiot. Vulgaire ? Je peux l'être, mais personne ne me prend pour un imbécile.

Maintenant, je l'observe partir. Son petit cul s'éloigne du bar tandis que mes yeux brûlent son dos.

– Garce, marmonné-je sans pouvoir m'en empêcher.

Même si elle m'a entendu, elle ne s'arrête pas et disparaît des lieux, laissant la misère s'installer une nouvelle fois.

– Nasser ? m'interpelle Archi dans mon dos.

Mais je l'ignore, perdu dans mes pensées. Mon meilleur pote se penche par-dessus le comptoir, un torchon dans une main et un verre trempé dans l'autre.

– Hell ? insiste-t-il. T'es sourd ou quoi ?

Entendre mon surnom me sort de ma léthargie. Je me cale de nouveau sur mon tabouret et croise les bras.

– Je t'ai entendu, trou du cul.

Il essuie le verre tout en m'observant attentivement. Archi ne bosse pas vraiment ici. Il dépanne parfois le propriétaire du bar, un ami qui est en convalescence après un accident. Et malgré le sale état général des lieux et son manque de temps avec l'université, Archi l'aide à maintenir l'établissement en état de fonctionnement.

Il indique la porte du menton, celle que vient d'emprunter Milhena Williams.

– Tu crois que cette fille est tarée ?

Assurément.

– Pas autant que nous.

Je termine ma bière et repose brutalement la bouteille sur le comptoir avant de me lever et de récupérer ma veste.

– Tu me quittes déjà, mon chou ? me demande Archi d'un ton moqueur.

Je manque de sourire, mais je me retiens.

– Va te faire mettre.

– J'aimerais bien, figure-toi. M'enfouir dans une petite chatte bien chaude. Mais j'ai besoin de travailler. On n'est pas tous aussi doués que toi pour gagner de l'argent facile.

Il indique mes phalanges du regard et je hausse simplement les épaules. Je m'apprête à récupérer mon portefeuille dans la poche de ma veste, mais Archi me devance en jetant son torchon sur le comptoir.

– C'est pour moi.

Je stoppe mon geste, puis finis par hocher la tête et quitte les lieux.

– On se voit demain, lancé-je.

Je sens plusieurs regards sur mon passage, mais je ne m'en formalise pas. La plupart sont des étudiants venus noyer leurs pulsions dans l'alcool et la bière bon marché. Je traverse cet univers, cet enfer toxique dans lequel je suis le roi. J'ai pris, de force, la couronne, et je ne compte pas la céder.

J'enfile ma veste tout en traversant le parking à moitié vide. Des pas se font entendre derrière moi tandis que j'arrive près de mon 4x4 noir. Mon Lincoln Navigator est pratique pour les routes parfois difficiles de l'État de Louisiane.

– Vous êtes aussi discret qu'un gosse, soupiré-je en déverrouillant ma caisse.

Une silhouette masculine m'empêche de monter et un regard franc rencontre le mien. L'inspecteur Hiro redresse la tête et carre les épaules. Je peux presque deviner ses futures paroles.

– J'étais en train de faire ma ronde quand j'ai entendu un collègue nous avertir par radio que le merdeux qu'il devait coffrer avait fui.

Je feins l'innocence et penche la tête sur le côté. Lui comme moi savons que je suis ce merdeux.

– Oh ! fais-je d'une voix doucereuse. Vous avez besoin de mon aide pour coffrer quelqu'un ? Après tout, ça ne serait pas la première fois, hein, Hiro ?

Le flic se rapproche de moi, pensant sans doute me faire peur. Mais je le domine d'une bonne tête et prends un malin plaisir à lui sourire franchement. Personne ne m'intimide. Surtout pas lui.

– Arrête de faire le malin, s'énerve-t-il en pointant un doigt dans ma direction.

Je lève les deux mains devant moi.

– Je ne vois absolument pas de quoi vous parlez. Mais allez voir votre gentil collègue pour qu'il s'assure que je suis bien la personne qu'il recherche. En attendant, je me tire. Bougez de ma caisse.

Il ne bouge pas d'un centimètre. Son attitude commence à m'énerver. Mais je suis obligé de tricher avec la police. Je dois faire semblant de respecter leurs règles tout en les brisant allègrement dans leur dos. Hiro le sait. On se connaît depuis des années, lui et moi.

– Tu vaux mieux que ça, mon garçon.

Si je n'étais pas aussi énervé, je lui rigolerais au nez. Il n'y a que ce trou du cul pour m'appeler « mon garçon » alors qu'il doit lever les yeux pour me regarder.

– Appelez-moi encore une fois comme ça et on va devoir vous mettre en arrêt maladie.

– Menace-moi encore une fois et je te coffre, rétorque-t-il.

Ça ne serait pas la première fois. Après tout, tel père, tel fils, non ? Mon air nullement impressionné percute son air de pseudo-flic parfait. Il sait que je m'en moque parce qu'il me connaît. Il connaît mes antécédents. Et, surtout, il sait de quoi je suis capable. Toute la ville le sait. Sauf une petite garce à la bouche boudeuse, apparemment. Je fronce les sourcils en me demandant pourquoi Milhena Williams se rappelle à moi.

Finalement, Hiro finit par s'écarter de mon chemin et je m'installe derrière mon volant. Avant de claquer ma portière, je me penche dans sa direction et lui lance un clin d'œil.

– Tant que vous êtes là, vous devriez entrer dans ce bar et aller voir Archi. Après tout, la famille, c'est sacré, non ?

Hiro me tourne brusquement le dos, comme si je ne venais pas de lui parler de son petit frère. Il s'éloigne jusqu'à sa voiture de flic et en ouvre la portière. Je me laisse aller contre l'appuie-tête et ferme les yeux une seconde. Je fouille dans ma poche pour trouver mon paquet de clopes. J'ai besoin de fumer. Besoin de cette drogue aussi toxique que mes autres pulsions. Mes doigts trouvent rapidement mon paquet, mais quelque chose m'interpelle. Un manque. Mon portefeuille.

– Qu'est-ce que…

Je baisse les yeux sur ma veste en comprenant que mes poches ne contiennent que mon paquet de clopes et mes clés. Pourtant, il y avait mon portefeuille dans ma poche gauche tout à l'heure.

– C'est quoi, cette merde ? m'énervé-je.

Je sais que je ne l'ai pas perdu. Je ne perds jamais mes affaires. Jamais. Personne ne s'est approché de moi ce soir et…

– Merde !

Je viens de comprendre : on m'a doublé. Ça me confirme ma précédente pensée : celle que je croyais être fragile vient de me niquer en beauté. Je descends de mon véhicule et rejoins le bar rapidement. La colère m'envahit. J'ai rarement été aussi énervé. Mais un autre sentiment domine et, sans même le vouloir, un sourire éclaire mon visage.

– Cette garce !

Milhena. Sale petite voleuse ! Je pousse la porte du bar. Elle vient d'entrer dans la partie sans même le savoir. Et je crois qu'elle pourrait faire une adversaire… intéressante. Intéressante à briser.

Prépare-toi, trésor. J'espère que tu sais aussi bien truquer le jeu que moi.

4

BRISER UNE ÂME : AINSI LE VEUT DÉLIVRANCE

Hena

J'ouvre difficilement les yeux. Je me sens mal. Je crois que je vais vomir. Et j'ai raison. Une seconde plus tard, je me tords en deux et vomis à même le sol en béton. Mon corps me brûle et, paradoxalement, je suis complètement glacée.

– Ainsi le veut Délivrance.

Je lève la tête et découvre que je suis dans une chambre dénuée de tout ornement. Il y a un lit, une minuscule table de chevet, et c'est tout.

Je tressaille lorsque mon père s'agenouille devant moi. Je me recroqueville. J'entends une musique, au loin, comme une espèce de chant, que je ne reconnais pas.

– Papa ? Qu'est-ce qu'il se passe ? Où est Karl ? murmuré-je tandis que mes yeux se remplissent de larmes. Où est maman ? Où est-ce que je suis ?

J'ai la tête qui tourne et mon corps est faible. Mais je reconnais la voix de mon frère au loin. Il hurle.

Je tente de me relever, mais je m'écroule au sol. J'ai été droguée.

Maman… Maman, où es-tu? Karl! Karl!

J'aimerais crier, mais la majorité de mes hurlements sont silencieux. Oh, ils n'en sont pas moins douloureux! Les cris internes sont les plus durs à supporter.

Mon géniteur, Daryl, pose ses mains sur mes épaules pour m'aider à m'asseoir sur le sol. Ses yeux bleus se braquent dans mes yeux verts. Je vois la détermination inscrite sur son visage.

– Karl est avec Marcus. Parce que Délivrance le demande, mon trésor.

Il ne dit rien concernant ma mère. Je ne comprends pas. Tout allait bien hier. J'étais chez moi, avec mon petit frère et maman. Puis mon père, que nous n'avions pas vu depuis des années, a débarqué. Je ne me rappelle rien d'autre de cette soirée. Et me voilà ici. La panique m'envahit.

– Où est-ce que je suis?

Je sens les larmes qui coulent sur mon visage et la terreur qui me bouffe de l'intérieur. Je veux voir mon frère!

Une porte s'ouvre dans le dos de mon père et une lumière m'aveugle. C'est alors que j'aperçois un symbole sur le mur, de l'autre côté de la porte. Un simple cercle avec un point au centre.

– C'est le cœur de Délivrance, murmure mon père comme s'il devinait le cheminement de mes pensées.

C'est quoi, ces conneries?

Je secoue les épaules et tente de m'éloigner de lui, de toutes ces informations que je ne saisis pas, mais je suis trop faible pour ça.

– Délivrance?

Il hoche la tête avec entrain.

– La Délivrance, oui. Vous libérer de cette vie perfide qui vous empêche de voler. Cette vie qui sera bientôt remplacée par une autre, plus pure. Nous devons nous y préparer.

Je ne comprends rien. Je perçois une autre présence masculine, qui s'approche après avoir longuement rôdé autour de nous.

– Qu'est-ce qu'il se passe? chuchoté-je en tentant de garder les yeux ouverts.

J'ai encore envie de vomir. Je veux dormir. C'est si dur de rester concentrée, et mes jambes sont si faibles. Je n'arrive pas à me relever. Une nouvelle personne me touche, une main d'homme effleure les longues mèches blondes de mes cheveux emmêlés. Je sens un parfum entêtant, qui m'envahit. Une autre odeur, aussi, mais je ne comprends pas trop ce que c'est. Des herbes? Sans doute.

– Non, soufflé-je en tournant la tête pour m'éloigner de l'inconnu.

Je croise un regard lubrique. Des dents blanches se découvrent sous un sourire faussement bienveillant.

– Laisse-moi te faire découvrir notre nouveau monde, mon enfant, me dit l'homme. Je suis Abraham. Ton professeur.

Abraham? Mon… professeur?

J'entends Karl hurler une nouvelle fois. Je veux le rejoindre, mais je ne sens plus mon corps. Je veux m'éloigner des mains qui se posent sur moi. Mais, soudain, il n'y a plus rien. Il n'y a plus qu'un noir sans fin. Comme si mon cerveau avait choisi de ne plus lutter contre cette sensation de torpeur.

***

Je me réveille en sursaut et tente de reprendre ma respiration, mais je m'étouffe jusqu'à cracher mes poumons. Les draps me collent à la peau tant je suis recouverte de sueur. Je m'emmêle les pieds en essayant de me lever, tombe sur le sol et me libère avec peine. Je me relève brutalement avant de courir jusqu'à la salle de bains. Un goût âcre envahit ma bouche. Je me laisse tomber devant la cuvette des toilettes et vomis toutes mes tripes.

Ce n'est rien. Le contrecoup de cette nuit et de cette vie cauchemardesque. Ce n'est rien, répété-je silencieusement durant plusieurs minutes, mon front posé sur la cuvette des toilettes.

Daryl et Marcus courent peut-être toujours dans ce monde, mais Abraham n'est plus. Les souvenirs de mes propres actes me frappent de plein fouet. Mais, là encore, je ne regrette rien.

C'était ma vie ou la sienne. Le choix a été simple.

Mon corps se glace à ces pensées. Tremblant de toutes parts, je rejoins l'étroite cabine de douche et manque de m'effondrer contre le mur carrelé quand l'eau chaude s'abat sur moi. Une unique goutte salée coule le long de ma joue. Je sens mes lèvres trembloter, alors je les serre, incapable de pleurer librement. L'eau brûlante coule sur moi et mes cheveux collent à mon visage. Mais le froid qui m'envahit refuse toujours de partir.

J'ai dit que j'allais me battre pour vivre, et c'est vrai. Je veux être forte. Je dois l'être pour moi et mon frère. Sauf que, cette nuit, mes cauchemars – mes souvenirs – ont gagné la bataille. Mais je refuse qu'ils gagnent la guerre. Ou j'en mourrai.

Je passe une main sur mon visage, les flashs papillonnant à l'intérieur de mon crâne. Je me laisse plusieurs minutes pour combattre le mal qui m'habite. Le cercle avec un point en son centre, le cœur de Délivrance, ne veut pas quitter mon esprit. Alors, je ferme encore plus durement les yeux jusqu'à ce qu'il disparaisse. C'est ce que m'a enseigné ma psy. Et j'y arrive. Difficilement, mais j'y parviens.

– Ce n'est rien, murmuré-je à travers l'eau qui coule. C'était difficile. Ça m'a fait mal. Mais c'est terminé maintenant. Je suis forte.

Je répète plusieurs fois les paroles qui ne me quittent plus depuis plusieurs mois maintenant. De l'autopersuasion, d'après ma psy, Iris Bomley. J'ai vraiment hâte de la revoir. Au début, je faisais jusqu'à quarante minutes de voiture pour la voir, sur les recommandations de l'inspecteur, dans cette ville. Alors, venir vivre à Monroe va m'aider encore plus.

Je quitte rapidement la salle de bains pour aller m'étaler sur mon matelas. Je vais tenter une autre astuce qu'elle m'a donnée pour me détendre. Je récupère mon bloc-notes et un stylo bleu.

– OK, murmuré-je. Sept choses à faire à court ou à moyen terme. En plus de trouver un job.

Mon stylo gratte le papier.

– Première chose, continué-je à haute voix, ne sourire que si j'en ressens l'envie. Deuxième chose, me faire des amis.

J'étouffe un rire moqueur envers moi-même, mais je continue sur ma lancée. Ma psy m'a dit que ça allait m'aider. Alors, voyons ça.

– Troisième chose : acheter des plantes.

J'ajoute ensuite : « Et ne pas les tuer ! » Ça, c'est une autre histoire. La quatrième chose me paraît essentielle : soutenir Karl. Toujours. Envers et contre tout. Je me creuse les méninges pour la suivante. Je réalise qu'effectivement, je me sens plus calme. Peut-être que ça marche, ce truc d'établir une liste.

– Cinquième chose, soufflé-je, concentrée : faire quelque chose de fou et d'illégal.

Ça ne devrait pas être trop compliqué. Je viens de voler quelqu'un. Sixième chose : découvrir si les extraterrestres existent. J'en suis quasiment sûre, si vous voulez mon avis. Je réfléchis longuement à la dernière chose. Plusieurs idées me viennent en tête, mais j'en écris une sans penser davantage.

– Septième chose : changer d'avis et croire de nouveau en l'amour.

J'ajoute un point d'interrogation, me demandant si j'y arriverai un jour, au cours de ma vie. L'ancienne moi, la moi d'il y a des mois, me crie que oui.

J'inspire profondément et ferme les yeux, désormais plus calme.

Finalement, je pose la liste sur ma table de nuit et gagne le salon, incapable de rester en place. Mon peignoir me recouvre entièrement et je me sens à l'abri, au cœur d'un cocon protecteur. Le jour n'est toujours pas levé. Le premier jour de notre nouvelle vie. Je sursaute en découvrant Karl assis dans le noir, sur le canapé.

– Tu m'as fait peur ! m'exclamé-je.

Il tourne à demi son visage vers moi. Il me sourit faiblement, mais ses yeux semblent hantés. Je parie que lui aussi était au beau milieu d'un cauchemar avant de s'installer ici. Je m'empresse de le rejoindre et m'effondre à ses côtés, les membres encore engourdis par mon ancienne position. Je me blottis contre son corps brûlant.

– Je n'arrive pas à dormir, me dit-il après un court silence. Cette nuit est… compliquée. Il y a trop de mauvaises choses dans ma tête, Hena. Tant de mauvaises choses…

Je reste blottie contre lui, ne trouvant rien à dire pour l'aider, cette fois. Parce que j'ai besoin, à cet instant, que l'on me sauve, moi aussi, je crois.

Le pire, dans cette histoire, ce qui me dégoûte de moi-même, c'est que, parfois, je me dis que… je suis rassurée de ne pas avoir vécu tout ça toute seule. Bordel ! J'en viens à être soulagée à l'idée de ne pas être la seule à avoir souffert.

Argh !

Je me secoue mentalement et sors la seule chose qui me passe par la tête pour nous changer les idées.

– J'ai trouvé de l'argent. Environ quatre cent cinquante dollars.

On va les ajouter à nos maigres économies restantes. Ça allongera un peu notre sursis et me permettra de reprendre mon souffle avant de chercher à nouveau un job. Un regard gris de prédateur me revient en mémoire et me remue intérieurement. Nasser doit sûrement être en train de me maudire, et ça me fout presque la chair de poule. Mais je ne regrette rien.

Absolument rien.

Karl se redresse pour observer mon visage. La confusion règne sur le sien.

– Où est-ce que t'as trouvé quatre cent cinquante dollars?!

Je m'éloigne et presse mon dos contre l'accoudoir tout en conservant un air tranquille. Bon, comment lui expliquer?

– Je les ai empruntés à un ami.

Enfin… empruntés… Vous m'avez comprise.

Mon petit frère se lève et me domine de toute sa hauteur. Il ne me croit absolument pas.

– Nous n'avons pas encore d'amis ici, Hena, contre-t-il avec insistance.

Je hausse les épaules, me lève et resserre mon peignoir.

– Maintenant, j'en ai un, mens-je effrontément.

Karl me suit tandis que je gagne la cuisine et attrape une bouteille d'eau.

– Hena…

Je me tourne vers lui, le regard dur. Il le faut, sinon il ne cessera jamais de me poser des questions.

– Laisse tomber. Le plus important, c'est qu'on ait l'argent, OK?

Ses muscles sont tendus et je vois sa mâchoire se contracter.

– Est-ce que tu as fait quelque chose de dangereux? continue-t-il de m'interroger.

D'atrocement dangereux.

– Bien sûr que non. Tu me prends pour une idiote?

Oh, mais tu es une idiote! se moque ma conscience. *Et j'espère que tu ne croiseras plus jamais la route de Nasser.*

Mon frère veut me poser une autre question, mais je lui tourne volontairement le dos et me sers un verre. Comprenant que le sujet est clos, il pousse un profond soupir de résignation et rejoint lui-même la salle de bains pour prendre une douche libératrice.

J'ai fait ce que je devais faire. Ce n'est pas si grave, si ? Que Nasser aille au diable !

Sauf s'il est lui-même le diable, rétorque ma conscience. *Sauf s'il appelle les démons qui habitent ton esprit. Dans ce cas-là, tout s'embrasera et rien ne pourra empêcher le feu de se propager.*

5

OBSERVER L'INTERDIT

Hena

– T'es sûre que tu sais toujours conduire ? s'exclame Karl en se tenant à la portière.

Quel rabat-joie !

J'appuie un peu plus sur l'accélérateur. La vitesse, ça me rend vivante. Le sang pulse à l'intérieur de mes veines et fait battre mon cœur plus vite.

– J'ai conduit jusqu'à Monroe. T'inquiète, je gère, mon pote !

Mon frère marmonne quelque chose. Il se redresse sur son siège avant de passer une main dans ses cheveux blonds parfaitement coiffés.

– La dernière fois que tu m'as dit que tu maîtrisais, t'as défoncé la voiture du voisin.

C'est la première fois que Karl parle d'un souvenir d'avant Délivrance et de notre enlèvement. Choquée et secrètement enthousiaste, je tourne une seconde la tête vers lui tout en ralentissant. Ce que je vois me serre le cœur. Karl sourit. Un vrai sourire. Et ça me fait fondre de l'intérieur.

– Est-ce que t'es en train de te remémorer les hurlements de maman quand elle a découvert notre propre voiture ? Pour ma défense, je venais d'avoir mon permis une semaine plus tôt.

Son sourire s'élargit et tout s'illumine autour de lui, moi comprise.

– Ouais…

Nous nous arrêtons au feu et j'en profite pour l'observer discrètement. Et puis tout change. Il se referme complètement, en proie à ses démons. Je sais très bien qu'il est en train de penser à d'autres cris poussés par notre mère.

Ça me tuera toujours.

Nous sommes sortis de Délivrance. Les flics sont venus nous chercher pour nous sortir de là. Mais j'ai parfois l'impression que nous serons toujours entre les griffes de nos bourreaux.

– Il faudrait qu'on aille voir maman, tenté-je d'une voix douce.

Le feu passe au vert et je m'engage dans la voie principale, quelques minutes avant notre arrivée à l'université de Monroe. La ville est moyennement peuplée – cinquante mille habitants. Je ne sais pas trop comment va se dérouler notre premier cours à la fac. Si quelqu'un nous regarde de travers, je lui refais le portrait. Je veux avancer sans penser sans cesse à la tragédie du passé.

– Je ne…

– Quand tu seras prêt, le coupé-je.

– Et si je ne le suis jamais ? me rétorque-t-il en fixant le paysage qui défile.

Le serai-je, moi aussi, un jour ?

Tandis que je ralentis, en arrivant près de l'université, je lui serre les doigts avec ma main libre. Je ne réponds rien parce que, moi non plus, je ne sais pas si je serai prête à lui rendre visite dans ce centre hospitalier qui l'a accueillie. Le seul à pouvoir prendre en charge son âme meurtrie et son corps qui se complaît dans le silence.

Ma petite voiture traverse le parking et je trouve rapidement une place libre. Karl réarrange ses cheveux. Il a développé pas mal de TOC ces derniers temps. Il range plusieurs fois l'appartement, alors même qu'il est toujours nickel. Je crois que ça l'aide à se vider la tête. À chacun son moyen d'évacuer de son esprit toutes les merdes qui l'habitent. Je ne le jugerai jamais.

– Tu es beau comme un cœur, lui dis-je pour lui insuffler la confiance qui lui manque afin d'affronter cette première journée.

Il marmonne quelque chose, puis continue entre ses lèvres pincées :

– J'ai pas envie d'aller en cours. Peut-être que c'est une mauvaise idée, finalement.

– Ou peut-être que c'est la seule chose à faire, rétorqué-je.

Pourtant, il y a quelques semaines, je ne savais pas encore si j'allais commencer la fac.

Karl et moi, on a obtenu notre diplôme de fin de lycée quand j'avais 18 ans et lui 17. Il avait un an d'avance, donc, bien qu'il soit plus jeune, on a été diplômés en même temps. En mai dernier, lorsque notre enfer a débuté, Karl était à la fac de Lafayette tandis que je n'avais pas encore commencé mes études, car je ne savais pas quelle voie était faite pour moi. Et avec ce qu'il s'est passé, Karl n'a pas eu la chance de finir sa première année, et moi, je n'ai jamais connu la fac.

Mais, aujourd'hui, plusieurs mois après la fin de Délivrance, je me dis qu'intégrer une fac, ensemble, à Monroe, en première année, est notre premier pas vers la normalité. Ça aidera Karl. Il verra des gens. Il se mêlera à la foule. Et j'ai toujours eu soif d'apprendre, malgré mes indécisions.

Je coupe le moteur et, sans réfléchir davantage, j'ouvre ma portière. Karl en fait de même, et on sort du parking pour rejoindre l'université. Trois bâtiments de taille non négligeable s'élèvent en face de nous. D'après le plan que j'ai consulté sur Internet, celui de gauche abrite la bibliothèque, le bâtiment en face, les salles de cours et les amphithéâtres, et le dernier, aux murs entièrement en verre, le réfectoire.

J'inspire en faisant plusieurs pas. À l'intérieur de moi, je suis mortifiée par ces lieux que je ne connais pas et dans lesquels je vais devoir trouver ma place. Mais je garde un air farouchement serein. Ça devient compliqué de faire semblant. Douloureux, même.

On traverse l'allée principale, qui est bordée d'immenses arbres aux branches tombantes. Le fait qu'il y ait beaucoup de verdure aide intérieurement à respirer. On ne se sent pas à l'étroit.

On ne se sent pas… *prisonniers*.

Mais je m'aperçois rapidement que quelques étudiants nous jettent des coups d'œil incertains, et surtout curieux. Vous voyez cette arrivée super bizarre et super cliché des nouveaux étudiants dans les films? Eh bien, je suis actuellement en train de vivre l'un de ces moments particulièrement embarrassants. Mais on n'est pas dans un film, c'est réel.

Trop réel. Bienvenue dans mon monde. Notre monde.

Rapidement, je comprends que ma volonté de me fondre dans la masse va être compliquée. Quelques personnes nous reconnaissent, même si nous n'étions pas les seules victimes. Certains ont lu les journaux locaux, il y a plusieurs mois, et n'ont pas oublié notre visage.

Merde!

Plusieurs d'entre eux doivent penser connaître notre histoire, mais ils se trompent. Personne ne la connaît réellement. Même moi, j'ai oublié des choses. Enfin, oublier, c'est vite dit. Mon cerveau a surtout choisi de repousser certains souvenirs dans un but d'autoprotection.

– Tu rejoins quel cours? me demande Karl en ignorant les autres.

Je n'hésite pas une seconde dans ma réponse tant je suis impatiente :

– Astronomie. Tututut, laisse-moi m'envoler vers la Lune, chéri !

Je n'ai pas réfléchi avant de choisir cette option. Pourquoi les étoiles ? Parce que penser à elles, rêver d'être à leurs côtés m'a sauvée à de nombreuses reprises. Alors, j'ai besoin de les étudier, en vrai.

Je ne pensais jamais dire ça un jour, mais retourner en cours me rend vraiment heureuse. Oui, c'est bien le mot. Je suis nerveuse, mais aussi super excitée d'être ici. Et je sais que, sous sa grimace, mon frère pense exactement la même chose. J'ai hâte de me rendre à mon premier cours, mais encore plus à celui qui va suivre demain, bordel ! Rectification, celui de demain me file quand même les jetons.

– Parfait. Moi, comptabilité, me dit-il.

Je fronce le nez alors qu'on pénètre dans le bâtiment central.

– Beurk ! bougonné-je. Autant gerber tout de suite, si tu veux mon avis.

Ma remarque le fait presque sourire, mais il se retient au dernier moment. Il est doué avec les chiffres. Je sais que ça le passionne même de calculer des formules ultra-longues et ultra-chiantes. Perso, je me dis que les calculatrices existent pour une bonne raison, alors je leur laisse les tâches difficiles.

Je dis rapidement au revoir à mon frère, pars me renseigner et me dirige vers le premier amphithéâtre, à l'est de l'immense bâtiment. J'entre dans un lieu pouvant contenir une bonne soixantaine d'étudiants et rejoins l'une des allées centrales, observant discrètement la pièce. La plupart des élèves sont déjà là, tirant globalement la gueule. Je m'attarde sur certains d'entre eux : ils ne me mettent pas vraiment en confiance.

J'arrive devant une rangée assez vide et m'assieds à côté d'une sublime Asiatique aux yeux noisette. Son regard est si percutant et franc que ça me déstabilise presque.

– Salut, lancé-je.

Elle m'observe sortir ma tablette.

– Salut ! Prête à t'envoyer en l'air ?

Je manque de m'étouffer tandis qu'elle écarquille les yeux.

– Enfin, prête à t'envoyer en l'air dans les étoiles. Enfin, je voulais dire : prête à rejoindre le ciel pour… pour l'étudier ! Merde, j'aggrave mon cas, pas vrai ? continue-t-elle d'une voix gênée tout en pinçant son nez.

La voir essayer de se dépatouiller me fait doucement rire.

– Ouais, je suis prête pour tout ça.

– Je te jure que mes paroles sonnaient mieux dans ma tête, marmonne-t-elle avant de mâchouiller son stylo. Au fait, je suis Aly. Tu peux m'appeler Alyson… ou pas. Je préfère Aly. Seule mon ex complètement timbrée m'appelait Alyson, et disons qu'elle a fini par me faire vomir mon propre prénom.

Elle ne me tend pas la main et je lui en suis secrètement reconnaissante. Ma peau n'a aucune envie d'un contact étranger. Mais je reste aimable, me rappelant ma foutue liste. Deuxième chose inscrite dessus : « me faire des amis ».

– Hena, dis-je simplement.

Si elle reconnaît ma tête, Aly n'en montre rien et c'est tant mieux. J'observe son petit pull blanc au col haut recouvert de fleurs brodées. Très sage, mais classe. Elle sort un ordinateur dernier cri. La double porte de l'amphithéâtre s'ouvre avec fracas. Une femme à la silhouette élancée s'avance vers l'estrade, sa main droite tenant fermement une canette de Red Bull. D'ici, je peux voir la paille vert fluo qui en ressort.

La femme pose sa canette sur le bureau au centre de l'estrade et se frotte les bras par-dessus son long gilet noir. Un noir assorti à ses mèches de cheveux, qui partent dans tous les sens. Ses yeux, cachés derrière une paire de lunettes aux verres ronds, se posent sur l'ensemble des étudiants.

– Brrrr ! Il fait un froid de canard pour ce mois de septembre, non ?

Un léger accent se fait entendre. Personne ne lui répond vraiment, mais je ne crois pas qu'elle attendait une réelle confirmation de notre part. Elle reprend sa canette, puis sirote bruyamment plusieurs gorgées. Je me tourne discrètement vers Aly, les sourcils levés.

– Je te parie dix dollars qu'elle vient de fumer clope sur clope, murmure-t-elle.

Je hoche la tête. Je ne peux pas lui donner tort. Je pense même qu'elle a carrément raison. Notre professeure ne tient pas en place. Elle finit par appuyer les fesses contre son bureau.

– Bon ! s'exclame-t-elle.

Une fille assise au premier rang sursaute. Notre prof braque son regard sur elle pour ne plus la lâcher. Finalement, elle passe sa main libre dans ses mèches folles et lance :

– Pourquoi est-ce que vous me fixez tous ainsi ?

OK, c'est gênant.

– Je te parie qu'elle a fumé de l'herbe, murmuré-je pour que seule Aly m'entende.

Je perçois un léger gloussement. Notre professeure continue :

– Ah ! L'heure des présentations ? Argh ! Quelle perte de temps ! Je suis Adélaïde Montpensier. Je viens de France, alors ne perdez pas votre temps à essayer de prononcer mon nom correctement.

Elle se redresse, sa canette toujours à la main.

– Passons ! Bienvenue dans votre cours optionnel d'astronomie. Et non pas d'astrologie ! L'astrologie cherche à déterminer l'influence des astres sur le cours des choses tandis que l'astronomie s'intéresse à la constitution et aux mouvements des corps célestes. Bref, pas de Mme Irma, ici ! Mon but n'est pas de former des experts, mais de vous initier à cette discipline de la manière la plus directe qui soit, sans que l'on s'attarde sur des notions futiles, ou du moins trop lunaires – et c'est le cas de le dire !

Adelaïde Montpensier se lance dans une introduction animée et plutôt… très complète. Bien vite, je galère à prendre tout en notes. Je jette un coup d'œil aux autres étudiants et je comprends que nous sommes tous dans la même situation.

– Je ne vais pas me concentrer plus longtemps sur des généralités que vous pourriez retrouver dans un livre. Nous allons segmenter la matière par thèmes. Mais, d'abord, que quelqu'un me dise quel est l'instrument d'observation le plus adéquat, celui qui vous servira le plus au cours de ce semestre.

Plusieurs élèves lèvent la main. Notre professeure secoue sa canette.

– Déjà vide ? Argh ! Pourtant, c'est ma troisième.

Elle se tourne vers les élèves tout en pinçant les lèvres.

– Baissez la main, je n'ai plus envie de vous interroger.

En fait… je crois qu'elle me plaît ! Je me retiens de sourire face à son comportement un peu à côté de la plaque.

– Donc, l'instrument qui va le mieux vous servir ? L'œil ! Votre œil, ou plutôt vos deux yeux. Sauf s'il y a un borgne dans la salle. Non ? Super, aucun besoin de présenter des excuses !

Nous sommes tous suspendus à ses lèvres tandis qu'elle croise les mains sur son ventre.

– La première chose à savoir, c'est qu'il va falloir apprendre à vous servir de vos yeux pour les observations que je vous demanderai d'effectuer. Bref ! Que peut-on observer avec son œil ?

Personne ne lève la main cette fois.

– Là, c'est le moment de participer ! s'exclame-t-elle après avoir soupiré. Bon, je vais parler pour vous. On peut observer beaucoup de choses ! Ses amis, son chien, son ex-mari, qui vous a trompée avec votre meilleure amie… Bref ! Beaucoup de choses.

Je me mords la lèvre pour ne pas sourire et Aly en fait de même. Pourquoi est-ce que je stressais à l'idée de venir ici, déjà ?

– On peut aussi observer la Lune, le Soleil, etc. Vous pouvez voir jusqu'à six mille étoiles, visibles à l'œil nu, jeunes gens. Quand je vous disais que votre œil allait nous être utile ! Une étoile est un astre producteur et émetteur d'énergie. Notez cette information, j'adore mettre cette question en partiel.

Nous nous empressons de noter ses paroles, tels des robots.

– En termes plus scientifiques, une étoile est un corps céleste plasmatique qui émet sa propre lumière par réactions de fusion nucléaire, ou des corps qui ont été dans cet état à un stade de leur cycle de vie. C'est compris, bande de moldus ?

Elle termine son introduction. Pendant l'heure suivante, je ne décroche pas de ses lèvres. Je ne me laisse distraire par aucun souci, et ça fait du bien de se sentir déconnectée de la réalité. Mais la réalité reprend ses droits une heure plus tard lorsque le cours se termine. Nous quittons rapidement l'amphithéâtre, quelques élèves restant pour poser des questions à la prof.

Le cerveau encore plongé dans les informations que je viens d'apprendre, je ne vois pas tout de suite qu'Aly quitte la pièce à mes côtés.

– Tu as prévu quelque chose ? me demande-t-elle.

Je m'immobilise. Son sourire gentil la rend vraiment sympathique. Se faire des potes de fac est une étape à franchir vers la normalité, non ?

– Je te dis ça parce que je vais rejoindre des amis, donc hésite pas à te joindre à nous. Enfin, t'es pas obligée. Si tu ne veux pas… je comprendrai.

Maintenant que je la fixe droit dans les yeux, je suis presque certaine qu'elle a déjà dû lire un journal me concernant. Encore un journaliste qui pensait connaître mon histoire et celle des autres victimes. Encore un qui ne savait pas toute la vérité. Il n'y a que les flics qui sont au courant de ce qui se déroulait à Délivrance. Mais je ne veux pas y penser. Pas maintenant.

Je jette un œil au soleil, qui se couchera bientôt, de l'autre côté de la double porte en verre du bâtiment, puis à mon tout nouveau portable, qui annonce dix-sept heures quinze.

– C'est gentil, mais mon frère finit à trente. Je vais juste... trouver sa salle et le rejoindre !

La brune lève les deux mains vers moi avant de faire une reproduction parfaite du salut militaire.

– Parfait ! Bah, écoute, j'espère qu'on se recroisera rapidement !

Je n'ai pas le temps de lui répondre que, déjà, la petite boule d'énergie quitte le bâtiment.

Bon, on peut dire que ce premier cours s'est bien déroulé. Je me renseigne rapidement et monte au troisième étage, souhaitant attendre Karl devant sa salle de cours.

Je quitte l'escalier et arrive dans un couloir désert. Je cherche la salle 317. Mes yeux vagabondent de droite à gauche. J'énumère, par automatisme, les numéros. Je m'arrête soudainement de compter en passant devant la salle 298. Je m'immobilise, le cœur au bord des lèvres en entendant des pleurs. Attendez, non, je ne suis pas sûre que ce soient des pleurs...

Qu'est-ce qu'il se passe ?

Je colle mon oreille contre la lourde porte blanche, aux aguets. Un couinement me parvient, comme si quelqu'un était en train d'étouffer.

Comme lorsque Abraham m'étouffait...

Je repousse le souvenir loin de moi, faisant barrage à mon passé. Je sais qu'il faudrait que je l'affronte pour avancer et m'en défaire, mais pas maintenant, putain ! La tête remplie de scénarios horrifiques en tous genres, je pose la main sur la poignée et entrouvre discrètement la porte.

Je m'attendais à trouver un bain de sang, mais en aucun cas à assister à ce spectacle déroutant.

Dos à moi, une étudiante est assise sur un bureau. Je ne vois que sa longue chevelure brune, qui cascade dans son dos. Ma bouche s'ouvre de surprise. Une jeune femme est agenouillée près d'elle. La troisième personne est un homme massif. Il est entre les jambes de la fille sur le bureau et sa tête est cachée dans son cou. Il la prend sauvagement tandis que la femme agenouillée embrasse les cuisses de celle qui est assise.

De petits bruits emplissent la pièce, et je comprends qu'effectivement, ce ne sont pas des pleurs, mais des gémissements de plaisir. Malgré moi, je n'arrive pas à bouger, observant la scène avec attention. Il n'y a que plaisir et sauvagerie entre ces quatre murs. Un vrai plaisir, pris par les trois parties. Je me demande ce que cela fait de ressentir autant de sensations partagées.

Quelque chose au fond de moi m'empêche de bouger, m'empêche de détourner le regard. La jeune femme aux cheveux bruns tire les mèches noires de l'homme et il relève le visage. C'est à cet instant que mon cœur loupe un battement et que mes jambes faiblissent. Presque simultanément, deux yeux gris m'attrapent entre leurs griffes.

Nasser me fixe tandis qu'il prend férocement l'étudiante sur le bureau. Le choc, la confusion… Tant de choses doivent passer sur mon visage à cet instant ! Le sien reste neutre. Seuls ses yeux semblent intrigués par ma présence ici. Lui non plus ne s'attendait pas à retomber sur moi.

Finalement, un sourire moqueur naît sur ses lèvres et je le vois ouvrir la bouche.

– Garce, articule-t-il silencieusement dans ma direction.

Je pensais ne jamais le revoir. Et le voici. En plein trio de baise dans une salle de cours à la fac. Son visage se tend et un air farouche le possède. Je n'avais jamais vu autant de plaisir exprimé de manière si libre. Finalement, Nasser s'enfouit un peu plus brusquement entre les cuisses de sa partenaire et je me recule. Je referme la porte avant de m'enfuir, une nouvelle fois comme une voleuse, pour rejoindre mon frère.

Putain de merde!

Qu'est-ce qu'il vient de se passer?!

6

TOUJOURS PAYER SA DETTE

Hena
Le lendemain

Je trace ma route comme si ma vie en dépendait. J'étais à l'heure, ce matin, pour les enseignements de la matinée. Puis je suis rentrée, car j'avais une longue pause. Sauf que je me suis endormie sur mon canapé et que je suis en retard pour le cours du soir. Hors de question que je loupe cette matière que j'attendais depuis mon inscription ici!

L'une des choses qui m'ont poussée à intégrer l'université de Monroe, au lieu de rester à me morfondre dans mon coin, ce sont les brochures et les cours. Un cours, en particulier: la sociologie, par le Pr Mozart. La liste des thèmes abordés durant le semestre – thèmes qui ont résonné en moi – m'a d'abord plongée dans une bulle mauvaise et flippante. Mais, finalement, elle m'a intriguée plus que tout. En fait, plus qu'intriguée. Je devais suivre ce cours. Alors, j'ai réussi à m'inscrire directement malgré le peu de places disponibles. Et me voilà, un mardi soir, à courir à travers le bâtiment central dans l'espoir d'être à l'heure.

Qui a décidé que mettre des cours à dix-neuf heures était humainement acceptable ? Grrrrr !

Si vous voulez mon avis, on devrait avoir cours le matin, histoire de nous laisser l'aprèm tranquille. Heureusement que les prochains auront lieu plus tôt.

J'arrive finalement dans un petit amphithéâtre d'une centaine de places. Ces dernières sont presque toutes occupées. Les premiers arrivés sont les premiers servis.

Je pousse un soupir de soulagement en voyant que je ne suis pas la seule en retard. Deux filles passent devant moi et se pressent pour s'asseoir au premier rang. Je m'apprête à m'installer au cinquième rang, mais je m'arrête net en découvrant un visage que je connais. Je me creuse les méninges pour mettre un prénom sur ces traits doux et ces yeux bleus. Je me remémore l'étiquette collée sur son tee-shirt de service.

Archi !

Le type que Nasser semblait connaître, l'autre soir, au bar. Est-ce que j'ai tant la poisse que ça ? Enfin, bon, ce n'est pas comme si j'avais un problème avec Archi. Je ne lui ai rien volé, à lui…

Des flashs me traversent. Et ces images incluent Nasser et deux nanas, dans une salle de cours, en pleine baise. Je me secoue mentalement. Ça m'a assez travaillée cette nuit, cette scène de baise dans laquelle il n'y avait aucun faux-semblant.

Même si les places près d'Archi sont libres, je grimpe plusieurs rangées supplémentaires et m'effondre sur l'un des sièges. Tandis que je me demande à quoi ressemble le Pr Mozart, qui n'est toujours pas là, je sors un vieux chewing-gum de mon sac et l'enfourne rapidement dans ma bouche. Grossière erreur : il est dégueulasse. Je sens que les prochaines heures vont être une horreur, vu comment ça débute.

Des bruits secs et répétés me sortent de mes pensées. Je me

redresse, comme l'intégralité des étudiants, tandis qu'une silhouette passe la double porte, demeurée ouverte. C'est un homme et, malgré la faible luminosité, il porte de larges lunettes de soleil à monture noire.

Je comprends rapidement la situation et me demande s'il a besoin d'aide. Mais l'homme d'une soixantaine d'années marche doucement, sa canne l'aidant à trouver son chemin. Il est non-voyant, mais déambule dans l'amphithéâtre comme s'il était chez lui.

Néanmoins, un étudiant se lève et s'approche de lui pour l'aider. Celui qui doit être le Pr Mozart l'entend arriver et soulève brusquement sa canne blanche pour le stopper net dans son mouvement.

– Je n'ai pas besoin d'aide. Mais veuillez fermer la porte et retourner vous asseoir.

L'étudiant s'empresse de lui obéir. Le silence s'impose dans la salle. Nous suivons les moindres mouvements du professeur. La première chose que je remarque, c'est qu'il n'a ni sac ni aucun support de cours. Tout son savoir semble être dans sa tête. Ses sourcils broussailleux se lèvent tandis qu'il se place devant l'estrade sans pour autant y prendre place.

– Je vais me placer juste ici, face à vous. Ce serait un peu présomptueux de trôner au milieu d'une estrade, ne trouvez-vous pas ?

Certains hochent la tête en oubliant qu'il ne nous voit pas. Le Pr Mozart tapote le sol du bout de sa canne et reprend :

– Je suis le Pr Mozart. Mais, comme vous êtes inscrits à mon cours de première année, vous avez déjà dû remarquer mon nom sur votre emploi du temps ou sur la brochure. J'espère que vous avez au moins pris le temps de consulter cette dernière.

Je sors sans bruit ma tablette et m'empresse d'ouvrir un nouveau fichier destiné à prendre des notes.

– Bienvenue dans votre cours de sociologie. Laissez-moi vous définir ce qu'est la sociologie. Il s'agit de l'étude des relations, des actions et des représentations sociales par lesquelles se constituent les sociétés, et notamment notre société dite contemporaine et « normale », même si ce dernier mot ne me satisfait pas. Durant ce semestre, mon objectif sera d'aborder avec vous et de vous faire comprendre les explications typiquement sociales – et non pas biophysiques – de phénomènes observables afin d'en tirer des conclusions sur la « nature » humaine. Alors, comment entrer dans le vif du sujet, me direz-vous ? En étudiant la déviance des comportements non conformes à notre ordre social. Dites-moi, quel est le...

La porte de l'amphithéâtre s'ouvre dans un léger grincement, qui interrompt le professeur. Alors que la vision ne fait pas partie de ses sens, il a développé une ouïe affûtée. Une silhouette massive passe alors la porte, et je la reconnais presque instantanément.

Nasser s'immobilise sur le seuil, le visage détendu, nullement gêné par son intrusion en plein cours. Il observe le professeur avant d'avancer pour rejoindre les rangs aussi silencieusement que possible. Mais le professeur l'a parfaitement entendu. Il se déplace rapidement vers le bruit, faisant claquer sa canne sur le sol. Puis il la lève devant lui, pointant parfaitement l'intrus sans trembler.

Les yeux gris de ce dernier se fixent sur l'objet qui le désigne, mais il ne fait rien pour s'écarter.

– Vous, qui que vous soyez, pouvez-vous nous dire haut et fort quel a été le comportement le plus déviant que vous ayez eu ces dernières années ?

Un sourire de défi se dessine sur les lèvres de Nasser tandis que quelques-uns rigolent ouvertement.

Apparemment, monsieur est connu pour ses frasques...

– Je suis aussi innocent qu'un nouveau-né, m'sieur.

Nouveaux rires, qui éclatent de toutes parts. Le professeur attend une réelle réponse, et cette dernière lui parvient après plusieurs secondes.

– Il y en a eu pas mal, ajoute Nasser avec nonchalance.

Des messes basses parcourent l'amphithéâtre. Eh bien, je suppose que j'ai trouvé le roi de l'université. Tous semblent le connaître. Moi, je n'en ai aucune envie. Je ne veux qu'une chose : qu'il m'oublie et oublie le vol que j'ai commis à son encontre.

Le professeur pousse un soupir moqueur en abaissant sa canne.

– Beaucoup de rires pour si peu de mots. Ai-je interpellé le branleur de service ? Alors, monsieur le bad boy de l'université, mettez-vous le feu aux salles de cours, vous droguez-vous à l'arrière du bâtiment et faites-vous trembler les élèves de peur ?

Je suis presque sûre que cette dernière suggestion est entièrement vraie, si j'en crois quelques regards portés sur Nasser. Archi redresse sa tête recouverte de cheveux châtains, prêt à fanfaronner.

– Il pisse aussi toujours à côté de la cuvette, s'exclame-t-il sous les rires de ses camarades.

Même moi, je suis obligée de sourire. Le professeur fait claquer sa canne sur le sol tandis que Nasser croise les bras sur son torse.

– Je ne sais pas qui est intervenu, mais j'aimerais que vous gardiez les détails intimes qui vous lient au nouvel arrivant pour vous, jeune homme.

Je ris vraiment, désormais, face à la remarque du Pr Mozart. Est-ce qu'il vient de remettre en place tout le monde en moins d'une minute ? Donnez un prix à cet homme, bordel !

– Pour répondre à votre question, reprend Nasser, on a tous eu un comportement déviant par rapport aux normes de notre société. Moi le premier. Mais, parce qu'ils ne sont pas conformes aux attentes sociales et font l'objet d'une certaine réprobation, ces comportements sont-ils pour autant réellement mauvais ?

OK… Il m'a perdue, ce con.

Le professeur médite ses paroles. Puis il agite sa canne pour lui demander de s'asseoir.

– Bien dit, Hell ! s'exclame un étudiant.

Qui est Hell ? Nasser ? Pourquoi l'appeler comme ça ?

– Votre nom, demande notre professeur.

– Nasser Imran.

Nasser finit par monter les marches pour s'installer à côté d'Archi. Tandis que mon regard ne peut s'empêcher de le suivre, le sien se lève vers moi, comme s'il savait secrètement que j'étais en train de l'observer. Nasser s'immobilise en me remarquant, assise trois rangées plus haut.

Il n'a l'air ni surpris ni choqué de me voir ici, en train d'assister à ce cours. Mais il semble également très doué pour camoufler ses réactions. Encore plus doué que moi. Son visage est impassible, mais ses yeux me brûlent. Lui comme moi nous souvenons d'hier soir, quand il accélérait le mouvement de ses hanches tout en me traitant de garce.

Je finis par détourner le regard, et lui, par rejoindre sa place. Vous croyez que je peux fuir discrètement sans qu'il mette la main sur moi ? Parce que je pressens que je ne vais pas pouvoir lui échapper.

– Bon, reprend le Pr Mozart. Durant ce premier semestre, nous allons nous concentrer sur la déviance des comportements, et particulièrement sur les dérives sectaires et sur l'intégrisme.

Quelques regards se tournent vers moi, appartenant à ceux qui ont sûrement reconnu ma tête et qui se demandent comment je peux suivre un cours pareil après ce que j'ai vécu – ou ce qu'ils imaginent que j'ai vécu – il y a quelques mois. Eh bien, justement, d'après ma psy, le meilleur moyen d'affronter un cauchemar est de le comprendre pour ne plus en avoir peur. Les cauchemars se fondent sur nos angoisses. Si on les empêche de nous faire peur, alors ils ne sont que poussière. Plus facile à dire qu'à faire, c'est vrai, mais il faut bien que je commence quelque part.

Le Pr Mozart se replace devant les premières rangées et s'assied au bord de l'estrade.

– Tout d'abord, il ne faut surtout pas confondre secte et religion. Une secte est une communauté dans laquelle les membres suivent une même doctrine.

Sans pouvoir m'en empêcher, je serre les poings. Certaines personnes se battent au sein des sectes pour lutter contre cette doctrine et la réfuter.

– Certains mouvements sectaires – pas tous – sont suspectés d'étouffer la liberté individuelle au sein du groupe. Certains tentent de créer leur propre société tout en rejetant la nôtre. Certains fondent leur idée de société sur la manipulation de leurs membres. Prenons le cas tristement célèbre de la secte Nexium NXIVM, dirigée par Keith Raniere. Il prétendait fonder sa propre société sous la forme d'une organisation pyramidale. Son comportement déviant était notamment sa pratique du trafic sexuel, avec l'embrigadement de jeunes filles pour en faire des esclaves sexuelles.

Je ne connaissais pas ce nom, mais je sens une sueur froide couler dans mon dos. Ma gorge se noue et ma vision devient presque floue. Je cligne des yeux plusieurs fois. Je remarque qu'une tête est tournée dans ma direction.

Nasser m'observe fixement depuis sa place, trois rangées plus bas. Aucun sourire sur son visage, cette fois. Ses sourcils se froncent un peu plus. Je détourne le regard. Lui aussi doit penser connaître mon histoire.

Je me force à me recomposer une expression normale, mais continue d'enfoncer mes ongles dans mes paumes pour faire taire mes émotions. J'inspire profondément et relâche mon souffle lentement. Et encore une fois. OK, je crois que ça va mieux.

– Au sein de Nexium, reprend le Pr Mozart, de nombreux autres comportements déviaient de notre ordre public et de nos rapports moraux tels qu'établis dans notre société. Les femmes et jeunes filles étaient marquées au fer rouge avec les initiales de Keith Raniere. Les membres finissaient dans un état tel qu'il leur était impossible de prendre leurs propres décisions.

Il continue de s'attarder sur les différents comportements déviants et je ne l'écoute que d'une oreille, plongée dans mes propres souvenirs. Comprendre mes cauchemars pour ne plus en avoir peur. Oui, je dois le faire. Mais je ne suis pas encore assez forte pour ça aujourd'hui.

***

Je quitte la salle, une heure plus tard, sans un regard en arrière. Je crois même que je suis la première personne à sortir tellement je suis rapide. Mais je ne peux pas faire autrement. J'ai encore l'impression d'étouffer bien que ma pression artérielle soit redescendue. Et je ne veux pas croiser Nasser.

Je presse le pas dans le couloir et visualise le plan du bâtiment dans ma tête. Je ne sais plus exactement où sont les toilettes, mais je vais bien finir par tomber sur elles. Deux minutes plus tard, bingo ! Je pousse la porte et saute presque sur le robinet, que j'ouvre d'un mouvement brusque. Mes mains récupèrent de l'eau glacée et se pressent contre mon visage brûlant.

Putain, que ça fait du bien !

Je m'autorise à respirer bruyamment pendant une longue minute. Heureusement qu'il n'y a personne ici ! En même temps, il est vingt heures. Tous les étudiants ont dû se dépêcher de rentrer chez eux.

J'humidifie une nouvelle fois mon visage et je sens enfin ma peau se refroidir.

– Tu es forte, murmuré-je à mon image dans le miroir. Même si parfois tu flanches, ce n'est pas grave. Tu en as le droit. Le tout est de toujours se ressaisir.

Karl a besoin de moi. J'ai besoin de moi-même.

Désormais entièrement remise de mes émotions, je quitte les toilettes. Le couloir que j'ai emprunté est désormais plongé dans le noir. Seules quelques ombres dansent devant moi grâce à la lueur provenant des fenêtres. Je marche rapidement, me demandant ce qu'est en train de faire Karl. Il faut que je…

Je m'arrête soudainement en entendant des pas juste derrière moi. Je me tourne d'un coup et fixe les ombres. Mais il n'y a personne.

– Je suis complètement parano, soufflé-je avant de reprendre mon chemin.

Mais j'entends une nouvelle fois des pas. Et ils se rapprochent. Trop vite. Mon cœur bat rapidement et je lâche un cri quand quelque chose ou quelqu'un effleure mon épaule.

– Bouh ! souffle-t-on près de moi.

Je hurle à nouveau, me tourne brusquement et envoie mon poing droit devant moi sans réfléchir. Ma main percute un torse. Je recule d'un bond pour m'éloigner de lui.

Nasser !

Putain de merde ! Dites-moi que je rêve ! Sa silhouette plongée dans le noir me file les jetons, mais je pousse un soupir de soulagement en comprenant que ce n'est pas Daryl, mon géniteur, ni Marcus. C'est ridicule, je sais qu'ils ne sont pas là, mais j'ai toujours secrètement peur, même si je ne veux pas l'avouer.

– Mais c'est quoi, ton problème ? crié-je en direction de Nasser.

Il se tient en face de moi, frottant doucement son torse, un air calculateur sur le visage. Je relève la tête pour l'affronter du regard, le cœur toujours au bord des lèvres.

– Tu frappes assez fort, pour une…

– Si tu oses dire « pour une fille », je te jure que mon prochain coup atterrira entre tes jambes, mon pote. Même si je ne suis pas sûre d'y trouver grand-chose.

Je secoue la main parce que je me suis fait mal. Ce n'est pas ma faute si son torse est dur !

– T'es taré ou quoi ? continué-je avec hargne. Tu m'observais dans le noir ?

Je ne me laisse pas sombrer dans l'enfer que mes mécanismes d'autodéfense viennent de provoquer parce que, sinon, je m'effondre. Alors, je m'oblige à contre-attaquer directement. La colère que provoque Nasser en moi m'aide à trouver l'échappatoire idéale à la douleur.

Il rigole, nullement impressionné par ma petite crise.

– Pourquoi je ne pourrais pas t'observer ? Ce n'est pas ce que tu faisais hier soir ? M'observer en train de baiser ? Tu es restée plantée là, intriguée par ma manière de donner du plaisir. Tu as aimé me voir faire ? Serais-tu une voyeuse, en plus d'être une garce ?

Je cherche une nouvelle fois à le frapper, mais il se décale en se moquant un peu plus ouvertement de moi.

– Tout doux, trésor. J'aime la violence, mais pas contre moi.

– Je n'étais pas intriguée ! Absolument pas ! asséné-je, ma main toujours brandie.

Menteuse.

Sa main écarte la mienne, qui retombe rapidement. Le pire, c'est que, contrairement à d'habitude, le contact de cette peau inconnue ne me fait pas peur. Pire, mon corps n'est pas révulsé.

Je lâche un juron, puis un autre. Je n'aime pas que Nasser me pousse dans mes derniers retranchements. Je veux qu'il me laisse tranquille, qu'il me laisse faire semblant que tout va bien dans ma vie. Je ne veux pas qu'il me bouscule, qu'il fasse ressortir la colère qui se tapit en moi. Je veux l'étouffer, pas la laisser s'échapper.

Mais peut-être a-t-elle besoin de sortir, murmure ma conscience.

Je la fais taire directement, elle aussi.

– Qu'est-ce que tu veux? craché-je.

Et pourquoi est-ce qu'il n'y a aucune lumière, bordel? Personne ne connaît les détecteurs de mouvements ou quoi?!

Le visage de Nasser se ferme soudain. Il n'a plus d'air moqueur sur le visage.

Oh, oh! Merde!

Est-ce que c'est le moment où je dois déguerpir en hurlant?

– Tu m'as volé quatre cents balles, reprend-il avec hargne. Tu pensais que j'allais laisser passer ça?

Je prends une grande inspiration. Donc, il le sait.

Bien sûr qu'il le sait, idiote!

– De la tune que j'avais gagnée durement, ajoute-t-il d'une voix tranchante.

Et comment l'a-t-il gagnée?

Je redresse le menton et pince les lèvres alors qu'à l'intérieur de moi, j'ai envie de me faire toute petite. Ça ne sert à rien de jouer les innocentes, d'autant que je ne regrette pas mon geste. J'avais besoin de cet argent. Et lui avait besoin de descendre de son trône.

– Je te rembourserai, affirmé-je.

Il lève un sourcil et s'approche de plusieurs pas. Je serre les poings, mais ne recule pas pour autant. Son souffle mentholé frappe mon visage quand il arrive à ma hauteur. Ses cils paraissent si longs à cette faible distance, malgré la quasi-obscurité environnante.

– Rembourse-moi maintenant, trésor.

Ce surnom, « trésor », il n'est pas affectueux. Il exprime la rage. Nasser est en colère de s'être fait avoir.

– Désolée, mais non. Laisse-moi un peu de temps. Tu auras ton argent bientôt, c'est promis.

Je vais trouver un job. Je vais le rembourser. Je me laisse trois semaines. Il secoue sa tête et croise les bras, emplissant l'espace entre nous.

– Tu n'as pas l'air désolée.

Je ne trouve rien à redire.

– Et je n'ai pas de putain de temps. Ici, t'es sur mon terrain. Tu ne décides pas. On joue avec mes règles, annonce-t-il.

OK, je crois qu'il va vraiment finir par me tuer. Sachant que la largeur de son bras fait deux fois celle du mien, laissez-moi vous dire que je n'ai aucune chance de m'en sortir. Je cherche un stratagème, mais il me devance.

– Demain soir, viens à l'entrepôt désaffecté derrière le lac.

J'ai un mouvement de recul, fronce les sourcils et avale difficilement ma salive.

– Tu vas me tuer et cacher mon cadavre ?

– Tu veux que je te tue ?

– Je te tuerai d'abord.

Il pousse un soupir exaspéré.

– Je te donne l'occasion de me rembourser d'une autre manière. Alors, bouge tes fesses, sinon je te balance aux flics.

Ce dernier mot me fait presque m'étouffer.

– Tu n'as pas de preuve de mon vol !

– De tes vols, tu veux dire.

Ma mâchoire manque de se décrocher.

Merde !

– Le bar dans lequel tu m'as volé a des caméras qui filment en continu. Tu crois que je ne t'ai pas vue barboter la chaîne et le billet de cinquante dollars ? Je t'ai observée pendant au moins dix minutes sans que tu le remarques. Et t'as fini par essayer de me baiser à mon tour.

– Rectification, je t'ai baisé, le corrigé-je sans pouvoir m'en empêcher.

Son silence me répond. Monsieur est blessé dans sa fierté de mâle tout-puissant. Ridicule ! Il fixe chaque détail de mon visage avant de reculer soudainement.

– Je suis celui qui baise le mieux dans l'histoire, trésor. Demain soir, rachète ton comportement et nous serons quittes.

Et que devrai-je faire ? Mais je n'ai pas le temps de le demander : Nasser s'éloigne déjà.

– Je ne suis pas ton putain de trésor ! m'exclamé-je dans son dos.

Sa silhouette massive s'immobilise une seconde et il lance :

– Bien sûr ! Les trésors, eux, brillent et servent de jolies petites décorations. Pas les garces dans ton genre.

Puis il s'en va tandis que je fusille ses épaules du regard comme si je pouvais le découper sur place.

Si seulement !

7

D^{re} BOMLEY

Hena

Il est vingt heures trente et j'ai quinze minutes de retard. Déjà que ma psy a gentiment accepté de décaler notre rendez-vous pour qu'il ait lieu après mon cours, ce n'est vraiment pas correct de ma part. Mais, si je n'avais pas croisé Nasser et qu'il ne m'avait pas fait perdre mon temps, je serais déjà dans la salle d'attente de la D^{re} Bomley.

Argh ! Je déteste Nasser !

Je le déteste, lui et ses pseudo-menaces de me dénoncer aux flics. Comme s'il n'avait rien à se reprocher, d'ailleurs !

Je me gare rapidement devant le bâtiment et cours vers l'entrée, le souffle haché. Mes cheveux partent dans tous les sens. Peu importe ! La secrétaire n'est plus là et seule une lampe est encore allumée. Mais la porte de ma psy est fermée, signe qu'elle est toujours en rendez-vous.

Ouf !

Je m'autorise à respirer, me repassant la scène avec Nasser

en boucle. Pour qui il se prend, d'abord?! Premièrement, il avait clairement l'air de se croire supérieur. Deuxièmement, certes, je l'ai volé, mais de là à me menacer? Sérieux? Qu'il aille se faire foutre, lui et ses putains d'yeux gris!

Je ressasse les événements pendant encore deux minutes et la porte finit par s'ouvrir. Une jeune femme de mon âge passe près de moi. Je ne m'attarde pas sur elle et m'engouffre dans le bureau de ma psy. Je laisse tomber mon sac en toile sur le sol et pointe un doigt dans sa direction.

– Mon monde devait redevenir normal. C'est vous qui me l'aviez dit, doc! Pourtant, il continue de partir en vrille! Totalement!

La Dre Iris Bomley, ma psy, m'observe derrière son bureau. Elle hausse les sourcils derrière ses lunettes à monture rouge, presque de la même couleur que ses mèches courtes.

– Bonsoir à vous aussi, Hena.

Je tente de rattraper mon impolitesse.

– Bonsoir, docteure.

Ma psy se lève, un carnet à la main. Ses hanches étroites sont moulées dans une jupe fourreau noire qui leur donne une allure incroyable.

– Ainsi, votre monde part en vrille. Dure journée?

Elle se dirige vers son fauteuil noir, en face du canapé en cuir de la même couleur, et s'y installe. Je hoche la tête même si elle ne peut pas me voir.

– Tout part en vrille, répété-je. Et je n'ai aucun contrôle sur la situation.

Ma respiration se coupe et j'ai l'impression d'étouffer. La rousse m'observe calmement.

– Asseyez-vous, Hena, me demande-t-elle avec patience.

Je croise les bras.

– Je préfère rester debout.

– Si vous le désirez. Donc, vous me parlez d'un monde qui se doit de redevenir normal. Je sais qu'on a déjà abordé cette question, mais j'aimerais qu'on l'évoque une nouvelle fois ce soir: quelle serait la normalité pour vous?

– Arrêtez de me poser des questions de psy.

Elle sourit comme si j'étais drôle ou débile.

– Je suis psy, Hena. Et vous êtes ma patiente. Mais je m'intéresse véritablement à vous. Alors, dites-moi ce que serait la normalité pour vous.

Après plusieurs jurons étouffés, je finis par me laisser tomber sur le canapé.

– Je veux avoir un contrôle total sur chaque aspect de ma vie.

– Mais encore?

– J'aimerais que plus rien n'arrive par hasard.

– Même si ce sont des signes du destin?

– Au diable le destin!

Ma psy pose son carnet fermé sur ses genoux croisés.

– Vous êtes en colère, ce soir, Hena. Perturbée.

Bien sûr que je suis perturbée!

Je lâche la seule chose qui me passe par la tête:

– J'ai commencé mon cours de sociologie aujourd'hui. On a abordé rapidement les comportements sectaires.

Elle hoche la tête, voyant parfaitement où je veux en venir.

– Et ça vous a effectivement perturbée. Ça, et le fait que vous deviez vous occuper de vous et de votre frère, bien qu'il soit adulte. Une nouvelle université, de nouvelles têtes à voir, c'est perturbant. Mais je vois autre chose en vous. Un autre élément déclencheur. Vous aimeriez en parler?

– Je ne vois pas de quoi vous…

Je ne termine pas ma phrase. Une paire d'yeux gris s'invite dans ma tête et ne la quitte plus.

– Il y a ce type. Cet enfoiré, commencé-je avec agressivité.

– Un garçon de votre université ?

– Un enfoiré de mon université, oui. Il suffit que je croise sa route pour que tout parte en vrille, alors que je ne le connais même pas ! Je le hais, putain ! Il se fait appeler Hell, je crois. Qui se fait appeler comme ça, sérieux ?

Je me redresse au bord du canapé, furieuse, avec une moue de dégoût.

– Hum, beaucoup d'étudiants aiment se trouver des petits surnoms. Ça permet d'avoir une sorte de rang au sein même d'un cadre scolaire.

– Et maintenant, il me menace ! la coupé-je sans pouvoir m'en empêcher. Je le hais ! Je l'ai déjà dit ?

Ma psy m'observe durant de longues secondes sans répondre. Je déteste quand elle fait ça, comme si elle me disséquait du regard et cherchait tout ce qui ne va pas chez moi. Bon courage à elle, la liste est longue !

Enfin, elle reprend :

– Je ne suis pas sûre de vous suivre, mais on reparlera de cet étudiant plus tard.

– Je ne veux pas parler de lui. Je ne veux plus voir sa tête.

– Si vous abordez sa personne avec tant de virulence, je pense qu'il faudra tenter d'en reparler plus tard. Mais rien ne vous y oblige.

Je m'enfonce un peu plus dans le canapé, les bras croisés en signe de refus catégorique. J'avais hâte de voir ma psy, mais Nasser m'a foutue en colère.

Elle ouvre son carnet, note quelques mots et tapote sa lèvre inférieure du bout de son stylo.

– Ça fait trois séances que nous n'avons pas abordé Délivrance. Aimeriez-vous qu'on en discute ce soir ?

J'ouvre la bouche, mais aucun mot n'en sort.

– Je ne veux pas en parler, affirmé-je finalement.

Elle me sourit avec patience.

– Je ne vous force pas. On peut rester assises là, sans rien dire, pendant la prochaine demi-heure. Je suis là si vous avez besoin de vous exprimer, pour vous aider à le faire chaque fois que vous vous sentirez prête.

Je reste silencieuse de nombreuses minutes. La Dre Bomley est l'une des rares à connaître véritablement mon histoire. Elle a lu mon dossier dans son intégralité. Elle s'occupe de moi depuis la fin de Délivrance. Je lui fais confiance. C'est dur, mais je sais qu'au fond, elle ne veut véritablement que mon bien. Elle a touché un point sensible. Bien sûr que j'aimerais en parler au lieu de tout étouffer en moi, car ça m'étouffe moi-même. Mais c'est encore difficile.

Je lâche une pensée qui me hante chaque jour :

– Ils nous filmaient, parfois.

Je sens une larme couler sur ma joue et l'essuie rageusement. Ils ne méritent pas mes larmes. Surtout pas eux. Plus maintenant.

– Quand ils faisaient toutes ces… choses. Putain de merde, ils nous filmaient ! Pourquoi ? Pourquoi ?!

Ma respiration est saccadée et mes poings serrés sur mes cuisses. Je m'oblige à détendre mes doigts et fixe mes ongles coupés court.

– Peut-être… pour garder des souvenirs de leurs pratiques.

Sa suggestion me donne la gerbe, mais je sais qu'elle a sans doute raison. Je réprime un frisson désagréable et ferme violemment les yeux. Je m'allonge sur le canapé, comme je le fais parfois. Ma psy me dit des paroles rassurantes, mais je ne l'écoute que d'une oreille. Je suis déjà loin.

– Détendez-vous. Vous êtes ici, avec moi. À Monroe. Vous n'êtes plus au QG de Délivrance. Vous êtes en sécurité. Vous voyez les griffes agrippées à vos cauchemars ? Celles-là mêmes qui tentent de vous arracher la peau ?

Je hoche la tête tout en gardant mes paupières closes.

– Ces griffes ne sont pas réelles, Hena. Il suffit que vous ouvriez les yeux pour vous en rendre compte. À n'importe quel moment, si c'est trop dur pour vous, ouvrez les yeux et regardez autour de vous.

Ces griffes ne sont pas réelles. Délivrance n'est plus.

Les flashs envahissent ma tête.

Le visage de mon géniteur, le regard fou.

Le visage d'un autre homme, Abraham.

Les cris.

Le sang. Le mien. Celui des autres. Celui d'Abraham. Celui des animaux.

Je ressens les coups sur mon corps et sur celui des autres.

La purification.

Des blessures. Tant de blessures. Tant de souffrance. Mon frère, ma mère. Moi. Les autres victimes.

Encore des cris.

L'obéissance.

Nouveaux flashs.

Des baisers échangés. Des hurlements de protestations. Des doigts qui caressent un corps. Des corps emboîtés.

Stop !

Je me redresse d'un coup, le souffle court. Et je me rends compte que, tout ce temps, je parlais. Je ne faisais pas que revivre ces flashs.

Je suis en train de pleurer, une nouvelle fois, mais je n'arrive pas à arrêter mes larmes. Elles coulent, cascadent sur ma peau et imprègnent mes vêtements. Ma psy me dit que je ne suis pas seule. Elle me répète que je suis ici, avec elle. Que, bientôt, les cauchemars n'auront plus aucune prise sur moi. Elle répète que je suis forte. Encore et encore.

Alors, mes larmes se tarissent. Je relève les genoux pour les coller contre ma poitrine et j'enroule mes bras autour de mes jambes. Et, comme toujours après mes pleurs, vient la colère.

– Je ne regrette pas de l'avoir tué, murmuré-je tant ma voix est cassée.

Bien sûr, j'ai été jugée pour mon acte. Mais aucune poursuite n'a été retenue contre moi. Et je ne vois aucun jugement sur le visage de la femme qui me regarde. Elle sait de qui je parle.

– Je voudrais que Daryl soit en face de moi. Et Marcus. Je voudrais les faire souffrir.

– Vous extériorisez ce que vous ressentez par de la haine. Même si vous savez que vous ne voulez pas réellement le faire, l'imaginer vous aide à guérir, en quelque sorte. Il n'y a rien d'anormal ni de monstrueux à ça. Chaque personne réagit différemment aux traumatismes qu'elle doit affronter dans sa vie. Il n'y a pas de comportement « normal » ou « anormal ». Il n'y a que vous et votre propre normalité, vos propres besoins, votre propre guérison.

Je réfléchis longuement à ses paroles. Le reste du rendez-vous se déroule plus calmement. Cette séance était dure, mais nécessaire. Je me sens indéniablement plus légère.

– J'aimerais que ma guérison aille plus vite. Et celle de Karl, aussi. Surtout celle de Karl. Parfois, j'ai l'impression qu'il n'est jamais sorti de son cauchemar, qu'il est encore dedans et ne pourra jamais le quitter.

Je n'attends pas les prochaines paroles de ma psy et me lève. Elle se remet également debout et s'appuie contre son bureau.

– Je suis fière des progrès que vous avez réalisés, Hena.

Je hausse les épaules sans savoir quoi répondre. Mais, en réalité, mon cœur se réchauffe face à ses mots.

– Vous ne me croyez pas. Vous pensez faire du surplace, mais je vous assure qu'on avance. Le chemin va être long, mais vous allez le parcourir. Entièrement.

Je souris et m'apprête à quitter la pièce.

– Votre frère, Karl, a-t-il commencé ses séances avec son nouveau psy au nord de la ville ?

Je hoche la tête.

– Ouais. Il avait une séance ce soir aussi.

– Excellent.

Je m'arrête une dernière fois et me tourne vers elle, la main sur la poignée de la porte.

– On dit que les psys sont tarés. Mais vous êtes plutôt chouette, finalement.

La rousse rigole avant de récupérer son carnet.

– Je le sais bien. Allez, filez.

Tandis que je rejoins ma voiture, je consulte mon portable et découvre un appel manqué de l'inspecteur Tate. Voir son nom ne me rassure pas tellement, mais je sais qu'il mène toujours son enquête. Il a laissé un message vocal, alors je l'écoute après m'être installée derrière mon volant :

« Hena, c'est l'inspecteur Tate. Je vous appelais rapidement pour faire un point concernant l'enquête. Toujours aucun signe de Daryl ni de Marcus. Les deux hommes sont définitivement devenus des ombres. Je pense vraiment qu'ils ont quitté l'État. Je vous appellerai dans les prochaines semaines si j'ai du nouveau. Prenez soin de vous. »

Je serre mon téléphone dans ma main avant de mettre le contact. J'espère sincèrement que l'inspecteur a raison.

***

J'arrive à l'appartement quinze minutes plus tard. Une odeur de viande grillée envahit mes narines.

– Punaise, ça sent super bon!

Mon frère me tourne le dos, debout devant l'évier.

– Poulet au citron. Enfin, j'ai essayé!

Je m'approche de lui, le cœur un peu plus léger d'être chez moi. Karl est en train de nettoyer l'évier, pourtant entièrement propre. Je me colle à lui et pose ma tête contre ses omoplates. Son contact m'apaise. C'est l'un des seuls qui ne me dégoûte pas – comme celui d'un certain Nasser, mais je refuse de penser à lui.

– C'était comment, ta séance avec le psy?

Il se tend un peu contre moi.

– Difficile. Je suis rentré en bus. Et toi, ta séance?

– Pareil.

S'il ne veut pas en parler, je ne le forcerai jamais à le faire. Alors, je me contente de frotter ses bras.

– Je t'aime.

Il inspire brusquement sans me répondre, mais je ne m'en formalise pas. Je sais qu'au fond de lui, il avait besoin de l'entendre. Et moi, de le lui dire.

8

THE HELL'S WORLD

Hena

Quand un homme vous donne rendez-vous dans un endroit désaffecté, en bordure de la ville, il faudrait être stupide pour l'écouter. Surtout quand cet homme s'appelle Nasser et qu'une espèce d'aura ténébreuse l'entoure en permanence. Je suis sûre et certaine que ça pourrait faire un bon scénario de film d'horreur.

Une petite blonde, complètement idiote, se rend à une adresse inconnue, derrière un lac, et se retrouve dépecée vivante par un psychopathe qui rôdait dans les environs.

Donnez-moi directement un oscar !

Ma voiture longe le lac de Monroe. Dans mon rétroviseur, je vois les lumières de la ville qui s'affaiblissent peu à peu tandis que ma voiture s'éloigne de la route principale. Le chemin s'enfonce dans une ancienne zone industrielle.

– Où est-ce que je suis censée aller, au juste ?!

Il y a plusieurs entrepôts et vieilles usines autour de moi, mais aucun signe de vie. Je continue néanmoins mon chemin, le cœur au bord des lèvres. Oh, oui, j'aurais très bien pu rester chez moi! Mais les menaces de Nasser tournent en boucle dans ma tête. Au fond de moi, je suis sûre que cet enfoiré serait effectivement capable d'appeler les flics. Ou alors de récupérer ses quatre cents balles à sa manière – et, honnêtement, je n'ai pas envie de la découvrir.

« Demain soir, rachète ton comportement et nous serons quittes. » Qu'est-ce qu'il entendait par là, au juste? Est-ce que je suis censée jouer les esclaves ou un truc de ce genre? Ou encore... l'aider à cacher un corps?!

Si j'étais croyante, je demanderais à Dieu d'avoir pitié de mon âme. Mais j'ai rencontré des hommes... rectification: des monstres qui se prenaient pour les nouveaux dieux et ne voulaient en aucun cas protéger mon âme. Leur but était de la briser en plusieurs morceaux avant de l'exposer fièrement.

Une lumière vive me fait ralentir. J'ouvre ma fenêtre et penche la tête, les sourcils froncés. Plus mon véhicule avance et plus je découvre des voitures et des motos garées un peu partout.

OK. J'ai clairement atteint le lieu du rendez-vous.

Je reste assise bien sagement derrière mon volant, observant un type garer sa moto juste devant moi. Il retire son casque et laisse ses longs cheveux cascader sur ses épaules. Il doit avoir une vingtaine d'années. Son air colérique me donne envie de me barrer d'ici. Si ça se trouve, je viens d'arriver en plein trafic de drogue.

Le type s'éloigne, son casque sous le bras. Mais ce n'est pas ça qui m'interpelle. C'est plutôt la barre de fer qu'il tient fermement tout en marchant d'un pas tranquille.

– Qu'est-ce qu'il fout? soufflé-je, toujours à l'abri de ma voiture.

Sauf que la curiosité me bouffe. La débilité, également. Incapable de résister à la tentation, je me glisse dehors et ferme discrètement la portière dans mon dos. Je longe une ancienne usine. Peu à peu, je n'entends plus que le bruit de mes pas, qui foulent le béton. Une bourrasque chaude soulève alors le bas de mon tee-shirt blanc. Je le rentre dans mon jean bleu et accélère le pas.

J'entends des cris. De nombreux cris. Des gens qui scandent des noms comme s'ils scandaient ceux de dieux descendus parmi nous. J'entends des basses, également. Du rap. Je m'arrête à une vingtaine de mètres d'une foule bruyante devant un bâtiment désaffecté. Les murs sont entièrement bétonnés. Il a peu de fenêtres sur les deux étages qui se présentent à moi, mais je vois des rais de lumière et de la fumée en sortir par vagues.

– OK. C'est quoi, ce joli petit bordel? demandé-je entre mes dents.

Je fais de nouveaux pas vers le bâtiment, jusqu'à me retrouver au milieu de la foule. Les corps se collent les uns aux autres, et je suis obligée de jouer des coudes pour traverser cette marée humaine endiablée.

Certaines personnes restent devant l'entrée du bâtiment et se contentent de sautiller sur place, avec des bières et des verres qu'elles agitent au-dessus de leurs têtes. De la fumée se faufile de tous les côtés, m'empêchant d'observer attentivement mon environnement.

On dirait une soirée improvisée et sans limites. En fait, plus qu'une soirée. Il y a tant de gens devant l'entrée que ça m'empêche d'accéder à l'intérieur. Des corps transpirants se collent à moi tandis que je me fraie malgré tout un passage.

Putain de merde!

Je déteste leur contact. Mon corps se braque. Mes muscles se tendent et ma respiration s'accélère. Sauf que le seul moyen de sortir de cette foule, c'est d'avancer. Alors, je prends sur moi, serre les dents et continue de jouer des coudes.

Si je pensais que l'extérieur du bâtiment était démesuré, ce n'est rien en comparaison de l'intérieur. Plusieurs centaines de mètres carrés s'étalent devant moi. Et l'espace, s'il n'est pas saturé de monde, est pas mal rempli. Je profite du petit vide autour de moi pour respirer avidement. Un mélange d'odeurs de cigarette, d'herbe et d'autres réjouissances envahit alors mon nez.

– Si je ne finis pas défoncée dans dix minutes, ça sera un petit miracle, marmonné-je pour moi-même.

Mes cheveux collent déjà à ma nuque tant la température est élevée à cause de la foule. L'intérieur de l'entrepôt est sombre, mais les nombreux néons accrochés au plafond éclairent suffisamment les lieux. Je remarque plusieurs écrans suspendus. Pour l'instant, ils sont éteints, mais je me demande à quoi ils servent. Sûrement pas à diffuser des films ou des clips musicaux.

Je continue d'avancer dans la salle, repère de vieux canapés dans un coin, puis une sorte de bar improvisé de l'autre côté, avec un vieux comptoir en bois. Pour le coup, on dirait vraiment un squat. Vous savez le pire ? L'effervescence qui se dégage des gens est telle que, contre ma volonté, je me sens grisée par l'ambiance. Le rap hard-core qui résonne à travers les immenses enceintes emplit mes oreilles et me plonge dans une espèce d'euphorie involontaire. Ça te donne envie de faire partie de ce lieu. Ça te donne envie de plonger dans cet enfer toxique.

Les traits de tous ces gens ne laissent deviner aucun tourment. Ils dansent, sautent sur place, se frottent les uns contre les autres sans penser au reste de leur putain de vie. Je suis peut-être en enfer, mais les démons n'ont pas leur place ici. Ils sont restés dehors, nous laissant quelques minutes de répit, déconnectés de la réalité. La majorité des personnes réunies semblent être des étudiants, mais certains paraissent un peu plus âgés.

Je suis à deux doigts de céder à l'excitation tant tout est nouveau et euphorisant pour moi. Mais je me secoue mentalement et passe une main sur mon visage rougi. Je jette mes longues mèches blondes par-dessus mon épaule et poursuis mon avancée dans le bâtiment.

Sur ma droite, un vieil escalier en métal mène à une mezzanine qui surplombe l'endroit, mais qui semble interdite d'accès au commun des mortels, vu que personne ne semble se risquer à emprunter l'escalier. Et forcément, ça m'intrigue.

La fumée est telle qu'elle me brûle la gorge et me force à m'enfoncer dans la foule. J'essaie au maximum d'éviter de recevoir de l'alcool ou d'autres substances douteuses sur moi. Je me demande où est passé le type aux cheveux longs, celui qui tenait une barre de fer. Mais, surtout, je me demande où est Nasser et pourquoi il a voulu que je ramène mon cul ici.

J'entends de nombreux cris par-delà la foule et n'arrive pas à identifier exactement ce qu'il se passe. Je m'arrête en apercevant deux filles, à quelques mètres de là, acclamées par des gens en délire. Elles se tournent autour, s'agrippent les hanches et collent leurs bouches l'une contre l'autre. L'une d'elles rejette la tête en arrière. Je reconnais son visage aux traits doux et ses longues mèches brunes.

Aly!

L'autre fille penche la tête vers sa poitrine et ses dents capturent l'un de ses mamelons à travers le tissu de son tee-shirt. Je reste immobile, observant leur danse sensuelle et sexy. Un type se rapproche d'elles et se colle dans le dos d'Aly. Il pose sa bouche dans son cou et mordille sa peau.

La nana en face de moi n'est plus la brune au col brodé de fleurs que j'ai rencontrée en cours d'astronomie. C'est une femme en pleine extase qui assume ses désirs sans les cacher aux autres. Et ce n'est pas la seule, si j'en crois les personnes autour d'elle. J'inspire brusquement et me détourne de ce spectacle, le feu aux joues.

À Délivrance, il est arrivé qu'Abraham exprime ses désirs en public. Sauf qu'il n'y avait aucun consentement de la part de ses victimes. Aucun plaisir. Aucune acceptation. Mais tout ce que je viens de voir à l'instant est… différent. Carrément différent.

Je continue de traverser la foule, mais un corps arrive près de moi. Je souris à une Aly aux pupilles dilatées.

– Hena?! Il me semblait bien t'avoir vue, putain! Qu'est-ce que tu fais ici?

– Nasser m'a donné rendez-vous, lui indiqué-je.

Peut-être qu'elle ne sait même pas qui c'est. Mais, à la mention de son nom, une lueur de surprise traverse les yeux d'Aly.

– Ah oui? Alors, bienvenue au pays des vices, bébé. Bienvenue au Toxic Hell.

Le Toxic Hell? Je dois avouer que le nom est… tentant et correspond parfaitement à l'endroit.

– Enfer toxique?

– Un lieu qui agit comme un poison sur nous, continue Aly. Sauf qu'une fois ici, tu n'as envie d'aucun remède pour te sevrer.

Je secoue la tête tout en m'éventant rapidement. Putain, il fait tellement chaud! Et ses paroles m'intriguent autant qu'elles me font flipper.

– Je ne viens pas par plaisir.

– On dit tous ça, mais pas besoin de faire semblant. Tu es celle que tu dois être en dehors de cet endroit, Hena. Mais ici, tu es la personne que tu choisis d'être.

Elle passe sa langue sur ses lèvres rougies.

– Et puis, une fois qu'on a goûté à l'enfer, ça se transforme en ambroisie. Alors, on revient. Encore et encore.

– Je veux bien te croire, mais je suis venue parce que… disons que j'ai un truc à régler avec Nasser.

– Avec le patron des lieux? Putain, dans quoi tu t'es foutue?!

– Le patron ? relevé-je en levant un sourcil moqueur sans pouvoir m'en empêcher.

Seul son sourire en coin me répond. J'observe la jupe en cuir qu'elle porte, mettant parfaitement en valeur l'arrondi de ses hanches. Elle s'apprête à me dire quelque chose, mais un bras se pose sur ses épaules.

– Arrête de draguer tout ce qui bouge.

Archi.

Le brun m'adresse un sourire éclatant tout en serrant Aly contre lui. Cette dernière lui donne un coup de coude et reprend à mon intention :

– Ne fais pas attention à mon connard de frère.

Archi éclate de rire et m'observe attentivement.

– Toi, je t'ai déjà vue. Et si tu croises Nasser, sache que t'es dans la merde.

C'est bien lui qui travaille dans le bar, celui qui a les caméras de surveillance pouvant prouver mon vol.

Aly mordille sa lèvre inférieure, apparemment perdue.

– Arrête de menacer ma copine.

– Sœurette, ce n'est pas ta copine, rétorque Archi en levant les yeux au ciel. La tienne t'attend sur la piste, où elle est en train de chauffer toute la salle.

Aly s'éloigne sans même me dire au revoir, mais je crois qu'elle est trop dans l'instant présent pour se soucier d'autre chose que de son plaisir et de sa nana, apparemment.

– Notre jolie petite voleuse… continue Archi pendant que je scrute son visage. Tu sais que Nasser était plutôt… en colère ?

Il me mate ouvertement d'un regard appréciateur, mais vu que j'étais en train de faire pareil, je ne peux pas vraiment lui en vouloir.

– Eh bien, tu peux aller dire à ton petit copain que je suis là ?

Archi me fait un clin d'œil. Il semble amusé par ma repartie acerbe.

– Tu le cherches ? Dans ce cas, tourne-toi, parce que c'est son moment.

Il siffle bruyamment, accompagné par la foule. Des gens scandent des noms. Plusieurs noms. Mais l'un d'eux revient plus que les autres.

Hell. Celui qui règne sur le Toxic Hell ?

La foule s'écarte quelque peu, me donnant l'occasion de voir ce qui se tient à une dizaine de mètres de là.

– Un… un ring ? chuchoté-je sans comprendre.

Archi colle presque sa bouche contre mon oreille, mais veille à ne pas me toucher.

– Bienvenue en enfer, ma jolie.

Alors, je comprends. Son surnom débile.

Hell.

Un homme s'approche, torse nu. Il tient une barre de fer dans les mains. C'est le type qui s'est garé devant moi avec sa moto. Ses cheveux longs sont rassemblés dans un chignon masculin. Mais mon regard s'attarde à peine sur lui.

Mes yeux verts s'arrêtent derrière lui. Un tout autre prédateur s'approche. Nasser, ou Hell, devrais-je dire, s'avance tel un roi traversant son royaume. D'ici, je peux voir son corps finement musclé, son torse nu recouvert de cicatrices et ses épaules massives. Mais c'est son visage qui me coupe le souffle tant l'intensité que j'y trouve est puissante. Il sait ce qu'il fait. Il sait qui il est. C'est son nom que l'on hurle autour de lui.

Sans m'avoir remarquée, il s'avance sur le ring, frappant ses deux poings l'un contre l'autre. Enfin, un sourire d'emmerdeur éclaire son visage. Il est heureux. Dans son élément, l'enfer qui règne dans cet univers toxique.

– Tu es venue voir Hell, Blondie ? Le voilà ! s'exclame Archi.

De nouveaux sifflements parcourent la foule en ébullition. Les écrans s'allument au plafond. Les billets s'envolent dans les airs. J'entends les gens hurler dans tous les sens.

Et la salle s'embrase.

9

LE GRAND SAUT

Hena

Sur le ring, les deux hommes se tournent autour. La tension emplit la salle, la folie parcourant la foule en délire. L'ambiance est telle qu'elle rendrait euphorique n'importe qui. Euphorique et mort de peur. Les murs du Toxic Hell semblent se nourrir de cette peur.

Une curiosité malsaine s'insinue en moi. Je me sens attirée par la violence du combat à venir. Si je voulais avoir la confirmation que Délivrance m'a complètement bousillée, bingo, c'est fait !

– Ils vont se battre ? Jusqu'à quel point ? demandé-je au brun à mes côtés.

Archi effleure mon épaule en roulant les siennes.

– Jusqu'à ce que l'un des deux abandonne.

Les gens hurlent de tous côtés.

– Hell ! Hell ! Hell !

Certains hurlent un autre prénom : Ilias. L'adversaire de Nasser, je suppose. Le dénommé Ilias fixe Nasser, la barre de fer fermement tenue entre ses dix doigts.

– Et si aucun des deux n'abandonne? m'exclamé-je. Bordel, ce type a une barre de fer! Est-ce que c'est putain de sérieux?!

Je sens le regard d'Archi posé sur moi, mais je n'arrive pas à décrocher mes yeux de la scène qui se déroule à quelques mètres de là.

– Arrête de t'inquiéter, Blondie.

Un type agite un vieux chiffon orange dans les airs. Aussitôt, le premier coup est porté. Ilias se jette littéralement sur Nasser et tente de le frapper dans les jambes avec son arme. Nasser se décale et son coude heurte la tempe d'Ilias.

– Ouuuh, sale! rigole Archi en se tournant vers moi. Putain, je sens qu'il va se donner en spectacle comme jamais, ce soir, quand il verra qui est là…

Je ne fais pas vraiment attention à ses paroles, trop concentrée sur le combat. Les deux hommes s'envoient des coups à de nombreuses reprises et ne retiennent pas leur force.

La foule devient de plus en plus hystérique quand Nasser reçoit un méchant coup de poing directement dans la mâchoire. Ilias s'empresse de le frapper de nouveau, cette fois avec sa barre en métal, mais Hell est plus rapide que lui. Il se redresse, percute son adversaire et l'envoie valdinguer.

Il se tourne ensuite vers la foule, ses yeux gris la scrutant. Il trouve rapidement Archi. Puis son regard me trouve, moi. Il ne me lâche plus. Et tandis qu'Ilias se prépare à une nouvelle attaque, Nasser me sourit. Cet enfoiré est peut-être sur le point de se faire casser la gueule, mais il me sourit d'un air serein.

J'articule un « imbécile » dans sa direction.

– Il fait son show, continue Archi.

Nasser pivote et fonce sur Ilias. J'ai l'impression qu'un nouveau combat vient de débuter. Hell fait ressortir la folie qui le possède, et elle écrase tout sur son passage. Ses poings pleuvent sur Ilias.

Ce dernier lâche la barre et tente de se protéger le visage. Nasser fauche ses jambes d'un long balayage. Ilias s'effondre sur le sol dans un bruit assourdissant.

– Est-ce que c'est fini ?

Archi secoue la tête.

– Ilias n'abandonnera pas aussi facilement.

Il commence à s'éloigner. Je suis brusquement perdue.

– Mon travail commence, Blondie. Il est l'heure, pour moi, d'aller récupérer l'argent de ces enfoirés.

L'argent des nombreuses personnes qui ont parié ce soir.

– Mais tu as dit toi-même que le combat n'était pas terminé, fais-je par-dessus les cris. Nasser n'a pas encore gagné !

Un rire ironique me parvient pour toute réponse tandis qu'Archi s'éloigne, se mêlant à la foule.

Un cri de rage retentit et je reporte mon attention vers le ring. Ilias tente de récupérer sa barre de fer, mais Nasser l'envoie valser au loin. Je n'entends pas vraiment les paroles qu'échangent les deux hommes, mais je mettrais ma main à couper que ce sont des insultes.

Soudain, Nasser rigole ouvertement. Ilias enrage encore plus et tente de plaquer au sol le démon aux cheveux de jais. Mais c'est trop tard. Nasser l'étend le premier. Je vois Ilias se recroqueviller sur lui-même, ses yeux sortant presque de leurs orbites. Nasser lui assène un dernier uppercut, directement dans le nez. Du sang se met alors à couler rapidement de ses narines et des gouttes aspergent les deux combattants. Les gens hurlent. Ils sont galvanisés par la violence. Les exclamations pleuvent. Le sang ne leur fait pas peur. Il les rend encore plus fous.

Nasser patiente, debout devant Ilias. Les cheveux et le torse trempés de sueur, il guette sa proie, prêt à lui fondre dessus au moindre mouvement. Finalement, Ilias frappe le sol de sa main, le visage blafard. Hell a gagné. Il observe la foule, le menton relevé. Ses yeux scannent les visages. Il sait qu'il est le roi de ce lieu.

L'euphorie s'amplifie. Les billets volent. Des gens hurlent. D'autres semblent mécontents. Des coups pleuvent quand certains commencent à en venir aux mains. Je ne vois plus Archi ni Aly. Je ne vois plus le ring ni Nasser. Et je finis étouffée par la foule.

La marée humaine est partout. Je donne moi-même des coups de coude pour sortir de là. Mais les gens sont trop nombreux. Trop de corps se mélangent et se bousculent.

Putain, je vais crever!

Au moment où ma respiration se fait plus difficile, signe d'une crise de panique sévère, je sens une main s'enrouler comme un serpent autour de mon poignet. Je pousse un cri strident en comprenant qu'un inconnu est en train de m'entraîner à sa suite. Je cligne des yeux et observe les doigts qui m'agrippent. Un homme me tire en dehors de la foule. Je ne vois que ses épaules et son dos nu, recouverts de sueur et de poussière.

Nasser.

Il accélère le pas, se fondant dans la masse pour nous forcer un chemin. Il bouscule tout sur son passage, se moquant de tous, ses doigts toujours accrochés à mon poignet. Et je le laisse faire. Parce que, si je reste ici seule, je vais me faire piétiner en un rien de temps.

J'ai à peine conscience que nous grimpons l'escalier en métal, celui menant à la mezzanine. L'étage du bâtiment désaffecté et pourtant bien entretenu se présente sous la forme d'une espèce de loft dont une seule partie semble ouverte.

Nasser lâche brusquement mon poignet une fois que nous sommes arrivés en haut. Je me baisse et pose les mains sur mes cuisses, reprenant ma respiration. J'inspire longuement, plusieurs fois, les yeux fermés.

Lorsque je me redresse et ouvre les paupières, Nasser me fait face.

– Milhena Williams, tu as eu assez de couilles pour venir jusqu'à moi.

La crise de panique me quittant peu à peu, je passe mes paumes sur mes joues en feu. Il connaît mon nom complet… Donc, il sait bien qui je suis grâce aux journaux.

– Hena. Ne m'appelle pas Milhena.

Il hausse un sourcil, mais ne dit rien. Il essuie son front recouvert de sueur et de quelques gouttes de sang. J'observe à loisir son corps à demi nu. Je ne peux m'empêcher de zieuter sans discrétion le moindre de ses muscles et de ses poils noirs qui courent sur son ventre, puis l'encre noire, des mots qui me sont inconnus et qui parsèment sa peau exposée.

J'avale difficilement ma salive en relevant mon regard. Ses yeux gris sont moqueurs. Je remarque quelques bleus sur son visage. Il frotte son nez aquilin, où une goutte de sueur coulait. Ses cheveux d'un noir d'encre tombent sur son front.

– Où est-ce qu'on est ? demandé-je en faisant un tour sur moi-même. Cet étage semblait interdit d'accès.

Je retiens une exclamation en découvrant qu'il n'y a aucun garde-fou au bord de cette mezzanine. L'endroit est complètement ouvert sur la foule en contrebas. Je préfère ne pas me concentrer dessus, au risque d'être prise de vertige. J'observe plutôt mon environnement. On est dans une sorte de petit salon assez spartiate. Un immense canapé noir est installé dans un coin. Une table basse en verre est posée juste devant.

Mais je vois surtout une lourde porte sur le mur opposé. Je parie qu'elle ouvre sur de nombreuses autres pièces.

– Tu es ici chez moi. Eh oui, cet endroit est normalement interdit au public ! Mais on devait parler, toi et moi. La foule était trop en furie, en bas, pour qu'on puisse discuter.

OK, donc on est effectivement chez lui. Il vit ici, dans cet endroit transformé par ses soins. L'escalier nous a menés jusqu'à un étage ouvert sur le vide. La porte doit sûrement conduire à son appartement. Nous sommes sur son territoire.

Nasser s'approche de moi, un tee-shirt noir à la main. Il l'enfile et utilise le bas du tissu pour essuyer son visage. En le regardant faire, je sens encore le contact de ses doigts sur mon poignet. Je le frotte distraitement et fais quelques pas pour m'éloigner du vide. Si je m'approche trop du bord et que je dérape, je vais tomber et écraser quelqu'un, dans la foule, avant de me faire piétiner.

Pourquoi ne pas mettre une foutue rambarde, putain ?!

J'avale difficilement ma salive en observant quand même les gens en contrebas. Ils semblent un peu plus tranquilles désormais. Un nouveau combat est sur le point de commencer. Je vois Archi récupérer des billets. Plusieurs caméras sont braquées sur le ring.

– Hell, hein ? Quel surnom ! On ne peut pas dire que tu te prends pour de la merde.

Je me tourne vers Nasser, le vide dans mon dos, et le découvre en train de sourire de manière effrontée.

– J'ai déjà connu des hommes qui se prenaient pour des dieux, énoncé-je avec une moue moqueuse. C'est assez pathétique.

Oh, oui, ils se prenaient pour les nouveaux dieux et avaient pour ambition de nous purifier afin de créer un nouveau monde ! Les flashs horrifiques m'envahissent et je bloque mon cerveau automatiquement.

Nasser continue d'étudier chaque centimètre carré de mon corps.

– Je ne suis pas un dieu. Je suis le roi de cet endroit.

Le roi de cet enfer toxique qui consume tout.

Un endroit qui t'a intriguée ces vingt dernières minutes, se moque ma conscience.

– Bon ! lancé-je en croisant les bras. Pourquoi est-ce que je suis là ?

– Tu vas travailler pour moi, m'annonce-t-il.

Ma mâchoire manque de se décrocher. Il s'approche de moi et son odeur envahit mes narines. Un mélange de sueur et de quelque chose de beaucoup plus boisé. J'inspire brusquement avant de ricaner.

– Je suis censée servir des verres ? Faire en sorte que les clients soient rois ? Les accueillir ?

Sa bouche se plisse.

– Je te l'ai dit, trésor. Je suis le seul roi ici. Mais tu peux servir des verres si t'as envie de perdre ton temps. Ou même vendre ton joli petit cul.

Je n'aime pas la façon dont il fixe mes hanches, comme s'il m'imaginait nue. Je réponds à son attaque par une offensive à la Hena.

– C'est pas ce que tu fais ? rétorqué-je en le fixant droit dans les yeux. Tu vends ton propre petit cul : tu l'agites devant leur nez pour qu'ils te paient.

Son corps se colle presque contre moi. Il suffirait d'un centimètre supplémentaire pour que sa peau percute la mienne. La colère a envahi son visage pour ne plus le quitter.

– J'ai été gentil, Milhena, commence-t-il d'une voix doucereuse.

Il fait exprès de m'appeler par mon prénom, le salaud !

– Je t'ai laissée me défier. Grossière erreur de ma part. Alors, je vais arrêter d'être gentil. Insulte-moi encore une fois et je te jette dans la foule.

J'essaie de contrôler les réactions de mon visage, mais peine perdue, je ne peux pas cacher ma surprise. Il plaisante, pas vrai ?

– Et qu'est-ce qui se passerait ? murmuré-je.

– Ils sont alcoolisés. Veulent baiser. Qu'est-ce que tu crois qu'il se passerait ?

J'inspire difficilement. Je vois de la folie dans son regard, encore plus que dans le mien, sûrement. À cet instant, plus que jamais, il me fout les jetons. Mais ça explose en moi. Je ne peux pas garder ma bouche close. J'ai besoin de lui renvoyer un coup.

– Tu ne me fais pas peur.

Il semble décontenancé par mes mots. Mais il pense que je mens, je le vois sur son visage.

Ses mains se posent sur mes épaules. Et il me pousse dans le vide.

10

ULTIMATUM

Hena

Un hurlement s'étouffe dans ma gorge. La main de Nasser attrape mon tee-shirt et il me retient avant que je ne tombe dans le vide. Mes doigts s'agrippent à son bras, mes griffes s'enfonçant profondément dans sa peau au passage.

– Ne m'insulte plus, me menace-t-il.

Mon cœur sort de ma poitrine et je hoche précipitamment la tête. Il me tire un peu plus et je me redresse, vivante, sur le sol.

Mon Dieu ! Quel putain de psychopathe !

Je reste immobile, une bordée d'injures au bord des lèvres. Je suis à deux doigts de lui sauter dessus pour l'étrangler. Il s'éloigne pour récupérer une bouteille d'eau et se laisse tomber sur le canapé avec un petit rire exaspéré.

– Non, mais c'est qui, cette garce? se demande-t-il à voix haute.

Il passe une main dans ses cheveux. Je rêve de les arracher à cet instant. Je prends sur moi – temporairement.

– Qu'est-ce que tu veux dire par travailler pour toi?

Il laisse passer quelques secondes, buvant plusieurs gorgées d'eau.

– Je veux que tu voles pour moi.

Je crois avoir mal entendu. Je ne pensais pas que la situation pouvait encore s'aggraver. Je sais que je devrais rester calme, mais au diable la maîtrise de soi. Je préfère sauter moi-même dans la foule plutôt que ne rien dire.

– Tu plaisantes ? Jamais de la vie !

Il pousse un soupir irrité, ses yeux me sondant.

– Pourquoi ? T'es douée, non ? Je t'ai vue à l'œuvre. Tu vas voler pour moi pendant que je serai en train de combattre.

Je secoue la tête et serre les poings.

– Tu crois sincèrement que je vais commettre un délit pour toi ? Absolument pas.

– Alors, les flics viendront te trouver pour les vols que tu as déjà commis et dont j'ai la preuve. Et je veux que tu me rembourses immédiatement mes quatre cents balles.

Je mords ma lèvre si fort que je peux presque sentir le goût de mon sang. Je suis tellement furieuse, putain !

– Tes menaces ne fonctionnent pas. Je pourrais balancer aux flics ce qui se passe ici. Je suis sûre qu'ils seront ravis d'apprendre que tu viens d'exploser la tête d'un homme.

Il hausse les épaules, nullement inquiet.

– Cet endroit m'appartient. Donc, c'est une soirée privée, sur ma propriété. Personne ne va entrer ici. Et les flics me relâcheraient rapidement. Je leur suis trop utile.

Utile ? Utile à quoi ? Je ne sais pas, mais son visage annonce qu'il ne ment pas. Je suis prise au piège. Il se lève et s'avance vers moi lentement – trop lentement à mon goût.

– Tu peux refuser, partir et me rembourser maintenant. Mais je finirai sûrement par te balancer, de toute manière. Ou tu peux accepter de bosser pour moi. Te faire de l'argent facile. Développe ce petit talent que tu caches précieusement.

– Je ne veux pas de cette vie, murmuré-je. Les derniers mois n'ont pas été faciles. J'ai juste envie d'un peu de paix.

– Je lis les journaux, trésor. Mais ça ne change rien. Je m'en moque.

Oui, il est au courant que j'ai été retenue dans une secte aux habitudes douteuses. Mais il ne connaît pas mon histoire. La véritable histoire.

– C'est mort !

– Alors, pars, marmonne-t-il avec colère. Tu as le choix, Hena. On a toujours le choix. Mais ne me fais pas perdre mon temps, trésor.

Cette fois, il m'a appelée Hena. Je reste de longues secondes à ne rien dire.

– Non. On a pas toujours le choix. Et arrête de m'appeler « trésor » ! craché-je. Je croyais que les trésors ne ressemblaient pas aux garces dans mon genre.

Un long silence s'installe entre nous. Il y a une lueur calculatrice dans son regard, et ça ne me plaît pas du tout. Je me tourne à nouveau vers la foule. Je veux réfléchir. Je dois peser le pour et le contre.

– À quoi servent les écrans et les caméras ? demandé-je pour gagner du temps.

Il sait ce que je fais, mais il répond quand même.

– À diffuser les combats. À recevoir les paris extérieurs.

– Ils sont diffusés où ?

– Sur le dark Web[1]. Et je récupère l'argent de divers paris directement dessus.

---

1. Le dark Web, aussi appelé Web clandestin ou encore Web caché, est le contenu de réseaux superposés qui utilisent l'Internet public, mais qui sont seulement accessibles via des logiciels, des configurations ou des protocoles spécifiques. Le dark Web est surtout connu pour des usages illégaux, comme le trafic de drogues ou de marchandises illicites.

Le dark Web? Bien sûr, j'en ai entendu parler, mais je ne me suis jamais risquée à m'y rendre. Apparemment, ce n'est pas le cas de Nasser et de ses spectateurs. Je m'apprête à lui donner enfin ma réponse lorsque je vois un visage familier traverser la foule. Je fronce les sourcils et pousse un juron.

– Karl?! m'exclamé-je.

Je cours vers l'escalier comme une furie.

Qu'est-ce que mon frère fait ici?!

J'entends les pas de Nasser dans mon dos. Il se demande sans doute pourquoi je me barre. Je l'entends m'appeler plusieurs fois, mais je l'ignore, cherchant mon frère une fois en bas. Mais Karl n'est plus là.

Putain!

Je gagne difficilement l'extérieur, mais je ne le vois toujours pas. Il s'est volatilisé.

La voix de Nasser claque derrière moi.

– On a pas terminé notre conversation. Je veux une réponse.

– Putain, mais fous-moi la paix! Attends une minute!

Mes yeux scannent les entrepôts extérieurs, mais il n'y a personne.

– Quoi? grommelle Nasser, perdu.

Il s'approche de moi, mais je lève les mains dans sa direction.

– Tu n'as aucune foule dans laquelle me jeter maintenant. Reste loin de moi, lui ordonné-je avec rage.

Il hausse les épaules.

– C'est toi qui es venue à moi, trésor. Même si je t'ai dit de venir, tu aurais pu refuser, mais tu es ici. Il y a même de quoi satisfaire tes désirs cachés.

– Mes désirs cachés?

Un sourire de connard étire ses lèvres.

– Qui sait? Tu pourrais prendre de nouvelles habitudes loin de ta vie de merde de ces derniers mois.

Je sens des envies de meurtre me traverser. J'ai tant de rage en moi ! Je ne réfléchis plus à rien. Je me baisse, récupère une pierre et l'envoie dans sa direction, ne pensant même pas aux conséquences de mon acte.

Nasser se décale et l'évite de justesse. Le choc s'inscrit sur son visage.

– Je n'ai jamais vu un aussi gros connard de ma vie !

Je cours vers ma voiture. Je verrouille les portières une fois à l'abri derrière le volant. Nasser s'empresse de me rejoindre, le regard meurtrier. Mais il m'a cherchée ! Alors, il m'a trouvée. Il pose la main sur la vitre, son visage se penchant vers moi. Je crie pour qu'il m'entende :

– Une fois. Je volerai une seule fois pour toi. Après, on sera quittes et je ne veux plus jamais voir ta sale gueule, Hell !

Je mets le contact et démarre en trombe, manquant de lui écraser les pieds. Sa main frappe la carrosserie, mais déjà je m'éloigne, priant pour retrouver Karl sur la route.

11

LE ROI FOU

Nasser

Les mots quittent à peine la foutue bouche d'Hena que cette tarée appuie sur l'accélérateur, manquant de m'écraser les pieds. Je frappe sa carrosserie, puis fais un bond en arrière.

Cette nana est complètement timbrée, putain !

– Espèce de folle ! hurlé-je.

Mais déjà, la voiture s'élance dans la nuit et disparaît derrière un bâtiment. Je ne crois pas avoir déjà été aussi énervé par quelqu'un. Elle arrive à me faire sortir de mes gonds comme personne. Déjà, elle me vole, putain ! Ensuite, elle me défie. Elle me pousse à bout sans jamais hésiter.

J'étais à deux doigts, vraiment, de la jeter dans le vide. La foule l'aurait rattrapée, avec plus ou moins de dommages, je l'avoue. Mais, quand j'ai vu ses yeux de biche brisée… putain ! Je l'ai retenue sans même m'en rendre compte. Mais le message est passé. Mes menaces ont porté leurs fruits. J'ai vu la peur sur son visage. Sauf que son foutu caractère est ressorti à peine une minute plus tard.

– Est-ce qu'elle a vraiment failli t'écraser? s'écrie Archi.

Il retient un fou rire tant bien que mal.

– Et elle m'a jeté une pierre, marmonné-je avec stupeur.

Il finit par ne plus pouvoir se retenir et explose de rire malgré mon regard noir, ses doigts tenant une poignée de billets. La pêche a été bonne, apparemment. Le but est simple au Toxic Hell. Chacun parie avec qui il veut. Archi supervise le tout et vérifie que les choses ne dégénèrent pas. Il parie aussi directement avec des spectateurs, avec ceux qui misent sur mes adversaires. Une fois que je remporte le combat, il récupère notre argent et on se le partage ensuite.

J'inspire profondément pour tenter de me calmer. Quand Hena est dans les parages, tout le contrôle que j'ai habituellement sur moi-même disparaît. Le problème, en plus de ça? L'air de défi qui se trouve continuellement sur son visage attise tout ce qu'il y a de mauvais en moi. Ça me donne envie de la combattre, de voir jusqu'où je peux aller pour la faire plier. Parce qu'elle pliera, c'est un fait.

Mais j'ai aussi besoin d'elle.

Je réintègre l'entrepôt – mon territoire – alors que mon cerveau se concentre sur d'autres éléments qui ne me plaisent pas. Ses yeux, qui semblent si prudes et innocents, fixés sur moi pendant le combat. Pourtant, la force qui se dégage d'elle me montre qu'elle n'est pas un oisillon tombé du nid. C'est le genre de force donnée par les coups que la vie vous porte. Je la revois étouffer au milieu de tous ces gens. Je me revois, moi, fendant la foule et la tirant de là sans réfléchir. Je pousse un grognement tout en me secouant mentalement.

Cette fille ne m'attire pas, putain! me répété-je.

Pourtant, sa bouche pulpeuse vient narguer mes pensées. J'ai envie de la faire taire en la baisant avec ma queue, juste pour qu'elle arrête de me répondre. J'avale difficilement ma salive et mes yeux balaient la salle, encore pleine à craquer. Hors de question de me jeter dans la gueule du loup qu'est Hena Williams ! Cette fille est intenable. Incontrôlable. Trop sauvage. Elle veut absolument avoir le dernier mot.

C'est justement ce qui te rend fou, ce combat que tu n'es pas sûr de gagner, murmure une voix au fond de moi.

Je l'ignore superbement. J'ai besoin d'Hena. Alors, je vais l'utiliser. Puis on en restera là.

Tandis que je traverse la foule, une fille se colle à moi.

Esmée.

Je m'arrête un instant. Elle ondule près de moi, son petit corps bouillant contre le mien, ses longs cheveux noirs cascadant dans son dos. Elle colle sa poitrine contre mon torse.

– Je t'ai cherché toute la soirée.

Je ne réponds pas.

– Bravo pour ton combat, Hell, murmure-t-elle devant mon visage.

Ma main se pose sur ses fesses. Elle et moi savons comment nous allons terminer la soirée. Nous ne sommes pas potes ni en couple, mais nos corps matchent bien ensemble. Esmée aime butiner les nombreuses fleurs de la ville de Monroe. Elle va d'homme en homme, sans aucune attache. Je fais pareil avec les femmes. Je respecte son choix et elle respecte le mien. Juste du sexe sans prise de tête quand l'occasion se présente.

Sans un mot, je la tire derrière moi. Nous montons l'escalier en métal. Elle manque de tomber, alors j'agrippe un peu plus fermement son poignet. Sauf que mes doigts se rappellent la douceur d'une autre peau. Je me souviens du pouls d'Hena, battant follement contre ma main un peu plus tôt. Je serre les mâchoires et continue mon ascension.

– Hum, et si on allait derrière cette porte ? demande Esmée en tortillant des hanches quand elle arrive en haut.

Elle indique la porte du regard. Celle donnant sur mon appartement.

– Non.

Ma réponse est la même que d'habitude. Pourtant, Esmée pose la question, encore et encore. Je me laisse tomber sur le canapé et écarte les cuisses.

– Ne fais pas comme si le bruit de la foule allait te gêner.

Elle rigole doucement et vient me chevaucher. Sa robe bleue remonte haut sur ses hanches et j'en profite pour poser la main directement sur sa petite chatte. La brune ondule contre mes doigts. L'humidité de son string trempe mes phalanges.

– Putain, j'ai eu envie de ça toute la soirée ! halète-t-elle. Et si on demandait à Archi de nous rejoindre ?

Ce n'est pas comme si c'était la première fois, mais Archi tardera à se joindre à nous et j'ai trop de colère en moi. Alors, je secoue sèchement la tête. J'ai besoin d'évacuer. Maintenant.

– Je n'ai pas envie de te baiser.

Esmée comprend rapidement où je veux en venir. Elle s'agenouille devant moi. Ses yeux de chat se posent sur ma queue, qu'elle a pris soin de dévoiler. Sa main coulisse le long de mon manche. Un grognement monte de ma gorge quand sa langue rejoint la partie.

– T'as l'air en colère, commence-t-elle. Quelque chose t'a mis en rogne ?

Je ferme les yeux sans répondre. Sauf qu'un visage s'impose à moi. Je revois une petite poupée blonde et, soudain, c'est sa main que je sens sur ma queue tandis que ma respiration s'accélère. J'ouvre grand les paupières et me reconnecte à la réalité.

Qu'est-ce qu'il se passe, bordel ?

Les minutes suivantes, je me concentre sur mon plaisir et sur ma partenaire.

– Je vais jouir, annoncé-je à Esmée pour qu'elle se recule.

Mais elle me suce un peu plus fort. Ses bruits de succion recouvrent ceux de la foule en bas. Alors, je me laisse aller, jouissant puissamment au fond de sa gorge.

Quelques minutes plus tard, Esmée redescend. Je suis à nouveau seul sur mon canapé. Je presse les mains sur mon visage fatigué et contusionné. Ce chien d'Ilias m'a pris par surprise, ce soir. Mais notre guerre n'est pas terminée. Hena va m'aider à y mettre fin. Bientôt. Très bientôt.

Je pense à cette tarée. Je me relève avec un juron et ferme la braguette de mon jean. Ne me préoccupant pas de la salle, je déverrouille la porte de mon appartement et la claque dans mon dos. Je sais qu'Archi est en train de gérer.

J'avance dans mon salon aux tons gris pour aller m'installer à l'immense bureau en verre qui trône sur la droite. Deux ordinateurs dernier cri sont posés dessus, tous deux verrouillés. Je me connecte rapidement à ma session. Enfin, les choses sérieuses vont pouvoir commencer. J'accède rapidement au dark Web, mon second terrain de jeu. Mon royaume secret.

Moins de dix pour cent du Web sont accessibles librement : le Surface Web. Mais si vous saviez ce qu'on peut trouver sur le dark Web ! C'est simple : absolument tout. Marché noir. Commerces illicites. Pornographie. Pédophilie. Terrorisme. Et j'en passe, tous plus dégueulasses les uns que les autres. Ce n'est pas ce côté qui m'intéresse.

C'est le repaire parfait si t'es assez doué pour cacher totalement ton adresse IP et ta localisation. Parce que sachez une chose : le dark Web est le réseau préféré des hackers comme moi. Et je connais assez les lieux depuis que j'y publie mes activités.

J'ouvre une seconde connexion cryptée, accède à plusieurs pages, et enfin arrive sur la mienne. En bas, à droite, j'avise directement la somme d'argent que je viens de récolter cette dernière heure. Je me félicite intérieurement.

J'observe le reste. Il n'y a aucun commentaire sur la page. Aucun échange avec les spectateurs, qui gardent leur anonymat. Mes combats sont diffusés en direct ici, uniquement contrôlés par moi-même. Les spectateurs paient grassement pour accéder à la diffusion, puis ils parient. Ils veulent du sang. Du spectacle. De la rage sans limites. L'argent transite par différents lieux avant d'être transféré sur un compte secondaire qui m'appartient. Je reverse une partie de mes gains à Archi.

Je me cale sur ma chaise et commence à me rouler un joint tout en regardant les nouveaux gains arriver. Telle est ma vie au milieu de cet enfer toxique qui me bouffe peu à peu.

12

RÉCUPÉRER SON ÂME, COÛTE QUE COÛTE

Hena

Je patiente sur l'une des deux chaises de la kitchenette, un café brûlant et bourré de sucre entre les mains. J'entends les bruits de la douche s'arrêter. Une minute après, Karl débarque, des cernes sous les yeux. Ses cheveux blonds sont encore trempés. Il porte un sweat vert foncé et un jean clair. Il s'immobilise face à moi, ne comprenant sûrement pas l'expression sérieuse sur mon visage.

Quand je suis rentrée, hier soir, et que je ne l'ai pas trouvé chez nous, j'ai fini par m'écrouler de fatigue. Mais, ce matin, je suis bien réveillée et prête à jouer les mères poules. Qu'est-ce qu'il foutait là-bas, dans ce fief de damnés ?

C'est un peu hypocrite, se moque ma conscience.

Mais je l'ignore. C'est moi, l'aînée. C'est donc mon rôle de veiller sur Karl.

– Salut, me dit mon frère en passant une main dans ses mèches claires. Bien dormi ?

Je hoche la tête et l'observe se servir une tasse de café avant de s'installer en face de moi. Bon. OK. Comment lancer la conversation?

– Où étais-tu hier soir?

Autant entrer directement dans le vif du sujet. Il avale une gorgée de café avant de reposer sa tasse sur le comptoir, ses yeux bleus dans le vague face à ma question. Mais je continue sans attendre sa réponse.

– Je t'ai vu dans cet entrepôt. Le Toxic Hell. Tu étais au milieu de cette foule qui s'était déplacée pour assister à des combats illégaux.

Mon ton de reproche lui fait froncer les sourcils.

– Si tu m'as vu, c'est que tu y étais aussi, rétorque-t-il.

Touchée! Merde!

Je pousse un soupir et pose à mon tour ma tasse.

– Je ne pense pas que tu devrais…

– Hena, me coupe-t-il. Tu me couves trop. Je suis brisé, c'est vrai, mais je ne fais qu'appliquer tes conseils. C'est toi qui m'as dit d'essayer de vivre, de me battre face aux cauchemars. J'ai essayé d'avoir l'air normal, hier soir.

Un long silence envahit la pièce. Karl serre les poings et je vois une sincère confusion se dessiner sur ses traits.

– Je voulais juste comprendre pourquoi on parlait de lui, finit-il par murmurer. Hell.

Je fronce les sourcils, à mon tour perdue.

– Nasser?

Mon frère hoche la tête.

– C'est la légende de Monroe. Ou le cauchemar. Les gens ne semblent pas unanimes. Quoi qu'il en soit, je sais qu'on vient des quatre coins de la ville pour tenter de se mesurer à lui. Certains continuent de parier contre lui malgré son palmarès, ce qui l'aide à se faire des couilles en or.

Donc, lui aussi a entendu parler de Nasser et de ses petites… activités.

– Et toi? me demande Karl. Qu'est-ce que tu faisais là?

– Je lui devais quelque chose.

– Qu'est-ce que tu lui devais? Et, s'il te plaît, sois honnête.

Je pèse le pour et le contre, mais je n'ai pas envie de mentir à mon frère. Ça me fait mal.

– Tu te souviens des quatre cents dollars? C'est à lui que je les ai empruntés.

Bon, je n'avoue pas toute la vérité, mais ce n'est qu'un demi-mensonge.

Karl écarquille les yeux et sa bouche s'ouvre en grand.

– C'est à ce type que tu as emprunté de l'argent? C'est lui, le super pote dont tu me parlais?

– Hum… j'ai peut-être… enjolivé les choses en parlant d'amitié. Je vais devoir le rembourser en bossant pour lui.

– Là-bas?! s'exclame mon frère.

– Là-bas, affirmé-je avec un sourire penaud, comme si je n'étais pas secrètement flippée.

Karl ignore que je vais devoir voler pour Nasser, mais je préfère garder ça pour moi.

– Si tu veux, je peux travailler à ta place. Je pourrais combattre et…

– Hors de question! m'énervé-je subitement.

– C'était juste une proposition. Je veux t'aider.

J'essaie de détendre mes muscles. Mon cœur déborde d'amour.

– Je sais bien, murmuré-je. Mais je te jure que je gère. Vraiment.

Je ne gère absolument rien.

– Mais si tu as besoin…

– Je te le dirai. Promis.

Karl finit par hocher la tête. Il récupère sa tasse et se lève.

– Je ne compte plus y retourner, me dit-il avec peine. Il y avait de la violence, tant de violence. Et ça résonnait en moi, Hena. Ça m'a fait vraiment peur.

Il n'attend pas ma réponse et s'éloigne vers sa chambre tandis que mon cœur se brise. Il ne déborde plus d'amour, mais de tristesse. Et de rancœur contre toutes ces personnes qui s'en sont prises à Karl. Il a subi plus que moi à Délivrance. L'inimaginable n'avait aucune limite. Tandis que j'ai préféré me battre jusqu'à m'évanouir, lui s'est effondré sur lui-même.

Mes pensées me ramènent vers une autre personne. Une qui a littéralement été détruite. Je pense à ma mère. Cette femme meurtrie que j'aime de tout mon être, mais qui nous a été enlevée. Son corps est toujours là, mais son esprit, lui… Il est perdu dans les abysses de l'horreur.

J'inspire profondément quand, contre ma volonté, d'autres flashs s'imposent à moi. Et je me retrouve plongée dans un souvenir cauchemardesque.

***

Ça fait un mois que je suis arrivée à Délivrance. Un mois que je lutte de toutes mes forces pour que l'on ne m'approche pas. Un mois que je me suis repliée sur moi-même. On ne m'a pas encore touchée sexuellement. Je suis prisonnière ici, enfermée dans une pièce du vieux ranch aménagé au milieu du bayou.

Mais les choses changent. Je sais qu'Abraham, mon « professeur », devient impatient. Il veut commencer mon apprentissage pour que je suive la voie de ma mère, de Karl, et des autres victimes. Il veut nous délivrer d'un mal qui n'a jamais existé. Lui seul incarne l'horreur.

Je suis assise sur le lit miteux, dans cette pièce misérable d'environ huit mètres carrés. Comme chaque fois que j'entends des bruits de pas, je serre les jambes contre ma poitrine et les tiens fermement. J'essaie de ne plus y faire attention, mais je sais qu'ils se rapprochent.

Les pas s'arrêtent. Je peux discerner l'ombre immobile sous la porte. Je resserre les bras autour de mes jambes et commence à me bercer. Quelqu'un ouvre alors le verrou, puis le battant et s'arrête sur le seuil. Je garde la tête baissée et ferme les paupières. Je ne veux voir personne, si ce n'est mon frère.

– Cela fait deux jours que tu refuses de t'alimenter, mon enfant.

Abraham.

– Tu vas t'abîmer et tu n'auras plus de forces pour entamer notre voyage vers le nouveau monde qui s'ouvrira à nous.

J'ignore de quel voyage il parle, mais je ne veux pas le savoir. Il s'assied au bout du matelas et reste là sans rien dire. Je sens mon cœur battre au fond de ma gorge.

Après plusieurs minutes, je finis par relever le visage. Je veille à ne regarder que ses mains. Et je vois ce qu'il tient. Du raisin. J'en ai instantanément l'eau à la bouche.

– Tu en veux?

Sans réfléchir, je le fixe dans les yeux et une envie de vomir me prend à la gorge. Son regard est bienveillant, comme s'il regardait sa fille. Comme si nous étions dans une situation normale. Mais ce n'est pas normal, je le sais, même si mon esprit me joue des tours tant j'ai faim.

Ses doigts décrochent un grain de raisin et il l'approche de moi. Je recule d'un bond et sa main reste suspendue en l'air.

– Prends-le, m'invite-t-il d'une voix douce et indulgente. Il est sucré et délicieux.

J'inspire bruyamment. J'aimerais l'insulter de tous les noms, comme je le fais tous les jours, afin qu'il s'éloigne, ainsi que les autres. Mais je n'y arrive pas aujourd'hui. Je ne vois que ce grain de raisin. Je ne peux que penser à son goût sucré dans ma bouche. J'en salive tellement j'ai faim.

Ma main se soulève lentement pour s'approcher du grain, toujours suspendu entre nous deux. Au dernier instant, Abraham retire sa main.

– Si tu le veux, m'annonce-t-il, tu vas devoir accepter de recevoir ta première leçon.

Alors, j'oublie le raisin. Et je me rappelle ce qu'il se passe. Mon enlèvement. Daryl, mon géniteur. Je hurle et tente de sauter sur Abraham. Il se redresse précipitamment et je tombe du matelas, mes os heurtant durement le sol en béton.

Il pousse un soupir mécontent, puis s'éloigne avant que je ne me remette debout.

– Je reviendrai demain. Et tous les jours jusqu'à ce que tu finisses par accepter.

Abraham sort de la pièce tandis que je hurle à pleins poumons.

Ils tentent de me briser. Ils veulent manipuler mon esprit, mais je ne les laisserai pas faire. Et même si je tombe un jour, même s'ils finissent par détenir provisoirement mon âme, je la récupérerai. Je sortirai d'ici, coûte que coûte.

13

NE PAS AVOIR PEUR

Hena
Le lendemain

Lorsque je m'installe au septième rang de l'amphithéâtre, la salle est déjà presque remplie. Ce n'est que le deuxième cours de sociologie avec le Pr Mozart, mais j'ai l'impression de ne pas être la seule à avoir hâte.

Je sors ma tablette, appuie sur le bouton de déverrouillage et ouvre mon fichier de notes. Puis je sors un carnet, que je pose juste à côté. Cette fois-ci, je me promets de ne plus paniquer à la mention d'une secte quelconque et de ses pratiques infâmes.

Je peux le faire, me répété-je mentalement.

Une silhouette massive s'installe alors à ma droite. Un parfum épicé pénètre instantanément dans mes narines. Une odeur enivrante. Je sens un visage se tourner vers moi et je n'ai pas besoin de pivoter pour comprendre de qui il s'agit.

– Ne serait-ce pas ma petite voleuse? débite la voix grave.

Je ferme les paupières tout en inspirant. Rester calme et faire comme s'il n'existait pas. Je peux y arriver. Je n'ai pas envie de me battre aujourd'hui.

– T'as décidé de m'ignorer?

Je braque mon regard vert dans son regard gris. Le visage de Nasser est moqueur. Il hausse les sourcils comme s'il était en train de se foutre clairement de ma gueule. C'est sans aucun doute vrai. Mais je discerne quelque chose d'autre. Une émotion plus sombre et plus brute enfouie en lui. J'en déduis qu'il est toujours furieux de ma fuite fracassante d'hier soir. Et ça tombe bien parce que je le suis toujours de mon côté. Ses paroles blessantes, ses actes et ses pseudo-menaces me donnent envie de lui écraser les pieds pour de bon.

Mais je prends sur moi et reporte mon regard sur l'amphithéâtre lorsque le Pr Mozart pénètre dans les lieux, accompagné de sa fidèle canne blanche. Il dépose un chapeau en tissu vert sur le bureau, puis tousse plusieurs fois pour demander le silence.

Je sens Nasser bouger près de moi. Sa cuisse effleure la mienne par inadvertance. Je tente d'ignorer ses mouvements et l'aura de son corps qui vient caresser la mienne. Comment est-ce qu'il peut se ramener ici, juste à côté de moi, après ce qu'il s'est passé la veille? Peut-être qu'il est justement venu me faire chier pour se venger. Mon corps se tend et j'entends l'enfoiré retenir un rire victorieux. Il jubile de voir la bataille que je suis en train de livrer avec moi-même.

Heureusement, le prof commence son cours sur les différents processus sociaux qui entraînent une certaine déviance au sein de notre propre société. J'essaie de rester concentrée, mais je sens soudainement son souffle près de ma joue. Je m'immobilise, sur mes gardes, mais un frisson incontrôlable s'empare de moi.

– Sache, murmure Nasser sur un ton belliqueux, que j'ajoute à tes vols le fait que tu as porté atteinte à ma personne en me jetant une pierre. Et t'as failli me rouler dessus.

Je sais, j'ai dit que je devais me taire, mais c'est plus fort que moi. Je rétorque aussi discrètement que possible :

– T'as essayé de me jeter dans le vide. Et tu m'as menacée pour que je vole pour toi. Je suppose qu'on va devoir compter les points, *Hell*.

J'insiste sur ce dernier mot, le prononçant avec ironie.

Il s'apprête à rétorquer quelque chose, mais le Pr Mozart, qui terminait son introduction, est soudainement pris d'une quinte de toux. Une fois calmé, il enchaîne :

– Aujourd'hui, nous allons aborder ensemble la secte du Temple du Peuple. En avez-vous déjà entendu parler ?

Nous répondons « non » à l'unisson. Notre prof se tient debout devant l'estrade et reprend :

– Le 18 novembre 1978, Jim Jones, le gourou, poussait au suicide neuf cent quatorze fidèles, au Guyana, en Amérique du Sud. À votre avis, comment en est-il arrivé jusque-là ? Comment a-t-il dévié de notre société établie pour créer son propre groupe organisé ? Savez-vous comment il s'y prenait pour recruter ses fidèles ?

Encore une fois, nous répondons tous par la négative.

– Il prétendait pouvoir réaliser des miracles. Il faisait semblant d'extraire des tumeurs buccales en cachant un foie de poulet dans sa manche.

Mais quelle horreur !

– Chaque semaine, Jones soumettait les familles à une « nuit blanche », étrange exercice au cours duquel les disciples devaient avaler et faire avaler à leurs enfants du faux poison. Le but était de tester leur foi – en lui, en ses idéaux.

Le professeur continue son cours et je tente de rester concentrée sur ce qu'il nous raconte. Mais mon voisin a d'autres projets, apparemment, comme celui de me pourrir la vie. Il s'agite à ma droite, incapable de rester en place et attentif. Sauf que le banc sur lequel nous sommes assis n'est pas idéal. Quand mon autre voisin s'étale un peu plus à ma gauche, je bascule contre Nasser, sans le faire exprès, avant de me replacer correctement. Il laisse échapper un petit rire.

– C'est pas toi qui te plaignais, lors de notre première rencontre, que j'étais trop proche de toi?

Sa main gauche est posée sur la table et son index tripote mon carnet. J'écarte ce dernier aussi discrètement que possible.

– Arrête de me chercher, râlé-je à voix basse.

Je me tourne vers lui et découvre son petit sourire. Il s'apprête à répondre, mais je secoue la tête pour l'en dissuader.

– Au cas où t'aurais pas deviné, je veux pas te parler.

– Moi aussi, j'essaie de suivre.

Son chuchotement paraît innocent, mais son visage est loin de l'être. Je me replace correctement et susurre:

– Bien sûr. Arrête! Je te donnerai de mon temps lorsque j'en aurai à perdre, ce qui n'est actuellement pas le cas.

Je le sens se tendre à mes côtés. J'en profite pour enfoncer le clou.

– Malheureusement pour toi, tu ne peux pas me menacer ou me jeter dans le vide maintenant.

– Garce, me lance-t-il avant de reporter son attention sur le professeur.

Le calme règne jusqu'à la fin du cours. Je reste quasi immobile, sauf pour prendre des notes, affreusement consciente de la proximité perturbante du corps de Nasser. Déjà, j'ai du mal à être si proche d'un homme. Mon corps ne veut qu'une chose: bouger.

Mais surtout, la chaleur qui se dégage de sa peau me perturbe. Ça me perturbe, car, à un moment, je me surprends à aimer ça.

Bref, je deviens complètement folle.

– Venons-en au plus important, reprend le professeur cinq minutes avant la fin du cours.

Tous les étudiants deviennent attentifs. Le sourire sur son visage ne laisse rien présager de bon.

– Vous allez avoir plusieurs travaux à réaliser au fur et à mesure du semestre, en fonction des thèmes que l'on va aborder. Pour ce thème relatif aux mouvements sectaires et à l'intégrisme, un premier travail vous est demandé. Vous aurez trois à quatre semaines maximum pour en venir à bout. Vous devrez me faire une présentation orale dans laquelle vous développerez un cas ou un mouvement particulier. Laissez parler vos envies et abordez ce que vous souhaitez. Vous m'en enverrez un enregistrement vocal par mail.

Les messes basses commencent à retentir et le prof frappe le sol de sa canne pour avoir le silence.

– Vous pouvez, bien entendu, travailler seul…

Génial! C'est ce que je vais faire.

– … ou à plusieurs. Comme vous le voulez. Le tout est que vous soyez intéressés par ce que vous allez me présenter. Dans le cas où vous seriez plusieurs, je vous conseille d'avoir un chef de projet.

Nasser m'effleure presque en étirant ses épaules. J'inspire brusquement et il laisse échapper un souffle.

– Quoi? demandé-je avec hargne.

Les gens commencent à parler entre eux et personne ne fait attention à nous.

– T'es angoissée par ma présence, rétorque-t-il.

Je manque d'avaler ma salive de travers.

– Je suis exaspérée par ta présence, c'est différent.

Son visage me montre qu'il ne me croit pas. Il croit sérieusement qu'il me fait flipper. Bon, OK, je ne suis pas rassurée par son impulsivité et je ne sais jamais à quoi il pense, mais il ne me fait pas peur. J'ai déjà trop de peurs enfouies en moi pour être effrayée par Nasser.

– OK. Prouve-le-moi, me défie-t-il.

Je rigole et croise les bras tout en l'affrontant du regard. Notre combat désormais silencieux dure quelques secondes.

Tire-toi! m'ordonne ma conscience, mais je l'ignore.

Je vois Archi venir vers nous.

– Parfait, rétorqué-je en fixant Nasser. Travaille avec moi.

– Je ne crois pas, trésor.

– Tu vois, c'est toi, la poule mouillée.

Il penche la tête sur le côté, songeur. Il ne s'attendait pas à ce que cette insulte se retourne contre lui, mais il a l'air d'apprécier le coup que je lui ai envoyé. La balle est désormais dans son camp. À lui de tenter, une nouvelle fois, de prendre le dessus, et à moi de l'envoyer bouler.

– Salut! s'exclame Archi en se tenant au bout de la rangée. Bon, Nasser, on bosse ensemble?

Nasser sourit effrontément et se tourne vers moi.

– Désolé, mais Hena m'a déjà demandé de bosser avec elle.

Archi ouvre la bouche sans rien dire. Je vois les questions traverser son visage tandis qu'il m'observe avec surprise.

Dans quoi est-ce que je me suis embarquée, putain?!

Nasser s'apprête à me dire autre chose, mais son portable vibre dans sa poche. Il le sort et ce qu'il voit sur son écran le braque complètement. Le grand brun se lève et récupère ses affaires. Il est passé du feu à la glace de manière radicale. Je ne peux que le regarder s'éloigner sans un mot de plus, ni même un regard.

C'est quoi, son problème ?

Il s'apprête déjà à descendre l'escalier, mais s'arrête soudainement. Il jette un coup d'œil dans ma direction et me lance :

– Demain soir. Tu travailleras pour moi demain soir.

Les élèves le regardent, se demandant de quoi et à qui il parle. Mais déjà, il s'éloigne alors que je reste immobile sur mon siège.

Demain soir. Je vais devoir voler pour lui demain soir.

14

VISITE PARTICULIÈRE

Nasser

Je traverse les couloirs de la fac, Archi sur les talons. Il n'attend pas que l'on quitte le bâtiment pour récupérer son joint et l'allumer. Plusieurs regards se tournent dans notre direction, mais je n'y prête pas attention, Arch encore moins que moi. Perdu dans ses pensées, il trace sa route.

Je n'ai pas vu Hena quitter la salle. Peut-être est-elle toujours assise, au milieu de la rangée, à faire semblant de ne pas être une petite bombe à retardement qui finira tôt ou tard par exploser.

Sa proposition m'a surpris, je l'avoue. Je ne m'attendais pas à ce qu'elle exige que je bosse avec elle, surtout après l'avoir enchaînée à moi à cause du vol. J'aurais dû refuser. Mais, en voyant l'air de défi sur son visage – un défi qui répondait au mien –, j'ai sauté sur l'occasion. Ce petit jeu va devenir intéressant, je le sens. Qui fera craquer l'autre en premier ? Qui finira par se tuer à la tâche ?

– Esmée m'a envoyé un message, reprend Arch une fois que nous sommes dehors. Il paraît que t'as refusé à demi-mot de coucher avec elle hier soir.

Je hausse les épaules tout en descendant les marches en pierre qui donnent sur la cour. Au loin, j'aperçois le parking blindé.

– Je n'avais pas la tête à ça, rétorqué-je platement.

Je n'ai pas envie de discuter de ça avec lui, et surtout pas maintenant. En réalité, je suis encore troublé par mon altercation avec Hena.

Je sens mon portable vibrer dans ma poche, mais je l'ignore. Je m'arrête pour récupérer mes clés de voiture dans mon jean. C'est alors que je remarque une silhouette familière, qui nous observe à une vingtaine de mètres de là, sur le parking.

– Ton frangin est là, annoncé-je à Arch.

Le brun à mes côtés se tourne vers l'inspecteur Hiro et lève son majeur dans sa direction. Je laisse échapper un rire. Il aurait tellement voulu que son petit frère devienne un parfait petit citoyen, comme lui! Ce qui n'a jamais été le cas et ne le sera jamais.

– Qu'est-ce qu'il fout ici? reprend mon ami.

– Il doit sûrement nous surveiller.

Bien sûr que Hiro veut me faire tomber, moi, et son frère en prime. Mais il oublie que je lui ai été utile par le passé. À lui et aux autres flics de Louisiane. Je lui adresse un signe de la main avec un petit sourire moqueur. Je n'apprécie pas ce type, mais il reste le grand frère d'Arch.

– Tu vas devoir t'expliquer un jour avec lui.

Arch se gratte la gorge, puis tire sur son joint.

– Qu'il aille se faire foutre.

Disons que lui comme moi n'avons pas des rapports reluisants avec notre famille.

– Aly lui parle toujours?

Arch hoche la tête, mais reste silencieux. Finalement, je finis par m'éloigner et monter dans ma caisse pour me rendre dans un endroit que je déteste.

J'arrive, une demi-heure plus tard, devant l'une des principales prisons de l'État. Je passe rapidement le contrôle de sécurité. Je suis en apparence serein, mais, comme chaque fois que je viens ici, j'ai la gorge nouée.

Mon père a réussi à me joindre par le biais de l'une de ses connaissances, alors même qu'il est en train de croupir ici. Ça fait une dizaine de jours qu'il tente de me faire venir, et il m'a finalement eu à l'usure. Alors, me voici. Ce n'est pas de gaieté de cœur. Je veux juste que ce moment passe et que je puisse vite retourner à ma petite vie en oubliant sa sale gueule.

Quelques minutes plus tard, je me retrouve dans un parloir consacré aux visites. Je patiente, assis sur une chaise fixée au sol. Mon genou gauche ne cesse de tressauter, mais je garde les deux bras fermement croisés sur mon torse. Enfin, une porte latérale s'ouvre.

Mon père pénètre dans la pièce. Il est immense. Son corps est recouvert d'une combinaison orange, caractéristique des détenus. Il avance doucement, le regard braqué droit devant lui. Je remarque qu'il s'est encore épaissi depuis l'année dernière.

De nouveaux tatouages recouvrent sa peau au niveau de son cou. Son crâne est, comme toujours, rasé à blanc. Il se laisse tomber sur la chaise devant moi et pose ses mains menottées sur la table. Son regard gris – le même que le mien – analyse les moindres traits de mon visage.

Ses paupières se plissent quand il remarque le bleu sur ma pommette gauche – souvenir de mon combat avec Ilias.

Ni lui ni moi ne parlons pendant de nombreuses minutes. J'observe l'encre sur sa peau. On dirait un putain de colosse prêt à tout briser sur son passage avec son air de tueur.

– Mon fils, dit-il enfin. Nasser Imran.

Mon fils.

Sa voix est lourde de nombreux sentiments, surtout de beaucoup de rancœur. De la déception, aussi, car je ne l'ai pas suivi, lui, dans ses plans foireux.

Il est tombé pour le braquage à main armée d'une banque il y a quatre ans. Lui, mon grand frère et d'autres types de son entourage. J'avais 16 ans et aucune espèce de lien avec ça. Je me suis retrouvé alors à la rue. J'ai zoné, sans famille et sans argent. C'est la rue qui m'a ouvert les bras. J'ai rapidement appris que me servir de mes poings, dans des combats de rue, allait me permettre de me faire de l'argent. J'ai un jour croisé la route d'Archi à l'un de ces combats. Il était venu pour observer et on a sympathisé. Par la suite, il m'a aidé à gagner mon propre fric.

Bref, mon père est tombé avec ses complices. Il a pris plus que les autres parce qu'il a tué un type qui travaillait dans cette banque. En réalité, on pourrait dénombrer bien plus de cadavres, mais personne ne sait exactement ce qui se cache dans le sillage d'Elijah.

Mon père n'a pas toujours été un criminel. Il fut un temps où c'était un homme bon et aimant. Il a quitté le Montana très jeune pour arriver en Louisiane. Ses parents étaient morts et il a enchaîné les petits boulots pour garder la tête hors de l'eau. Il s'est battu, seul, pour se faire une place.

Il est ensuite tombé amoureux de ma mère, qui venait d'Algérie et effectuait ses études ici. Ils se sont aimés, follement. Puis nous sommes arrivés, mon grand frère et moi, et ils nous ont chéris sans limites.

Ils se sont toujours efforcés de nous élever correctement pendant notre enfance. Mon père enchaînait les heures de travail. Il rentrait tard, le soir, et nous racontait ses longues journées tout en enlaçant ma mère. Mais, lorsque ma mère est morte, quand j'avais 10 ans, tout s'est écroulé autour de nous. L'amour a détruit mon père. La perte de ma mère l'a changé. Radicalement. En réalité, cette perte nous a tous changés.

Le chagrin de mon père s'est mué en haine contre le monde. Et il a fini par s'entourer de mauvaises personnes. C'est ce qui l'a fait chuter il y a quatre ans.

La prison ne l'a pas arrangé. Je remarque que de nombreuses cicatrices recouvrent son visage et qu'une partie de son œil gauche est blanche. Il n'avait pas ça, la dernière fois que je l'ai vu, et je me demande ce qu'il s'est passé.

Son apparence me fout de plus en plus les jetons. Il n'a rien à voir avec l'homme qu'il était il y a de ça bien des années.

– Comment ça va? me demande-t-il après son inspection. Ça fait plus d'un an que j'ai pas vu ta gueule ici, malgré mes appels.

Son ton est plein de reproches. Je serre fortement les mâchoires, tentant de me maîtriser.

– J'étais occupé, lâché-je finalement avec un temps de retard, ne donnant aucune excuse à mon absence.

– Occupé, hein?

Je hoche la tête, les bras toujours croisés sur mon torse.

– On m'a dit que t'avais commencé l'université.

J'ignore qui lui a raconté ça, qui s'est renseigné pour le compte de mon père. Mais, si quelqu'un marche derrière moi pour me surveiller, il va falloir que j'intervienne et que je sache qui c'est. Et vite.

– Quelle perte de temps, putain! s'exclame soudainement mon géniteur.

Il attend que je lui affirme qu'il a raison, que je partage son avis. Mais je ferme ma gueule. Je ne suis pas studieux. Je pourrais tout simplement me concentrer sur mes activités illégales et dangereuses pour me faire de l'argent. Mais je sais que ma mère aurait voulu que je fasse autre chose de ma tête.

– Qu'est-ce qui est arrivé à ton visage? reprend-il ensuite avec un air sceptique.

– Un simple désaccord.

Il rigole pour se moquer de moi. Il doit savoir exactement ce que je fais de mes nombreuses soirées. Il l'avait déjà compris quand je suis venu ici, il y a plus d'un an, avec un œil au beurre noir et mes phalanges esquintées.

– J'espère que l'autre est en fauteuil roulant.

Ilias a pris cher.

Il observe mon corps tendu.

– Ne sois pas nerveux! ajoute-t-il avec un rire moqueur.

Il s'adresse à moi comme si j'étais toujours un ado de 15 ans suspendu à ses ordres. Ce n'est plus le cas. Je redresse les épaules.

– Je ne suis pas nerveux.

Et puis, finalement, mon père change d'expression et se montre mesuré. Et je comprends pourquoi je suis ici.

– Ton grand frère va sortir d'ici quelques jours.

Bordel de merde! Je ne m'attendais pas à ça. Cette nouvelle n'augure rien de bon.

– Si tout se passe bien, je sortirai bientôt également. Je veux que tu restes avec ton aîné et que tu lui fournisses ce dont il a besoin.

Son ton est sans appel. Il ne s'attend à aucune contestation. Ma mâchoire se crispe et je serre les poings. Hors de question qu'ils viennent détruire ce que j'ai construit à la force de mes mains! Je prie pour qu'il reste à croupir ici le plus longtemps possible.

– Alors, vous ne comptez pas vous ranger? demandé-je, sardonique.

Mon ton sarcastique ne lui plaît pas. Ses traits se tendent et son vrai visage se révèle.

– Se ranger, c'est pour les faibles.

– Je ne vais pas pouvoir l'aider, le coupé-je en parlant de mon aîné. Dis-lui de ne pas venir me voir.

Il hausse un sourcil, surpris de ma réponse. Il ne s'attendait pas à ce que je dise non. À ce que je les renie aussi ouvertement, lui et les embrouilles qui gravitent autour de sa personne.

– T'abandonnes ta famille, fiston ? Attention à ce que tu dis, ça ne tombe pas dans l'oreille d'un sourd.

Je trace simplement mon propre chemin, pour lequel je suis le seul à décider. Je me lève avant que la situation dégénère. Et le connaissant, ça va forcément dégénérer.

– Ça fait des années que la famille n'existe plus pour moi.

Ma famille de sang n'est plus. Depuis bien longtemps. Depuis la mort de ma mère.

Je l'entends crier mon nom dans mon dos, mais je l'ignore. Qu'ils fassent ce qu'ils veulent. Je ne ferai pas partie de leurs plans.

Des souvenirs me reviennent en tête et me hantent le temps que je traverse la prison. En les laissant défiler, je sais que je prends la bonne décision. Rester à l'écart d'Elijah, mon géniteur, et surtout de mon frère, fidèle héritier de cette belle escroquerie, est la meilleure chose à faire si je ne veux pas sombrer davantage.

15

VOLER LA VOLEUSE

Hena

– Eh oui ! Vu qu'il n'y a pas d'atmosphère sur la Lune, il n'y a pas d'eau, pas de vent, etc. Bref. Les empreintes laissées aujourd'hui seront toujours visibles dans plusieurs milliers d'années. Rien ne viendra les altérer.

Adélaïde Montpensier, notre professeur d'astronomie, écrit de nombreux mots-clés sur le tableau tout en continuant de parler d'une voix forte.

– On pense que notre chère copine a 4,5 milliards d'années. Savez-vous comment elle se serait formée ?

À ma grande surprise, Aly lève la main.

– Moi, moi, moi, murmure-t-elle.

J'interromps ma prise de notes sur ma tablette tandis que la prof interroge ma nouvelle amie, qui se met debout pour lui répondre.

– La Lune provient d'une collision entre la Terre et une étoile.

– C'est presque ça, répond la prof avec un hochement de tête. Bravo, mademoiselle.

La brune se rassied, un grand sourire sur le visage. Elle se tourne vers moi et me donne un petit coup de coude.

– Je suis la meilleure, dis-le !

– T'es la meilleure, répété-je avec un clin d'œil.

Elle joue des sourcils, ravie, puis reprend sa prise de notes. Honnêtement, contrairement à elle, je n'avais aucune réelle information concernant la formation de la Lune.

– Pour être plus précis, reprend Adélaïde, la Lune provient d'une gigantesque collision entre la Terre et un corps céleste de la taille de la planète Mars. La violence de cet impact aurait éjecté de nombreux débris en orbite autour de notre planète. Ils se seraient regroupés et auraient formé la Lune.

Quelques minutes plus tard, le cours prend fin. Et tant mieux parce que j'ai clairement la dalle vu qu'on approche de treize heures.

– Je vous donne d'ores et déjà un travail à me rendre dans une quinzaine de jours. Les étoiles sont hautes dans le ciel et une pleine lune arrive prochainement. Je vous demande de vous servir de mon instrument préféré, votre œil, et d'établir grossièrement une carte du ciel que vous aurez préalablement observé. Jouez le jeu, ne regardez pas sur Internet. OK, les moldus ?

Certains acquiescent rapidement tandis que d'autres quittent déjà l'amphithéâtre. Aly me suit dans le couloir. J'envoie un message à Karl pour savoir si on mange ensemble.

– Je viens de vérifier : dans une dizaine de jours, un mercredi soir, on devrait aller observer le ciel pour établir notre carte à main levée. Ce sera la pleine lune à ce moment-là.

– D'accord, bonne idée.

– Tu manges seule ? me demande la brune une seconde plus tard, en écho à mon estomac, qui crie famine.

– En fait, je… Oh, attends !

L'arrivée d'un message sur mon téléphone interrompt ma réponse. Je pousse un soupir de déception.

– Je devais manger avec mon frère, mais il est toujours en train de bosser à la bibliothèque.

– Super, mangeons ensemble!

Je n'ai pas vraiment la possibilité de refuser, puisque, déjà, elle me tient la porte menant à l'extérieur. Je suppose que déjeuner avec une personne comme Aly ne me fera pas de mal.

– T'es proche de ton frère? me demande-t-elle soudain tandis qu'on pénètre dans l'immense réfectoire de la faculté de Monroe.

L'endroit est partiellement rempli d'étudiants, amassés en petits groupes. D'immenses baies vitrées donnent sur la cour de la fac et apportent une luminosité bienvenue.

– Oui, affirmé-je en avançant vers la zone de service. Et toi? T'es proche d'Archi?

Elle hoche la tête avant de récupérer un plateau et de poser ses couverts dessus.

– Je suis proche de mes deux frères, ouais, même si mon aîné est assez… différent de mon jumeau et moi.

Deux frères?

Un autre détail m'interpelle.

– Archi est ton jumeau? m'exclamé-je en récupérant une pomme, que je pose sur mon plateau.

– Eh oui, madame! Enfin, il affirme qu'il est le plus âgé vu qu'il est né quelques minutes avant, mais, personnellement, je soutiens le contraire, et je te conseille de me croire, moi.

Je souris. Une délicieuse odeur de lasagnes envahit mes narines quand une femme m'en sert une généreuse portion.

On s'installe à une table de quatre restée vide. Je m'empresse de prendre une bouchée de pain, calmant ainsi mon estomac.

– C'était comment, là-bas? questionne Aly, la bouche pleine.

Vous avez dû vivre de sales trucs…

Je me fige, le goût du pain m'écœurant soudainement. Je sais que sa question est innocente et qu'Aly n'a pas du tout de mauvaises intentions, mais qu'est-ce que vous voulez que je réponde à ça ?

Aly semble voir mon trouble parce qu'elle continue :

– Enfin… je… je sais grossièrement ce qui vous est arrivé, mais y avait pas vraiment d'infos dans les journaux ni sur Internet. C'était juste… une supposition.

Les excuses que je lis sur son visage me sortent de mon trouble.

– C'est rien, lui dis-je pour la rassurer. Oui, les journaux n'ont pas vraiment eu accès au dossier.

Et c'est une bonne chose. Et, pour répondre à ta question, oui, Karl et moi avons vécu beaucoup de trucs.

Un silence pesant s'installe. Aly tente alors de détendre l'atmosphère.

– J'ai tellement faim que je pourrais carrément bouffer une queue.

Sa remarque complètement délirante me fait exploser de rire. Enfin, j'attaque mon plat, l'appétit retrouvé. Les minutes suivantes, une conversation plus cool et moins sensible s'engage entre nous. On finit par aborder nos séries préférées et nous tombons d'accord sur *Vampire Diaries*. Mais nous ne le sommes pas pour les personnages.

– Non, attends, me coupe-t-elle, tu ne peux pas dire que Stefan n'est pas le meilleur personnage !

Je termine ma bouchée de pain et rétorque :

– Perso, je n'en avais rien à faire de Stefan. J'étais obnubilée par Klaus.

Elle pince les lèvres et passe la main dans ses boucles brunes. Je me dis que mes longues mèches blondes doivent partir dans tous les sens parce que je ne sais plus si j'ai pris le temps de me coiffer correctement ce matin.

– OK, je te l'accorde. Je rêvais de me taper Caroline et Klaus, finit-elle par m'avouer en me lançant un clin d'œil.

Je hausse les sourcils, imaginant la scène. C'est... intéressant, connaissant les deux personnages. Qui dirait non à un trio si démentiel ?

Archi apparaît et s'assied à côté d'Aly.

– Tu rêvais que tu te tapais qui ?

Il pose le bras sur les épaules de sa sœur. Cette dernière se dégage avec une grimace. Archi est seul. Nasser n'est pas là. Je me gifle mentalement en me disant que je remarque ce dont je suis censée me foutre.

– Hors de question que j'aborde ma vie sexuelle avec toi.

– Ça te dérange pas de te taper tes plans cul au milieu du salon, pourtant ! rétorque-t-il en lui pinçant le bras.

Aly ne trouve rien à redire. Je les observe, souriant intérieurement. J'aime leur complicité et leurs taquineries. Karl était presque pareil avant... avant tout ça. Ça me manque. J'espère qu'on pourra retrouver bientôt cette complicité et cette légèreté.

Un couple passe près de nous, main dans la main. Je suis surprise de voir Aly faire semblant de vomir.

– Quoi ? ne puis-je m'empêcher de lui demander.

– Bryan et Lena, dit-elle en me présentant le couple, qui s'est déjà éloigné à l'autre bout de la salle. Je vomis ce mec.

– C'est quoi, ton problème avec lui ? demande Archi.

Sa sœur fait la moue, puis lui explique :

– Ce mec lui a tapé une crise de jalousie hier dans le couloir. Il a frappé le mur comme un débile plusieurs fois. Ça se voit que ce n'est pas son père qui paie les travaux ici.

– Sérieux ? m'exclamé-je en reposant ma pomme, que j'allais entamer.

– C'était juste un accès de colère, rétorque Archi.

– Un mec qui tape dans un mur? s'indigne Aly. Mais quel gangster, dis donc! Mes orteils frétillent. Plus sérieusement...

Je pose les coudes sur la table et laisse les mots s'échapper de ma bouche:

– C'est super gênant.

– C'est gênant! s'exclame Aly au même moment.

Nous nous regardons et la compréhension féminine nous traverse avant qu'on étouffe un rire. Elle continue en racontant une anecdote embarrassante concernant ce Bryan.

– Arrête d'être une garce! s'écrie Archi.

– C'est cool d'être une garce, le contré-je.

Aly me lance un baiser silencieux face à mon soutien et je joue des sourcils. Puis elle croise les bras et se tourne vers son frère.

– N'attends pas de moi une auréole au-dessus de ma tête.

Son frère s'apprête à lui répondre, mais un énorme fracas se fait entendre dans mon dos. J'entends des chaises racler le sol, ainsi que des exclamations de surprise et de ravissement. J'ai à peine le temps de tourner la tête qu'un type est plaqué lourdement sur notre table.

Je sursaute, puis me lève tout en observant l'inconnu. Ce n'est qu'ensuite que je prête attention à qui le maintient. L'incompréhension m'envahit. Nasser presse le type contre la table, comme si tout allait bien dans le meilleur des mondes.

– C'est quoi, cette blague? murmuré-je.

L'inconnu, vêtu d'une veste de sport de l'université, tente de se relever, mais Nasser l'immobilise toujours contre la surface dure.

– Lâche-moi, crache le type en s'adressant à Nasser.

Ce dernier agrippe sa gorge et sa veste.

– Répète ce que tu as dit.

Tous observent la scène sans rien dire, moi la première.

– J'ai dit: tu diras bonjour à ton père, rétorque l'inconnu.

Son père? Qu'est-ce que le père de Nasser a à voir là-dedans? Archi pousse un soupir et lève les yeux au ciel, comme si les paroles de l'inconnu venaient vraiment de le mettre dans la merde.

– Fais-moi penser à acheter des fleurs pour sa tombe, souffle-t-il à sa sœur.

Cette dernière hoche la tête, aussi muette que moi.

Nasser remet le type debout et le pousse un peu plus loin dans un nouveau fracas.

Puis il m'aperçoit et un sourire d'enfoiré se colle sur son visage.

– Ma petite voleuse, me salue-t-il.

Je n'ai pas le temps de lui répondre qu'il se penche et attrape brusquement la pomme sur mon plateau.

– Enfoiré! craché-je dans son dos en le voyant emporter son dû sans un remerciement.

Il se retourne alors vers moi, croque dans le fruit et s'éloigne à reculons.

– Celui qui vole la voleuse, tu connais? Bref, ce soir, vingt-deux heures. N'oublie pas, tu travailles. Au même endroit que l'autre soir.

Mon travail. Mon vol. Comment l'oublier, putain?!

Je brandis mon majeur dans sa direction alors qu'il quitte les lieux, Archi désormais derrière lui.

– OK, lâche Aly. C'est quoi, ce délire?

Sous son regard inquisiteur, je lui explique la situation. Une question tourne en boucle dans ma tête concernant le père de Nasser, mais je la retiens. Je me moque de Nasser, alors je ne veux pas poser de questions sur lui. Sauf qu'intérieurement, je me demande ce qui est arrivé à son géniteur. Et, plus encore, je pense à ce soir et à ce que je vais devoir voler pour lui.

16

SUIVRE LE PLAN

Hena

Nous sommes vendredi et il est précisément vingt et une heures cinquante et une. Je viens d'arriver au milieu de la zone d'entrepôts désaffectés. La plupart des bâtiments sont déserts, sûrement remplis d'une tripotée de rats et d'autres rongeurs. Je m'arrête à une distance suffisante de la foule, qui patiente devant le bâtiment à deux étages, avant d'y rentrer. Le Toxic Hell dans toute sa splendeur. Là où trône Nasser.

J'inspire profondément, à deux doigts de me dégonfler.

Ce n'est rien. Il suffira d'une seule soirée, une seule, et tu seras ensuite tranquille, libérée de ton pseudo-pacte avec Nasser.

Qu'est-ce que je vais devoir voler? Qui vais-je devoir tromper? Aucune idée.

Je pénètre dans les lieux, veillant à effleurer le moins possible les corps surexcités. Si l'ambiance de l'autre soir était folle, celle de ce soir semble encore plus extatique. Je sens déjà les esprits s'échauffer. Les billets s'échangent de main en main, signe qu'un combat est déjà en train d'avoir lieu.

Je me dresse sur la pointe des pieds dans l'espoir d'apercevoir une tête connue, mais non, je ne vois personne de familier. Alors, j'avance à travers la foule et arrive aux abords du ring improvisé.

– Cent dollars sur le putain de cul de STA ! hurle un type sur ma droite.

Il brandit son bras, me collant presque son aisselle sous le nez. Je bondis pour m'éloigner en sentant sa transpiration.

Beurk !

J'aperçois les deux types qui se tournent autour sur le ring. Aucune trace de Nasser. Ni là, ni au bar improvisé, ni sur les divers canapés dispatchés dans la salle.

– Où est-ce que tu es, Hell ? murmuré-je.

S'il m'a fait venir pour rien, juste pour se foutre un peu plus de moi, je vous jure que je l'étripe. Je me tourne vers l'escalier en métal qui donne sur la mezzanine où Nasser semble avoir élu domicile. D'ailleurs, d'ici, je vois une faible lumière danser sur les murs. Mais je ne suis pas censée avoir l'autorisation d'y monter. Alors, que faire ?

Dans tous les cas, je ne me vois pas rester au bord du ring et risquer de me faire piétiner par la foule. Alors, je songe à lui désobéir. Tant pis ! Il aura tout le loisir de me pourrir la gueule une fois de plus. Foutue pour foutue, je me glisse entre les parieurs et avance jusqu'aux marches.

Une femme, sortie de nulle part, se dresse alors devant moi, le visage sévère.

– Interdit d'accès ! crache-t-elle.

Donc, Nasser a même ses chiens de garde ? Je prends un air calme, fronce le nez et rétorque fermement :

– J'ai eu l'autorisation explicite de Hell.

Elle hausse un sourcil, incertaine face à mon mensonge. Je

remarque la symétrie parfaite de ses traits sous sa peau caramel. Elle finit par me croire et se décale sans un mot. Je la frôle et monte rapidement, mes doigts glissant sur la rambarde.

Malgré la lampe allumée dans le coin, le salon est désert. Il n'y a personne ici. Je pousse un soupir de frustration et m'avance vers le canapé. Mais j'entends des bruits derrière moi. Une main empoigne mon épaule et on me pousse contre le mur. Mon dos percute le béton et je retiens une exclamation de stupeur. Je m'apprête à frapper la personne qui se colle presque contre moi, mais un torse large et bouillonnant m'empêche de lever les bras.

La peur m'envahit. Je vais hurler. Une bouche se colle soudainement à mon oreille. Je reste immobile, le souffle court.

– Tu es une voleuse et une fouineuse. Tu as dit à Esmée que je t'avais donné l'autorisation de monter ici. Donc, tu es aussi une menteuse. Dis-moi, Milhena Williams, cherches-tu à me faire sortir de mes gonds ?

La voix de Nasser remonte le long de mon épine dorsale comme un chant funeste. Un frisson court sur ma peau, mais je l'ignore. Inutile de lui dire de ne pas m'appeler comme ça. Et qui est Esmée ? La fille qui a essayé de m'empêcher de passer, je suppose.

Je colle l'arrière de mon crâne contre le mur, veillant à ne pas toucher Nasser. Le grand brun pose ses avant-bras de chaque côté de mon visage, ne me touchant pas non plus. Finalement, son nez effleure le bas de ma mâchoire dans un frôlement presque… euphorisant.

– Tu n'étais pas là, alors je suis montée. Si tu voulais que je reste bien sagement en bas, comme un chien, il fallait être à l'heure, rétorqué-je avec agacement.

D'ici, je peux voir les différentes nuances de gris de ses yeux, qui foncent quand il s'énerve, comme maintenant. Ses cils sont si longs et si sombres qu'ils rendraient n'importe quelle fille jalouse.

Ma pique fait mouche. Il fronce les sourcils et je vois sa mâchoire se tendre sous sa courte barbe noire. Ses cheveux sont encore humides et je comprends qu'il sort de la douche, qui doit se trouver derrière la porte interdite. Je mettrais ma main à couper qu'il s'agit de son appartement. À moins que ce trou du cul se serve du ring en guise de matelas.

– Je t'ai dit vingt-deux heures. Tu es en avance, marmonne-t-il en continuant de me fixer de son regard dur, mais magnétique.

Il ne s'éloigne toujours pas de moi. Son bras droit se décale un peu plus près de ma tête et sa peau frôle mes cheveux. Je serre les dents face à ce contact qui me rend dingue intérieurement sans que je puisse mettre de mots dessus. Mais ça n'empêche pas mon cœur de battre à vive allure. J'ignore ce qu'il se passe, mais je n'aime pas ça. Enfin… je…

Son visage se rapproche du mien et s'arrête à quelques centimètres. Un sourire se dessine sur ses lèvres et je me recroqueville presque. Je devrais fermer ma gueule et le repousser, mais quelque chose me force à révéler le fond de ma pensée :

– J'ai peur, murmuré-je presque contre sa bouche.

Son sourire s'élargit. Il se nourrit de mes émotions et de cette lutte qui fait rage en moi, prête à tout détruire sur son passage.

– De quoi as-tu peur ? souffle-t-il.

De lui. De moi. De nous deux.

Le bout de son index effleure la peau brûlante de mon visage, jusqu'à atteindre mes lèvres. Mon réflexe habituel serait de vouloir vomir et de me dégager le plus rapidement possible. Mais mon corps refuse d'obéir. Ma bouche s'entrouvre, mon souffle frappant sa peau.

Comment la situation a-t-elle pu déraper aussi vite ?

– De toi, je crois…

– De moi ? En es-tu sûre, Milhena ? N'as-tu pas peur de toi-même ?

Nasser m'observe tout en continuant de sourire. Il sait qu'il a vu juste, cet enfoiré.

– Je crains que ce petit jeu lancé entre nous finisse par me tuer, avoué-je de but en blanc.

Il penche la tête sur le côté, ses yeux sombres fouillant les moindres recoins de mon âme.

– Mais non, il ne peut pas te tuer. Pas encore.

Et il s'éloigne brusquement comme si je l'avais brûlé. Il me tourne le dos et je reprends longuement ma respiration, aussi discrètement que possible.

Il sort un portable de sa poche arrière et tape rapidement un message. Je tire sur le bas de mon tee-shirt noir, puis observe rapidement la tenue de Nasser. Comme moi, il est tout en noir. On dirait bien qu'il ne passera pas sur le ring, ce soir.

Je me redresse, reprenant mes esprits. Je me sens mieux. La bulle qui s'était formée autour de moi, contre ma volonté, a désormais explosé. Heureusement.

– Qu'est-ce que je suis censée faire? demandé-je en croisant les bras.

Il m'ignore pendant plusieurs secondes, répondant à un interlocuteur mystérieux. Puis il range son téléphone et m'adresse un regard acéré.

– Ce soir, ce sera un test pour voir si tu es vraiment aussi douée que j'en ai eu l'impression. Si c'est OK, tu voleras vraiment pour moi dans quelques soirs.

Je tombe de cinquante étages et il n'y a rien pour arrêter ma chute. Mon index se tend dans sa direction, accusateur.

– Menteur! T'es un putain de menteur, Nasser. T'avais dit que je ne devais me présenter qu'une seule fois ici.

Il m'énerve tellement à cet instant! Je suis furieuse d'avoir été bernée.

– Je ne suis pas un menteur, trésor. Je suis un tricheur. Un manipulateur, également. Un joueur, assurément. C'est pourquoi je jouerai aussi ce soir.

Je fronce les sourcils, perdue.

– C'est-à-dire ? lui demandé-je, secrètement intriguée par sa révélation.

– Voyons qui est le meilleur voleur entre nous deux.

Il sourit, l'air serein, comme s'il savait déjà qu'il avait gagné.

– Tu as deux heures pour voler le truc – un seul truc – qui a le plus de valeur dans la salle principale. J'en ferai de même. Si ce que tu voles a plus de valeur que ce que j'ai volé, tu auras réussi le test. Sinon, si je gagne, tu te casses d'ici et tu me rembourses mes quatre cents dollars.

Ma bouche s'ouvre en grand, mais aucun mot n'en sort.

C'est quoi, cette idée stupide ?!

Jouer, face à lui. Voler, contre lui. Il tend la main dans ma direction, sa large paume ouverte.

– Partante ?

Non ! hurlé-je intérieurement.

Mais mon instinct me pousse à tendre la main. Lorsque ma peau entre en contact avec la sienne, j'ai l'impression qu'un courant électrique me parcourt, mais je l'envoie bouler.

– D'accord, craché-je. Faisons ça.

Il rigole et lâche ma main. Il est si sûr d'être meilleur que moi ! Même s'il a besoin de moi pour un vol dont j'ignore tout, il veut récupérer les morceaux de son ego brisé depuis notre première rencontre. Et je vais m'assurer de le briser un peu plus. Hors de question qu'il gagne !

17

LE PLUS BEAU GAIN

Hena

La première étape est de repérer qui pourrait être facile à plumer. Mais, dans une foule pareille et dans un lieu avec autant de débordements possibles, c'est plutôt une tâche compliquée. Je n'ai qu'une envie : rentrer à l'abri de mon appartement et me morfondre sur moi-même et mes cauchemars. Mais j'ai aussi envie de relever ce foutu défi et de faire ravaler à Nasser son sourire de vainqueur.

Il ne combattra pas ce soir. Il papillonne dans la foule, effleurant des hanches, des épaules… Il observe, tel un roi parmi ses sujets. Mais il fait secrètement du repérage, je le vois. Je le sais, puisqu'il est en chasse. Comme moi.

Je remarque aussi qu'il fait toujours en sorte de me garder dans son champ de vision, m'empêchant d'agir totalement. Il me surveille, s'attendant à assister à ma défaite.

Essaie toujours, gros con !

Je m'approche du vieux bar miteux, ravie d'y trouver plusieurs personnes seules. Les personnes seules sont toujours les plus faciles à voler.

Je me souviens de mon premier vol. Je n'avais que 15 ans et ma mère a failli m'arracher la tête. Je n'étais qu'une gamine en pleine crise d'ado qui voulait faire comme ses amies et porter les derniers bijoux tendance. D'autres pensées me viennent. Ma mère me manque. Lui parler, surtout. Sentir son odeur, la serrer contre moi.

Ressaisis-toi, Hena !

Je ne dois pas perdre mon objectif de vue. Je me secoue mentalement et m'accoude au bar, près d'une jeune femme d'environ mon âge. Elle avale goulûment le reste de sa bière et repose la bouteille sur le comptoir en bois.

– Waouh ! T'avais l'air d'avoir soif, lui dis-je pour entamer la conversation.

Elle se tourne vers moi. Je lui souris, un air aimable sur le visage. Je sais faire semblant. Ses yeux brillent. Son petit sac en cuir verni est posé juste devant elle.

– C'est à force de danser ! s'exclame-t-elle. Ça m'a donné chaud !

– Tu m'étonnes ! crié-je pour lui répondre.

Difficile de se faire entendre alors que du rap résonne aux quatre coins de la salle. Un nouveau combat débute sur le ring. J'écarquille les yeux, une moue faussement choquée sur le visage.

– C'est impressionnant !

Elle pivote sur son tabouret et fixe le combat à son tour, hochant la tête. Ça me donne le temps nécessaire pour accéder à son sac. Putain, je suis vraiment une salope ! Mais je n'ai jamais prétendu être une personne pure et innocente.

Je me rapproche d'elle, comme si je voulais mieux observer le combat. Mes doigts se faufilent dans son minuscule sac et agrippent quelque chose. J'extrais ma main aussi rapidement que possible, puis je glisse, dans la poche arrière de mon jean, son porte-monnaie, priant pour qu'il soit bien rempli.

Nasser a dit qu'on pouvait voler un seul objet, mais il n'a pas dit non pour les porte-monnaie, qui peuvent contenir plein de billets. Vu tous ceux qui parient ici, je suis sûre que la fille a de l'argent dedans.

Elle pivote une nouvelle fois sur son siège et récupère son sac avant de roter bruyamment.

– Chouette sac ! la complimenté-je tandis qu'elle se lève.

Elle me sourit, ravie.

– Ouais, hein ? Allez, je dois y aller. Salut !

Je l'observe s'éloigner. Je sens un regard me brûler la peau et tourne mon visage de quelques centimètres. Nasser m'observe de l'autre côté du bar, les sourcils levés. Je sais qu'il m'a vue agir.

Je commence à m'éloigner du comptoir, mais son corps percute le mien de plein fouet, coupant ma respiration.

– Oh, désolé !

Quel piètre menteur !

– Bien sûr, tu ne m'as pas vue, marmonné-je.

– Tu es si petite, c'est difficile de te voir, Hena.

Je suis petite, c'est vrai, mais il ment. Il m'a très bien vue ! Et maintenant, il m'appelle de nouveau par mon surnom.

Son bras s'enroule autour de ma hanche pour m'empêcher de bouger. Ma main finit au bas de son dos. Mes doigts glissent vers sa poche arrière et une idée affreusement attirante me vient en sentant un objet métallique.

Son souffle effleure mon oreille. Son contact me brûle. M'électrise. Je ne comprends pas ce qu'il se passe.

– Tu as trouvé la proie idéale avec cette pauvre fille ? me demande-t-il soudain.

Je me recule, cachant mes mains comme je le peux.

– Oui. Et toi, tu as ta victime?

Mon ton effronté le fait sourire davantage.

– Presque, me confie-t-il avant de s'éloigner.

Je n'attends pas une seconde et m'empresse de retrouver la nana que j'ai volée un peu plus tôt. Mais elle semble avoir disparu.

– Eh! crié-je dans son dos en la découvrant près de l'entrée.

Elle se tourne vers moi, déboussolée.

– Tu as oublié ça!

Je lui refile son porte-monnaie et m'éloigne directement sans attendre sa réponse. Je n'en ai plus besoin, désormais.

Les minutes qui suivent, j'observe Nasser agir. Les femmes s'approchant de lui, le frôlent, le touchent. Il se nourrit de leur désir.

Finalement, les deux heures touchent à leur fin. Je termine au bar, où il me rejoint rapidement. La foule est toujours présente, les esprits, toujours aussi chauds. Mais je ne vois rien, si ce n'est le démon à mes côtés.

– Vas-y, m'ordonne-t-il.

Je ne bouge pas, prenant soin d'avoir l'air affreusement déçue.

– Toi d'abord.

Il sort une chaîne en or de sa poche. Le petit rubis qui pend a l'air de coûter super cher. Si j'avais gardé le porte-monnaie, c'est sûr que j'aurais perdu face à lui. Un sourire d'enfoiré éclaire son visage et il se penche vers moi, ravi.

– Allez, trésor, sors le porte-monnaie que je t'ai vue voler.

– J'ai rendu le porte-monnaie à la fille. J'ai trouvé un autre objet de valeur.

Enfin, je laisse mes lèvres s'étirer d'elles-mêmes. Je m'esclaffe en voyant la confusion sur son visage. Il fronce les sourcils tandis que je glisse la main à l'arrière de mon jean.

– Qu'est-ce que…

Je fais tinter ses clés de voiture juste devant son visage.

– Mes clés ?

Sa mine est incrédule, et pour cause !

Tu ne t'y attendais pas, hein, mon coco ?

– Absolument, acquiescé-je.

– Où est-ce que tu as eu ça ? demande-t-il avec colère.

Le pauvre Nasser : lui qui était tellement sûr de lui ! C'est un nouvel échec pour la légende de Monroe !

Je mords mes lèvres innocemment, puis lui réponds :

– Lorsque tu m'as bousculée, ma main a frôlé ta poche arrière et je les ai senties. Alors que tu te moquais de moi, tu n'as même pas remarqué que j'étais en train de te voler. Pour la seconde fois.

Il serre les poings sur le comptoir du bar. Oh, oh ! On dirait que quelqu'un est mécontent. Je parie que sa voiture vaut un putain de paquet de fric.

– Ce qui a de la valeur, c'est surtout la voiture, et non les clés. Mais ça fonctionne aussi, non ? J'ai décidé de modifier un peu les règles. Parce que moi aussi, j'aime tricher, Hell.

Sa seule réponse est son regard noir et calculateur posé sur moi. Une minute passe silencieusement. Je ne sais pas s'il a envie de m'étriper, de m'étrangler ou… ou autre chose que je ne préfère pas imaginer.

Il se lève d'un bond. Son regard de prédateur me donne envie de jouer, de le combattre. Et de gagner.

– OK, admet-il à contrecœur. Tu as gagné. Bien joué.

Je hoche la tête, appréciant qu'il le reconnaisse ouvertement. En fait, il ne semble plus vraiment en colère désormais.

Parce qu'il sait que je suis vraiment douée.

– Tu es prête. Mardi prochain, dans quatre nuits. Il faudra que tu voles le téléphone d'une personne. Ça se déroulera dans un autre lieu, pour l'instant tenu secret. Je te tiendrai au courant par message.

Nous échangeons rapidement nos numéros. Je ne lui demande pas si ce sera dangereux. Au fond de moi, je sais que oui.

– Ensuite, on sera quittes ? l'interrogé-je pour être sûre de ne pas me faire avoir encore une fois.

Il récupère ses clés sur le comptoir.

– Ouais. Ensuite, nous serons quittes.

Puis il quitte les lieux. Je pourrais dire que j'ai détesté cette soirée, ce petit jeu du meilleur voleur. Mais, la vérité, c'est que je me suis amusée ce soir. Je me suis sentie vivante, et surtout… libre.

18

RETROUVER SON CORPS

Hena

Tout a commencé en fin d'après-midi, début mai.

Nous étions dans la cuisine, comme chaque jour. Mais il est arrivé. Il est rentré à la maison après des années d'absence. Daryl, notre géniteur. On ne l'avait pas vu depuis plus de cinq ans. Mais il était là, les yeux brillants. Il n'était pas seul. Et on a été enlevés.

Ça fait presque quatre mois et demi que je suis sortie de Délivrance, cette secte dirigée par Marcus, Daryl et Abraham. Je suis restée presque deux mois là-bas. Le premier mois, j'étais généralement enfermée, seule. Le but était de me faire craquer en me condamnant à errer dans la terreur. Je refusais de leur parler. Alors, pendant des heures, je tournais en rond dans la pièce dans laquelle on m'avait mise. Il n'y avait aucune issue. Juste les murs pour me tenir compagnie et me rendre dingue. Et ce satané silence. À force de n'entendre aucun bruit pendant des jours, vous finissez par les imaginer et devenir complètement paranoïaque.

Je n'étais pas la seule victime enfermée dans ces lieux. Nous étions une dizaine. Peut-être même un peu plus.

Le deuxième mois, on a commencé à s'approcher de moi et à me punir physiquement pour mes refus. Les coups pleuvaient, parfois. D'autres fois, j'étais privée de nourriture.

Daryl, Marcus et Abraham, ceux qui se présentaient comme nos professeurs, avaient pour mission de nous préparer au nouveau monde. Ils étaient persuadés que notre société actuelle allait peu à peu sombrer, jusqu'à se détruire elle-même, et que tous les humains allaient mourir. Tous, sauf ceux qui seraient prêts à affronter le jour nouveau. Le monde d'après. Ils pensaient devoir nous délivrer pour accepter ce nouveau monde.

Leur but était simple : nous devions développer un lien de loyauté extrême pour que nos corps et nos esprits ne fassent qu'un dans la soumission. Ceux qui acceptaient de les suivre leur obéissaient au doigt et à l'œil et devenaient leurs poupées sexuelles. Pour les autres, comme moi, nous étions enfermés jusqu'à céder. Ces gros malades s'étaient mis en tête de nous éduquer pour qu'on soit prêts. Notre apprentissage devait passer par tout un tas de croyances et la foi suprême envers Délivrance.

Même si je n'ai été violée qu'une seule fois, afin de me purifier pour faire partie de Délivrance, mes professeurs trouvaient d'autres moyens de me préparer au nouveau monde qui devait s'ouvrir à nous. Ils désiraient nous apprendre l'obéissance et le don de soi. Ils marquaient et utilisaient nos corps. Les brimades physiques étaient leur moyen préféré. Nous priver de nourriture également. Mais, aussi, nous plonger dans des pièces sans lumière et dans un silence pesant pendant des heures, jusqu'à ce que nous tournions en rond comme des bêtes en cage. Le pire, c'est qu'ils croyaient vraiment bien faire. Ils s'imaginaient que cela briserait peu à peu notre volonté jusqu'à ce qu'on devienne leurs disciples, prêts à vendre notre âme, comme ils avaient vendu la leur.

Quand je suis sortie de là, la simple idée de prendre du plaisir ou de toucher mon corps me révulsait, alors même qu'avant Délivrance, j'avais connu plusieurs hommes et découvert la notion de plaisir.

Et puis le temps est passé et j'ai essayé de surmonter tout ça. C'était difficile. Je ne me suis touchée que quelques fois depuis que je suis sortie de là. La première fois, c'était un mois après cet enfer. Juste pour voir. J'ai vomi. Sur mon propre lit.

La seconde fois, je me suis touchée différemment, de manière un peu plus sûre. J'ai aimé ça. La fois suivante également. En plus de prendre du plaisir, ça m'a aidée à me reconnecter avec mon corps, à réapprendre à le toucher moi-même, à comprendre ce que je voulais. Le plaisir effaçait la douleur subie. Mes gémissements recouvraient mes hurlements de détresse. Il n'y avait que moi, mon corps et mes envies. Mais je n'ai pas joui. Je n'ai jamais réussi à atteindre ce point culminant.

Ce soir, je suis installée dans mon lit. Et mon corps a faim. Il est affamé de sensations. Il est bouffé par le désir. Un désir qui vient du tréfonds de mon être. Je me remémore la soirée qui s'est déroulée deux soirs plus tôt, vendredi. La foule. Mon vol. Le jeu avec Nasser. Le corps de ce dernier contre le mien.

J'inspire brusquement en me laissant tomber contre les oreillers.

Qu'est-ce qu'il m'arrive ?!

Je reste immobile et silencieuse durant de longues secondes, espérant que ma bulle éclate et que je puisse me ressaisir. Je dois dormir. Maintenant.

Mais mon corps reste assoiffé. Ça m'empêche de penser à autre chose. Je ressens aussi beaucoup de frustration parce que je ne m'écoute pas. Je pose une main sur mon ventre, mes doigts grattant la peau juste sous mon nombril. Je suis bouillante, comme si je couvais soudainement une fièvre.

Alors, toujours allongée dans le noir, je récupère ma tablette, que j'ai mise à charger sur ma table de nuit. Je la déverrouille rapidement et surfe sur Internet. Je clique sur le premier site pornographique que je trouve et scrolle les tendances. Je ne réfléchis à rien, guidée par mes envies. La vidéo que je lance présente un homme et une femme qui s'embrassent passionnément avant de finir sur le sol de l'entrée. Karl n'est pas rentré du sport, si bien que je peux augmenter le volume.

Ma main descend le long de mon ventre et passe rapidement sous le tissu de ma culotte. Mon index caresse mes lèvres intimes, puis se faufile entre elles. Il rencontre mon clitoris et je souffle vigoureusement. C'est exactement ce dont j'avais besoin, ce que désirait mon corps.

À l'écran, l'homme descend rapidement le short de sa partenaire avant de la pénétrer durement.

En écho à la vidéo, mon index tourne autour de mon bourgeon avant de le stimuler directement.

– Oui… soufflé-je avec peine.

Je me reconnecte avec mon corps. Je le guide. Je le maîtrise. Moi, et personne d'autre. Je me mords la lèvre tandis que l'humidité s'accumule entre mes cuisses. Je ne cherche pas à me pénétrer avec mon doigt. Pas ce soir. Je suis trop excitée pour ça.

La vidéo suit son cours. La femme gémit bruyamment à l'écran tandis que l'homme la prend en missionnaire. Ils échangent des baisers enflammés. Ils baisent sans retenue. Je les observe, calquant mon plaisir sur le leur.

Mais je finis par ne plus vraiment les voir. Je me perds dans mes pensées, dans les images qui hantent mon esprit. Une image m'obsède en particulier. Je vois deux yeux gris posés sur moi.

J'imagine une silhouette massive au bord de mon lit. Un homme m'observe prendre du plaisir, il m'encourage à accélérer les mouvements de mon index.

Nasser.

Je gémis et ferme les yeux. Je ne sais pas pourquoi Nasser a décidé de me hanter, mais je l'éjecte de ma tête aussi fermement que possible. La vidéo est loin d'être terminée, mais j'ai besoin… j'ai besoin d'une délivrance.

Maintenant.

Mon doigt accélère le rythme, me stimule un peu plus rapidement. Je sens la jouissance monter dans le creux de mes reins. Mais, comme toujours, avant d'exploser, elle s'éloigne. Cette fois-ci, je ne veux pas la laisser partir. Je frotte un peu plus rapidement mon clitoris. Je mords tellement mes lèvres que je vais finir par les faire saigner. Mais je m'en moque. Il suffit d'un ultime frottement pour que tout s'embrase. Je gémis sourdement.

Je sens mes chairs palpiter, furieuses de se contracter dans le vide. Elles ont besoin de s'agripper, de se resserrer sur d'autres chairs. Elles veulent encore plus de chaleur. Je me laisse aller, appréciant cette jouissance toute nouvelle pour moi.

Soudain, on toque à ma porte.

– Hena ? Hena, tu vas bien ? J'ai entendu des bruits bizarres.

Mon cœur loupe un battement et je me retiens de hurler. C'est la voix de mon frère, juste derrière ma porte. Je ne l'ai pas entendu rentrer. En même temps, j'étais un peu dans un autre monde.

– Putain. Putain. Putain, murmuré-je, affolée d'être prise sur le fait par Karl.

Je me jette sur ma tablette et verrouille l'écran, ne me préoccupant pas de la vidéo toujours en cours.

– Ça va ! crié-je en lançant ma tablette au bout du lit. C'était juste… Netflix !

Netflix, hein ? Bien sûr !

Il s'éloigne après m'avoir souhaité une bonne nuit. Quant à moi, je me recroqueville contre mes oreillers. Malgré ma gêne, la dernière image qui me vient, avant que je sombre dans le sommeil, est celle de Nasser prenant du plaisir avec deux étudiantes dans une salle de cours. Mon corps tente de se réveiller une nouvelle fois, mais je l'ignore et repousse, à coups de pied au cul, Nasser de mes pensées, toujours aussi gênée par ces deux dernières minutes.

***

Nasser
Le lendemain

Je claque la portière de ma voiture et gagne rapidement le bâtiment principal. J'ai rien mangé ce matin et j'ai la dalle. Il me faut un apport calorique suffisamment important pour nourrir mon corps.

Je fais un détour par l'un des distributeurs, puis me dirige vers l'amphi tout en dévorant à pleines dents une barre de céréales. Je vois Arch sur le chemin et il me rattrape rapidement.

– T'étais où, ce week-end ? demande-t-il avec un air complice. Impossible de te joindre.

J'entame ma deuxième barre avant de lui répondre.

– J'avais des trucs à faire.

Mon serveur a buggé sur le dark Web. Il a fallu le redémarrer avant d'effectuer certaines mises à jour interminables. Archi s'apprête à récupérer la troisième barre de céréales que je tiens, mais je retire ma main.

– Bonjour le partage et l'amitié, bougonne-t-il en tirant la porte devant nous.

– Je t'achèterai de la lingerie fine pour me faire pardonner, bébé, lâché-je avec un clin d'œil.

Il explose de rire tandis qu'on pénètre dans l'amphi.

– Seulement si c'est une nuisette avec des cœurs, mon chéri.

Je ne prends pas la peine de répondre à sa blague et scanne les rangs. Je sais exactement qui je suis en train de chercher. Une tête blonde avec des yeux verts trop grands pour un si petit visage.

– Tu t'assieds où ? me demande Arch.

Je dégomme ma troisième barre tout en le laissant sur place.

– Pas avec toi.

Je monte les marches des gradins, dépassant la moitié des rangées en ne me souciant de rien d'autre que de ma petite proie. Une garce qui me fait sacrément chier.

Mais elle est douée, aussi.

Je me laisse tomber près d'Hena, faisant comme si je ne l'avais pas vue. Elle se tend et pivote vers moi, fronçant les sourcils et plissant le nez.

Oh, oui ! Elle n'est pas contente que je sois là.

– Oh, salut ! dis-je d'un ton qui se veut tout sauf innocent. Je ne t'avais pas vue.

Ses traits se crispent un peu plus face à mon mensonge flagrant.

– C'est ça, ouais ! Et moi, je suis la dernière des imbéciles.

Hena Williams est beaucoup de choses, mais sûrement pas une imbécile. Je ne dois plus la sous-estimer. Je tends mes jambes du mieux que je peux devant moi. Je fais un mètre quatre-vingt-huit pour quatre-vingt-cinq kilos : autant vous dire que je hais ce genre d'endroit, vu ma carrure.

– Si le manque de place te gêne, reprend la blonde à côté de moi, n'hésite surtout pas à descendre au premier rang. Il paraît que c'est beaucoup plus confortable. Je dis ça pour toi.

Le sourire innocent qu'elle m'offre me donne envie de sourire à mon tour. Elle n'aime pas que je sois aussi proche d'elle et me le fait savoir. Mais elle ne s'en ira jamais d'elle-même.

– Je suis très bien ici. Merci, trésor.

Je l'entends marmonner plusieurs jurons, puis elle ouvre son sac pour en sortir ses affaires. J'ignore pourquoi j'ai eu envie de m'asseoir à côté d'elle ce matin. Et j'ignore encore pourquoi j'ai pensé à sa petite bouche de voleuse pendant que je baisais ce week-end.

Mais je n'aime pas ça.

Je n'aime pas cette envie soudaine de la prendre sauvagement au milieu de tous, juste pour lui montrer qu'elle n'a aucun pouvoir sur moi, ni elle ni son éternel air de défi qui attise mon désir de jouer. Je me dois de rester faussement imperméable à ses charmes.

Ouais, elle me plaît. Son petit corps me plaît. Ce serait ridicule de ne pas le reconnaître. Mais elle m'exaspère. Elle ment. Elle me défie. Elle refuse de s'avouer vaincue. Elle m'a encore baisé, vendredi soir, en volant mes clés, brisant un peu plus mon ego.

Et tu aimes ça, au fond, me moqué-je intérieurement.

Bien sûr que non ! La fac de Monroe est remplie de jolis petits culs qui ne demandent qu'à prendre du plaisir. Sauf qu'Hena Williams est intéressante par bien des aspects qui retiennent mon attention au-delà de cette attirance physique. Je n'arrive pas à rester éloigné d'elle. Quelque chose me pousse à la chercher davantage, à la rendre dingue. J'ai envie qu'elle se batte contre moi, avec ses répliques acerbes.

Je sors mon ordi et le pose devant moi. Hena se tourne dans ma direction, sûrement prête à m'envoyer une autre pique, tout en appuyant sur le bouton permettant de déverrouiller sa tablette.

– Tu sais que…

Des gémissements l'interrompent dans son élan. Je baisse les yeux vers sa tablette et les écarquille en voyant la vidéo de cul diffusée à l'écran.

Les cris résonnent si fort que les étudiants commencent à se tourner vers nous. L'envie de rire me prend, mais je vois Hena devenir aussi blanche qu'un cadavre tandis qu'elle tente de quitter la vidéo. Les secondes s'enchaînent sans qu'elle y arrive. Sans réfléchir, je lui arrache la tablette des mains et décale mon ordi devant elle.

Désormais, l'intégralité de l'amphithéâtre est tournée vers nous. Vers moi, plus précisément.

– Ça va ! m'exclamé-je avant de sourire effrontément. J'ai juste oublié de couper ma vidéo hier soir.

Putain ! Heureusement que le Pr Mozart n'est pas encore arrivé !

Faut croire que je suis bon acteur, puisque tous les élèves pensent que le porno vient de mon écran. J'arrive finalement à fermer la page du site après plusieurs essais. Hena est toujours aussi blanche, ses doigts tremblant légèrement. En comprenant que les regards sont tournés vers moi, et non vers elle, elle pousse un soupir de soulagement.

– Je capte mieux ce que tu faisais ce week-end ! me lance Arch, quelques rangs plus bas.

Quelques élèves éclatent de rire. Mais le silence revient rapidement lorsque le professeur entre dans l'amphi. Je redonne discrètement la tablette à Hena et récupère mon ordinateur.

– Merci, me murmure-t-elle alors. Merci d'avoir fait croire que c'était ta tablette.

Je serre les lèvres pour ne pas rire de la situation. Je n'en reviens pas ! Elle voit que mes épaules sont secouées de rires silencieux et envoie son coude dans mes côtes, toujours gênée. Ses joues sont si rouges ! Je parie qu'elles sont brûlantes. Et ça me donne encore plus envie de rire.

Je me penche vers elle, ma bouche à quelques centimètres de son oreille.

– Tu te touchais en pensant à moi?

Elle inspire brusquement.

– Je pensais à Archi, rétorque-t-elle narquoisement.

Elle tourne la tête vers le professeur, m'ignorant désormais superbement.

– Je ne te crois absolument pas, trésor.

En tout cas, moi, j'ai pensé à toi, Hena.

19

ENTRÉE DANS LE DARK WEB

Hena

J'observe mon frère depuis dix minutes. C'est comme si je n'étais pas là. Pourtant, je suis assise juste en face de lui. Perdu dans un monde dont lui seul connaît l'accès, il continue de triturer ses pâtes du bout de sa fourchette.

Le réfectoire est bruyant aujourd'hui, mais je suis apparemment la seule à entendre tous ces bruits.

– Alors, dis-je en reprenant avec entrain, comment c'était, ton cours, aujourd'hui ?

Nos emplois du temps ne sont pas encore fixés et les matières se greffent un peu à n'importe quelle heure, mais je sais qu'il avait un cours de mathématiques appliquées ce matin.

– Karl ? l'interpellé-je un peu plus fort.

Il lève ses yeux bleus, me fixant comme s'il ne me voyait pas. Une nouvelle minute s'écoule, puis un soupir presque douloureux s'échappe de ses lèvres.

– Pardon, j'étais ailleurs.

Je hoche la tête sans rien répondre. Je ne sais pas quoi lui dire. Je devine où il était.

– Alors, ton cours? répété-je avec un sourire factice.

– Intéressant. On a abordé l'espace vectoriel normé.

– Est-ce que je suis censée comprendre ce charabia?

Il sourit avant de me jeter un bout de pain à la figure.

– Ne fais pas comme si les maths étaient inintéressantes.

– Eh, grommelé-je en me frottant le front. J'y peux rien si elles sont ennuyeuses à mourir.

Il secoue la tête, hilare, et ses mèches blondes s'agitent dans tous les sens. Je n'ai pas envie de ruiner sa bonne humeur retrouvée, mais je reprends néanmoins:

– N'oublie pas que, ce soir, tu as rendez-vous avec ta psy. Je ne pourrai pas te déposer, alors tu prendras le bus.

– Oui, maman, je l'ai noté. Tu veux que je te dise quand je vais pisser, aussi?

Je hausse les épaules.

– Je n'ai juste pas envie que t'oublies, sale gosse.

C'est aussi mon rôle de grande sœur de lui rappeler ça. Mais, ce soir, je serai… Je ne sais pas dans quoi Nasser va m'embarquer, mais je ne peux plus reculer désormais. Je vais une nouvelle fois voler. Pour cet enfoiré.

Je repense à la scène d'hier, pendant le cours de sociologie. Mon Dieu! J'ai cru mourir sur place quand ma tablette s'est allumée et que la vidéo porno est apparue à l'écran. Honnêtement, je pensais que Nasser allait juste se foutre de ma gueule, pas qu'il allait échanger nos écrans et faire comme si cela venait de lui.

J'ai apprécié son comportement, même si je sais très bien qu'il ne va pas me lâcher avec cet épisode. J'inspire en imaginant la prochaine fois où une réplique acide va sortir de sa bouche, que j'ai envie de museler.

– Euh, Hena? Pourquoi t'as l'air d'avoir envie de tuer quelqu'un? me demande Karl en me regardant d'un air intrigué.

Je force mes traits à se détendre et m'apprête à lui répondre, mais son regard est soudainement attiré vers notre droite. Il se redresse sur sa chaise et je vois ses pommettes rougir.

Qu'est-ce que… ?

Je tourne la tête et découvre une sublime étudiante, qui passe près de nous. Sa peau foncée est sans défauts. Elle lève la main en direction de mon frère.

– Salut, Karl ! On se voit en cours cet aprèm?

– Euh, oui ! Oui, à tout à l'heure, Maya.

J'observe la scène, la bouche grande ouverte, tandis qu'il lui répond. Mon petit frère rougit de nouveau sans pouvoir s'en empêcher.

L'étudiante poursuit son chemin. Je me mords les lèvres pour ne rien dire. Mais impossible de me taire !

– Maya, hein?

La gêne envahit davantage mon frère et je m'en veux instantanément. Mais je suis sa grande sœur, et ça fait des mois qu'il n'a pas montré le moindre intérêt pour quelqu'un. On est en plein milieu d'un putain de progrès.

– Oui, hum, on est ensemble en cours de compta, m'annonce-t-il tout en continuant à rougir.

Je mords dans mon beignet recouvert de sucre, les yeux brillants de malice.

– Et… elle te plaît?

Je sens qu'il va se refermer, alors j'enchaîne immédiatement :

– Enfin, je veux dire, elle est sympa?

Je vois bien qu'il a envie de se tourner vers Maya, mais il se retient.

– Oui, elle est… elle aime les maths. Elle est gentille. Et cool.

– Cool, répété-je, toujours intérieurement surprise. C'est le plus important, si elle est cool.

Je termine de manger en silence, le cœur débordant d'amour et de reconnaissance. Tout n'est pas perdu pour mon frère. Je le sens vraiment, désormais.

Quelques heures plus tard, je me retrouve assise au milieu de la bibliothèque universitaire de Monroe. Mes doigts s'emparent d'un nouvel ourson en guimauve et j'en croque un morceau à pleines dents. Je n'y peux rien : quand je vais avoir mes règles, j'ai toujours envie de sucre en très grandes quantités.

Le délicieux goût de chocolat et de guimauve fondante envahit ma bouche. Je regarde une nouvelle fois mon portable, mais je n'ai aucune nouvelle de Nasser. Je lui ai envoyé un message, plus tôt, pour qu'il me rejoigne ici afin que l'on bosse notre cas de mouvement sectaire, mais ce trou du cul n'a même pas pris la peine de me répondre.

Je pioche un nouvel ourson et le dévore, replaçant correctement les deux livres posés devant moi. Ils ont pour sujet les mouvements sectaires entre le XXe et le début du XXIe siècle. Je suis sûre que Délivrance ferait un bon cas d'école… si des infos étaient disponibles dessus. Mais je n'ai aucune envie de retourner dans ces sombres souvenirs.

Je me penche pour récupérer un stylo dans ma trousse. Une voix grave claque dans mon dos, sans aucune discrétion.

– Je peux m'approcher ou tu comptes te regarder un nouveau film de cul ?

Pitié, tuez-moi !

Je ferme d'un coup les yeux, priant secrètement pour que ces dix dernières secondes n'aient pas vraiment eu lieu. J'ouvre les paupières et découvre que ma prière n'a pas été exaucée. Eh oui, tous les gens nous fixent ! OK, nous sommes dans une zone de la bibliothèque où l'on peut s'exprimer pour un travail de groupe, mais pas pour parler de cul!

Nasser se laisse tomber sur la chaise en face de moi avant d'allonger ses longues jambes, près des miennes, sous la table.

– Nasser, je vais te tuer. Ferme-la!

Il ignore mes paroles et continue, toujours aussi fort:

– Non, mais on ne sait jamais, d'ailleurs. J'espère que t'as eu le temps de finir la vidéo. La fille avait l'air en plein…

Je lui donne un coup de pied sous la table, criant intérieurement victoire en voyant une grimace se dessiner sur son visage.

– Je te jure que, si tu continues à m'afficher, tu ne pourras plus mater de porno de ton côté parce que je t'aurai castré, lui chuchoté-je furieusement.

Mes menaces ne lui font absolument aucun effet. J'observe son visage, ses yeux, qui brillent d'une lueur particulière, puis je remarque ses lèvres gonflées et les marques rouges dans son cou.

– C'est donc pour ça que tu ne répondais pas, marmonné-je en haussant les sourcils. T'étais en train de te faire plaisir avec tes copines. Combien de meufs cette fois? Et toujours dans une salle de cours?

– Puisque tu le demandes, trésor, une seule.

Je vois qu'il est prêt à contre-attaquer. Nos joutes verbales le stimulent, il s'en nourrit. Moi, ça m'épuise plus qu'autre chose.

Menteuse! se moque ma conscience. *Tu aimes ça.*

– Tu sais quoi? continué-je d'une voix maîtrisée. C'était une mauvaise idée, t'avais raison. Tu devrais bosser avec Archi. On va finir par s'entre-tuer si on travaille ensemble.

Il m'ignore, se cale sur sa chaise et sort son ordinateur.

– On va bosser ensemble, reprend-il comme si je n'avais rien dit. N'oublie pas que c'est toi qui nous as mis dans cette situation.

Je récupère un ourson en guimauve et l'engouffre. Ingérer du sucre calme mes envies de meurtre.

– Ce truc est vraiment dégueulasse, lâche-t-il en indiquant mon paquet du regard.

– C'est réconfortant et ça calme mon envie de t'enfoncer mon stylo entre les yeux.

Il étouffe un rire moqueur, absolument pas impressionné par ma démonstration de force. Il sort une paire de lunettes de vue à monture carrée et les pose sur son nez. J'ignorais qu'il en portait, mais je dois bien reconnaître que ça lui va vraiment très bien, ce petit côté sérieux.

– Bon, dis-je après m'être gratté la gorge. Bossons.

J'ouvre un livre de sociologie et déverrouille ma tablette.

– Étant donné que je suis la chef de projet…

– La chef, hein? me coupe-t-il, un sourire mauvais sur les lèvres.

– La chef, oui, répété-je, nullement impressionnée. J'ai choisi le mouvement que je souhaitais étudier. Un groupement a retenu mon attention: l'Église de l'Euthanasie[1]. Ses quatre piliers sont le suicide, l'avortement, le cannibalisme et la sodomie, tout ça dans un but de réduction de la population humaine.

Je déballe les informations que j'ai retenues. Nasser reste silencieux, ses yeux gris analysant le moindre de mes faits et gestes. Ça me met mal à l'aise.

– Quoi? lui demandé-je sans parler trop fort. C'est quoi, ton problème?

Sa bouche s'entrouvre et il passe une main sur sa courte barbe noire.

– C'était comment?

– C'était comment quoi? Fais-moi le plaisir d'activer les deux neurones de ton cerveau et d'éclairer ma lanterne.

– C'était comment, de vivre dans une secte?

---

1. L'Église de l'Euthanasie est un groupe réel fondé par Chris Korda en 1992 et dont le commandement est: « Tu ne procréeras point. »

Mon souffle se coupe alors que, paradoxalement, mon cœur bat de plus en plus rapidement. Je serre les poings sur la table.

– Maintenant, tu veux savoir ? Alors que tu te foutais de ma gueule sur le sujet y a dix jours ?

Il hausse les épaules, absolument pas désolé par son précédent comportement.

– Comment est-ce que…

– C'est pas le sujet du jour, le coupé-je froidement.

Je ne veux pas parler de ça. Je ne peux pas parler de ça. Je prends déjà assez sur moi pour rester concentrée. Je ne veux pas qu'il me pousse dans mes derniers retranchements en me replongeant dans mes vieux cauchemars.

– Pendant combien de mois êtes-vous restés là-bas avec ton frère ? reprend Nasser comme si je ne venais pas de l'envoyer chier. Les journaux n'étaient pas sûrs. En fait, ils ne racontaient quasiment rien.

Et tant mieux ! Ça veut dire que la police a bien fait son job face aux rats de journalistes.

– Deux mois, dis-je dans un soupir. C'est bon, on peut commencer maintenant ?

– Comment est-ce que tu l'as vécu ?

Je le regarde froidement, la mâchoire crispée.

– Comme si ma vie m'avait été arrachée pour être mise en mode pilotage automatique pendant ces deux mois. Maintenant, le sujet est clos.

Il n'insiste pas plus. Après une minute, je reprends sans attendre son avis.

– Donc, le mouvement de l'Église de l'Euthanasie. J'aimerais que, durant la prochaine demi-heure, tu réalises une fiche de présentation sur sa fondation, ses dirigeants, ce genre de choses. En gros, un rapide topo. De mon côté, je vais tenter de retrouver des témoignages. C'est OK pour toi ?

– Parfait, *chef*.

La manière dont il prononce ce dernier mot me hérisse le poil. Je le laisse bosser de son côté et fouille les forums à la recherche de témoignages. Certaines victimes ont accepté de s'exprimer pour avertir des dangers de tels mouvements. Je tombe sur la page Facebook d'une ancienne victime racontant son histoire dans de nombreux posts. Elle habite à environ une trentaine de bornes de Monroe, dans ce qui semble être une sorte de réserve naturelle. La femme d'une quarantaine d'années répond assez fréquemment aux commentaires des inconnus et ne retient pas ses mots.

Elle, elle est assez forte pour le faire. Moi pas. Je me fustige mentalement avant de me secouer.

Je me lance et lui envoie un message, lui demandant si je peux lui poser des questions pour notre projet de sociologie. Je remarque que Nasser est en train de pianoter sur son téléphone. Il consulte son ordinateur, puis son portable, et réitère ce manège pendant une longue minute.

– J'ai essayé de trouver une personne qui aimerait nous parler. T'as fini ? lui demandé-je ensuite, pas convaincue de son investissement.

Il lève sa tête vers moi. Son regard est si direct que j'ai l'impression qu'il est en train de fouiller le moindre recoin de mon être.

– J'ai fini depuis dix minutes, trésor. J'attendais que tu termines.

Je croise les bras.

– Vraiment ? l'interrogé-je, sceptique.

– L'Église de l'Euthanasie, fondée en 1992 par Chris Korda. D'après le Web, le suicide est apprécié. L'avortement est conseillé. Le cannibalisme est obligatoire. La sodomie, encouragée pour ne plus donner la vie à d'autres êtres humains. Nombreux scandales leur sont attachés, comme la mise en place d'une ligne directe d'encouragement au suicide. L'idée était de diffuser en boucle des messages préenregistrés avec des instructions pour se suicider.

– Quelle putain d'horreur !

C'est difficile de croire que cette affreuse histoire est réelle et qu'il y a vraiment eu de nombreuses victimes. On pense souvent que le pire, dans ce monde, ce sont les prédateurs qui vivent dans la nature. Mais le pire monstre, le plus dangereux des prédateurs, c'est l'homme. Celui qui semble bien sous tous rapports, bien dans ses baskets. On serait surpris de découvrir toutes les horreurs auxquelles l'homme peut activement participer.

Nasser hoche la tête.

– Pour être plus précis, ce mouvement a été inspiré par un rêve, dans lequel Korda aurait rencontré une intelligence extraterrestre. Mais je te laisserai lire le document que j'ai rédigé.

Nasser tourne son écran d'ordinateur vers moi. Je reste bouche bée devant le texte ultra-clair et précis qu'il me présente.

Et il a terminé depuis dix minutes ? OK, il sait vraiment s'appliquer quand il le veut.

– Et qu'est-ce que tu faisais depuis dix minutes, alors ?

– Curieuse ? me demande-t-il, moqueur.

– Affreusement ! m'exclamé-je, faussement enthousiaste. Vas-y, balance ! Arrête ton suspense.

Je suis carrément curieuse, mais, bien sûr, je ne le lui dis pas.

– Je transférais l'argent des paris liés aux combats retransmis sur le dark Web sur mon compte bancaire.

J'avais oublié qu'il diffusait ses combats illégaux directement sur le dark Web pour se faire plus d'argent. Donc, c'est vraiment lui qui gère tout.

OK. Maintenant, je suis plus qu'intriguée.

Je me penche alors afin d'observer plus attentivement l'écran de son ordinateur. Sa main s'active sur le pavé tactile et une autre page s'affiche. Je vois une courbe, des numéros de fichiers et des noms sur le côté. Je continue de fouiller l'écran, mais rien n'indique que nous sommes sur une page anormale.

J'avance la main pour faire défiler les informations, mais je rencontre la sienne en chemin. Ses doigts effleurent ma peau brûlante. Comme à chaque fois que nous sommes trop proches, un sentiment euphorisant mais dangereux prend possession de moi. Je retire ma main et la colle contre mon ventre, ignorant son regard intense posé sur moi.

– Est-ce qu'on est sur le dark Web, là?

Il hoche la tête, le regard malicieux.

– T'es pas obligée de chuchoter comme ça, petite voleuse. Le FBI n'est pas à côté.

Un frisson longe mon épine dorsale, mais je l'ignore.

– On dirait qu'on est sur une page normale ou je ne sais pas quoi.

J'avoue que je ne m'attendais pas à ça.

– Tu es sur mon serveur, me précise Nasser tout en me fixant intensément. Il est crypté. Ici, il n'y a que la diffusion des combats et les divers paris. Mais tu peux tout trouver dessus. Absolument tout.

J'avale difficilement ma salive en imaginant toutes les horreurs qui doivent passer devant ses yeux.

– C'est vrai qu'il existe plusieurs types de dark Web?

– Hum, on peut dire ça.

– Mais encore?

J'ai vraiment envie d'en savoir plus. Il se gratte la gorge et finit par me répondre.

– Disons que le Web est infini. Tu as le Web « commun », que tu utilises chaque jour. Dessus, chaque site est répertorié. Ensuite, tu as le Web caché avec les sites non répertoriés. Puis on passe aux choses sérieuses: le niveau trois, c'est le dark Web. Ici, les sites ne sont, bien sûr, pas répertoriés, et tu dois utiliser un navigateur spécifique. Tu trouves un peu tout ce que tu veux et tout ce qui est censuré sur le Web : armes, drogues et autres. Mais ce n'est pas fini : tu as ensuite le *Charter Web*.

Ses explications sont claires et concises. Il aborde le sujet comme s'il parlait de la pluie et du beau temps.

– Le *Charter Web* ? répété-je. Je n'en ai jamais entendu parler.

– Ouais, mais concrètement, pour y accéder, il faut avoir une sorte d'invitation. Le but est d'être le plus caché possible.

– Et qu'est-ce qu'on y trouve ?

– Certains disent qu'on peut y trouver des informations gouvernementales.

– Et ils ont raison ?

Seul le sourire de Nasser me répond. Je vois qu'il ne m'en dira pas plus.

– Et, enfin, tu as le *Marianas Web*.

– Comme la fosse des Mariannes ? l'interrogé-je.

– Exactement.

Son sourire en coin s'élargit. Il voit que je suis vraiment intéressée, suspendue à ses lèvres.

– Il permettrait d'accéder au système primaire du Web.

– Tu y accèdes ?

– Non. Il faudrait utiliser l'informatique quantique, et ce n'est absolument pas de mon niveau.

C'est complètement dingue de se dire que tout ça existe pour de vrai.

– Waouh !

– C'est le mot. Dingue, mais réel.

Puis j'aperçois une somme, un peu plus bas, sur l'écran sombre.

– Attends, rien qu'avec les combats de vendredi soir, où tu n'as même pas participé, tu as récolté deux mille balles ?! Et tu m'as menacée pour quatre cents pauvres dollars ?!

– Personne ne me vole. Et ce n'étaient pas de vraies menaces, trésor.

– Tu as failli me jeter dans le vide, mon gars. Qui fait ça?

– *Moi*, je fais ça.

Je me mords les lèvres pour retenir tous les jurons qui me passent par la tête.

– T'es insupportable. Sans déconner, je le pense vraiment.

Il se moque royalement de mes mots et continue de pianoter sur son clavier. Il se débrouille bien. Plus que bien, je dois l'avouer. En fait, j'ai l'impression d'être face à un véritable petit génie. Et c'est sans aucun doute ce qu'il doit être.

Une autre question me vient et s'échappe de mes lèvres sans que je puisse la retenir.

– Pourquoi les combats clandestins au Toxic Hell?

Il termine de pianoter quelque chose, puis rabat son écran. Il fait rouler ses épaules massives pour les étirer, sa carrure recouvrant totalement la petite chaise de la bibliothèque.

– Au début, c'était un moyen assez facile de gagner de l'argent.

Parce que Nasser était dans le besoin? Jusqu'à quel point? Quelle était sa situation pour qu'il décide de risquer sa vie contre de l'argent? Tant de questions tournent en boucle dans ma tête, mais je les garde pour moi.

– Et puis, reprend le grand brun, c'est devenu un moyen parfait pour évacuer tout ce qui nous bouffe. Aujourd'hui, j'offre la possibilité à ceux qui le souhaitent de se libérer tout en se faisant du fric.

J'ouvre la bouche, mais rien ne sort. En fait, à bien y réfléchir, qui suis-je pour critiquer son mode de vie? OK, je ne suis pas fan, mais il a fait ce qu'il fallait pour s'en sortir.

– Et pourquoi publier sur le dark Web? D'accord, pour l'argent, mais… ça doit être dangereux et compliqué, non?

Il m'observe pendant d'interminables secondes.

– Pas si t'es assez malin pour ne jamais te faire attraper. Dans ce cas-là, un nouveau monde s'offre à toi. Et il est rempli de possibilités et d'interdits à transgresser. Il est sans limites.

– Mais toujours dangereux.

– Bien sûr. C'est ce qui rend la chose excitante.

Nous nous affrontons du regard pendant un moment. Ni lui ni moi ne gagnons cette nouvelle bataille, car son portable se met à vibrer encore une fois. Il fixe son écran et l'air devient glacial autour de lui. Je me retiens de lui demander s'il a un souci, mais c'est pas mon problème, après tout.

– Je dois y aller, déclare-t-il froidement en se levant.

Il commence à récupérer ses affaires. Un type passe près de nous, une veste de football sur les épaules. Il s'arrête devant Nasser pour le saluer.

– Salut, mon pote ! On organise une soirée à la fraternité ce soir. Tu nous rejoins ?

– Non.

Décontenancé, le jeune finit par s'éloigner. Mal à l'aise, je range mes propres affaires.

– On peut dire que l'amabilité est ta meilleure amie, murmuré-je d'une voix doucereuse. Aussi doux qu'un cactus.

Nasser soupire, puis passe une main sur sa mâchoire.

– Je déteste les fraternités. Qui voudrait avoir autant d'amis ? Enfin, de soi-disant amis.

Je ne réponds rien, pas forcément en désaccord avec ses mots. Je n'ai pas le temps de me lever qu'il s'éloigne déjà, toujours aussi pressé et glacial.

– Je t'envoie un message à vingt heures pour le lieu du rendez-vous. Tiens-toi prête.

Deux minutes plus tard, je quitte moi-même la zone de travail. Je longe le bâtiment pour rejoindre ma voiture. La nuit commence à tomber. Il n'y a plus grand monde dans la cour. Quelques étudiants rejoignent le réfectoire, mais c'est tout.

J'entends des pas dans mon dos. Ils sont légers mais rapides. Je pivote brusquement. Pourtant, il n'y a personne derrière moi.

– Nasser, marmonné-je, si tu essaies de me faire une autre blague, je vais te tuer.

Mais il n'est pas là. Il n'y a personne. Mais je suis presque sûre d'avoir entendu des pas résonner dans mon dos. OK, je deviens folle. La fatigue due aux cours et à cette longue journée trouble assurément mes perceptions.

Je continue de longer l'immense bibliothèque et m'apprête à traverser la cour, mais je m'arrête soudainement. Au bout, juste au-dessus des poubelles, il y a des tags en tout genre, réalisés par des étudiants rebelles. Le nom de la fac. Des petits cœurs. Des têtes de mort. Mais, parmi eux, l'un m'arrête et coupe net ma respiration.

Un cercle avec un point à l'intérieur. Il me rappelle Délivrance. Comme si le symbole de la secte était là, juste sous mes yeux. Je m'approche des dessins, le souffle court. Bien vite, je remarque que le rond n'est pas terminé, contrairement à celui de Délivrance. Je m'apprête à le toucher, mais mon bras s'interrompt en chemin.

– Ma pauvre fille, t'es en train de devenir complètement parano ! Délivrance est loin d'ici. Marcus et ton géniteur aussi. Déstresse.

Je laisse retomber ma main et recule d'un pas. Je me rends compte qu'en réalité, le symbole ne ressemble pas vraiment au cœur de Délivrance. Je suis juste en train de laisser les cauchemars me dominer. C'est mort, pas cette fois !

Qu'ils aillent au diable !

Je m'éloigne sans un regard en arrière.

20

L'ANTRE DES CLOWNS

Hena

Glauque. C'est le premier mot qui me vient à l'esprit quand j'arrive au point de rendez-vous. La nuit est désormais tombée. Il est presque minuit et cet endroit me fout clairement les jetons. Le parking, qui devait autrefois accueillir de nombreuses voitures familiales, est partiellement recouvert de mauvaises herbes qui poussent aléatoirement. L'endroit abrite une vieille fête foraine aux manèges abandonnés.

J'adorais aller à la fête foraine avec ma mère et Karl. Mes souvenirs sont remplis de super journées. Elles se terminaient toujours par l'achat de glaces et autres sucreries.

Je verrouille ma voiture et jette un œil aux différents véhicules stationnés un peu partout.

Pourquoi est-ce que Nasser m'a donné rendez-vous ici?

– À quelle sauce tu vas me manger cette fois-ci? murmuré-je entre mes lèvres.

Je m'engage sur l'allée principale, elle aussi déserte. Quelques stands rouillés tiennent à peine debout. J'entends des rires un peu plus loin. Un couple avance, main dans la main. Ils suivent l'allée, sachant exactement ce qu'ils vont trouver au bout.

Je décide de les imiter. Ma mâchoire manque de se décrocher quand j'aperçois l'immense chapiteau en face de moi. Les couleurs jaune et rouge des longues tentures sont délavées et j'y aperçois des trous.

Un type passe près de moi rapidement. Je fais un bond sur le côté en avisant le maquillage caractéristique du clown qui recouvre son visage. Il est entièrement habillé de noir.

– Je déteste les clowns.

– M'en parle pas, putain !

Je retiens un nouveau mouvement brusque tandis que Nasser s'approche de moi, sorti de nulle part. Il porte un bas de jogging noir et un sweat gris qui moule ses épaules. La cigarette qu'il a à la bouche semble déjà bien entamée.

OK. Vu sa tenue, il va se battre, ce soir.

Son visage est plus détendu que quelques heures plus tôt, lorsqu'il a reçu son mystérieux message. Mais ses yeux sont toujours sérieux, concentrés. Il a un but précis en tête.

– Qu'est-ce qu'on fait là ? lui demandé-je. Qu'est-ce que je suis censée voler ? Une vieille peluche ?

Il secoue la tête et indique le chapiteau du menton.

– Des combats sont organisés à l'intérieur, comme tu t'en doutes. Pendant que je serai occupé avec mon adversaire, j'ai besoin que tu te rapproches d'un homme : Ilias.

Je me creuse les méninges, me souvenant de ce prénom.

– C'est le type que tu as combattu l'autre soir ? Celui avec les longs cheveux bruns ?

– Ouais. On est chez lui, ici. Et tu vas devoir le voler.

Sa main se pose sur mon coude et il nous décale de quelques

pas tandis que deux personnes passent près de nous et pénètrent sous le chapiteau. Sa main relâche aussitôt mon bras, mais il reste presque collé à moi. Le froid commence à tomber autour de nous. De la fumée sort de sa bouche tandis qu'il termine sa clope.

– OK. Premièrement, me rapprocher de cet homme, et deuxièmement, le voler.

Je peux le faire. Je l'ai déjà fait. Oui, mais lui voler quoi? J'ai d'autres questions à poser, mais déjà Nasser s'éloigne. Il s'approche du chapiteau et tire l'une des larges tentures pour me laisser passer.

– Galanterie?

– Je vérifie juste que tu ne fuies pas.

Un petit sourire pointe sur mes lèvres tandis qu'on s'avance à l'intérieur. Comme je m'y attendais, l'endroit est rempli de monde. Et les lieux sont encore plus grands que ce que je pensais. La piste principale, au centre du chapiteau, a été reconvertie en ring. Je regarde au plafond.

– Pas de caméras?

– Je suis le seul à diffuser mes combats en ligne, m'annonce Nasser.

Pour l'instant, aucun combat n'a lieu. Tous les gens font la fête et boivent de l'alcool. Le grand brun me jette un coup d'œil et je me rapproche de lui jusqu'à ce que mon corps effleure le sien. J'ignore pourquoi je ne crains plus son contact. Au contraire, mon corps semble le chercher. Il lève les sourcils en voyant ma proximité, mais ne fait aucun commentaire. On continue alors à slalomer entre les spectateurs pour atteindre l'autre bout du chapiteau.

Nasser relève une seconde tenture et on pénètre dans de vieilles loges autrefois consacrées aux artistes. Trois petites ampoules clignotent sur le mur. Je peux facilement discerner un vieux canapé et une coiffeuse abandonnée un peu plus loin. De vieux pots de maquillage sont toujours posés dessus.

L'ambiance me fait clairement flipper parce que ça me fait penser au film d'horreur *Ça*. Mais il y a aussi un côté assez fou dans le fait de pénétrer dans un lieu abandonné, et pourtant chargé de tant de souvenirs.

Nasser s'avance vers la coiffeuse et retire rapidement son sweat gris. Il laisse tomber le vêtement sur le meuble et son dos nu se présente à moi. Je détourne le regard une seconde, mais le braque presque aussitôt sur lui parce que je suis incapable de le quitter des yeux à cet instant.

Me tournant toujours le dos, Nasser récupère de longues bandes de tissu dans les poches du sweat. J'en profite pour admirer le jeu de ses muscles dorsaux. Sa silhouette est dangereuse. Ses muscles sont secs. Un seul tatouage recouvre sa peau, longeant sa colonne vertébrale. Encore une fois, les mots inscrits sont dans une langue que je ne connais pas.

Je me gratte la gorge.

– Qu'est-ce que je suis censée lui voler, au juste?

Nasser pivote vers moi. Ses yeux gris se posent sur ma silhouette. Il observe le moindre centimètre carré de mon corps, de mes Vans jusqu'à mon pull gris et moulant au col en V. Ses yeux s'arrêtent une seconde de trop sur ma poitrine.

– Peux-tu arrêter de me mater et répondre à ma question? le fustigé-je en croisant les bras.

Mais cette manœuvre fait encore plus ressortir ma poitrine. Je le comprends trop tard tandis que ses yeux s'agrandissent de désir. Il finit par détourner le regard après avoir difficilement avalé sa salive.

– Son téléphone. Ilias a des infos sur mon business. Il a trouvé une liste de données confidentielles sur certains clients habituels du Toxic Hell. Je veux les récupérer et les détruire.

OK. Très bien. Son téléphone sera sûrement dans l'une de ses poches. Ça va être un jeu d'enfant.

– Il faudra que tu t'approches suffisamment de lui pour lui tirer son portable, reprend Nasser. Nous sommes chez lui, ce soir, et il ne combattra pas. Il sera sans aucun doute aux abords du ring.

– Ouais, ça devrait le faire. Je vais le reconnaître, avec ses cheveux.

La haute silhouette du brun s'approche de moi. Nasser baisse son regard vers le mien.

– Tu t'en sens capable ?

Je redresse le menton, vexée par le doute qui traverse ses yeux.

– Bien entendu !

En fait, c'est lui qui semble mal à l'aise avec cette idée. « Perturbé » serait le mot juste.

– Quoi, t'as pas confiance en moi ?

Il hausse un sourcil moqueur.

– J'ai confiance en ton talent de voleuse.

– Et tu fais bien parce que je suis douée.

Il hoche plusieurs fois la tête.

Alors, c'est quoi, le souci ?

– Joue ton rôle. Vole pour moi.

Il tend la main dans ma direction, attendant que la mienne la rejoigne. Je n'hésite pas et mes doigts pressent les siens.

Nouvel électrochoc, qui me parcourt sans me demander mon avis.

– Et on sera quittes, dis-je.

– Et on sera quittes, souffle-t-il sans toutefois lâcher mes doigts. Jusqu'à ce que tu me défies une nouvelle fois.

Son large sourire d'enfoiré laisse apparaître ses dents. De longues secondes passent. Ni lui ni moi ne faisons un pas en arrière. La foule hurle à l'extérieur. Les choses sérieuses commencent. Je me recule et j'assiste à la métamorphose de Nasser en Hell. Il se redresse, fait rouler ses épaules et craquer son cou. Le délicieux enfer qu'il représente se dresse devant moi. Le roi des combats clandestins.

Une femme lève soudainement la tenture.

– Hell ? C'est à toi.

Puis elle repart aussi vite qu'elle est arrivée. Un dernier échange de regards avec Nasser. J'ai peur, mais j'ai aussi très envie de réussir.

21

PANIQUE ET INTENSITÉ

Hena

L'ambiance est totalement différente du Toxic Hell. Alors que, dans l'usine désaffectée, aucune limite n'existe, ici, les choses semblent un peu plus maîtrisées. Les billets volent tandis que les paris sont lancés, mais les esprits ne s'échauffent pas encore assez pour que la situation devienne incontrôlable.

Nasser me fixe une dernière fois, puis rejoint le centre du chapiteau. La foule se rassemble en cercle. Je suis vite percutée par les épaules et les coudes de nombreux inconnus. Mon souhait serait de me recroqueviller sur moi-même. Mais pas cette fois. Pas ce soir. Je redresse les épaules, inspire brusquement et me concentre sur la foule.

J'aperçois Nasser au loin. Il sautille sur place, sa silhouette dominant aisément celles de la plupart des gens rassemblés. Un type se dresse devant lui, le visage entièrement recouvert de maquillage de manière à le faire ressembler à un clown. C'est celui qui est passé près de moi, tout à l'heure.

Brrrrrr! Il me file la chair de poule, ce con!

Je devrais commencer tout de suite ma mission: trouver Ilias et le voler. Mais je reste quelques secondes à observer la scène où le combat va bientôt débuter. Nasser devient un véritable prédateur, prêt à écrabouiller l'autre comme de la vermine. Ce dernier n'est pas en reste. Ses larges épaules indiquent qu'il est, lui aussi, un adversaire redoutable.

Un couple, à mes côtés, s'agite. La petite blonde à lunettes tire sur le bras de son copain. Ce dernier secoue de nombreux billets en l'air.

– Putain, Keegan, tu ne vas pas parier mille dollars sur ce trou du cul!

– T'inquiète, bébé, je gère, lui répond l'immense biker avec un sourire penaud.

Le regard amoureux qu'ils échangent ensuite me fait détourner le mien. J'ai l'impression de jouer les voyeuses. J'observe une dernière fois Nasser. La foule siffle et acclame les combattants. C'est parti pour mon propre combat.

Ilias. Je dois trouver Ilias et rembourser ma dette.

Je n'ai pas à chercher longtemps avant de le repérer. Sa longue chevelure pend librement dans son dos. Vêtu d'un jean et d'une veste en cuir, il se tient au milieu de la foule qui entoure le ring. Il tape un message sur son portable avant de le ranger dans la poche droite de sa veste.

OK, je note.

Désormais les bras croisés, il observe le combat, une moue colérique sur le visage. Je n'aime pas ce qu'il dégage. Ça me met mal à l'aise. Je repense à lui, roué de coups par Nasser, alors qu'il avait tenté d'abattre sur ce dernier sa barre de fer.

Il n'a pas dû parier sur Nasser ce soir, le coco.

OK, comment m'approcher de lui? Plusieurs personnes sont

accrochées à ses basques. Mais il semble seul, désespérément seul au milieu de cette foule. Il ne parle pas, garde un visage fermé.

Je dois l'atteindre sans qu'il se doute une seule fois que mon but est de le dépouiller. Le meilleur moyen de le faire est d'avoir l'air d'une biche perdue dans ce monde. Je me dirige vers lui et m'arrête à quelques pas. Je sors un billet de dix dollars de ma poche et pivote dans sa direction, l'air incertain.

– Sur qui est-ce que je devrais parier, d'après toi ?

Je donne l'impression d'être totalement décalée avec l'endroit, en plus d'être perdue face aux combattants. Ilias tourne son visage vers moi, se demandant sûrement si je m'adresse bien à lui. Il fronce les sourcils tout en fixant mon pauvre billet.

– Si tu veux parier, petit cul, tu vas devoir miser un peu plus.

Ce surnom me donne envie de lui en coller une.

– Oh…

Je prends un air déçu et me tourne vers le combat. Je reste silencieuse, priant pour qu'il morde à l'hameçon et ait pitié de ma fausse détresse. Et il fonce dans le piège directement, comme un gros poisson.

– En tout cas, tu vois l'enfoiré avec le jogging ? souffle-t-il en se collant presque à moi. C'est une merde, il va se faire rétamer. Parie sur son adversaire.

J'ai envie de me reculer pour échapper à son souffle qui frappe mon oreille. Son odeur de bière bon marché et de cigarette froide envahit mes narines, me faisant froncer le nez. Je le regarde et rétorque sans pouvoir m'en empêcher :

– Certaines personnes, dans la foule, le décrivent comme le roi de cet endroit.

Pourquoi est-ce que je défends Nasser, maintenant ?!

Les rides autour des yeux d'Ilias se creusent tandis qu'il plisse les paupières. Il crache sur le sol, se moquant d'avoir l'air d'un porc.

– C'est plutôt un simple bouffon du peuple, oui.

La jalousie est si présente dans sa voix qu'elle renforce mon malaise. Il faut que j'en finisse au plus vite pour pouvoir me barrer d'ici.

J'inspire brusquement et, quand une personne passe près de nous, je fais semblant de percuter par maladresse l'épaule d'Ilias. Son contact me révulse, mais je m'oblige à glisser les doigts dans la poche de sa veste. Il me maintient en équilibre tandis que je planque son portable dans la poche arrière de mon jean.

– Désolée ! m'exclamé-je, le souffle court. Je dois y aller.

Bingo ! J'ai réussi.

Je me redresse et m'écarte le plus rapidement possible à reculons, mais Ilias en a décidé autrement. Il fronce davantage les sourcils et se colle de nouveau à moi.

– Attends, ne pars pas tout de suite, petit cul.

Le souffle me manque quand je sens son torse contre ma poitrine. Puis ses doigts s'enroulent autour de mon poignet et me maintiennent sur place.

Une partie de moi est prête à lui arracher les yeux, ou du moins à lui en coller une. Mais l'autre partie, la plus brisée, est tétanisée. Je me mets à paniquer, alors même que je devrais bouger et m'éloigner de ce type. Mais je suis incapable du moindre mouvement. Je sens désormais d'autres doigts sur moi. Une autre poigne se rappelle à mon souvenir. Je sens Abraham contre mon corps, sa respiration contre mes lèvres.

L'air se bloque dans ma gorge. Je suffoque. L'expression lubrique sur le visage d'Ilias me donne envie de vomir. Je. Ne. Peux. Pas. Bouger. Mon corps refuse.

Des cris résonnent soudainement dans mon dos, marquant la fin du combat. Ilias se redresse, puis recule de quelques centimètres, essayant d'apercevoir qui a gagné. La foule se presse de tous les côtés, me percutant de toutes parts. Je sais que je dois bouger maintenant alors que le regard d'Ilias est ailleurs, mais…

Un bras s'enroule autour de mon ventre et je suis soudainement tirée en arrière.

– Qu'est-ce que… commence Ilias.

Mais nous sommes déjà loin et la foule se dresse entre nous. Des mains saisissent mes hanches. Encore une fois, Nasser me tire d'une situation dangereuse. Je me colle contre lui tandis qu'on traverse la foule. Mes ongles s'enfoncent dans sa peau, mais il semble s'en moquer.

– J'ai le portable, tenté-je de le prévenir par-dessus les cris et mes propres démons, qui se joignent à la partie.

– Là, tout de suite, je m'en tape, du portable, lance Nasser d'une voix forte.

Il relève la tenture et me pousse dans l'ancienne loge de tout à l'heure. Je prends une grande inspiration, mais l'air est toujours bloqué dans ma gorge. Mon cœur bat toujours aussi rapidement. La raison n'est plus mon amie.

Je croise le regard de Nasser, et il comprend ce qui se déroule en moi.

***

Nasser

Je crois qu'Hena est sérieusement en train de péter un câble dans sa jolie petite tête blonde. Elle pose les mains sur son abdomen. Je m'avance vers elle rapidement. Un couinement sort de sa bouche quand mes mains saisissent ses hanches.

Je la fais s'asseoir avec précaution sur la coiffeuse, de l'autre côté de la pièce, et me dresse entre ses jambes écartées.

– J'ai le portable, souffle-t-elle une nouvelle fois, comme si le reste n'avait pas d'importance.

Son regard est vide. Ma main ensanglantée saisit sa mâchoire et je lui relève le visage pour qu'elle me regarde.

– Hena. Regarde-moi.

Elle ne me répond pas. Je resserre ma prise et me colle un peu plus contre elle, ses cuisses me retenant prisonnier.

– Hena. Regarde-moi immédiatement. Moi.

Ma voix claque dans le silence de la loge. Je ne sais pas où son esprit est parti, mais elle est loin. Le seul moyen de la faire revenir est la chaleur de mon corps. Mon autre main agrippe délicatement sa nuque. Ses yeux se posent sur moi et elle inspire brusquement, se reconnectant à la réalité.

Ni elle ni moi ne bougeons pendant de longues secondes. Puis elle prend conscience qu'elle est dans mes bras et observe notre position. Moi entre ses cuisses, ma main sur sa nuque, et elle blottie contre mon corps.

J'examine les traits de son visage, son petit nez retroussé et ses lèvres pleines, qui tentent d'inspirer toujours plus d'air. Les petites taches de rousseur sur ses pommettes sont dissimulées par la rougeur qui a envahi ses joues.

Mes mains la lâchent. Je les pose de chaque côté de ses cuisses ouvertes.

– Je n'avais pas besoin que tu voles à mon secours, souffle-t-elle.

Je lève un sourcil face à sa mauvaise foi.

– Quelle petite voleuse têtue tu fais ! lui murmuré-je sans m'éloigner.

Ses cuisses tremblent contre moi, mais elle ne fait rien pour se dégager. Mon visage est toujours penché vers le sien. Son menton est dressé dans ma direction. La voilà de retour, cette petite garce entêtée.

– J'ai le portable, répète-t-elle pour la énième fois.

Ce foutu téléphone est sorti de ma tête. J'ai agi par pur instinct ces cinq dernières minutes. Je venais de mettre à terre mon adversaire, puis je l'ai vue. J'ai vu la panique dans ses yeux tandis qu'Ilias la retenait contre lui.

Je ne savais pas si Hena avait récupéré le portable, l'objet de mes convoitises, mais je ne voulais qu'une chose : l'éloigner de cet enfoiré. L'emmener à l'écart de la foule. La garder contre moi. Mon propre comportement me choque tant il est inhabituel. Je ne voyais que les mains d'Ilias. Je voulais lui briser les doigts pour le repousser loin d'elle.

Mes yeux affrontent le regard désormais combatif d'Hena. Elle avale difficilement sa salive. Seuls quelques petits centimètres séparent mon visage du sien. Son regard se pose alors sur mes lèvres et ne les quitte plus.

Me prenant au dépourvu, elle colle ses lèvres contre les miennes. Juste une seconde, comme si mon contact l'avait brûlée. Elle m'effleure dans un souffle, et déjà son visage recule. Le choc envahit ses traits. Elle aussi ne comprend pas ce qu'il vient de se passer.

J'en veux encore.

– Je… pardon, chuchote-t-elle en se mordant la lèvre inférieure.

Elle n'a pas le temps de prononcer autre chose que je fonds sur elle. Ma bouche se presse contre la sienne et je la dévore littéralement. Je veux prendre mon temps pour la savourer. Je veux me plonger dans son odeur et y imprimer la mienne. Mes dents entrent en jeu et mordent sa lèvre inférieure afin qu'elle m'ouvre le passage.

J'en veux plus.

Sa bouche s'ouvre quand mes deux mains se posent sur ses cuisses pour les écarter davantage. Une exclamation s'étouffe dans sa gorge et ma langue rencontre la sienne.

Putain de merde !

Elle ne me laisse pas la dominer. Sa langue vient chercher la mienne, s'enroule autour avant de s'éloigner, taquine. Un bruit sourd se bloque dans ma cage thoracique. Mes doigts pressent sa peau et mes hanches butent contre son bassin. La coiffeuse grince sous ses fesses, signe qu'elle est à deux doigts de lâcher, mais je m'en moque. Rien ne compte, à cet instant, à part le brasier qui enflamme ma peau. Une flamme grandit sous mes doigts, prête à anéantir le chapiteau.

– Encore, gémit-elle contre ma bouche avant de reprendre notre baiser.

– Putain, dis-je en succombant davantage face à sa gourmandise.

Nos dents s'entrechoquent et ses mains plongent dans mes cheveux, qu'elle tire pour approfondir notre baiser. Je penche son visage sur le côté, ma main posée sur sa mâchoire pour la maintenir et posséder pleinement sa bouche.

C'est moi qui contrôle.

Mais elle ne me laisse pas faire. Elle tire encore mes cheveux. Mon bassin percute de nouveau le sien. Je sens que l'intérieur de ses cuisses est aussi brûlant, voire plus, que le reste de son corps. Ma queue, prisonnière derrière mon jogging, est si dure que je ne souhaite qu'une seule chose : prendre Hena rudement, la baiser longuement.

Je me presse davantage contre elle, mon torse écrasant ses seins. Ses mamelons frottent contre ma peau nue à travers la barrière de son pull. Ma main lâche sa mâchoire et j'attire ses hanches contre moi.

– J'ai besoin de plus de friction, m'exclamé-je, un sourire carnassier sur les lèvres.

Je me frotte contre son bassin et un autre couinement sort de sa bouche. Je la veux nue, mes hanches la martelant contre le sol. Je veux poser ma bouche sur ses seins, mes dents mordant durement ses mamelons. Je veux lécher la mouille qui s'écoulera de son corps avant de lui faire goûter son jus en l'embrassant pleinement.

Puis tout bascule. Une exclamation se fait entendre dans mon dos. Je comprends que quelqu'un a relevé la tenture.

– Merde ! Désolée ! s'écrie l'inconnue avant de partir.

Je n'ai pas le temps de tourner la tête vers elle que, déjà, Hena se redresse. Je m'éloigne et elle saute sur ses jambes vacillantes. Sa bouche est gonflée par la force de nos baisers. Elle essaie, tant bien que mal, de remettre correctement son pull.

Le souffle court, elle retire le téléphone d'Ilias de sa poche arrière et le dépose sur la coiffeuse.

Ma propre respiration est erratique. Je m'éloigne d'un pas tant notre attraction m'aveugle. Ma queue est si douloureuse que ça me rend fou. Hena vient de m'enflammer littéralement de l'intérieur. Et je sais qu'elle a ressenti la même chose.

Qu'est-ce qu'il vient de se passer, putain ?!

La question semble flotter entre nous. J'ouvre la bouche pour lui parler, mais elle me devance.

– Putain, je ne sais pas ce qu'il s'est passé ! Voilà le portable. On est quittes, désormais.

Puis elle s'enfuit comme s'il n'y avait rien eu.

Cette fille est un ouragan et vient de dévaster la moitié de mon cerveau.

22

DEVENIR AMIS

Hena

La grange est plongée dans une semi-obscurité. Le garçon qui se trouve en face de moi ne ressemble plus à mon frère. On dirait un fantôme. Quelqu'un à qui on aurait arraché l'âme.

Je me précipite sur le sol, à ses côtés. Assis au centre de sa cellule, il me fixe sans me voir.

– Karl, murmuré-je dans l'espoir de le faire revenir.

Je souffle son nom, encore et encore. Mais il n'est plus là. Il est ailleurs. Dans un endroit inaccessible.

Ça fait un mois que je ne l'ai pas vu. Depuis qu'on me retient prisonnière, seule, dans une pièce miteuse. Je devine aisément que, contrairement à moi, mon frère a choisi d'arrêter de lutter. Il a rendu les armes.

Où est maman ?

Je veux hurler, mais je ne suis même pas sûre qu'il puisse m'entendre. Daryl nous observe depuis la porte de la cellule. Je sais que Marcus et Abraham ne sont pas loin.

Au moment où je tente de toucher le corps de Karl, mon frère écarquille les yeux. Ses lèvres tremblent. Puis il hurle. Il pousse un cri si effroyable que j'en perds le souffle.

– Qu'est-ce qu'il s'est passé? m'écrié-je, affolée. Qu'est-ce que vous lui avez fait?!

– Son initiation a commencé, m'annonce mon géniteur en se rapprochant. Ce n'est rien.

Des envies de meurtre m'envahissent. Je veux tout raser. Je veux tout brûler. Leurs mots ne fonctionnent pas sur moi. Ils ne m'endoctrineront jamais. Je préfère me perdre en tentant de tout détruire plutôt que de mourir à l'intérieur de ma propre tête.

– Tu paieras pour ça, lui assuré-je. Toi et ta secte de débiles!

Mon père serre les mâchoires. Sa façade se craquelle et le monstre qu'il est réellement se dévoile à moi.

– Et tu souffriras. Deuxième promesse.

Les larmes coulent sur mon visage. Je ne pleure pas pour moi. Je pleure pour mon frère. Je pleure pour les victimes enfermées dans ce vieux ranch au milieu de nulle part. Je prie pour que mon père aille rejoindre le diable une fois son dernier souffle rendu.

***

Je pénètre dans le salon, des plantes dans les mains. Assis au comptoir de la cuisine, Karl m'observe débarquer avec tout mon attirail floral. Mes vieux souvenirs tournent toujours en boucle dans ma tête. Cinq mois se sont écoulés depuis qu'on a été emmenés là-bas, trois mois depuis qu'on est sortis, plusieurs semaines depuis que nous avons commencé les cours, mais le chemin de la guérison va être encore long.

– Des fleurs? me demande-t-il quand j'arrive à ses côtés.

Tout sourire, je pose la première plante sur le comptoir, près

de lui, tout en hochant la tête.

– J'ai acheté deux plantes histoire d'ajouter un peu de vie chez nous. La boutique les a bradées, car elles étaient un peu abîmées.

Mais ce n'est pas parce qu'on est abîmé qu'on ne mérite pas de recevoir de l'amour. Ce n'est pas parce qu'on est un peu abîmé que l'on ne peut pas être réparé.

Alors, je vais prendre soin d'elles.

Les deux premiers mois après Délivrance, juste avant de venir à Monroe, nous vivions dans une maison pour témoins prêtée et surveillée par l'État. Maintenant que l'on a notre propre chez-nous, je veux qu'on s'y sente vraiment bien. J'ai donc coché une chose supplémentaire sur ma liste : « acheter des plantes ». Surtout avec ce prix dérisoire.

C'était soit ça, soit je continuais de ressasser la soirée d'hier soir. Ce qu'il s'est passé avec Nasser. Le baiser enflammé que nous avons échangé ne cesse de me tourmenter. Alors, autant me concentrer sur autre chose.

Putain, j'ai embrassé Nasser !

Et il m'a sauté dessus en retour. Si on faisait un concours de conneries, je gagnerais haut la main. Mais qu'est-ce qu'il m'a pris ? Honnêtement, j'en ai aucune idée. Son visage était contre le mien et mon corps avait faim de lui, une nouvelle fois. Je n'ai écouté que le désir qui me possédait à ce moment-là, ce qui a été aussi libérateur que malvenu.

Mais on apprend de ses erreurs, comme on dit. Désormais, Nasser et moi sommes quittes. Ses menaces sont terminées. Plus rien ne nous relie, mis à part la secte de l'Église de l'Euthanasie. Une fois notre travail fini, nos chemins se sépareront.

C'est mieux comme ça.

Pour être tout à fait honnête, les événements de la veille ont mis le bordel dans ma tête. La manière dont mon corps l'a accepté au lieu de le repousser me fait flipper. Nasser est un enfoiré de première. Il m'a forcée à voler pour lui. Il n'hésite pas à me pousser dans mes derniers retranchements. Et pourtant… pourtant, l'embrasser m'a paru la meilleure des choses au monde. C'est plus que ça, en réalité. C'est comme si une autre personne avait pris possession de moi et cherchait à tout prix à entrer en contact avec lui. Alors, j'ai fui comme une lâche.

Je perds la boule.

Je commence à ajouter de l'eau dans les pots.

– Eh bien, ma belle, tu avais l'air d'avoir énormément soif ! Regarde comme ses feuilles brillent ! m'exclamé-je à l'intention de mon frère.

Il m'observe en train d'arroser la plante, puis scrute cette dernière. Son regard se charge d'une certaine malice. Il a du mal à ne pas sourire.

– Hena ?

– Hum ?

Je récupère la seconde plante et l'arrose abondamment à son tour.

– Est-ce que t'es au courant que t'es en train d'arroser des plantes en plastique ?

– Mais n'importe quoi, grommelé-je, arrête de…

Ma main tire sur une feuille. Impossible de l'arracher. J'analyse de plus près les plantes trop brillantes pour être naturelles.

– Oh… Oh ! OK.

Mon frère explose de rire, et ce son me fait sourire.

– Bon ! C'est pas grave ! Ce n'est pas parce qu'elle est en plastique que je ne l'aime pas. Je t'aime, dis-je à la plante pour ne pas la vexer.

Karl arrête ensuite de rire et termine d'éplucher sa pomme. Le silence reprend sa place entre nous. J'ai l'impression d'avoir enfin une vie normale et de retrouver mon petit frère.

***

Une semaine s'est écoulée depuis ma fuite du chapiteau. Depuis mon moment d'égarement avec Nasser. Nous sommes lundi. Les cours deviennent un peu plus intenses. Si je cherchais ma voie, je crois l'avoir trouvée avec la sociologie. J'ai commencé un autre cours, sur les humanités numériques, et j'accroche pas mal. Le but est de découvrir comment le numérique a transformé notre humanité. Bref, une nouvelle semaine commence.

La vérité, c'est que j'ai littéralement fui Nasser durant cette semaine. Je n'avais clairement pas le courage de l'affronter, je l'avoue. Et il n'a pas tenté de m'approcher, donc je suppose que les choses sont claires entre nous : notre instant d'égarement est rangé dans la catégorie des souvenirs à oublier. Pourtant, impossible d'oublier la faim qu'il y avait entre nous. Ma conscience me cherche, mais je la fais taire en la repoussant dans un coin de ma tête.

Comme je le disais, j'ai ignoré Nasser pendant presque une semaine, mais je n'ai désormais plus le choix : on doit se voir pour avancer sur notre projet de sociologie. Alors, me voilà en train de me diriger vers l'un des cafés près de l'université. Il m'a envoyé un message assez sec pour que l'on se retrouve ici. Pas de salutations. Pas de politesses. Tant mieux. Qu'il continue à être un enfoiré, et moi, une garce têtue.

J'arrive au café une minute plus tard. Je pousse la porte et l'aperçois rapidement au fond de la salle. Le regard perdu à travers la baie vitrée, il semble inaccessible.

J'avance à pas lents, retardant le plus possible le moment de mon arrivée. J'en profite pour étudier sa silhouette. Ses muscles sont tendus. Il paraît préoccupé. Ses cheveux noirs partent dans tous les sens. Son visage est fermé, ne montrant aucun signe de ce qui le ronge.

– Salut, lancé-je d'une voix rauque en prenant place devant lui. Désolée pour le retard, ma voiture a joué les capricieuses.

Il tourne son visage vers moi, toujours aussi silencieux. Je n'aime pas sa façon de me dévisager, comme si nous étions toujours seuls dans cette vieille loge du chapiteau.

– Salut, répond-il finalement.

Sa voix est lasse. J'ignore l'attention qu'il me porte et sors la tablette de mon sac.

– Je t'ai commandé un café, m'annonce-t-il toutefois.

Sa prévenance me fait m'immobiliser une seconde. Je ne m'y attendais pas.

– Merci.

C'est tellement gênant ! Je n'arrive même pas à le regarder dans les yeux. Alors, je me contente d'observer ses avant-bras puissants. Je revois ses mains sur mes cuisses, les forçant à s'écarter pour qu'il puisse se placer entre elles.

Putain de merde !

Je me gratte la gorge et déverrouille ma tablette.

– OK, donc, j'ai réussi à contacter une ancienne victime du mouvement de l'Église de l'Euthanasie. Elle habite à une trentaine de bornes d'ici, mais elle n'est pas forcément chaude pour qu'on aille chez elle. Donc, on va essayer de mettre en place une visio.

Il hoche la tête, pensif. Je ne sais pas si mon information le satisfait. Il ne laisse rien paraître, continuant de me scruter sans gêne. J'ignore son inspection et, pendant la demi-heure suivante, nous continuons de bosser sur notre présentation à rendre au Pr Mozart, approfondissant nos recherches sur les différents leaders du mouvement.

Le temps passe. Enfin, notre travail ressemble vraiment à quelque chose. Je m'autorise à lever les bras au-dessus de ma tête afin d'étirer mes muscles.

– Je crois qu'on a suffisamment avancé pour aujourd'hui, déclaré-je. Avoir le témoignage de cette femme sera un vrai plus.

– Ouais. Carrément.

Il passe la langue sur sa lèvre inférieure tout en me fixant. Je suis la première à détourner le regard.

Une grande brune s'approche de nous et je la reconnais en pivotant sur ma chaise.

– Salut, la compagnie ! s'exclame Aly en arrivant à notre table.

– Oh, bonjour !

Je lui souris franchement. Cette fille est un vrai bol d'air frais. Voir sa tête familière me fait plaisir, même si elle était avec moi, en cours d'astronomie, ce matin. Et ça aide surtout à détendre l'atmosphère, beaucoup trop remplie de tension et de non-dits.

Aly se tourne vers Nasser et lève les sourcils face à son manque de réaction.

– Bonjour à toi, Hell. Toujours aussi aimable, ça fait plaisir.

Ce dernier marmonne quelque chose. Je remarque qu'une personne se tient juste derrière Aly. Un type d'environ un mètre quatre-vingts, brun et plutôt bien bâti. Il me fait un petit signe de la main. J'ai l'impression de l'avoir déjà vu en cours.

– Salut ! Je suis Tag.

Je lève la main pour lui rendre son salut.

– Hena. Enchantée.

Aly passe un bras autour des épaules de Tag. Ce dernier sourit franchement, découvrant des dents blanches et parfaitement alignées.

– Tag est avec nous en cours d'astro. C'est aussi celui qui fait les meilleurs cocktails de cette fac : quatre-vingt-quinze pour cent d'alcool et une lichette de sucre. *Mamma mia*, tu es un homme à marier, bébé !

Je pose les coudes sur la table. J'essaie d'échapper à l'aura de Nasser, qui vient de me percuter.

– Eh bien, je goûterai sûrement ça un jour !

– Avec plaisir ! s'exclame Tag. Toi aussi, Nasser, quand tu veux !

Nasser reste silencieux, ne prenant pas la peine de répondre. Il sort son portable et commence à pianoter sur l'écran, ne faisant aucun effort pour se joindre à notre conversation.

– Au fait, intervient Aly, mercredi soir, je ne pourrai pas t'accompagner pour taffer sous les étoiles. J'ai un rencard et je ne peux pas louper l'occasion.

– Oh !

La déception m'envahit, mais je me retiens de lui en faire part.

– D'accord. Éclate-toi bien.

– Mais Tag peut bosser avec toi ! La plupart des élèves vont au même point de rendez-vous, de toute façon.

Nasser se gratte la gorge et je reporte mon attention sur lui. Ses doigts semblent ralentir leur cadence sur l'écran. Toutefois, il ne fait pas mine d'être intéressé par notre conversation et nous ignore toujours.

Je m'apprête à refuser la proposition d'Aly, mais Tag me devance, un sourire bienveillant étirant ses lèvres :

– Pas de souci. Je dois aussi réaliser la carte à main levée, donc n'hésite pas.

Qu'est-ce que j'ai dit, déjà ? Vivre et m'ouvrir à de nouvelles personnes sans être une poule mouillée, c'est ça ? Toujours à moitié convaincue, je laisse donc la partie courageuse de mon être s'exprimer.

– D'accord. On peut se rejoindre là-bas.

Aly et Tag s'éloignent une minute plus tard. Je termine mon café tandis que Nasser relève la tête.

– T'es pas vraiment sociable, hein ? ne puis-je m'empêcher de lui dire.

Il pose son portable sur la table avant de passer la main sur sa mâchoire.

– Je n'aime pas vraiment les gens, c'est un fait.

Son honnêteté me fait presque sourire.

– Nasser, alias Hell, adulé par des centaines de personnes lorsqu'il combat, alors qu'il n'aime même pas les gens, le taquiné-je sans pouvoir m'en empêcher.

– Les apparences sont souvent trompeuses.

À qui le dis-tu, mon grand!

Je m'autorise à le fixer. Son regard accroche le mien pour ne plus le quitter. Je serre les lèvres et force mon visage à se détendre alors que c'est un grand n'importe quoi au fond de mon ventre. La chaleur me traverse et dévore mon épiderme.

– J'aimerais que l'on parle de mardi dernier, annonce Nasser d'une voix qui n'admet aucun refus.

Mon cœur loupe un battement.

– Ton vol était parfait. J'ai pu… éliminer les informations sur mes clients qu'Ilias possédait. Et nous sommes quittes, toi et moi.

Il parle, mais je ne revois que son corps contre le mien.

Putain, mais qu'est-ce que je fous?!

Nasser m'atteint beaucoup plus qu'il ne le faudrait. Ce n'est pas bon. Pas bon du tout.

– Parfait.

Il se penche un peu au-dessus de la table, posant ses avant-bras veinés près des miens. Mes yeux se baladent sur ses mains et ses doigts aux ongles courts.

– J'aimerais te proposer quelque chose d'autre.

– Encore des menaces? marmonné-je, prête à m'énerver.

– Une proposition, me coupe Nasser.

Son portable vibre près de nous, mais nous l'ignorons tous les deux.

– Tu as besoin de tunes.

– Ce n'est pas…

– Sinon, tu n'aurais pas pris la peine de me voler une première fois.

L'enfoiré ! Cela dit, il n'a pas tort.

– Et si je te disais que je connais un moyen de te faire de l'argent ?

Je penche la tête sur le côté, une grosse partie de moi appâtée par le gain. On dit que l'argent rend heureux. Ce n'est pas vrai. L'argent rend serein. Il permet de ne pas s'inquiéter du lendemain. Je n'ai toujours pas trouvé de job malgré mes nouvelles recherches, alors l'argent devient un besoin quasi vital.

– C'est-à-dire ? l'interrogé-je finalement.

– Je peux t'engager au Toxic Hell. Archi se débrouille pour les paris et un autre type, que tu croiseras peut-être, surveille la foule. Tu viendras bosser en fonction de tes disponibilités. Tu es une voleuse hors pair et tu t'y connais assurément mieux que nous. Donc, je veux que tu t'assures que personne ne me vole ou ne vole les autres, et que la situation et les paris ne débordent pas trop. Si tel est le cas, tu préviens Arch, et il s'occupera de ça. Il aura d'ailleurs sûrement besoin de ton aide aussi pour les paris, pour récolter l'argent, par exemple.

– Je…

– Bien sûr, tu seras grassement payée, disons deux cents balles par soirée de taf. Le montant variera en fonction des soirs et de l'argent récolté.

Putain, est-ce que c'est sérieux ? Il me propose un paquet de fric juste pour ça ? Des pensées tournent en boucle dans ma tête, alors qu'au fond, ma décision est déjà prise. J'ai besoin de tunes. Et aucun commerce n'a pour l'instant répondu à mes candidatures.

– Je ne veux plus voler pour toi, martelé-je. C'est ma condition.

Une lueur de triomphe illumine le regard de Nasser quand il comprend que je suis en train d'accepter sa proposition.

– Je ne veux plus que tu voles pour moi.

– Et je ne veux plus que tu me menaces ni que tu tentes de me jeter dans le vide.

Sa bouche s'étire doucement.

– Si tu promets de ne plus m'insulter, ça devrait le faire.

Une nouvelle minute s'écoule lentement.

– Je viendrai bosser uniquement selon mes dispos ?

Son hochement de tête finit de me convaincre.

– D'accord. Je suppose que je peux le faire.

Être l'agent de sécurité du Toxic Hell… On aura tout vu ! Je devrais m'en aller, faire taire mes pulsions et oublier la proposition de Nasser. Mais je serai amenée à le recroiser, de toute façon. Et j'ai surtout besoin de crever l'abcès pour que nos futurs échanges soient moins remplis d'hormones en ébullition.

– Moi aussi, je veux qu'on aborde un sujet.

Ses yeux gris se font interrogateurs.

– Il faut… il faut qu'on parle de ce qu'il s'est passé. Du baiser.

Il semble surpris que j'aborde le sujet. Mais il ne dit rien, me laissant galérer toute seule pour exprimer le fond de ma pensée.

– Je sortais d'une crise de panique, commencé-je. Et… hum… t'embrasser m'a paru être la seule chose à faire sur le moment. Comme si je cherchais de la chaleur et que la tienne m'appelait. Et puis tu m'as…

– Et puis j'ai dévoré ta bouche.

J'avale difficilement ma salive. Ouais, il m'a dévorée. Et a foutu ma tête en vrac.

Plus jamais !

– Oui. Nos esprits étaient quelque peu… échauffés après tout ce qui venait de se passer. La situation a dérapé. Je ne veux pas qu'on fasse comme si cela n'était pas arrivé. Mais, à l'avenir, j'aimerais que l'on n'aborde plus jamais le sujet. C'est arrivé. C'est tout. Point à la ligne.

Nasser ne répond rien, et ça me perturbe encore plus.

– Très bien, finit-il par dire. Je suis d'accord.

– Parfait, soufflé-je.

Je viens de me rendre compte que je retenais ma respiration en attendant sa réponse.

– Détends-toi, Hena. Nous sommes deux adultes consentants.

– Je suis détendue, OK? Parfaitement détendue, même.

Son expression me fait comprendre qu'il n'est pas dupe. Il se gratte le menton, puis enchaîne calmement comme si nous parlions d'un sujet anodin:

– Si tu ne veux plus en parler, très bien. Ce n'est pas la fin du monde. C'était… juste un baiser.

Son regard calculateur me dit qu'il cache quelque chose, mais je n'arrive pas à mettre le doigt dessus. C'est comme si… comme s'il avait des intentions cachées.

– Je te propose mon amitié. Devenons amis.

Je ne m'attendais pas aux mots qui viennent de sortir de sa bouche.

– Qu… quoi? hoqueté-je, surprise.

– Amis, répète-t-il patiemment.

Est-ce que c'est une caméra cachée ou un truc du genre?

– Pour quoi faire? Qui a dit que je voulais être amie avec le grand Hell?

– Ce n'est pas Hell qui te le propose, mais Nasser, souligne-t-il.

– Ça ne marchera pas. On est à deux doigts de s'entre-tuer dès qu'on est proches l'un de l'autre.

– Je suis sûr que les plus grandes amitiés débutent ainsi.

Le regard sceptique que je lui lance ne le fait que sourire. Ses doigts pianotent sur la table. Me lier d'amitié avec ce type serait une belle connerie, nous sommes tous d'accord.

– On ne s'apprécie même pas, marmonné-je.

– Effectivement. Tu es une garce.

– Et toi, un enfoiré de première, rétorqué-je en redressant le menton.

Il sourit franchement face à ma véhémence et ne cherche même pas à me contredire.

– Pour tout t'avouer, reprend-il, ceux qui me volent aussi bien méritent que je leur offre mon amitié.

Je reste silencieuse, les bras désormais fermement croisés.

– À moins que… tu ne sois effrayée?

Il me renvoie mes propres mots, quand je lui ai demandé de bosser avec moi en sociologie.

Et il sait parfaitement que je vais mordre à l'hameçon, l'enfoiré!

– Tu as deux jambes, deux bras et un cerveau un peu bizarre que je n'arrive pas à suivre. Je ne vois pas ce qui me ferait peur chez toi.

Menteuse! se moque ma conscience.

Un tas de trucs me font flipper, comme sa facilité à lire en moi rien qu'en me regardant droit dans les yeux. Mais je ressens une curiosité dévorante. J'ai l'impression que Nasser est en train de me tendre un piège avec son offre douteuse, et je veux voir où il veut m'emmener.

– D'accord, amis. Mais ne compte pas sur moi pour faire partie de tes plans foireux ni pour tenir la chandelle.

Sa main se tend vers moi. Encore une fois. Et, encore une fois, ma minuscule main se loge dans la sienne tandis que je pactise avec le diable. Ses doigts brûlants serrent les miens et les retiennent prisonniers.

– Bien sûr, trésor.

Je viens d'accepter l'amitié de Nasser.

Mais dans quoi est-ce que je viens de me fourrer?

Je l'ignore, mais je suis sûre de ne pas être au bout de mes surprises.

23

UN CHANGEMENT NÉCESSAIRE POUR GUÉRIR

Hena

Le lendemain, je déboule dans le bureau de ma psy, la Dre Bomley. Et, encore une fois, la rousse à la silhouette sculpturale patiente derrière son bureau. Elle termine de ranger une feuille de classeur, puis replace ses lunettes sur le bout de son nez.

– Bonjour, Hena. Vous êtes en avance. Est-ce qu'il faut que j'ouvre une bouteille de champagne pour fêter ça ?

– Bonjour, doc. Sortez plutôt du whiskey, si vous avez.

Son rire me répond. Je me laisse tomber sur le canapé. Elle se lève et va s'installer dans le fauteuil en face de moi.

– Vous avez l'air en meilleure forme que l'autre jour, me fait-elle remarquer.

Je réponds par un hochement de tête. Il y a des jours avec et des jours sans. Aujourd'hui est une bonne journée, je le sens.

– Je n'ai fait aucun cauchemar cette nuit, lui annoncé-je avec joie. J'ai rêvé que j'ouvrais un putain de centre UV en plein Las

Vegas et qu'il s'appelait Course vers le cancer de la peau. Je vous jure que ça cartonnait.

Ma doc retient un sourire avant d'inscrire quelque chose dans son carnet.

– Ça, c'est original. Rappelez-moi de ne jamais y aller.

Je pose mes mains sur mes cuisses et laisse aller ma tête contre le dossier.

– Est-ce que vous aimeriez que l'on aborde Délivrance aujourd'hui?

J'inspire profondément et secoue la tête pour toute réponse. Certaines questions me bouffent, c'est vrai, et en parler avec Iris Bomley me ferait peut-être du bien. Je me demande toujours pourquoi ces enfoirés nous filmaient. Regardaient-ils les images ensuite, se félicitant les uns les autres pour leurs performances? Trop de questions. Mais je ne veux pas me faire du mal maintenant.

– Nan, je n'ai aucune envie de parler de ça aujourd'hui.

Ma psy s'immobilise, attendant patiemment mes prochains mots.

– Vous vous souvenez de l'imbécile d'étudiant dont je vous ai parlé l'autre jour? soupiré-je.

– Effectivement. Vous avez son corps à cacher et vous avez besoin d'aide? Je vous préviens: il va me falloir une augmentation.

Je lève les yeux au ciel et laisse échapper un gloussement face à son humour. Putain, je me sens d'excellente humeur, aujourd'hui! Peut-être que les trois cafés que j'ai bus y sont pour quelque chose.

– Je ne suis pas sûre que votre réponse soit déontologique, doc. Enfin, passons. Nasser est toujours aussi insupportable. Peut-être un peu moins, en fait. On va collaborer. Pour être honnête, j'ai accepté de devenir son amie.

Ses sourcils se haussent derrière ses lunettes carrées. Je me redresse contre le dossier du canapé. Elle ne s'attendait apparemment pas à ces mots, et j'avoue que je partage moi-même sa surprise.

– Vraiment ?

– C'est une mauvaise idée, pas vrai ? Je sais.

Je tapote mon front du bout de mon index.

– En fait, continue ma psy, peut-être que c'est une bonne idée. Avoir des contacts sociaux ne peut qu'être bénéfique. Vous craignez les changements dans votre vie. Mais peut-être sont-ils nécessaires à votre guérison.

Elle a raison. Mais elle ne sait pas que j'ai passé un stade dans mon acceptation des contacts humains, notamment au moment de l'épisode avec Nasser. Je ne lui explique pas cet instant où il s'est frotté contre moi, entre mes cuisses, le moment où j'ai gémi tandis qu'il pressait sa virilité contre mon intimité.

Nous continuons sur d'autres sujets. Nous parlons de Karl, notamment. De ses rechutes, mais aussi de ses progrès. À un moment, ma psy fait tourner son alliance entre ses doigts. Ça veut dire qu'elle est parfaitement concentrée sur mes paroles. Je commence à bien la connaître, moi aussi.

Une autre question me vient. Je ne la retiens pas parce que je sais qu'elle sera cent pour cent honnête avec moi.

– Est-ce que vous êtes toujours aussi amoureuse de votre mari ?

Un sourire éclaire son visage, la rendant rayonnante.

– Je l'aime encore plus aujourd'hui qu'auparavant. L'amour existe sous différentes formes. Vous verrez.

Je n'ai connu que la destruction, mais peut-être qu'elle a raison, finalement. Peut-être que le véritable amour existe. Celui qui te prend aux tripes. Mais est-ce que je vais le rencontrer un jour ? Ça, c'est une autre question.

Quand je quitte le cabinet, quelques minutes plus tard, je suis plongée dans mes pensées. Je manque de heurter un type qui patientait de l'autre côté de la porte.

– Oh ! Pardon !

Il me sourit gentiment. Je remarque son regard vairon.

– Pas de souci.

Le grand brun passe près de moi et entre dans le bureau de la D[re] Bomley. En les voyant s'embrasser, je comprends qu'il s'agit de son mari. L'amour se dégage d'eux par vagues et je m'enfuis rapidement pour leur laisser leur intimité.

24

PARIER SUR LUI

Hena

– À trois heures, un type vient de voler plusieurs parieurs.

Archi, qui est en train de récupérer l'argent de ses propres paris, se retourne brusquement. Son regard meurtrier cherche le voleur en question.

– Celui au tee-shirt rouge, continué-je en désignant le petit malin qui s'est cru discret. Regarde, il continue à voler dans la foule.

Il se pense intelligent. Un requin au milieu des poissons. Mais moi aussi, j'ai appris à nager en eaux troubles. Et je suis plus maligne que lui.

– Merde !

Archi met les billets dans la poche arrière de son jean et plaque un air intransigeant sur ses traits. Je parie que l'autre va passer un sale quart d'heure.

– T'as l'œil ! Merci. Je m'en occupe.

Il s'éloigne, ses larges épaules creusant un passage à travers le Toxic Hell. Je le regarde disparaître et me tourne de nouveau vers le ring. Je m'attendais à ce que ma mission soit plus compliquée, mais, si tous les soirs se déroulent comme celui-ci, ma foi, je vais même finir par y prendre plaisir. Je suis observatrice et repère rapidement les quelques petits malins qui tentent de déjouer le système mis en place par Nasser.

Heureusement pour moi, la situation n'a pas encore vraiment débordé ce soir. Alors, je m'autorise à avancer vers le ring et observe Nasser face à son adversaire. On dirait deux lions en cage, chacun prêt à écrabouiller l'autre pour affirmer sa position de mâle dominant. Je me prends presque au jeu et suis leurs attaques des yeux.

L'adversaire de Nasser est plus que massif. C'est un vrai colosse d'une vingtaine d'années. Mais Nasser est rapide. Nous sommes sur le terrain de jeu de Hell, et il a trouvé la souris parfaite à dépouiller. Ses coups pleuvent, agiles et précis. L'adversaire n'est pas en reste. Il crache sur le sol et envoie son coude dans les côtes de Nasser.

– *Ouch!* soufflé-je en imaginant la douleur qu'il a dû ressentir.

À un moment du combat, on peut presque croire que le balèze va prendre le dessus. Mais je sais que c'est un jeu de la part de Nasser. Il laisse penser à son adversaire qu'il a une chance de gagner, puis il va fondre sur lui jusqu'à ne plus le lâcher.

Plusieurs types autour de moi parient ouvertement. Je m'approche de l'un d'eux, une envie soudaine naissant en moi.

– Pour qui es-tu? lui demandé-je.

Ses yeux pivotent vers moi. Il semble convaincu de son choix.

– Pour David, assurément!

L'adversaire, donc.

– OK. Je parie deux cents dollars sur Nasser, annoncé-je avec un sourire joueur.

Une lueur passe dans son regard. Je n'ai même pas les deux cents balles à parier. Mais je n'hésite pas.

– D'accord.

Non loin l'un de l'autre, nous continuons d'observer le combat. Je me surprends à serrer les poings tandis que Nasser encaisse un mauvais coup dans la cuisse droite. Je vois d'ici ses mâchoires se contracter. Je me penche en avant, les yeux focalisés sur lui. Ses muscles se contractent encore. Ses lèvres s'ouvrent pour laisser passer un souffle que je sais bouillant.

Allez, vas-y! lui ordonné-je mentalement. *Défonce-le!*

Et il le fait. Nasser reprend rapidement le contrôle. Ses bras sont rapides – plus que ça, même – et ses jambes puissantes. Il s'abat sur le type en face de lui. Il le met au sol et gagne le combat. Mais la foule rugit encore, dans l'attente d'un prochain coup. Ce David est au sol, mais les parieurs en veulent plus. Plus de sang. Plus d'horreur.

Nasser ne les écoute pas. Il quitte rapidement le ring pour qu'un autre prenne sa place. Je vois d'ici la sueur et la poussière qui maculent son torse musclé.

Eh, mais... minute!

Je lève les mains au ciel en comprenant que je viens de gagner. Je me tourne vers le type à mes côtés. Ce dernier a l'air dépité.

– Nasser a gagné. Par ici, la monnaie!

Il marmonne quelque chose et me tend deux billets de cent dollars avant de s'éloigner, mécontent. Avec un grand sourire sur le visage, je serre les deux billets dans mon poing. C'est le début de la fortune! Je sens que ce travail va me plaire.

Lorsque je relève la tête, Nasser se tient devant moi, l'air interrogateur. Je ne l'ai pas vu approcher.

– Est-ce que tu viens de voler quelqu'un?

Je secoue la tête, agitant fièrement mes gains devant son visage.

– Tu viens de me faire gagner deux cents dollars, mon pote!

Il se penche vers moi, sa main agrippant mon poignet toujours en l'air. Ses doigts brûlants et abîmés me filent des frissons sur tout mon épiderme. Il fixe les billets, puis comprend ce que je viens de dire. Son pouce caresse ma peau, juste une seconde. Mon souffle se coupe.

Un sourire de branleur fend son visage et il me relâche, comme à regret.

– T'as parié sur moi ! s'exclame-t-il avec un air crâneur. Tu sais que je suis le meilleur.

– Tu es… bon.

– Je suis plus que bon, reconnais-le. Le meilleur, répète-t-il en articulant lentement le dernier mot.

Je ne dis rien. Il a raison, mais hors de question de faire grossir son ego déjà surdimensionné. Mes yeux se posent une seconde sur sa silhouette à demi nue et je détourne le regard.

Amis. Nous sommes censés être amis. Conneries !

Bon, après tout, c'est la première conversation que l'on a sans que j'aie envie de lui arracher les yeux. Je pense qu'il y a une sacrée évolution.

Je vois Aly au loin.

– Je vais aller saluer Aly. Je reviens.

Nasser a déjà la tête ailleurs : Archi vient de l'appeler. Alors, je m'éloigne, quittant la bulle de tension qui s'est créée autour de nous.

***

Nasser

Une demi-heure plus tard, je suis accoudé au bar improvisé du Toxic Hell. Le vieux comptoir est en mauvais état, mais va parfaitement avec l'entrepôt. J'avale plusieurs gorgées de ma bière, mes yeux fixant une chevelure blonde. Hena traverse la foule, en sautillant presque, avec des yeux avides.

Ma petite voleuse déambule aux côtés d'Archi, qui récupère l'argent des paris de ce soir. Même si elle ne l'avouera jamais, je sais que, secrètement, elle est en train de s'éclater. Elle se concentre sur quelque chose de concret, bien qu'interdit, et elle s'en donne à cœur joie.

Elle se penche pour récupérer un billet. Un bruit sourd s'étouffe dans ma cage thoracique tandis que je mate sans discrétion son petit cul, à disposition devant moi.

Amis. Milhena Williams a vraiment cru que je lui offrais mon amitié, alors que, la seule chose que je veux, c'est la baiser. Mais j'ai vu ce qu'elle allait faire hier : encore fuir. Alors, ma bouche s'est ouverte, avant que mon cerveau ne puisse le réaliser, et j'ai déblatéré des mots sans réfléchir.

J'étouffe un petit rire moqueur.

Oh, non, trésor, je n'ai pas envie d'être ami avec toi ! J'ai envie de te coincer sous moi et de dévorer une nouvelle fois ta bouche.

J'ai haï Hena dès qu'elle s'est moquée de moi. Mais une autre envie me domine désormais, domine mon reste de rancœur. J'ai envie de la posséder, surtout quand elle ouvre sa grande gueule pour me défier.

Un type s'accoude au bar, près de moi, sa bière dans les mains. Je me tourne vers lui.

– Super combat, Hell.

Je hoche la tête pour le remercier, ne prenant pas la peine d'ouvrir la bouche. Je ne connais pas son nom, mais je l'ai vu plusieurs fois ici. C'est un habitué.

Je pivote et continue de boire ma bière, focalisé entièrement sur Milhena. Elle récupère deux nouveaux billets de cent dollars de la main d'Archi. Elle écarquille les yeux face aux mots du grand brun. Il est en train de lui annoncer que c'est sa paie du soir, et elle semble ravie. Je ne mentais pas quand je lui ai promis de l'argent facile. Elle me jette un coup d'œil, ses dents mordant sa lèvre inférieure. Je lève ma bière dans sa direction avant d'en avaler une dernière gorgée.

Hena finit par quitter la foule, ayant terminé sa mission pour ce soir. Tandis qu'elle s'éloigne, elle me jette un dernier coup d'œil incertain. J'observe sa taille étroite et ses hanches moulées dans son jean tandis qu'elle disparaît sans me rejoindre.

Le type près de moi émet un léger sifflement dans sa barbe.

– Jolie, cette poupée blonde, hein? lâche-t-il avec un air de vieux lubrique. Un peu petite, mais ses hanches sont larges et me donnent envie de les agripper. Je parie que sa chatte est parfaitement étroite.

Je me braque soudainement. Je pose ma bouteille de bière désormais vide sur le comptoir et presse son épaule. Ma bouche se colle presque à son oreille.

– Parle d'elle encore une fois comme ça et je te brise les genoux. D'accord, mon grand?

Personne ne lui manquera de respect chez moi.

– Maintenant, dégage, ordonné-je au type.

Je me redresse, mais ses mots à peine murmurés m'immobilisent.

– Qu'est-ce que tu viens de dire? l'interrogé-je d'une voix calme.

Trop calme. Je vois Archi arriver à mes côtés, mais je l'ignore, focalisé sur le chien en face de moi.

– J'ai dit: tout ça pour une pute.

Ma bouche s'étire en un sourire mauvais. Je n'attendais que ça pour dégainer. La seconde suivante, sa tête percute le comptoir en bois dans un bruit sourd tandis que je maintiens sa nuque avec mon bras. La foule se rassemble autour de moi et hurle. Les combats sur scène sont appréciés, mais ceux hors du ring, encore plus.

Le type est sur le point de perdre connaissance. Je colle une nouvelle fois ma bouche contre son oreille pour qu'il soit le seul à m'entendre.

– Tu aurais mieux fait de m'écouter, mon grand. J'ai dit de ne pas lui manquer de respect.

Je le lâche sèchement et il s'écroule comme une merde au sol. Je m'éloigne vers l'escalier, indifférent aux autres, qui m'acclament.

25

OBSERVATION

Hena

La nuit est tombée. Ma peau est rougie tant elle est restée sous le jet brûlant de la douche. En sortant, mes pieds s'enfoncent dans le petit tapis moelleux. Je m'installe devant le miroir. Mes longues mèches blondes tombent sur ma poitrine. Elles sont encore trempées et des gouttes s'en échappent, traçant leur chemin sur ma peau.

J'observe mon corps nu, puis mon visage. L'image que me renvoie le miroir sur pied me montre une jeune fille qui semble avoir vécu trop de choses pour son âge. Je vois une âme meurtrie. Une âme que l'on a cherché à condamner. Mais une âme qui refuse d'abandonner.

Mes doigts effleurent la peau tendre de mon ventre. Je prends conscience une nouvelle fois de mon corps. Je me l'approprie à nouveau, le refaisant totalement mien. Mon index effleure l'aréole de mon sein droit. Mon mamelon durcit au contact de mon doigt. Je teste mes propres réactions, les observant avidement sans en perdre une miette. Ensuite, mon doigt frôle mes côtes pour terminer son chemin dans mon dos.

Bien vite, je touche une peau qui n'est plus lisse et sans défauts. Une peau qui a été marquée.

Je tourne doucement mon buste tout en gardant mon regard posé sur le miroir. Mon dos se présente alors. J'observe la cicatrice de quelques centimètres. L'œuvre d'Abraham et de sa baguette en fer préférée, qui m'a fouettée plus d'une fois. On m'a frappée comme du bétail, pensant que cela atténuerait ma soif de rébellion, et surtout ma soif de vengeance.

Abraham, Marcus et Daryl se trompaient. J'ai hurlé. Je me suis débattue. Même une fois marquée, je n'ai pas abandonné. La colère faisait rage en moi. Une haine si puissante et si dévastatrice qu'elle m'empêchait de perdre espoir et me poussait à croire que nous allions sortir de Délivrance, mon frère, ma mère et moi.

D'autres souvenirs me viennent en tête et je ferme les yeux.

– Pas ce soir, chuchoté-je avant d'humidifier mes lèvres du bout de ma langue.

Hors de question que les cauchemars viennent me faire chier. Je n'ai plus envie de les laisser m'envahir. J'inspire brusquement et ouvre de nouveau les yeux. Je fixe une dernière fois ma cicatrice.

– Je n'aurai pas honte de toi, espèce de garce. Tu es juste un stigmate de ma guerre. Une guerre que j'ai gagnée.

Sauf si Daryl et Marcus se rapprochent de toi, me souffle ma conscience.

Je redresse le menton, puis je récupère des vêtements et m'habille enfin avant d'aller à mon rendez-vous.

Je quitte mon logement vingt minutes plus tard. Karl est resté à l'appartement, travaillant sur ses propres cours. Je descends les deux étages, encombrée d'un sac-poubelle à jeter.

Tandis que je pousse la porte de la résidence, je vois que la nuit est désormais bien tombée. Et, heureusement pour moi – et pour Tag –, les étoiles sont de sortie ce soir. Elles sont si nombreuses et lumineuses que je m'arrête une seconde pour les observer. Un océan à perte de vue.

Un océan rempli de diamants qui étincellent juste au-dessus de nos têtes.

Je vérifie mentalement si j'ai bien tout pris. Mes crayons et mes feuilles pour réaliser la carte à main levée : check !

Je gagne l'arrière de l'immeuble, le sac-poubelle toujours à la main, et le jette dans le bac à ordures. Alors que je m'apprête à rejoindre ma voiture, de petits bruits derrière les poubelles m'interpellent. Je ne bouge plus d'un centimètre, les sens en alerte.

Qu'est-ce que…

J'avance doucement, le cœur au bord des lèvres. Le bruit se fait un peu plus fort à mesure que je m'approche. Je perçois comme des grignotements. Je ne suis pas prête à découvrir quoi que ce soit, mais je prends sur moi et continue d'avancer jusqu'à l'arrière du bac.

– Oh, mon Dieu !

Je plaque les mains sur ma bouche pour ne pas vider le contenu de mon estomac sur le sol. Mon cri a alerté les nombreux rongeurs, qui s'enfuient dans toutes les directions. Je continue d'observer le corps inerte du petit chat. Il est dans un sale état. Je serais incapable de dire depuis combien de temps il se décompose ici, d'autant qu'il ne reste pas grand-chose de sa carcasse, qui était en train de se faire dévorer par les rats.

Je recule de plusieurs pas avec difficulté. Je sursaute en sentant mon portable vibrer dans la poche arrière de mon pantalon. Je le récupère et m'éloigne un peu plus, le cœur brisé pour cette pauvre bête. Je ne sais pas ce qui lui est arrivé. Est-ce qu'une voiture l'a fauché ? L'a-t-on tabassé ? Qui pourrait faire une chose pareille à un animal ?

Je me dirige vers ma voiture tout en lisant le message qui vient d'arriver. Il est de Nasser.

[Tu viens bosser au Toxic Hell?]

Je secoue la tête même s'il ne peut pas me voir. Quand je pense que j'ai accepté de développer une espèce d'amitié bancale avec lui !

Surtout que son corps appelle la luxure qui sommeille en toi, se moque ma conscience, que je décide d'ignorer.

Je m'installe derrière le volant avant de répondre.

[Désolée, pas possible.
Je bosse sur un projet de cours.]

Je ne lui dis pas que je vais voir les étoiles avec Tag. Nasser était présent quand je l'ai moi-même appris. Je n'attends pas la réponse du grand brun et démarre, le corps du chat me hantant toujours.

***

Le vent frappe mon visage lorsque je descends de ma voiture. Je glisse les mains dans les poches de ma veste, baissant le visage par la même occasion pour protéger ma gorge. Donc, je décide d'aller « m'amuser » dehors, et la météo se fait capricieuse? Sérieusement?

Bon, le ciel reste dégagé et les étoiles sont bien visibles, c'est déjà ça. Je tourne sur moi-même dans l'espoir d'apercevoir Tag sur le minuscule parking. Une tête brune se tient à une vingtaine de mètres de là et me fait un signe de la main. Je plisse les paupières pour l'identifier.

– Hena ! Salut !

Mon sac sur l'épaule, je m'avance vers Tag. Les barrières du parc sont fermées. Je les lui indique de la main. Son menton pointe un muret sur ma droite.

– Vive l'escalade ! s'esclaffe-t-il. Attends, je vais t'aider.

Je secoue la tête et pose mon sac sur le muret. OK, je m'apprête à entrer par effraction dans un parc public. Disons que c'est pas la pire chose que j'aurai faite au cours de mon existence.

– Ça va, je gère.

Je ne gère rien du tout, mais essayons de sauver les apparences. J'enjambe le muret en priant pour que mon jean ne s'accroche pas aux pierres effritées. Il ne manquerait plus qu'il se déchire et qu'on voit mon cul. Tag m'attend de l'autre côté. Il m'accueille avec un sourire discret tandis que je me redresse avant de frotter mes mains sur mes cuisses. J'ai les paumes collantes.

Pitié, dites-moi qu'elles n'ont pas traîné dans de la merde de pigeon !

– T'es là depuis longtemps ? demandé-je à Tag.

– Quelques minutes ! Suis-moi. D'autres étudiants de notre cours d'astro sont déjà installés un peu partout dans le parc.

Savoir que nous ne sommes pas que tous les deux me rassure, j'avoue. Oui, je suis sans doute parano, mais je ne connais pas ce type. Il pourrait très bien être un tueur en série. Nous débouchons sur une vaste étendue d'herbe. Le vent souffle légèrement, mais il ne fait pas si froid.

J'aperçois deux étudiants assis en tailleur. L'un d'eux gribouille sur un carnet tandis que l'autre ouvre une canette. Sans doute une bière. Tag choisit de s'asseoir au milieu de la pelouse. Je reste debout, fixant le sol boueux. Puis je retire ma veste pour en faire une couverture de fortune et m'installe à un mètre de lui.

Et là, je regrette d'être venue. Je ne connais pas ce type. Un silence ultra-gênant envahit l'espace entre nous. J'ouvre mon sac et en sors mon carnet de feuilles blanches tandis qu'il pianote sur son téléphone.

Aly, je vais te tuer pour m'avoir abandonnée!

Je me gratte la gorge et Tag tourne son visage vers moi.

– Alors, t'as trouvé facilement ton chemin jusqu'ici?

Je hoche la tête, mes doigts triturant mon stylo noir.

– Yep!

– OK. Super.

Un nouveau silence s'installe. Honnêtement, je ne sais pas trop quoi dire à Tag, mais je prends sur moi – parce qu'il a l'air gentil et aussi perdu que moi – et me lance:

– Alors, tu connais Aly depuis longtemps?

– Ouais. Enfin, pas vraiment. Mais on s'est croisés plusieurs fois en soirée.

– Cool.

J'ouvre mon carnet et l'indique du menton.

– On commence l'observation?

Je lève les yeux et découvre que Tag m'observe étrangement, comme si j'étais une énigme qu'il devait résoudre.

– Quoi? lui demandé-je en sentant bien qu'il a envie d'aborder un sujet en particulier.

– J'ai une question, mais on ne se connaît pas, alors…

Je me redresse, croise les jambes et soupire:

– Quoi donc?

Je sais exactement les mots qui vont sortir de sa bouche. Il est comme la plupart des gens et la curiosité le dévore. C'est un sentiment humain, mais leurs questions peuvent blesser. Elles blessent parce qu'elles remuent toute la merde en moi.

– Donc… avec ton frère… vous avez été… enrôlés dans une secte.

– « Enrôlés » n'est pas le mot. Mais on y est restés deux mois, ouais.

– Et… enfin, je veux dire, ça ne t'a pas laissé de séquelles?

Bien sûr que si! Mais toutes ne sont pas visibles. Celles qui sont cachées sont les pires, les plus douloureuses.

Tag doit voir ma réponse sur mon visage, mais il continue sur sa lancée:

– Ça devait être moche. Mais faut avouer que c'est quand même super cool.

Le sang quitte mon visage. Je ne suis pas sûre d'avoir bien entendu.

Dites-moi que je me trompe! « Cool », hein?

– Enfin, ouais, y a des mauvais côtés, reprend-il avec un petit signe de la main, mais j'aimerais bien voir comment ça se passe. Genre: est-ce qu'on prie Satan du matin au soir? Est-ce qu'on sacrifie une vierge avant de la jeter dans le feu?

Il éclate de rire à sa propre blague. Je reste immobile, laissant mon souffle régulier me calmer intérieurement.

– Ce n'est pas ce qui arrivait. Je…

– Qu'est-ce qu'il se passait, alors? me demande-t-il en se penchant vers moi.

Il semble intéressé. Beaucoup trop intéressé. Et ça me met vraiment mal à l'aise. Mon visage se ferme, se fait plus froid.

– Je ne veux pas en parler. J'aimerais bosser, maintenant.

– Oh, ouais, pardon!

Il doit voir qu'il a été trop loin. Il se redresse, la mine désolée.

Je ne cesse de jeter des coups d'œil autour de nous. Mes doigts griffonnent quelques dessins à main levée, mais je n'arrive pas à m'appliquer. Je fais n'importe quoi et finis par gribouiller dessus sans m'en rendre compte. Je ne me sens pas en sécurité. Je me sens mise à nu.

Un des étudiants crie plus loin et je sursaute. Mais il hurle simplement de rire en réponse aux mots de son ami.

– T'inquiète, ce n'est rien, me dit Tag. Enfin, j'avoue que, de nuit, cet endroit ressemble à un décor de film d'horreur.

– Waouh ! Tu sais comment rassurer les gens, toi.

– Désolé ! Je suis juste un peu trop passionné de films d'horreur et de tout ce qu'il y a autour.

J'ignore ses mots et continue de griffonner. Mais impossible d'être à l'aise et de me concentrer. Au moment où je décide de dire à Tag que je vais bosser un peu plus loin, je vois une silhouette, haute et massive, s'approcher de nous d'un pas tranquille. De la fumée de cigarette enveloppe un visage qui se dévoile peu à peu.

La surprise m'envahit et ma mâchoire manque de se décrocher.

– Mais qu'est-ce que tu fous ici ?!

26

BASOREXIE

Hena

Nasser se dresse devant nous, un petit sourire collé au visage. Tag semble aussi surpris que moi de le trouver là.

Comme le grand brun ne me répond pas, je répète d'une voix forte :

– Qu'est-ce que tu fais dans ce parc ?

Il hausse les épaules. Il est vêtu d'un simple sweat gris et d'un jean. Il laisse tomber sa cigarette sur le sol et met les mains dans ses poches.

– Je suis venu promener mon chien, rétorque-t-il.

Je regarde autour de lui.

– Mais tu n'as pas de chien avec toi, Nasser.

Il paraît faussement inquiet.

– Je l'ai perdu en chemin. Le pauvre !

– Le pauvre, répété-je, toujours hallucinée de le voir ici.

Intérieurement, je suis presque soulagée de sa venue. Il n'attend pas une seconde et fixe son attention sur Tag.

– Je viens de passer devant Travis et Josh. Je pense qu'ils aimeraient bien bosser avec toi.

– Oh, merci pour l'info, mon pote, mais je suis en binôme avec Hena ce soir, répond Tag, perdu.

Nasser rigole doucement. Son rire sonne faux. Je continue de l'observer, me demandant réellement ce qu'il fout ici. Mais je ne l'interromps pas parce qu'honnêtement, j'ai bien envie, moi aussi, que Tag se casse.

– Je serai son binôme, reprend Nasser en insistant sur le dernier mot. Ne t'en fais pas pour nous.

– Mais tu n'es pas en astronomie, si? continue Tag, toujours pas réceptif aux tentatives de Nasser pour le faire partir.

Nasser continue de le fixer droit dans les yeux, les mains toujours dans les poches, sans bouger. Finalement, Tag commence à comprendre les choses. Il se tourne vers moi, mais je me contente de l'observer à mon tour, ne cherchant pas à le retenir.

– Bon, euh… OK, débite-t-il en récupérant maladroitement ses affaires. Alors… à plus.

Il passe près de Nasser. Ce dernier tourne le visage dans sa direction, un nouveau sourire aux lèvres.

– À plus, *mon pote.*

Ce dernier mot sonne comme une insulte dans sa bouche. Tag s'éloigne sans demander son reste. Je scrute Nasser, toujours aussi silencieuse. Il indique la veste sous mes fesses.

– Tu me fais une place? Je ne voudrais pas me tacher.

– Crève.

Il pousse un soupir défaitiste avant de s'installer à côté de moi. Nos corps ne se touchent pas, mais il est proche. Bien trop proche pour ma santé mentale.

– Alors, c'est quoi, la véritable raison de ta venue?

Je le regarde croiser ses longues jambes en tailleur, adoptant la même position que moi, avant de sortir les mains de ses poches.

– On est amis désormais, non ? J'ai décidé de passer voir une amie, rien de plus.

La moue que je lui renvoie lui fait comprendre que je ne le crois pas un seul instant. Je détaille ses doigts écorchés par endroits. Donc, il a effectivement combattu au Toxic Hell ce soir. Et il s'est empressé de me rejoindre ensuite. Savoir qu'il a directement pensé à venir ici me réchauffe intérieurement.

– Tu as été insultant avec Tag.

– À d'autres, Hena. Ne joue pas les âmes charitables, alors que tu es la première à voler de parfaits inconnus.

Je le reconnais, il a raison. Une minute passe. Finalement j'avoue du bout des lèvres :

– Il était plutôt bizarre. Donc… merci.

Nasser rigole pour toute réponse.

– Tu comprends ce que je disais quand je t'indiquais ne pas aimer les gens ? Je me suffis à moi-même.

– C'est assez présomptueux, tu ne trouves pas ?

Je l'observe sortir un petit sachet de sa poche.

Qu'est-ce que c'est ?

– Pourquoi ? rétorque-t-il. Qui pourrait être un meilleur compagnon de route que ma propre personne ?

– Ce qui signifie que tu fais route tout seul. C'est assez triste de toujours être seul, non ? Et… est-ce que ce sont des oursons en guimauve ?

Je l'observe engouffrer plusieurs oursons dans sa bouche sans me répondre.

– Je croyais que tu détestais ça !

– J'adore ça.

– Menteur.

– Voleuse, réplique-t-il.

Je redresse fièrement le menton.

– Je ne regrette rien.

– Bien sûr que non. Tu es trop entière pour ça.

Ses mots me laissent perplexe… parce qu'il a raison, je crois.

Je me penche vers son paquet dans le but de lui piquer un ourson. Il l'écarte de mes mains.

– Encore un vol, trésor?

Il secoue la tête avant de me tendre le paquet. Je chipe un ourson et le mastique doucement, mon regard sur Nasser. J'ai l'impression de découvrir une autre facette de lui. Je ne suis pas en face de Hell, ce soir, l'étudiant roi des combats illégaux. C'est comme si je découvrais le vrai Nasser. Calme, taquin et aimable.

Il relève les jambes, pose les coudes dessus et se met ensuite à observer le ciel. J'en fais de même, douloureusement consciente de la proximité de son corps. Le silence n'est pas gênant, cette fois. Au contraire, nous sommes plongés dans nos pensées tout en n'étant pas complètement déconnectés de la présence de l'autre. C'est assez particulier, cette sensation. C'est comme si j'étais dans mon cocon et que Nasser empêchait quiconque d'y pénétrer.

– J'ai l'impression d'être en paix, murmuré-je pour moi-même.

Quand je le vois tourner la tête vers moi, je réalise que j'ai prononcé ces paroles à voix haute.

Merde!

Mais qu'est-ce que je raconte? Je pense qu'il va m'ignorer, mais il m'observe étrangement, comme s'il comprenait exactement la signification de mes mots.

– On croit toujours que la paix est inatteignable, me répond-il, alors que, parfois, elle se trouve dans plein de petites choses, comme observer ton ciel.

Mon ciel.

J'observe les étoiles et, durant les minutes qui suivent, j'établis une carte approximative sur le papier. C'est là. Cette paix que je recherchais depuis longtemps. Un endroit où les cauchemars deviennent silencieux. C'est le cas à cet instant. Ils n'existent plus. N'ont plus la moindre prise sur moi. Il n'y a que le moment présent.

Ma bouche s'ouvre d'elle-même :

– Tu savais qu'il pleuvait continuellement sur Vénus ? Mais la pluie ne touche jamais le sol parce qu'elle s'évapore juste avant.

Un air énigmatique habille le visage de Nasser. Ses lèvres s'étirent doucement.

– Vraiment ?

– Hum, hum. Et tu savais que les étoiles filantes n'étaient pas des étoiles, en réalité ? Ce sont des morceaux de poussière qui s'échauffent en pénétrant dans l'atmosphère terrestre.

– Intéressant, avoue Nasser.

– Tu vois, t'aurais dû suivre des cours d'astro.

– Je préfère quand c'est toi qui me fais le cours.

Je me rends compte que je rougis bêtement et cache mon sourire derrière mes doigts. Mais je ne peux m'empêcher d'être touchée par ce compliment.

Les minutes s'écoulent. Je sens que Nasser observe mon travail. Un instant, il se rapproche pour l'analyser un peu plus attentivement. Sauf qu'une fois ma carte établie, il ne s'éloigne pas. Il reste assis juste à côté de moi, son corps collé contre une partie du mien tandis qu'il est penché sur mes gribouillis.

– Pas mal. Ça me parle bien.

– Juste pas mal ? Cette carte est plus que pas mal, mon gars.

Il se redresse et tourne son visage vers moi. Il me défie toujours et je ne cesse de tomber dans son piège. Je rétorque, je rends coup pour coup. Et on recommence. Une boucle sans fin, jusqu'à ce que l'un de nous décide d'abandonner.

Et, à cet instant, il n'y a plus moyen de me protéger, d'ignorer ce qui est en train d'éclore entre nous depuis le début. Cette méfiance mélangée à ce désir insoutenable de toucher l'autre. Ma respiration se coupe presque tandis que je tourne, moi aussi, mon visage vers lui. Impossible de m'éloigner.

C'est comme si j'étais un papillon. Un délicieux papillon trop curieux qui serait attiré par une unique chose : la lumière en face de lui. Il sait qu'elle est dangereuse. Il sait qu'elle peut lui être fatale. Pourtant, il cherche à s'en approcher au maximum, jusqu'à la frôler… Et boom ! Il se retrouve pris au piège, sans moyen de reculer. Sans possibilité de rejoindre l'ombre à nouveau. Les ténèbres dans lesquelles il se cachait.

Le souffle de Nasser frappe mon visage tandis qu'il se penche vers moi. J'avale difficilement ma salive. Je suis consciente du moindre centimètre de son corps en contact avec le mien. De sa main qui frôle ma cuisse, puis se pose sur elle. De ses yeux gris, qui me retiennent prisonnière et me crient mille et une promesses silencieuses.

– À moi de t'apprendre quelque chose, murmure-t-il à quelques centimètres de mes lèvres.

Recule ! m'ordonné-je sans pouvoir y arriver.

– Quoi ?

– Est-ce que tu sais ce qu'est la basorexie ? me demande-t-il dans un souffle.

Je secoue lentement la tête, mes yeux posés sur ses lèvres.

– Est-ce que c'est un mot désignant l'envie de te frapper, toi, avec ton caractère d'enfoiré ?

Ses dents apparaissent sous son sourire. Il se rapproche un peu plus. Il pénètre dans mon cocon, empêchant quiconque de nous rejoindre.

– Ça signifie : une envie folle d'embrasser quelqu'un.

Embrasse-moi ! crie mon cœur.

Mais ne nous brise pas, chuchote mon cerveau.

Mon cœur loupe un battement. Puis un second. Et se remet à battre à folle allure. J'ai l'impression qu'une décharge électrique traverse mon corps. C'est bon.

– Pourquoi tu me dis ça ? chuchoté-je malgré moi en haletant.

– Parce que je veux t'embrasser. Et te dévorer.

27

MENTIR À SOI-MÊME

Hena

Une seconde, nos lèvres se défient. La seconde suivante, sa bouche se plaque contre la mienne. Ça commence doucement, mais ça me terrasse rapidement. Ses mains se posent à l'arrière de ma tête. Nasser dévore littéralement ma bouche. Et il ne mentait pas. Il ne reste rien de moi.

Il ne reste rien à moi.

Chaque parcelle de mon corps entre dans la danse et tente de suivre ses pas. Mais la valse est trop rapide. Trop séductrice. Ma langue combat la sienne. Elles se caressent, se cherchent, se dévorent. Et, moi aussi, je ne laisse rien de lui.

Il n'y a plus rien de lui.

Il n'y a plus rien de moi.

Il n'y a qu'un nous explosif et déchaîné.

Ses doigts agrippent mes cheveux. Les miens s'enroulent autour de sa nuque. Un grognement rugit dans sa poitrine. Il attire mon corps contre le sien, m'installant à califourchon sur ses jambes.

Ma poitrine se plaque contre son torse. Mon cœur bat follement, en rythme avec le sien. Nous sommes brûlants.

C'est trop. Trop. Trop.

Boom! Déconnexion. Vrillage du cerveau. Je perds les pédales et je me perds moi-même. Où est la sortie? Quelle est la direction à prendre? Comment récupérer les parcelles de moi que je suis en train d'offrir librement à cet homme dangereusement séduisant?

Je romps brutalement le baiser, le souffle court. Mes lèvres sont gonflées tant elles ont été baisées. Une faim dévorante et obsédante traverse le regard de Nasser. Le cocon se brise et je reprends le contrôle de mon corps avant qu'il ne soit trop tard. Je me redresse maladroitement, les jambes en coton.

– T'avais dit qu'on était amis!

Toujours assis, Nasser m'observe, parfaitement calme. Je vois son érection qui tend le tissu de son jean.

– Les amis ne s'embrassent pas, putain, craché-je en passant une main dans mes cheveux.

Je panique, et je ne sais même pas pourquoi. Je perds mes moyens.

– J'ai menti, rétorque Nasser. Nous ne sommes pas amis.

– Putain de menteur!

– Bien sûr que nous ne sommes pas amis. Pas alors que tu es là, brûlant pour moi. Tes lèvres appelaient les miennes, bordel! Bien sûr que nous ne sommes pas amis, pas quand tu sembles me vouloir autant que je te veux! hurle-t-il dans la nuit.

Je vois le faisceau d'une lampe torche arriver vers nous. Le gardien du parc semble avoir réalisé que des étudiants étaient venus en douce.

– Mais tu veux savoir la vérité? continue Nasser en se relevant, puis en s'approchant de moi. T'es aussi en train de mentir à toi-même, trésor. Je ne suis pas le plus gros menteur de nous deux. Maintenant, tire-toi.

– Va te faire mettre. Et regarde bien sous ton lit avant de te coucher, Hell, parce que je serai certainement cachée dans ton trou à rats, attendant patiemment que tu fermes les yeux pour te trancher la gorge.

Mon insulte le fait rire. Mais c'est un rire moqueur, acéré. Je récupère mes affaires et m'enfuis avant que le gardien ne mette la main sur moi, les autres étudiants en faisant de même autour de nous.

28

LE RETOUR DE L'AÎNÉ

Hena

Le lendemain matin, je me dirige vers l'amphi où se déroule mon cours d'astronomie tandis que mon petit frère rejoint son passionnant – hum, hum! – cours de comptabilité. Je vois Aly au loin. Elle est sublime ce matin. Elle est en train d'attacher ses longs cheveux en une haute queue-de-cheval. Je déboule devant elle, mon index accusateur pointé dans sa direction.

– Toi!

– Moi?

– Ne me laisse plus jamais seule avec Tag, compris? Sinon, je vais devoir l'étouffer pour qu'il arrête ses remarques stupides et gênantes.

Aly termine sa tâche tout en ravalant un rire. Elle affiche une moue absolument pas chagrinée, semblant repenser à un moment très agréable de sa vie.

– Désolée, bébé, mais j'ai eu le meilleur cunni de ma vie, hier soir. Je ne regrette pas de t'avoir laissée en plan.

J'inspire profondément sans rien dire. OK, OK, je peux comprendre.

– Je veux les détails, alors ! m'exclamé-je. Mais je maintiens ce que j'ai dit.

– Qu'est-ce que Tag a fait pour provoquer la colère de la p'tite blondinette du coin ?

Pendant les minutes suivantes, nous nous racontons mutuellement notre soirée. Je comprends bien vite que la sienne était sacrément… cool. À la fin du cours, je rends la carte du ciel que j'ai gribouillée la veille.

– Comment tu as expliqué ton retard pour ta carte ? demandé-je à Aly alors que l'on quitte l'amphi.

– J'ai dit que ma grand-mère était décédée.

– Putain, Aly ! Est-ce que… est-ce qu'elle est vraiment morte ?

Mais aucune tristesse ne traverse son visage. Elle me fait un clin d'œil avant de claquer un baiser près de ma bouche.

– T'es trop mignonne de t'inquiéter. Mais non, ma grand-mère est au Texas, en train de faire pousser de la beuh tout en bronzant à poil dans son jardin. Et je t'assure que c'est vrai ! Mes yeux saignent encore.

Ma bouche forme un O parfait tandis qu'elle s'éloigne déjà. Eh bien, je suppose qu'il y a pire, comme retraite ! J'aimerais avoir le même avenir, là, tout de suite. Je hausse les épaules et m'achemine vers la salle de mon prochain cours. J'accélère le pas pour gagner l'étage supérieur. C'est parti pour un nouveau cours de sociologie !

Cette journée commençait bien trop agréablement : voilà que je croise une silhouette au détour du couloir. Nasser patiente devant l'amphi, ses yeux posés sur son téléphone. Comme s'il sentait mon regard sur lui, il redresse la tête et analyse mon corps dans les moindres détails. Sa mâchoire se crispe tandis que ses narines se gonflent. Il me dévore du regard sans pouvoir s'en empêcher.

Je redresse le menton et passe fièrement près de lui pour aller m'asseoir à l'une des rangées du milieu. Ce n'est qu'une question de temps avant qu'on entre une nouvelle fois en collision.

***

Nasser

Ses hanches s'éloignent, se balançant au rythme d'une symphonie silencieuse. Hena entre dans l'amphithéâtre, m'ignorant volontairement.

Je n'ai pas le temps de penser à son petit corps contre le mien que, déjà, Archi débarque.

– C'est la merde ! lance-t-il d'emblée, sans même un bonjour.

Son ton inquiet ne me dit rien qui vaille. Je me redresse et range mon portable. La dernière fois qu'il a prononcé cette phrase, son frère – l'inspecteur Hiro – tentait de pénétrer dans l'entrepôt aménagé où je vis.

– Quoi ? demandé-je. Ton frère ?

Archi fait mine de cracher sur le sol. Le désaccord profond qui l'oppose à son grand frère ne date pas d'hier. Jeune hors-la-loi, Hiro a quitté la ville du jour au lendemain, sans donner de nouvelles à Archi ni à Aly pendant des années. Et puis il a de nouveau débarqué, quelques années plus tard, l'uniforme en plus, comme si de rien n'était, et souhaitant que son frère soit un citoyen modèle. Aly ne lui en veut pas pour cette absence, mais ce n'est pas le cas d'Archi, qui lui reproche ces années de silence.

– Pas mon frère, rétorque Archi. Le tien.

Mes muscles se tendent.

– Quoi ? chuchoté-je avec haine. MG est ici ?

Donc, mon père avait raison. Mon grand frère est bien sorti de prison. Et ce chien ne restera pas dans son coin. Le digne héritier d'Elijah va reprendre leurs magouilles.

– Il est passé au bar dans lequel je bosse hier soir, confirme Archi. Il te cherchait.

Bien sûr qu'il me cherche. Et il me trouvera. Mais je ne suis plus l'ado aux bras cassés qu'il a laissé derrière lui avant de finir en prison.

– Je vais le laisser venir à moi, annoncé-je en entrant dans l'amphi.

Notre professeur n'est toujours pas arrivé.

– N'attends pas trop longtemps, me conseille Archi, parce que ton frangin va foutre le feu à cette ville. En s'assurant qu'on ne puisse pas la fuir avant.

Je serre les mâchoires, mais ne réponds rien. Dans ce cas-là, il brûlera avec moi.

29

DÉFENSE INATTENDUE

Nasser
Le lendemain soir

Les yeux posés sur l'écran de mon téléphone, je fais abstraction de mon environnement. Mes doigts pianotent sur le clavier virtuel et les minutes s'écoulent tandis que je transfère, sur mon compte, l'argent des différents paris. À l'écart du salon, collé contre le mur du couloir donnant sur la cuisine, remplie à craquer d'étudiants alcoolisés, je laisse passer ces derniers devant moi sans jamais m'attarder sur eux.

Un parfum sucré envahit mes narines tandis qu'une silhouette féminine se colle au mur, près de moi, veillant cependant à ne pas me toucher. Je lève la tête et regarde qui se trouve à mes côtés. Esmée me tend une bière, un sourire aux lèvres. Je récupère la bouteille. Le verre est glacé entre mes doigts brûlants, ce qui me fait un bien fou. Il fait chaud ici.

Trop chaud.

– Merci, articulé-je avant de boire une longue et agréable gorgée.

Elle passe une main dans ses longs cheveux, puis indique la foule du menton. Le salon est dans un état lamentable. Archi le remarquerait habituellement – sachant qu'il s'agit du sien –, mais il est trop défoncé pour ça.

– Tu ne te mêles pas aux gens ? me demande alors Esmée pour engager la conversation.

Elle est sincèrement curieuse. Je termine un transfert, puis range mon portable dans ma poche.

– La foule me fait peur.

Esmée rigole ouvertement, ne me prenant nullement au sérieux.

– Toi ? Le roi du Toxic Hell ? Craindre les gens ? À d'autres, Hell !

Je laisse un sourire s'épanouir sur mes lèvres, puis avale une nouvelle gorgée de bière. Les bulles explosent dans ma gorge. Ses questions ne sont pas stupides et son sous-entendu est vrai. Le Toxic Hell est toujours blindé de spectateurs et de parieurs. Mais l'homme enfoui en moi reste asocial au possible. Je déteste agir en société, et encore plus me montrer aux stupides soirées organisées par de stupides fraternités.

Mais ce genre de soirées, c'est aussi l'endroit idéal pour se montrer et attirer du monde au Toxic Hell. Il suffit de parler aux bonnes personnes et le tour est joué. Elles accourent ensuite chez moi, prêtes à claquer leurs tunes dans mes combats illégaux. Prêtes à me regarder combattre comme une bête de foire. Ce que je suis, finalement. Et Archi utilise les paris pour les plumer à chaque fois.

Alors, j'ai échangé quelques mots avec certains en arrivant, puis j'ai naturellement fini par me mettre à l'écart pour observer tout ce petit monde, comme à mon habitude. J'étudie les péchés dans lesquels ils se complaisent. L'alcool. Les substances illicites. Le paraître. Les infidélités diverses. La luxure. Tant de souillure que certains finissent par aimer.

Esmée me sort de mes pensées.

– Je quitte la ville.

Je me recentre sur elle, focalisé sur ses mots malgré le brouhaha autour de nous.

– J'ai flairé un gros pigeon, continue-t-elle. Je compte profiter de lui et faire le tour des environs.

Je hausse les épaules, ne sachant pas vraiment quoi dire. Qui suis-je pour critiquer le chemin qu'elle souhaite prendre ? Personne. Absolument personne. Alors, je finis par tendre ma bière vers elle.

– Tant que tu sais ce que tu fais.

Elle lève sa propre bière et trinque avec moi dans un claquement sonore.

– On aura passé du bon temps ensemble, continue-t-elle.

Ça, ce n'est certainement pas un mensonge. Son regard se fait plus intense tandis qu'elle mordille sa lèvre inférieure.

– Peut-être qu'on peut en profiter une dernière fois ?

Le moi d'il y a quelques semaines aurait sauté sur l'occasion. Mais pas maintenant, pas alors que mon corps et ma foutue tête ne peuvent se concentrer que sur une seule personne. Je secoue la tête. Hena devient une obsession. Mais je n'ai aucun moyen pour lutter contre, à part répondre à cette faim qui me dévore.

Esmée soupire, mais sourit de nouveau bien vite avant de commencer à s'éloigner. Ma main agrippe son poignet. Elle s'immobilise, les sourcils froncés.

– Si jamais t'as besoin d'aide, un jour, tu sais où me trouver.

Je la relâche. Elle serre sa bouteille contre sa poitrine, ses traits arborant une affection sincère.

– J'apprécie, Hell.

Puis elle disparaît, rejoignant sans doute la personne qui va l'entretenir ces prochaines semaines.

Bon. Je me suis montré. J'ai répondu à quelques questions de ces connards de membres de fraternité, juste de quoi les intriguer. Je peux me tirer à mon tour. Plus rien ne me retient ici.

Au moment où je commence à me décoller du mur, Archi s'avance vers moi, les yeux drôlement brillants. Il est loin d'être l'homme le plus avenant que je connaisse, mais disons que l'alcool et les substances aident certains à se détendre. Je ne toucherai jamais à ce genre de merdes, pas quand je sais quels sont les ravages qu'elles peuvent provoquer. Des images de mon grand frère jouant de ses poings me reviennent.

– Cet endroit est blindé de monde, mais la déco est sympa. En revanche, j'ai remarqué un truc bizarre.

Archi pose la main sur mon épaule avant de me dire, droit dans les yeux, sur le ton de la confidence :

– Y a des photos de moi sur les murs.

Mes lèvres tremblent et je laisse échapper un petit rire.

– Normal, mon pote. On est chez toi.

Ma phrase semble choquer Archi. Il tourne sur lui-même avant de vaciller.

– Je me disais bien que je reconnaissais les chiottes !

Je lève les yeux au ciel tout en me décollant vraiment du mur cette fois-ci. J'amorce un pas vers la sortie.

– Je vais y aller. Où est ta sœur ?

– Hum… Aly est sortie. Partie chercher une amie pour la ramener ici.

Je me tourne vers lui.

– Ah oui ?

– Oui. Pourquoi est-ce que tu souris comme un p'tit connard ?

Je souris parce que je sais parfaitement qui Aly est partie chercher. J'ai bien vu combien Hena et elle avaient l'air proches. J'opère un demi-tour et me dirige finalement vers la cuisine.

– Je croyais que tu partais, bougonne Archi.

Il passe sa main dans sa courte barbe brune.

– Changement de plan, rétorqué-je simplement. J'attends quelqu'un.

La soirée vient juste de prendre un tournant inédit. Mon pote finit par s'éloigner, un air beaucoup trop heureux sur le visage.

En arrivant à l'entrée de la cuisine, je tombe sur le genre de connards dont je vous parlais. Mesdames, messieurs, si vous pensez que je suis un enfoiré, c'est sans doute parce que vous ne connaissez pas encore Hunter Washington, membre d'une noble et célèbre fraternité sur le campus connue pour abriter tous les fils à papa les plus riches du coin.

Lui et ses trois potes se tiennent contre le mur. Je les ignore. Je n'ai pas envie de casser certaines bouches ce soir. Pas quand leurs avocats pourraient sacrément me foutre dans la merde.

C'est compter sans Hunter, qui se dresse alors devant moi, fier comme un paon. Ses yeux brillants me prouvent qu'il n'est pas loin d'être bourré, mais qu'il a encore conscience de ses actes – et de ses conneries. Il fait le gros dur. Il carre les épaules tout en m'observant attentivement.

– Mais regardez qui voilà, les mecs ! Notre Hell national. Le prince de la vie souterraine de notre fac.

Ses potes sifflent bruyamment, attirant quelques regards sur nous. Je me contente de sourire, percevant très bien la moquerie derrière ses paroles. Je le fixe sans flancher, gardant mon calme – pour le moment.

Il porte la main à sa bouche et siffle à l'aide de ses doigts, me laissant admirer la Rolex à son poignet. Ses cheveux blonds partent dans tous les sens. J'ignore le nombre de fois où son père lui a sauvé le cul parce qu'il faisait des conneries ici. Hunter Washington se prend pour le roi parce qu'il a de l'argent et les meilleurs avocats du pays. Il pense pouvoir soumettre qui il veut. Il méprise les classes sociales inférieures à la sienne.

Sachant que j'ai dormi dans la rue quelque temps – tandis que mon père et mon frère étaient derrière les barreaux –, la rage que je ressens pour lui n'en est que décuplée. Ça doit être ça, ou la dernière fois que je l'ai vu à une soirée avec ses moutons, où ils s'étaient peint le visage en noir. Ces enfoirés avaient réalisé un *blackface* et soutenaient que c'était juste « pour rigoler ». Ils caricaturaient une origine ethnique. Sauf que ce n'était pas « juste pour rigoler », et encore moins « juste un déguisement ». C'est une pratique raciste. Mais on ne rigole pas avec le racisme, surtout quand ça fait du mal à tout un peuple. J'en ai subi pendant mon adolescence, tout ça à cause de mes origines. Et je ne laisserai jamais quiconque commettre de nouveau ce genre d'acte devant moi.

Bref, pour en revenir à Hunter, nous ne pouvons pas être plus différents l'un de l'autre. Habituellement, il sait qu'il ne faut pas se frotter à moi. Mais, ce soir, l'alcool coule à flots. Il semble avoir oublié que le feu, ça brûle.

– Comment tu vas, mon pote? hurle-t-il à quelques centimètres de mon visage.

Je me contente de hocher la tête. Je reste calme. Mais ce con lève la main et pousse mon épaule, comme si j'étais vraiment son pote.

Pense à ses avocats.

Il ne me touchera qu'une seule et unique fois. Je serre les dents, sentant ma patience fondre comme neige au soleil.

– Allez, mec, je sais qu'on est pas au cœur de ton royaume, mais montre-nous deux, trois mouvements avec tes poings.

– Joue pas les timides! s'écrie alors un type dans son dos tout en passant une main dans ses cheveux noirs.

– Pas le temps, ce soir, les mecs.

Si certains m'adulent sur le campus, me prenant pour un roi

des bas-fonds de la ville, d'autres me considèrent comme une bête de foire. Vous comme moi savons ce que pensent les types en face de moi.

Pour eux, je ne suis qu'un vulgaire mec se battant avec ses poings sans être capable de penser intelligemment. Ils se trompent.

L'autre type, celui aux cheveux noirs, prend place aux côtés de Hunter.

– Pas cool, mec. Après tout, tu sais faire que ça, non ?

– Mais quelle bande de trous du cul ! se moque une voix derrière moi. Faudra pas venir vous plaindre quand vous serez sur le sol en train de chialer.

Qu'est-ce que… ? Mais dites-moi que je rêve, putain !

Je me tends en reconnaissant parfaitement cette voix. Je me tourne en direction de celle qui se tient désormais près de moi. Hena affronte le regard des quatre types, les fixant d'un air méprisant.

– C'est qui, celle-là ? s'exclame le brun.

J'étais resté calme jusque-là. Mais, maintenant, je vois leur attention tournée vers elle. Alors, je vrille.

Hunter s'apprête à pousser une nouvelle fois mon épaule. Je réagis au quart de tour. Mes doigts agrippent son avant-bras et je le tire vers moi. Mon bras s'enroule ensuite autour de ses épaules, comme si je faisais une accolade à un frère. Ma bouche se colle à son oreille pour une ultime menace :

– Pousse encore une fois mon épaule, et je t'exploserai tellement la face que même ton père ne pourra pas te reconnaître.

Je le repousse. Hunter se redresse, la mine renfrognée. Il ne rigole plus. J'ai l'impression que l'alcool quitte son corps. Le reste de sa bande est hilare.

– Qu'est-ce qu'il t'a dit ? demande le brun.

Mais Hunter se contente de secouer la tête. Si un regard pouvait tuer, je serais déjà six pieds sous terre.

– On se casse, annonce-t-il avant de passer près de moi sans me toucher. De toute façon, cette soirée est pourrie.

Ils s'éloignent tous, mais je n'y fais déjà plus attention, mon regard entièrement concentré sur Hena.

– T'étais vraiment obligée d'intervenir ?

Elle ne sait pas quel genre de pourris sont ces gars-là.

– Bien sûr que j'étais obligée, rétorque-t-elle en relevant le menton. Je te fais toujours la gueule parce que t'es exécrable, mais ces gars allaient signer leur arrêt de mort.

Elle s'éloigne déjà, me laissant bouche bée. J'observe son joli petit cul, qui se dandine alors qu'elle traverse le couloir. Et je n'ai qu'une seule envie : la suivre. La défier, encore. Et qu'elle rétorque. Qu'elle rende coup pour coup.

30

VOYEURISME

Hena

Ne me demandez pas comment Aly a réussi à me traîner jusque chez elle, dans ce repaire rempli d'étudiants en rut. Un moment, j'étais dans mon salon, avec Karl, et l'instant d'après, je débarquais dans cette demeure de deux étages où les gobelets jonchent le sol. Heureusement que ses parents ne sont apparemment jamais là !

Nous sommes en pleine discussion, mais ma nouvelle amie disparaît brusquement dans la foule, se collant au moindre fêtard qui se dresse devant elle. Je bois une gorgée du cocktail maison. Si vous voulez mon avis, il n'y a que de l'alcool là-dedans. Mais ce n'est pas mauvais. C'est drôlement bon, en fait, si on oublie ma gorge, qui est en train de rendre l'âme.

Je tente de rejoindre Aly, ignorant le regard de Nasser, qui est posé sur moi depuis que je suis arrivée. J'ai bien cru qu'il allait exploser le joli visage du type qui tentait de se moquer de lui. Mais ils étaient quatre. Honnêtement, je me demande ce qu'il se serait passé si je n'étais pas intervenue.

Son regard de prédateur me suit attentivement. Je mentirais en disant que je n'accentue pas exprès le mouvement de mes hanches. Je lui jette un coup d'œil plus ou moins discret. Il reste à l'écart de la foule, ne se préoccupant de personne, si ce n'est de moi.

Je repense à ce qu'il m'a dit, que je me mentais à moi-même. Il a raison. Là, je ne cherche que son regard. Je ne désire secrètement que son contact. Je ne veux brûler que pour lui. Contre lui. Avec lui.

J'abandonne mon gobelet sur une table et arrive finalement près d'Aly.

– Ma vessie va exploser.

– Tu ne pouvais pas pisser avant ?

– Disons que tu m'as littéralement kidnappée pour que je te suive. J'ai même pas eu le temps de mettre du déo.

Elle fait semblant de renifler avec un air dégoûté et je lui donne un coup de coude.

– Ça va ! rigole-t-elle. Monte directement au deuxième étage. Il n'y a que ma chambre et celle de mon frère. Tu seras tranquille pour faire pleurer ton minou.

– Faire quoi ?

Je manque de m'étouffer de rire. Mais déjà elle s'éloigne, ses doigts agrippés à des fesses féminines en forme de cœur. Ni une ni deux, j'opère un demi-tour… et me heurte presque à Tag, qui se tenait juste derrière mon dos. Son regard sombre est posé sur moi.

– Salut ! dis-je, gênée, en repensant à l'autre soir.

Ses traits mettent du temps à se détendre, mais finalement il me sourit d'un air aimable.

– Salut.

– Je dois y aller.

Je n'attends pas sa réaction et m'éloigne déjà. Plus jamais je ne veux me retrouver seule avec Tag. Et certainement pas au milieu d'un parc, en pleine nuit.

Brrrr!

Un frisson remonte le long de mon épine dorsale, mais je l'ignore. Du moins, je n'y pense déjà plus parce que c'est désormais Nasser qui se dresse devant moi. Autre chose me percute de plein fouet à l'intérieur. Mon souffle se coupe tandis qu'il m'effleure en passant près de moi. Son torse se presse contre mon épaule et je serre les poings, sentant mon corps s'embraser.

– Qu'est-ce que tu fais? soufflé-je.

– Je cherche juste Archi, mais tu es sur mon chemin.

– Bien sûr. Menteur.

Un rire bas et profond sort de sa bouche tandis qu'il s'éloigne. Il me laisse là, comme s'il ne s'était rien passé. Il attise ma faim sans me donner de nourriture, me punissant. L'enfoiré! Je me calme comme je le peux et m'éloigne.

J'arrive rapidement au deuxième étage. Miracle, il est silencieux! Personne à l'horizon. Et ça, vu tous les gens qui se trouvent en bas, c'est du pain bénit. Je traverse un long couloir et tourne sur ma droite. Il n'y a que deux portes en bois sombre sur ce côté. Je pousse la première, priant pour avoir bien choisi.

– Bingo! m'exclamé-je.

Une lampe sur pied éclaire faiblement la pièce. La chambre d'Aly, si j'en crois l'immense photo d'elle accrochée au mur. Je prends une seconde pour l'admirer et étouffe un rire. Je suis sûre que, si elle devait se marier un jour, ce serait avec sa propre personne. Sur le cliché, elle porte un déguisement de pénis plus vrai que nature et sourit fièrement à l'objectif.

Mon Dieu! Si elle n'existait pas, je crois qu'il faudrait l'inventer!

Je traverse sa chambre et ouvre une seconde porte, atterrissant dans une salle de bains. J'appuie sur l'interrupteur et la luminosité m'aveugle presque. La déco est assez simple. Quasiment tout est blanc, sauf le lavabo, de couleur boisée. Je m'installe sur les toilettes et fais ma petite affaire, remarquant, par la même occasion, une porte entrouverte sur ma droite.

– Merde !

Ça doit être la porte donnant sur la chambre d'Archi. Heureusement que tout est éteint de ce côté : il n'y a personne. Je me lave les mains au lavabo et observe ensuite mon visage. Ma peau brille par endroits. Elle est toujours aussi brûlante après ma récente confrontation avec Nasser. Je pose les mains sur mes joues et appuie dessus.

J'entends soudainement un grincement de porte au loin et plusieurs gémissements.

Merde, merde ! C'est pas vrai !

Je me jette presque sur l'interrupteur de la salle de bains commune et éteins le plafonnier. Les gémissements se font plus distincts.

Dégage ! m'ordonne ma conscience. *Tire-toi immédiatement, Hena.*

Sauf que je suis interpellée par les bruits qui proviennent de la chambre d'Archi. Alors, faisant taire chaque partie logique de mon cerveau, je traverse la salle de bains et m'arrête près de la porte entrouverte.

Je suis cachée dans l'ombre, mais je vois ce qu'il se passe dans la chambre.

Et je n'arrive pas à m'éloigner. Pas alors que le plaisir des deux personnes m'explose au visage et me remue le bas-ventre. Ma bouche s'ouvre lentement. J'observe Archi embrasser sa conquête. Leurs langues s'unissent pour ne plus se quitter. Il n'y a que du plaisir. Que de la passion. J'apprends. Je repousse tout ce qui m'est arrivé. Je veux me délecter de cette union consentie.

Archi commence à retirer le haut de l'étudiante. Je m'apprête à m'éloigner pour les laisser tranquilles lorsqu'une silhouette massive se colle contre mon dos. Je ferme les yeux et inspire aussi discrètement que possible. Un parfum boisé envahit mes narines et me déconnecte de la réalité. Mon dos est pressé contre un torse musclé. Un corps que je connais, désormais. Celui d'un homme qui me perturbe, me fascine et m'attire au-delà de toute raison.

– Ma petite voyeuse.

Nasser chuchote à mon oreille pour que je sois la seule à l'entendre. Il a raison. Je l'ai déjà surpris avec deux étudiantes, dans une salle de la fac. Et me voilà ici, ce soir, là où je ne devrais pas être, une fois de plus.

– Tu préférais me voir à l'œuvre, dans la salle de cours, ou tu préfères observer Archi ?

Je le laisse presser son corps contre le mien sans lui répondre. Je me nourris de sa présence, qui attise le feu en moi. Ma silhouette, beaucoup plus petite, s'emboîte presque parfaitement dans la sienne.

L'une de ses mains s'aventure alors lentement, mais dangereusement sur mon ventre, à travers mon tee-shirt.

Je vais mourir.

Je me mords les lèvres, mais ne bouge toujours pas. J'ai besoin qu'il continue de me toucher. J'ai besoin de ça maintenant. Je n'arrive pas à me mentir cette fois. Je lui donne raison. Ses doigts caressent ma peau à travers mon vêtement. Ils tracent leur chemin sous mon nombril. Je pousse instinctivement mes fesses en arrière, contre Nasser.

Je continue d'observer ce qui se déroule dans la chambre. Archi et sa copine sont installés sur le lit, au centre de la pièce. Tous deux en sous-vêtements, ils gémissent bruyamment en se dévorant mutuellement la peau, ne se doutant pas un instant qu'ils ne sont pas seuls. La scène sous mes yeux stimule chacune de mes terminaisons nerveuses.

Nasser soulève mon haut de quelques centimètres. Je bascule dans un état second quand sa peau entre enfin en contact avec la mienne. Je ferme les yeux. Ses doigts tièdes frôlent mon épiderme tendre juste sous mon nombril. Sa tête se colle à la mienne. Un souffle brûlant percute mon oreille.

– C'est bon? souffle-t-il.

Je me contente de me serrer un peu plus contre lui. C'est plus que bon. C'est dangereusement séducteur. Mortellement addictif.

Au moment où il commence à éloigner sa main, mes doigts agrippent son poignet pour le retenir contre mon corps. Je ne veux pas qu'il parte, pas maintenant. Il se laisse faire et, finalement, son index se pose sur le bouton de mon jean. Alors, je le relâche.

– Tu es avec moi? chuchote une nouvelle fois Nasser à mon oreille.

Je hoche la tête, mais il attend quelque chose de plus explicite. Il veut mon accord entier pour continuer. Hors de question que je recule. J'ai besoin d'assouvir la faim en moi. C'est une nécessité.

– Oui, murmuré-je.

Après mon accord, Nasser ouvre le bouton de mon jean. Je serre les lèvres dans l'espoir de retenir le gémissement qui tente de m'échapper. Ses dents mordillent mon oreille avant qu'il ne pose un doux baiser juste sous mon lobe.

Ses doigts s'agitent tout contre moi. Son index appuie sur le tissu de mon sous-vêtement, le faisant pénétrer doucement – trop doucement – entre mes lèvres. Je serre les poings lorsque l'étoffe se presse contre mon clitoris, qui pulse d'excitation.

Une chaleur inonde mon bas-ventre. En réalité, elle explose dans tout mon corps. Le désir. Le lâcher-prise. L'envie. Tout me percute de plein fouet. La vague me heurte et je m'efforce de ne pas me noyer, nageant à contre-courant.

Mes doigts se posent sur son avant-bras, que je tiens fort

contre moi. Ma main continue sa descente et rejoint la sienne à l'intérieur de mon jean entrouvert. Mes doigts accompagnent les siens. Ensemble, ils dansent sur ma lingerie et me rendent dingue. Nasser ne va pas plus loin, comme s'il savait, au fond de lui, que je n'ai pas besoin de plus pour m'embraser.

Ce moment me fait décoller du sol. Une drogue si puissante et si humaine parcourt mes veines. Les endorphines galopent. L'euphorie me guette sans, toutefois, me laisser la rejoindre pleinement.

La bouche de Nasser se colle une nouvelle fois à mon oreille.

– Ma peau contre la tienne, chuchote-t-il. Ton désir contre le mien. Tes gémissements contre les miens.

Il murmure difficilement, perdant lui aussi peu à peu le contrôle. Ses hanches heurtent doucement la chute de mes reins. Je sens son érection contre moi. Je n'ai pas peur, putain ! Je ne veux qu'une chose, qu'il continue à me guider sur cette pente glissante, jusqu'à ce qu'enfin je sois délivrée de la faim dévorante qui me retient prisonnière. Mon corps lui fait confiance. Je le remets entre ses mains.

– Je veux te baiser si fort.

Je suis à deux doigts de lui hurler de le faire.

– Encore, chuchoté-je.

– Je vais exploser, souffle-t-il avec difficulté.

Il obéit à mon besoin silencieux. C'est intense et passionnel. Mais il reste doux, surveillant la moindre de mes réactions, là, contre moi.

Très vite, j'atteins un point de non-retour. La jouissance m'appelle. Elle hurle mon nom en me tendant les bras. Je ne pensais pas que mon corps serait capable de lâcher prise aussi vite. Je ne le pensais pas capable de ça. Mais il suit aveuglément Nasser. Il lui fait confiance pour lui donner exactement ce dont il a besoin.

Son index accélère les mouvements directement sur mon clitoris, la barrière de ma lingerie toujours présente. Le tissu est trempé, je le sens, mais je n'en ai pas honte. Au même instant, j'inspire brusquement et le haut de mon corps vacille en avant. Je tente de me retenir, mais je chancelle et manque de tomber. Je heurte alors la porte, qui s'ouvre sur plusieurs centimètres.

Archi et sa copine lèvent la tête. Je suis mortifiée sur place. La faim gagne du terrain alors que Nasser et moi sommes pris en pleine séance de voyeurisme. Mais je ne recule pas. La jeune femme en face de moi admire notre position enlacée, reflet de notre plaisir.

– Les choses deviennent intéressantes, susurre-t-elle.

Un sourire passe sur son visage alors qu'elle se laisse tomber sur Archi, autorisant ce dernier à la pénétrer jusqu'à la garde.

– Approchez-vous, nous invite-t-elle.

Mais je ne suis pas prête. Je me contente de rester immobile, observatrice. J'analyse le désir sur ses traits. Je me nourris de son propre plaisir. Cette expérience entièrement consentie est si différente de ce que j'ai connu ! Il n'y a que la satisfaction du corps physique, que la dévotion pour le corps de l'autre.

Nasser continue de me caresser, plus férocement. Mon regard croise celui d'Archi. Il se concentre ensuite sur sa partenaire, posant ses lèvres sur les siennes. Quant à moi, je ne sens plus que Nasser. Son corps contre le mien. Son torse se presse un peu plus contre mon dos. Nos respirations se font plus fortes, nous ne nous retenons plus. Un gémissement sort de ma bouche. Je l'entends pousser plusieurs jurons. Mon cœur bat en rythme. Mon corps pulse.

Encore. Encore !

Et je jouis. Je ferme les yeux et laisse tomber la tête en arrière tout en jouissant contre les doigts de Nasser. Son corps me soutient, véritable roc face au raz-de-marée qui est en train de me terrasser.

Il continue d'effleurer mon bourgeon sensible et un frisson parcourt l'ensemble de mon corps. Les gémissements se font plus fort devant moi. Archi et sa partenaire atteignent, eux aussi, le sommet de la jouissance.

Nasser se tient toujours contre moi, ne quittant pas mon corps d'un centimètre. Lui n'a pas joui. Il s'est contenté de se nourrir de moi et de mes émotions. Maintenant, j'ai envie qu'il prenne du plaisir. Je le veux véritablement. Mais je redescends bien vite de mon petit nuage en entendant une voix, au loin, qui m'appelle. Aly est dans le couloir.

J'inspire brusquement et m'éloigne, reboutonnant mon jean, avant de fermer la porte donnant sur la chambre d'Archi, qui nous a déjà totalement oubliés. Mes mains tremblent. Tout est chamboulé en moi. Je suis encore à moitié dans une bulle de luxure.

Je fais ensuite face à Nasser. Il se tient devant moi, son regard droit dans le mien. Il jauge mes réactions, vérifiant silencieusement que tout va bien pour moi. Je m'éloigne à reculons vers la porte donnant sur la chambre d'Aly. Il fait un pas dans ma direction, les sourcils froncés.

– Je dois y aller, murmuré-je. Cette fois, ce n'est pas une fuite parce que je te préviens de mon départ.

Si je reste une seconde de plus dans cette pièce, je vais lui sauter dessus. Mais je ne sais pas encore si je suis prête pour ça.

Nasser s'immobilise.

– Est-ce que tu regrettes? me demande-t-il néanmoins.

Je n'ai pas besoin de réfléchir longtemps à ma réponse.

– Non.

Mais j'ai peur. Peur de ce que tu me fais ressentir. J'ai envie de hurler.

Je m'éloigne, vacillante. Et il ne me suit pas.

***

Inconnu

Le vent se lève. Les arbres bougent dans tous les sens. Des plantes grimpent le long de la façade de la maison. Du lierre. Il recouvre les murs et les retient prisonniers. Il les étouffe peu à peu.

Un mouvement me ramène à la porte d'entrée. Elle quitte cette maison de plusieurs étages. Je l'observe depuis l'autre côté de la rue. Ses cheveux blonds sont dans tous les sens. Il y a beaucoup de monde autour de la bâtisse, mais personne ne me remarque. Ce ne sont que des idiots. Ceux qui ne comprennent pas réellement le monde – mon monde – comme il est.

Je suis si bien caché dans l'ombre. Je m'y complais. Mais je ne suis pas seul. Il y a les autres. Et puis… il y a les flammes. Celles qui ne me quittent que rarement. Elles me rendent souvent visite. Elles ne me laissent qu'après avoir tout dévasté. Alors, il ne reste que le noir. Il n'y a plus que du vide.

Je ne la suis pas. Je me retourne en attendant patiemment mon heure.

31

COMME UN ANIMAL

Nasser

Mes doigts pianotent sur le clavier de mon ordinateur. Je suis dessus depuis des heures. Mes yeux volent de tous les côtés, mon cerveau réfléchit à cent à l'heure tandis que je continue de récolter l'argent de divers paris. Les sommes passent par de nombreux comptes avant d'arriver sur le mien. Je ne vérifie pas l'identité des parieurs. Ce sont des habitués.

Finalement, j'arrête ma tâche et me laisse aller contre le dossier de ma chaise. Je penche la tête en arrière, observant le plafond de mon appartement tout en me massant les tempes. Je n'ai aucune concentration aujourd'hui. Je ne pense qu'à une chose. Je ne pense qu'à un corps. Une seule foutue personne, qui ne veut pas quitter ma tête.

Je presse mes paumes, meurtries par les combats, sur mes paupières fermées. Je n'ai pas encore possédé Hena. Pourtant, j'ai bien l'impression qu'elle commence, elle, à me posséder sans que je puisse y faire quelque chose.

Ce qui s'est passé entre nous, deux nuits plus tôt, me hante et me fait douloureusement fantasmer. Dieu que j'ai envie d'elle ! Ses gémissements étouffés résonnent encore à mes oreilles. La chaleur qui se dégageait de son corps et de sa culotte. Ses ongles qu'elle a plantés dans mon bras pour ne pas que je m'éloigne.

Putain ! Mais qu'est-ce qu'elle me fait ?!

Ce n'est pas ce qui était prévu. Prendre du plaisir. La défier. Lui faire comprendre que je suis le plus grand des joueurs et que je gagne toujours. Voilà ce que j'avais en tête. Mais ça, ce truc qui me bouffe ? C'est quoi, ce bordel ? Je ne sais pas ce qu'il m'arrive, mais je n'aime pas ça. Du tout.

Je devrais couper court à ce petit délire et rester éloigné d'elle. Je n'aurais jamais dû lui demander de travailler pour moi. Mais je ne peux pas m'éloigner. Quelque chose m'attire au plus près d'elle. Cette lumière dans toute cette souillure autour de nous. Hena n'est pas innocente. Elle n'est pas douce. C'est une guerrière. Et j'aime me battre contre elle.

J'ai besoin de sentir à nouveau son corps contre le mien. Je veux son goût sur mes lèvres, ses cris à mes oreilles, ses ongles dans ma peau. Je veux la défier, que l'on joue l'un contre l'autre jusqu'à finir à terre. Je ne veux pas qu'elle se brise à mes côtés. Je veux la faire éclore. Que ses épines s'enfoncent dans ma peau et me fassent hurler de plaisir.

Mais qu'est-ce que je raconte ?!

Je me lève brusquement et ma chaise manque de tomber à la renverse.

– Je déraille complètement, soufflé-je.

Je passe une main dans ma barbe mal rasée, puis masse ma nuque douloureuse à force d'être resté derrière l'écran.

Je traverse mon salon en direction de la cuisine. Je passe devant l'unique photo accrochée au mur. Un petit cadre avec la

seule photo de ma mère qu'il me reste. Je m'arrête une seconde devant, le cœur douloureusement serré.

Des flashs me reviennent, et je me laisse aller à ce souvenir amer.

***

Je suis seul dans les rues de Monroe. Mon père s'est fait coffrer avec mon frère il y a des jours déjà. J'ai fait ce qui m'a semblé être la seule solution : j'ai pris la fuite. J'ai atterri dans les ruelles sombres de la ville, marchant sans jamais m'arrêter, essuyant les larmes qui coulaient sur mon visage.

Ça fait mal de pleurer pour une situation que vous subissez et qui ne dépend pas de vous. La phrase « on ne choisit pas sa famille » n'a jamais pris autant de sens qu'aujourd'hui. Les quelques dollars que j'avais en poche en partant m'ont déjà quitté.

Dormir dehors et prendre conscience des dangers de la nuit a été la première chose que j'ai dû affronter une fois livré à moi-même. Dans la rue, il n'y a qu'une seule loi : celle du plus fort. Si tu ne veux pas qu'on te bouffe et qu'on t'agresse, tu dois mordre le premier.

J'observe mes mains crasseuses tout en m'asseyant, le dos contre un muret décrépit. Mes ongles sont dans un sale état. La nuit tombe et je vais devoir la passer dehors une fois encore. Mais, au moins, je suis libre. Libéré des problèmes liés à mon père. Je ne veux pas de cette vie. Je veux que tout ce qui les entoure, lui et MG, reste loin de moi, putain !

Donc, je vais devoir apprendre à me débrouiller seul. Je ferai tout pour m'en sortir et reconstruire le monde qui se détruit autour de moi. J'érigerai de nouveaux murs, infranchissables cette fois. Personne ne pourra m'atteindre. Je vais m'endurcir encore plus. Je deviendrai mon propre enfer.

Et je serai mon propre roi.

***

Mon portable vibre dans ma poche, me sortant de mes sombres pensées. Je souris en découvrant qui m'appelle. Pour ce qui est de rester éloigné, oublions ça.

– Tu as besoin de sentir mon corps contre le tien ? lui demandé-je sans préambule.

J'ai l'air de me moquer, alors que, ce que je veux, c'est exactement ça. Son corps. Comme je m'y attendais, Hena rentre dans l'arène munie de ses plus belles armes. Sa langue contre-attaque.

– J'ai besoin que tu te fasses écraser par ton ego surdimensionné. Tu peux faire ça pour moi ?

– Je vais voir ce que je peux faire, trésor.

Je l'entends marmonner des choses pas très aimables et me retiens de rire. Pourquoi suis-je si léger quand je suis en contact avec elle ?

– Peux-tu être sérieux deux minutes ? Je ne t'appelle pas pour parler de… hum… de ce qu'il s'est passé.

– Tu parles de la dernière fois où tu as joui contre moi en gémissant ?

– Je vais raccrocher.

– D'accord. Qu'est-ce qu'il y a ?

C'est si facile de la faire sortir de ses gonds !

– J'ai réussi à joindre la femme qui faisait partie de l'Église de l'Euthanasie. Elle refuse qu'on vienne lui rendre visite, mais elle accepte de nous raconter son histoire par visio. Cet aprèm.

Je jette un œil à l'horloge murale, au-dessus de mon canapé.

– OK. Viens chez moi. Tu connais l'adresse.

Je ne laisse pas l'occasion à Hena de refuser et raccroche.

***

Hena

– Je sors ! s'exclame Karl.

– OK. Mais n'oublie pas qu'on a rendez-vous chez nos psys respectives ce soir, ajouté-je en récupérant mes clés de voiture.

Karl hoche la tête et quitte l'appartement. J'aimerais lui demander comment ça se passe avec sa petite camarade, mais je ne veux pas lui donner l'impression de fouiner. Il m'en parlera s'il le veut. Je suis déjà super contente qu'il s'ouvre aux autres. Il va dans la bonne direction, c'est tout ce que je demande.

Je monte rapidement dans ma voiture et me dirige vers l'ancien quartier industriel de la ville, là où trône l'usine désaffectée où habite Nasser. J'arrive chez lui un quart d'heure plus tard, le trafic étant fluide cet après-midi.

Je me gare devant l'entrepôt. Tout est calme. Il n'y a pas un chat, contrairement aux soirs de combats clandestins, où le Toxic Hell est blindé. Je n'hésite pas et pénètre dans le bâtiment.

– Y a quelqu'un ? hurlé-je en tournant sur moi-même.

Nasser m'attend en haut des marches en métal, sur la droite.

– Bouge tes fesses, m'ordonne-t-il avant de s'éloigner vers la porte de l'autre côté.

– Un peu de politesse, ça t'écorcherait la bouche ? marmonné-je.

Je le rejoins néanmoins, curieuse. Je vais enfin découvrir où il vit, derrière ce battant qui m'était interdit d'accès.

La lourde porte de son appartement est ouverte. D'ici, je vois beaucoup de tons clairs. Je m'avance rapidement et pénètre dans l'appartement aménagé à l'étage de cette ancienne usine. Je pousse un sifflement appréciateur.

– Waouh ! Joli !

Un loft de bonne taille se présente à moi. Mais je remarque surtout une chose : la luminosité des lieux. Il y a de grandes baies vitrées sur tout un mur, donnant sur le terrain à l'arrière de l'entrepôt et laissant passer les rayons du soleil, qui se reflètent sur les murs beiges.

Nasser est dans la cuisine ouverte, à l'autre bout de la grande pièce de vie.

– Alors, comme ça, continué-je, tu as aménagé l'étage?

Difficile à croire quand on connaît l'état du rez-de-chaussée. Je m'attendais à quelque chose de dépouillé, ici aussi, pas à ce confort. Nasser étouffe un rire moqueur face à ma question.

– Bien sûr, entièrement refait à neuf, contrairement au bas. Et devine quoi? J'ai même l'eau courante.

Je lève les yeux au ciel face à son ton sarcastique. Tout l'équipement s'affiche en noir et chrome, ce qui se marie étrangement bien avec les lieux et les conduits apparents au plafond. Un parfait mélange de styles industriel et moderne, rendant l'appartement chaleureux.

Il y a peu de meubles, juste le nécessaire, et le mobilier semble neuf. Rien d'extravagant ni de grande valeur, si ce n'est le matériel informatique.

– Tu veux un truc à boire?

Je fixe ses épaules musclées tandis qu'il ouvre la porte de son frigo. Le sweat-shirt gris qu'il porte ne cache pas grand-chose.

– Aucun risque d'empoisonnement?

Je l'entends rire.

– Une bière? me propose-t-il.

Je pince les lèvres, incertaine.

– Il n'est pas un peu tôt pour picoler?

– Je dirais plutôt qu'il est un peu tard.

Je finis par hausser les épaules. Après tout, qui va me juger?

– Alors, va pour une bière.

Sur la droite, je remarque un espace chambre, lui aussi ouvert sur le reste. Un lit aux draps noirs et défaits y trône. Je détourne rapidement le regard. Je n'imagine qu'une seule chose : son corps puissant et nu dans ce lit. Le drap glissant sur ses fesses et... Stop ! Je m'égare.

Je me gratte la gorge et avance dans le salon. Sur la gauche, il y a un grand bureau avec deux ordinateurs. Un troisième, portable cette fois, est posé sur la table de la cuisine.

– Eh ben, on peut dire que t'as du matos informatique !

Vu ce qu'il fait sur le dark Web, je ne suis pas vraiment étonnée. Mais je suis quasiment sûre que tout cet équipement doit coûter un paquet de fric.

Nasser s'approche de moi alors que je m'approche de la table. Je récupère la bière qu'il me tend.

– Merci.

Mes mains sont moites. Je ne devrais pas être stressée par cette visio ni par le témoignage de cette rescapée, mais c'est le cas parce que ça me rappelle mon propre passé.

– Installe-toi, m'intime Nasser.

Je me place sur l'une des deux chaises en face de l'ordinateur portable. Je bois rapidement une gorgée et repose ma bière sur la table avant d'essuyer mes mains moites sur mon jean. L'ordinateur est déjà allumé. Il ne nous manque plus que le lien de la visio, que la femme doit nous envoyer par mail.

– OK, bon...

J'inspire profondément.

– Il reste cinq minutes avant la visio. Ça va le faire.

Nasser m'observe attentivement, toujours debout dans la cuisine. J'essaie d'ignorer son regard posé sur moi, mais c'est compliqué.

– Arrête de stresser, Hena.

Je pince les lèvres tout en tripotant mes doigts.

– Je ne stresse pas.

Il ne répond rien, sachant pertinemment que je suis en train de mentir. Une minute silencieuse s'écoule avant qu'il ne reprenne :

– Je connais un moyen très efficace pour que tu arrêtes de stresser.

Je lève les yeux au ciel, pousse un soupir et le regarde.

– Ah ouais ? Et quoi donc ?

Ses yeux se font plus vifs. Il passe la langue sur sa lèvre inférieure, imaginant sûrement une scène bien délicieuse dans sa tête. Il croise mon regard et ne le quitte plus alors qu'il me répond.

– Tu pourrais t'allonger sur cette table et écarter les cuisses pour moi. Et je te lécherai jusqu'à ce que tu sois parfaitement détendue.

Je m'étouffe avec ma salive.

Ne me dites pas qu'il vient vraiment de me proposer ça ?!

Je m'attends à ce qu'il finisse par rigoler, mais il semble parfaitement sérieux. Il continue de m'observer, les bras croisés sur son large torse.

Imaginer sa bouche entre mes cuisses… Sa langue, juste là, me léchant et me donnant du plaisir.

Mon Dieu !

Au même instant, un bip retentit, annonçant l'arrivée d'un mail.

– Et c'est parti ! lance Nasser.

Il se laisse tomber sur la chaise près de moi, comme s'il ne venait pas de me faire une proposition indécente. Il semble parfaitement impassible, alors que je suis complètement chamboulée. Il clique sur le lien tandis que je continue de l'observer.

– Tu vois, j'ai réussi, continue-t-il.

– Ah ouais ? Et quoi donc ?

Je le vois sourire avec fierté, son ego masculin gonflé à bloc.

– Tu ne stresses plus. Tu ne penses qu'à ma bouche sur ta petite chatte, trésor.

Il n'a pas tort. Mais alors que je m'apprête à le frapper pour la forme, une fenêtre s'ouvre sur l'ordinateur et mon poing reste suspendu en l'air.

Une femme apparaît à l'écran. Ses yeux bleus et étrangement joyeux se posent sur nous. Elle nous observe longuement sans ouvrir la bouche.

– Bonjour. Je suis Hena Williams. Et voici Nasser… mon camarade.

Ce dernier étouffe un petit rire avant de prendre la parole.

– Merci d'avoir accepté de nous parler de votre histoire au sein de l'Église de l'Euthanasie.

La femme ne dit toujours rien, mais des ombres passent sur son visage à la mention de la secte. Un silence pesant s'installe. Je ne sais pas vraiment quoi dire.

– Je suis Salomé, finit-elle par énoncer, mais vous le savez déjà.

Nasser et moi hochons la tête de conserve, attentifs. Elle boit une gorgée de ce qui semble être un café brûlant et elle commence son histoire. Sa mère a découvert le groupement alors que Salomé était adolescente. Des adeptes de l'organisation étaient descendus dans la rue, hurlant aux femmes de ligaturer leurs trompes. Quelques mois plus tard, sa mère l'enrôlait avec elle au sein de l'organisation. L'horreur a alors commencé : sévices corporels, famille inconnue que l'on t'impose comme une famille de sang, relations non consenties…

Les minutes s'écoulent. Je ne vois pas le temps passer. Je reste suspendue aux lèvres de la femme à l'écran. Mes jambes s'agitent à mesure que son témoignage devient de plus en plus sensible. Mon genou gauche tressaute, signe de la tension qui m'anime.

– Ils me faisaient me sentir comme…

Elle cherche ses mots, les yeux posés sur sa tasse.

– Comme un animal, terminé-je pour elle.

Elle plonge son regard dans le mien. J'ai l'impression qu'elle pénètre directement dans mon âme, qu'elle peut savoir exactement ce que j'ai vu et vécu, alors même que je n'ai prononcé aucun mot dessus. Je ne suis restée que deux mois en milieu sectaire et j'ai eu de la chance, dans mon malheur, de subir moins que les autres. Mais cette femme a été une victime pendant des années. Malgré tout, elle peut sentir que nous partageons un lien spécial. Nous sommes des rescapées.

– Comme un animal, répète-t-elle d'une voix rauque. C'est exactement ça.

Mon genou s'agite un peu plus sous la table. C'est ce que j'éprouvais face à Abraham. Je sens alors la main de Nasser se poser sur ma cuisse. Ses doigts la pressent, témoignant de son soutien silencieux. Par ce geste, il me fait comprendre que je ne suis plus seule. Il me force à me reconnecter avec la réalité.

Je ne suis pas seule. Mon compagnon de fortune est là.

Il garde sa main sur ma cuisse, et je ne souhaite pas qu'il la retire.

– Un jour, je suis tombée enceinte, continue la femme. On ne devait voir personne en dehors des membres du groupe. Aucun contact avec l'extérieur, mais j'ai outrepassé leur règle en côtoyant un homme de l'extérieur, justement. L'avortement a été exigé pour éviter l'excommunication.

Mon corps se tend, et celui de Nasser également.

– Un avortement? lui demande-t-il.

Elle hoche la tête.

– Je me suis fait avorter... contre ma volonté. Mon compagnon était un type extérieur au groupement. Ils ne voulaient pas attirer l'attention du corps médical sur nous. Donc... ils ont procédé autrement. Et j'ai dû couper les ponts avec mon compagnon.

Un sourire tout sauf joyeux se dessine sur les lèvres de Salomé.

– Ma mère a utilisé des aiguilles à tricoter tandis que mes sœurs me tenaient. J'ai… j'ai cru que j'allais y passer. Le calvaire n'en finissait pas, jusqu'à ce qu'ils éteignent la vie qui se développait dans mon corps.

Le dégoût et la tristesse m'envahissent. L'avortement est un droit pour chaque femme. Libre à elle de l'exercer ou non. Son corps, son choix. Personne n'a le droit de nous dire quoi faire avec notre propre corps. Mais eux… Ils l'ont forcée à avorter avec des putains d'aiguilles à tricoter. Ils ont abusé de son corps comme si ce n'était pas le sien. Ils lui ont volé sa liberté de choisir. C'est la pire chose qui puisse arriver.

J'aimerais avoir cette femme en face de moi pour la serrer dans mes bras. J'aimerais lui dire que je comprends mieux que quiconque ce qu'elle a traversé. Et, plus que tout, j'aimerais lui affirmer qu'elle est forte.

– On peut s'arrêter là si vous voulez, suggéré-je.

Elle secoue la tête.

– En parler est libérateur. C'est pour ça que j'aime partager mon histoire sur les réseaux sociaux. C'était dur, mais j'ai survécu. Je m'en suis sortie. Je ne veux rien cacher.

La force de cette femme est incroyable. Je ne peux que penser à ma mère et à mon frère. Et à moi, qui ne souhaite qu'une chose : cacher mon histoire, imaginant que, si je n'en parle plus, elle pèsera moins sur mon cœur et les démons me laisseront en paix.

– On ne devait avoir aucun contact avec l'extérieur. La mère que j'avais connue pendant des années n'était plus. Son cerveau avait été lavé par leurs paroles incessantes. Le monde autour de nous était vu comme un ramassis de mauvaises choses, avec des peuples égoïstes qui ne pensent qu'à leur propre vie. Et, certes, le monde peut être mauvais, mais il rassemble tant de beauté.

Nous restons suspendus à ses lèvres. Nasser est aussi concentré que moi.

Notre visio se termine quelques minutes plus tard, mais je ne bouge toujours pas tandis que Nasser éloigne sa main de ma cuisse. Oui, cette visio était difficile. Mais, bizarrement, je me sens bien.

– Quelle histoire ! murmure Nasser.

Ça, tu peux le dire !

– C'était pas si mal, annonce-t-il ensuite.

Sa chaleur me quitte lorsqu'il se met debout. Je me lève à mon tour, fermant mon bloc-notes.

– On a tout pour terminer notre présentation orale.

– Parfait.

Il frotte ses mains l'une contre l'autre. J'observe ses doigts, les imaginant entre mes cuisses. Parce que ce souvenir me hante, littéralement.

– Merci, lui dis-je. Pour ton soutien pendant la visio.

Ses fossettes apparaissent et ses dents se dévoilent. Je ne veux plus me cacher. Je veux être franche avec moi-même et avec lui.

– Je pense qu'on devrait avoir une conversation.

Voilà, je l'ai dit. Il hausse un sourcil et croise les bras. Sa posture est légèrement intimidante, mais je vois bien qu'il est suspendu à mes lèvres.

– Tu crois ?

Je hoche la tête tout en cherchant mes mots.

– Pour être honnête avec toi… j'ai peur.

– Peur ?

Il ne s'attendait apparemment pas à cette révélation si j'en crois son air choqué, et surtout perdu.

– Notre rencontre s'est mal passée. D'abord, on s'est détestés. Puis on s'est cherchés. On s'est détestés à nouveau. On a été insultants l'un envers l'autre. Et, parfois, j'ai encore envie de t'étriper. Mais, d'un autre côté, il y a ce truc. Cette alchimie, cette tension perpétuelle entre nous, et…

– Et ça te fait peur?

– Ouais. Carrément. Je traîne beaucoup de casseroles, Nasser. Je ne sais pas vraiment comment réagir. Une partie de moi te fait déjà confiance, alors qu'on ne se connaît pas véritablement.

Je passe une main dans mes cheveux.

– Je ne sais pas trop ce qu'il se passe non plus, avoue Nasser. Mais ça ne me fait pas peur. Et tu sais que je ne te forcerai jamais la main, pas vrai?

– Bien sûr, je le sais. Mais j'ai besoin de temps.

S'il y a bien une chose que j'ai comprise en côtoyant Nasser, c'est que jamais il n'ira contre ma volonté. Ce n'est pas ça, le problème. Je crois que le réel problème, dans cette histoire, ce n'est que moi. Je crains qu'il s'approche de trop. C'est dur de laisser une personne avoir un certain contrôle direct sur mon corps alors que je me suis promis de ne jamais le céder.

– On va faire un truc, m'annonce Nasser. C'est toi qui feras le prochain pas dans ma direction, Hena. J'attendrai que tu sois prête.

– Tu sembles si sûr de toi.

Seul son sourire énigmatique me répond. Il n'a pas besoin de dire quoi que ce soit. Je sais, au fond de moi, que le seul moyen de résister à ce lien entre nous, c'est de céder.

32

AIDER SON PROCHAIN

Hena

Le temps file et guérit peu à peu mes blessures. Halloween a lieu dans une semaine. J'ai continué à bosser quelques soirs au Toxic Hell, me faisant de l'argent pour survivre. J'ai continué à déposer mon frère chez sa psy avant de rejoindre la mienne. Nous avons continué à vivre, à prendre nos marques dans cette ville sans penser au risque que notre géniteur et Marcus soient proches de nous.

Nasser et moi avons fini de préparer notre présentation orale pour le cours de sociologie et l'avons transmise au Pr Mozart ce mardi matin. Le lien qui m'unit à Nasser n'a pas faibli. Mon corps a besoin de lui. Ma tête cherche la confrontation et les sensations. Nos regards se croisent, mais il ne fait plus un fichu pas dans ma direction. Il reste à l'écart, attendant que ce soit moi qui l'appelle.

Je traverse le couloir du deuxième étage. Pas mal d'affiches sont scotchées sur les murs. Ce sont des annonces de soirées de la part des fraternités de la fac. Toutes en organisent pour

Halloween. Je suppose que ça va être la course à la meilleure soirée sur le campus.

Le couloir est pas mal rempli, mais les élèves commencent déjà à rejoindre les différents amphis de l'étage. Je cherche mon portable tout en évitant de rentrer dans les gens que je croise.

Soudain, j'entends un cri étouffé au loin. Je découvre un petit rassemblement d'une dizaine d'étudiants à l'autre bout du couloir. Je fronce les sourcils et m'avance, curieuse.

Mon cœur loupe un battement alors que je reconnais une silhouette. Mon frère, Karl, se tient debout, les poings serrés, les bras le long du corps. Le cri provenait de lui. Il fixe les étudiants autour de lui, comme déconnecté de la réalité. Sa respiration est rapide. Trop rapide. Je sais parfaitement ce qui lui arrive : il est en pleine crise de panique. Ce n'est pas la première fois depuis qu'on a échappé à Délivrance, mais c'est la première fois que ça se déroule dans les couloirs de la fac.

J'accélère le pas, me moquant du regard des autres.

– Karl !

Mais il fixe le vide, les yeux en plein cauchemar. J'arrive rapidement à sa hauteur et pose ma main sur son avant-bras. Il s'arrache à mon étreinte et recule comme si je l'avais brûlé.

– Dégage ! crie-t-il.

Il ne me parle pas directement, je le sais bien. Le voir dans cet état me fout en vrac. Mon cœur se brise. Mes yeux s'humidifient, mais j'essaie de rester calme.

– Tout va bien, Karl. Viens avec moi.

Je sens les regards sur nous et je déteste ça. Je déteste le jugement et les questions que je lis sur les visages. Je veux avant tout protéger mon frère, l'éloigner le plus loin possible de leur curiosité malsaine.

Je tente une nouvelle fois de m'approcher de Karl, mais c'est impossible. Il s'agite encore plus et lève les bras. Je m'arrête pour ne pas prendre un coup.

Nasser apparaît soudainement près de moi.

– Eh, mon pote, lance-t-il d'une voix calme en s'approchant de mon frère. Tout va bien, OK?

Nasser n'a jamais vraiment parlé longuement avec mon frère, même s'il nous a déjà salués, Karl et moi, pendant que l'on déjeunait. Pourtant, il prend les choses en main comme s'il savait exactement ce qu'il devait faire.

– Dégage, lui ordonne Karl. Putain, laissez-moi! Tous!

Nasser pose les mains sur les épaules de mon petit frère, se moquant de ses gestes désordonnés. Il l'empêche de s'agiter encore plus en l'immobilisant.

– Ça va. Tout va bien, répète-t-il calmement, mais fermement.

Mon frère fait gonfler ses muscles et tente de se dégager, mais Nasser ne le lâche pas. Il lui répète que tout va bien.

Je reste là, pantelante, le cœur au bord des lèvres. Je n'ai pas pu m'approcher de mon frère, mais Nasser, lui, semble réussir à le maîtriser.

– Circulez, ordonne Archi aux quelques étudiants qui sont restés là pour jouer les curieux.

Ils finissent par s'éloigner, et lui aussi. Il n'y a plus que nous trois dans le couloir. Je n'entends pas ce que dit Nasser à mon frère. Son visage est penché vers lui. Il lui parle doucement pour qu'il soit le seul à l'entendre.

Après une minute, je ne tiens plus et m'avance une nouvelle fois, priant pour que Karl ne me repousse pas encore. Il respire rapidement. Ses yeux fixent ses pieds.

– Regarde-moi, lui demande Nasser. Tout est cool, OK? Ça va.

Karl le fixe droit dans les yeux, calmant sa respiration.

– Tout va bien, continue Nasser. Tu es en sécurité.

Mon frère finit par hocher la tête doucement.

– Karl ? l'interpellé-je à voix basse.

Il tourne soudainement son visage dans ma direction, les yeux humides. Un regard qui fait écho au mien.

– Elles m'observaient toutes, souffle-t-il.

– Qui t'observait ?

Je m'avance vers lui, mais il se dégage de la prise de Nasser.

– Les ombres, murmure-t-il.

Marcus. Abraham. Daryl, notre père.

– Viens avec moi, s'il te…

– Laisse-moi tranquille, lâche-t-il sombrement avant de quitter le couloir en courant.

J'hésite à le suivre. J'ai déjà fait face à plusieurs de ses crises : une fois qu'il se reconnecte à la réalité, Karl a besoin d'être seul. Alors, je me contente de le regarder s'éloigner.

Je prends sur moi, sentant la frustration et la douleur me gagner. J'essuie rageusement mes larmes tandis que Nasser m'observe. Il vient de calmer mon frère, alors que je n'arrivais même pas à l'approcher.

– Ça va ? me demande-t-il, même s'il connaît la réponse.

– Parfois, j'ai l'impression que nous faisons un pas en avant, et puis trois pas en arrière, comme aujourd'hui.

Il ne sait même pas exactement de quoi je parle. Après tout, il ne connaît pas ma véritable histoire. Alors que je m'attends à ce que cette discussion se termine ici et qu'il s'éloigne, l'un de ses bras s'enroule autour de mes épaules et il me plaque contre lui. Mon corps entre en collision avec le sien.

J'inspire vivement l'odeur de lessive et le parfum boisé qui émanent de lui. J'ignorais que j'avais besoin de ça. De son contact rassurant et rempli de chaleur. De ses bras me tenant fermement. Je ne suis plus la grande sœur qui doit protéger son frère des monstres de son passé. Je suis la jeune fille que l'on protège à son tour. Cet homme représente beaucoup plus que ce que je pensais. Véritablement. Jusqu'où je me suis trompée sur lui?

Je ferme les yeux, savourant ce contact inattendu. Nasser creuse un peu plus son chemin vers mon cœur.

33

RETROUVAILLES NON VOULUES

Nasser

Mes poings percutent le sac de frappe en continu. Le pied du sac vacille à chaque fois que ma jambe le heurte. Mes muscles me font souffrir, mais je les ignore. La douleur me fait du bien. Elle me stimule. Elle m'oblige à m'améliorer, jusqu'à un certain point. Je connais les limites de mon corps et je sais que je ne suis pas loin du point de rupture.

J'entends la porte de l'entrepôt claquer dans mon dos, son bruit recouvrant celui de ma respiration hachée. Je jette un œil à Archi, qui s'approche de moi. Il sautille et donne des coups de poing dans le vide. Il n'est pas le boxeur de notre duo. Il est celui qui récolte l'argent, celui qui bluffe pour obliger les clients à parier de grosses sommes que nous nous partageons ensuite. Mais il a quand même un bon crochet. Nous nous entraînons souvent, lui et moi.

– Tu ne devineras jamais ce qui vient de m'arriver, m'annonce-t-il tout en arrêtant de gigoter.

– Éclaire ma lanterne.

– OK. Bon. Tu sais que je suis inscrit sur Tinder et que je cherche un plan avec une femme… mature.

Mes bras immobilisent le sac de frappe tandis que mes lèvres s'étirent. Pourquoi je sens que ses prochains mots vont me plaire?

– Et donc, t'es tombé sur ta mère?

– Espèce d'enfoiré, marmonne Archi.

Il roule des épaules, puis il jette un œil autour de nous pour s'assurer qu'il n'y a personne et continue son histoire.

– J'ai matché avec une femme. Elle était de dos sur sa photo de profil. Disons que ses fesses m'ont convaincu. Et ma propre photo affichant mes splendides abdos l'a appâtée. Y avait pas vraiment de photos de son visage, du moins pas de près. Disons qu'elle mettait en avant d'autres parties de son corps sur sa présentation. Bref, on s'est retrouvés à l'entrée de la ville, dans un motel.

Je suis suspendu à ses lèvres, imaginant déjà mille et un scénarios.

– Et donc?

– Et donc…

Il passe une main dans ses cheveux hirsutes.

– Mec, c'était Mme Dabbfire!

Tandis qu'un rire profond commence à monter dans ma gorge, je demande, pour être sûr:

– Notre prof d'ergonomie?

Archi hoche la tête avec un air dépité. N'y tenant plus, j'explose de rire. Il plisse les yeux.

– C'est pas drôle! Quand je suis entré dans la chambre, elle était déjà à poil, les jambes écartées. Elle a hurlé en me voyant.

Je me tiens le ventre, hilare. Pourquoi ce genre de chose n'arrive qu'à lui? Il s'approche du ring.

– Et donc, comment ça s'est terminé?

– À ton avis? Je me suis barré et j'ai fini par me branler.

Rappelle-moi de matcher avec des nanas dont on voit le visage dans leur photo de profil, putain !

J'essuie mes yeux humides avec mon avant-bras. Rien que de l'imaginer avec notre professeure – qui est détestable – me tire de nouvelles larmes de rire.

Il m'observe attentivement tandis que je reprends mes coups dans le sac de frappe. Mes mains sont bandées avec des élastiques usés.

– Alors, continue-t-il ensuite sur un ton inquisiteur, qu'est-ce qui se passe entre Hena et toi ?

Je m'immobilise une seconde, mais conserve un visage neutre. Je n'ai pas envie de me confier maintenant.

– Qu'est-ce que tu veux dire par là ? demandé-je innocemment.

Mes poings frappent le sac une fois. Deux fois.

– D'abord, vous jouez à frotti-frotta dans ma salle de bains. Et ce matin, je t'ai vu la serrer dans tes bras, dans le couloir, quand vous pensiez être seuls. Tu la tenais contre toi comme si tu faisais barrage avec ton corps entre elle et le monde. Ça avait l'air plutôt sérieux.

Je tourne furtivement mon visage vers lui et remarque l'expression de vainqueur sur ses traits.

– Qu'est-ce que t'as encore fumé ?

Il renifle bruyamment avant de lâcher un petit rire moqueur. Il sait que je ne suis pas du genre à serrer quiconque dans mes bras.

– J'ai du mal à cerner cette fille, reprend-il en ignorant ma question.

– Ne te mêle pas de ma vie, Arch. Ni de la sienne.

Ma réponse lui donne encore plus envie de creuser. Eh merde ! Je m'arrête et retire mon tee-shirt trempé.

– Tu essaies de me draguer ? me demande Archi. Je ne couche jamais le premier soir, même pour un joli corps comme le tien.

Je lui envoie mon tee-shirt à la figure. Il l'esquive de peu.

– T'as pas un autre rendez-vous Tinder avec une prof à organiser?

– Ha! Ha! Ha! Hilarant. Mais, plus sérieusement, Hell, je ne t'ai jamais vu être proche d'une fille.

– Je pourrais être proche de ta sœur si je le voulais.

Il lève les yeux au ciel.

– Aly ne te donnerait même pas l'heure, mon pote. Elle est trop bien pour des gars comme nous. Donc, où est-ce que j'en étais? Toi et Hena!

– Tu te fais des films. On s'amuse, c'est tout.

J'ignore pourquoi je nie autant. Je veux juste qu'il change de sujet. Je ne veux pas parler de ce qu'il se passe avec Hena. Ça ne regarde que nous. Je veux garder ça jalousement pour moi. Elle est à moi.

Archi commence à s'éloigner à reculons, une lueur calculatrice dans les yeux.

– Arrête de t'imaginer des scénarios, continué-je.

Ses lèvres s'étirent et il lève les mains dans un geste démontrant sa pseudo-innocence.

– Mais je n'ai rien dit.

– Ton sourire veut tout dire. Et tu te trompes.

Il s'arrête, des idées plein la tête.

– Il n'y a rien entre vous, c'est ça? Donc, on pourra continuer à jouer tous ensemble? Toi faisant jouir Hena devant moi et inversement?

L'intégralité de mes muscles se tend à ce souvenir. Des envies de meurtre me viennent. Je ne partagerai plus jamais l'un de ses orgasmes. Ils lui appartiennent comme les miens m'appartiennent.

La colère qui contracte mon visage fait sourire un peu plus Archi.

– Peut-être que je pourrai même la tou…

– Crève.

– Tu disais quoi ? Que je me trompais ? demande-t-il en rigolant. Espèce de trou du cul ! On ne t'a jamais appris à ne pas mentir ?

Il s'éloigne, ravi, et quitte l'entrepôt. J'entends encore son rire. La porte s'ouvre une nouvelle fois dans mon dos.

– Casse-toi, Arch, marmonné-je entre mes dents.

J'entends des pas, mais aucune parole ne sort de la bouche d'Archi. Toujours au centre du ring, je me tourne et découvre une tout autre personne à quelques mètres de là. Un visage similaire à celui que me renvoie mon miroir chaque matin. De nombreuses cicatrices le recouvrent. Un regard aussi gris que le mien me percute et me défie froidement.

Mes poings se serrent et ma gorge se noue. Une soudaine envie de lui cracher au visage me prend.

– Salut, lance MG.

– Qu'est-ce que tu fous là ?!

Il s'avance vers moi, passant une main sur son crâne rasé.

– Tu ne viens pas saluer ton grand frère ?

34

PLUS QU'UN JEU. PLUS QUE TOI. PLUS QUE MOI. JUSTE NOUS

Nasser

Je descends du ring, le menton relevé. Tant de haine et tant de rancœur me parcourent. Mais je garde tout enfoui en moi.

Ça fait quatre ans que je n'ai pas vu mon frère. Je m'avance vers lui, le dos droit, les épaules carrées.

Désormais, je le dépasse de quelques centimètres. Sa carrure est celle d'un rugbyman. Il est resté massif. Mais j'ai appris à me battre dans la rue tandis que lui a parfait sa formation au sein de la prison de l'État.

– T'es pas le bienvenu ici. Dégage.

Ma voix est glaciale et claque dans l'entrepôt. Je n'admettrai aucun refus de sa part. Mes mots et mon ton le font tiquer. Il pince les lèvres tout en arquant un sourcil. Je sais qu'il a envie de m'en coller une rien qu'en voyant sa posture. Mais il n'a plus en face de lui le gamin docile sur lequel il pouvait passer ses nerfs. Maintenant, je suis un adversaire à sa taille.

MG observe le moindre centimètre carré de mon torse nu, chaque cicatrice et chaque bleu qui s'y trouvent.

– Eh bien, quel accueil !

Je me retiens de lui rire au nez. Parce qu'il pensait que j'allais l'accueillir à bras ouverts ? Foutaises !

– Je croyais que notre père t'avait prévenu que je sortais de prison. Ma peine a été raccourcie pour bonne conduite.

Je me moque de ce qu'il me dit ou de ce qu'Elijah pense. Je récupère mon tee-shirt sur le sol et l'enfile sans lui jeter un regard.

– Il m'a prévenu.

Alors que je pensais qu'il avait compris que la conversation était terminée, il reprend :

– Il a dû te dire que j'aurais besoin de certaines de tes ressources en sortant.

La rage m'envahit de toutes parts. Quelles retrouvailles familiales, hein ! Ils veulent faire de moi un pion sur leur échiquier. Un rire sans joie sort de ma bouche. Je ne les aiderai pas. Qu'ils se démerdent ! Je n'ai compté que sur moi quand je me suis retrouvé à la rue à cause de leurs conneries. Je me suis construit tout seul. Et je n'oublie pas tous les efforts que j'ai faits pour m'en sortir. Ils ne seront pas vains. Ces deux-là ne briseront pas le nouvel équilibre dans lequel je suis le seul à diriger.

– Je n'ai rien à vous offrir. Tu vas devoir demander de l'aide à quelqu'un d'autre.

Son corps se tend un peu plus. Je l'envoie chier, et c'est inacceptable pour lui. L'ancien Nasser, l'adolescent, aurait fini par battre en retraite. Mais je ne suis plus le même.

Nous n'avons jamais été proches, lui et moi. J'étais plus son défouloir qu'autre chose. MG obéissait à mon père au doigt et à l'œil. Moi ? J'étais le dernier de la portée, celui qui restait à l'écart de leurs escroqueries et de leurs braquages en tous genres.

MG tourne sur lui-même, observant l'intérieur de l'entrepôt.

– Sympa, ta nouvelle « maison ». Tu t'en es bien sorti pendant notre absence.

Je m'en suis sorti seul. Je me suis construit seul. Je ne suis redevable à personne. Il le sait. Et ça le fait chier.

– Comment m'as-tu trouvé?

Il hausse les épaules avant de me répondre.

– J'ai des contacts qui peuvent te débusquer n'importe qui dans la ville. Mais venons-en au fait. On m'a dit que tu pouvais absolument tout trouver avec ton réseau.

Je croise les bras. Avec mes contacts physiques et ceux du dark Web, c'est vrai. Mais je ne ferai rien pour lui.

– Tes hommes t'ont mal renseigné.

MG rigole, ne me croyant nullement.

– Une fois que notre père sera sorti, on va reprendre nos affaires, me prévient-il.

Donc, de nouveaux braquages en perspective. Je suppose qu'ils seront plus gros. Ils ont besoin de ça pour se sentir puissants.

– Tant mieux pour vous. Mais ce sera sans moi.

– T'étais déjà une couille molle à 16 ans. Tu l'es toujours? Ne le sois plus maintenant. T'es devenu un homme, petit frère.

Je sens l'insulte à travers ses derniers mots, mais elle me passe au-dessus. Enfant, je l'aimais. Comme tout cadet, je vouais un culte à mon grand frère. Je voulais lui ressembler. Mais j'ai bien vite compris que c'était juste un putain d'enfoiré.

– T'es un petit génie de l'informatique depuis que t'as 8 ans, reprend MG. Et j'ai besoin de matériel pour notre prochain coup. Trouve-moi ce dont j'ai besoin.

Ses paroles sonnent comme un ordre. Il affiche un air de branleur. Je l'observe de haut en bas tout en souriant.

Il se trompe tellement!

– Qu'est-ce qui te fait sourire ? crache-t-il.

Son vrai visage refait surface.

– Toi. Ton soi-disant air dominateur. Toi, qui penses que je vais t'obéir au doigt et à l'œil alors que je n'en ai strictement rien à foutre de ta petite personne et de tes futurs braquages.

Il avale difficilement sa salive, son regard gris se faisant plus sombre.

– Fais attention à tes paroles, Nasser. Les regrets nous rattrapent vite quand il est trop tard.

– Ne me menace pas, MG.

Je m'avance vers lui, le corps bouillonnant.

– Maintenant, barre-toi.

Il s'apprête à me dire quelque chose d'autre, mais garde finalement la bouche fermée. Il roule des épaules et commence à s'éloigner avant de lâcher d'un ton doucereux :

– On se revoit bientôt. Je reste dans le coin. Tout près. Hâte de te voir ramper jusqu'à moi, petit frère.

C'est ça, ouais !

Je vérifie qu'il quitte bien les lieux, étouffant un cri de rage. Les problèmes commencent. Tout ce que MG touche finit par tomber en cendres. Je ne le laisserai pas faire. Pas cette fois.

Je vois rouge tandis que je fais les cent pas dans l'entrepôt. La colère grandit en moi. Je ne distingue plus rien de ce qui m'entoure. Il n'y a que les flammes. Il n'y a que la colère, la rancœur. Une âme rageuse et destructrice.

Me sentant soudainement étouffer, je récupère mon portable, mon portefeuille, mes clés de voiture, et sors rapidement de l'entrepôt. Il n'y a pas un rat dehors. L'endroit est désert. Mais je sais très bien que le danger guette depuis les ombres. Je m'engouffre dans mon véhicule et démarre dans un grondement puissant.

Je roule pendant de longues minutes. La nuit tombe peu à peu. La circulation est fluide et je roule vite, bien trop vite par rapport aux limitations de vitesse. Mais je ne pense à rien, ni même à ma propre sécurité. Trop de choses me bouffent intérieurement.

Je finis par arriver dans une rue résidentielle. Des immeubles s'élèvent des deux côtés de la route. Je me gare devant une bâtisse de plusieurs étages, me demandant comment j'ai pu me retrouver ici sans m'en rendre compte. Mon corps m'a conduit jusque-là tandis que ma tête était occupée à ressasser le passé.

Je sais parfaitement où je me trouve. Devant chez Hena. J'ai obtenu son adresse il y a déjà trois semaines. C'est une information si facile à trouver quand on sait justement où chercher sur Internet. Mais je ne suis jamais venu. Et maintenant, me voilà juste devant chez elle. Comme si c'était le seul endroit où j'avais envie d'être. Comme si je ne pouvais pas rester éloigné de sa personne. Ce qui est vrai.

Mon moteur vrombit doucement et mes yeux se posent sur la façade de son immeuble. Que fait-elle? Pense-t-elle à moi? Elle aussi est prisonnière de ce lien qui nous unit. Elle aussi n'a aucun moyen de s'échapper.

Mes doigts serrent mon volant tandis que j'avale difficilement ma salive. Tant de choses font rage en moi. Mais je suis certain d'un point: je deviens fou. Hena me rend fou. J'ai besoin d'elle, maintenant. J'ai besoin qu'elle me fasse penser à autre chose. Je veux qu'elle m'insulte, puis qu'elle me raconte ses stupides anecdotes sur le Système solaire. Je veux qu'elle griffonne ses cartes débiles avec cet air concentré qui n'appartient qu'à elle. J'ai envie qu'elle jouisse à nouveau contre moi, sur moi, avec moi. Que son souffle percute le mien. Je veux la serrer contre mon corps et la posséder. Par-dessus tout, je souhaite la protéger de tout, sauf de moi-même.

C'est à cet instant que je comprends véritablement ce qu'il se passe. C'est plus qu'un jeu. Ça, je le savais. Mais je comprends aussi que je suis vraiment en train de ressentir quelque chose pour elle. Elle a planté ses griffes en moi. Et il n'y a pas moyen que je me libère. Pas quand les blessures qu'elle m'inflige sont si bonnes à endurer.

35

AVOIR BESOIN DE LUI

Hena

– Tu es sûr que tu veux sortir?

Je suis inquiète. Mais Karl hoche vigoureusement la tête. Il va mieux depuis ce matin. Sa crise est passée et ses yeux sont plus clairs. Il est sorti de son cauchemar. Il est censé rejoindre ses nouveaux amis ce soir. Mais je m'en fais pour lui. Je ne fais que ça depuis des heures. Sauf que je ne veux surtout pas lui couper les ailes.

– Je te jure que je vais bien. Mieux, précise-t-il. Et j'ai vraiment envie d'aller à cette soirée.

Je croise les bras et l'observe mettre une tonne de parfum.

– Je vais sûrement rentrer très tard. Peut-être demain matin si je bois de l'alcool.

– OK. Question: est-ce que tu mets tout ce parfum pour une certaine personne?

Il rougit face à mes mots et je me retiens de sourire comme une débile. Il ne répond pas, mais son silence veut tout dire.

– Alors… amuse-toi bien !

– Yep !

Il quitte l'appartement une seconde plus tard, l'air plus excité que jamais. Je pousse un soupir et me retrouve dans notre petit chez-nous désert, où il n'y a plus aucun bruit, si ce n'est celui de ma respiration.

J'ai tellement la flemme que je n'ai même pas envie de cuisiner ce soir. Je remonte mon short de pyjama en coton gris et vais dans la cuisine. J'ai le réflexe d'allumer quasiment toutes les lampes autour de moi pour la simple et bonne raison que ce soudain silence me stresse un peu. Je sais pourtant très bien qu'il n'y a pas de quoi s'inquiéter.

Je récupère mon portable sur l'îlot central et découvre un appel manqué de la part de l'inspecteur Tate. L'angoisse monte en moi. Il m'a appelée il y a dix minutes, pendant que j'étais sous la douche. Il a laissé un message sur mon répondeur, mais je préfère l'appeler directement. Il ne décroche pas. Je réitère l'opération, en vain.

– Fait chier !

Pourquoi est-ce qu'il tenterait de me joindre à vingt et une heures ? Je lance le répondeur et colle mon portable à mon oreille tout en faisant les cent pas dans la pièce.

« Mademoiselle Williams ? C'est l'inspecteur Tate. Je tenais simplement à faire un point avec vous concernant les recherches de Marcus et de votre père. »

Un long soupir se fait entendre à travers le combiné et je sens mes paumes devenir moites.

« Il n'y a rien d'alarmant, rassurez-vous, mais un collègue m'a contacté aujourd'hui. Marcus aurait été aperçu à la frontière de l'État, donc loin de Monroe. Nous n'avons pas encore de confirmation. Aucune information concernant Daryl. Nous pensons véritablement qu'il a quitté l'État depuis tout ce temps. Je reviens vite vers vous dès que j'ai d'autres nouvelles. »

Le message se termine aussi soudainement que ça. Une boule grossit dans ma gorge. Marcus est à la frontière de l'État. Daryl est censé être loin d'ici. Mais… et s'il était plus proche qu'on ne le pensait?

Je tente de me rassurer. Je sais que je me fais des idées et ça me bouffe. J'espère juste qu'ils mettront la main sur cette pourriture et sur Marcus afin qu'ils ne reconstruisent pas Délivrance ailleurs.

Je garde mon portable serré dans la main tout en déambulant. Je pourrais appeler mon frère et gâcher sa soirée. Mais pour quoi, au juste? Je secoue la tête et pianote sur mon téléphone. Mon index s'immobilise au-dessus de *son* prénom. Je reste ainsi de longues secondes. Finalement, n'écoutant que mon instinct, j'appuie sur la touche d'appel.

Je suis persuadée de tomber sur sa messagerie. Mais, à ma grande surprise, Nasser décroche dès la première sonnerie. J'entends sa respiration, calme et profonde. Ça aide à apaiser la mienne et mon cœur, qui bat trop rapidement.

– Salut, soufflé-je.

Je perçois un crissement de cuir, comme s'il était assis dans un fauteuil.

– Salut.

Sa voix est rocailleuse. Je ne sais pas quoi dire ensuite. Je ne sais même pas pourquoi je l'ai appelé. Pourtant, ça me semblait être la seule chose à faire. J'ai besoin d'une présence, de sa présence. Qu'il m'aide à dompter ma peur.

– Tu te rappelles quand tu m'as dit que tu attendrais que je fasse le premier pas? murmuré-je.

D'abord, seul son silence me répond. Mais je sais qu'il a compris mes mots.

– Ouais, souffle-t-il. Est-ce que tu as besoin de moi?

Sa question est franche et attend une réponse franche.

Sois honnête, Hena.

– J'ai… j'ai besoin de toi. Maintenant.

J'avoue ma faiblesse. J'avoue avoir besoin de lui. Les mots de Tate tournent dans ma tête. Je veux m'échapper loin de cette réalité avec Nasser. Je veux sa chaleur. Je veux ses bras. Son souffle. Son corps. Qu'il me protège comme il l'a déjà fait plusieurs fois.

– Je crois que je deviens fou, m'avoue-t-il en retour. Tu me rends fou.

J'inspire brusquement.

– Est-ce que tu peux venir?

– Je suis déjà là.

Alors, il raccroche.

– Quoi?

Je m'avance rapidement vers la fenêtre et écarte le rideau blanc. J'observe la voiture garée juste en face de l'immeuble. Une silhouette d'homme s'en détache. Nasser lève la tête et observe la fenêtre avant d'avancer d'un pas décidé vers l'entrée.

Une minute plus tard, un coup est frappé à la porte. Je reste là, au milieu de la pièce, les yeux fixés sur le battant.

La seconde suivante, la poignée s'abaisse doucement, et il est là. Sa silhouette remplit l'entrée. Jamais un homme ne m'a regardée avec autant d'intensité. Et je suis sûre que je lui renvoie le même regard. Tous ses muscles sont contractés. Sa respiration est rapide. La mienne est un écho de la sienne.

Il ferme la porte, puis fait un pas dans ma direction.

– Attends, lui ordonné-je.

Il s'arrête immédiatement. Ça me montre qu'il sait se maîtriser. Quelque part, ça me rassure. Son regard continue de me dévorer. Il observe chaque centimètre carré de ma peau dénudée. Même si je suis vêtue de mon pyjama, j'ai l'impression qu'il me voit déjà nue. Son regard me donne des frissons. Je veux que mon corps percute le sien.

Mais j'ai toujours cette peur en moi. J'ai toujours des trucs moches cachés dans mes entrailles. Et, si je veux aller plus loin ce soir – et obéir à mon cops –, il faut que Nasser sache certaines choses.

– J'ai besoin de toi, soufflé-je. Mais, si nous devons avoir une relation sexuelle, tu dois savoir ce que mon corps a subi.

Ce n'est pas le moment que je lui confie toute mon histoire, mais il doit connaître une partie de ce qu'il m'est arrivé.

– Lorsque j'étais là-bas. À Délivrance.

Il serre les poings et sa respiration se fait plus rapide. Mais il m'écoute attentivement.

– J'ai été violée. Une seule fois. Une abominable et interminable fois.

Afin de faire renaître mon corps et mon esprit, selon les dires d'Abraham. C'était sa justification pour cet acte horrible. Et il brûlera en enfer pour ça.

Nasser est désormais parfaitement immobile. J'ai même l'impression qu'il ne respire plus. On dirait une statue. Mais je vois toutes ses émotions sur son visage. Il ne me cache rien. Il me montre tout sans filtre. La colère. La peine. Des envies de meurtre le traversent si soudainement que j'en ai presque peur.

– Tu as l'air de vouloir tuer quelqu'un, chuchoté-je finalement.

– Parce que je le veux.

Sa voix est si glaciale ! Mais il se reprend bien vite et fait un nouveau pas dans ma direction.

Mais je dois être honnête. Alors, peut-être qu'il fera demi-tour et prendra la fuite.

– J'ai eu du mal, par la suite, à reprendre pleinement possession de mon corps. Mais aujourd'hui, j'ai réussi à reprendre du plaisir par moi-même. Et j'ai, hum, pris beaucoup de plaisir avec toi. Mais… coucher avec quelqu'un… Je ne sais pas si j'y arriverai. Je préfère te prévenir, au cas où ça deviendrait gênant pour toi et pour moi.

– Hena, tu n'as pas à te justifier, putain! Tu n'as pas à te forcer pour quoi que ce soit.

Je secoue la tête.

– Tu n'as pas compris. Je ne me force pas, Nasser. Je veux simplement te prévenir que je commencerai certaines choses, mais que je m'arrêterai peut-être en plein milieu.

– Je comprends. Bien sûr que je comprends. On suivra ton rythme.

Il ne prend toujours pas la fuite. Alors, je continue sur ma lancée, reprenant confiance en moi.

– J'ai ressenti du plaisir avec toi. Je veux que tu… je veux que tu m'apprennes à en ressentir de nouveau avec quelqu'un. Je te fais confiance pour que tu m'en donnes tandis que je ne serai plus seule maîtresse de mon corps. Est-ce que tu veux bien faire ça avec moi?

Une autre émotion passe sur son visage, beaucoup plus tendre que toutes les autres.

– Est-ce que tu es prête à lâcher prise? demande Nasser.

– Avec toi, oui.

Il s'avance de nouveau vers moi. La boule dans ma poitrine est toujours là, mais il y a autre chose qui se réveille en moi. Une faim qui surpasse tout. Il y a aussi de la confiance pour cet homme.

– J'ai l'impression de sauter d'une falaise, murmuré-je. C'est excitant. Mais ça fait aussi très peur.

– Je ne vais pas te laisser tomber dans le vide toute seule, m'affirme-t-il. On tombera à deux.

Je passe ma langue sur mes lèvres, haletante. Nasser s'arrête devant moi.

– Et si on s'écrase en bas sans s'en sortir?

– Alors, on s'assurera que notre chute en vaut la peine.

Mes lèvres s'étirent doucement et mon cœur se serre. Il est tellement compressé que j'ai l'impression qu'il va lâcher à tout moment. La bouche de Nasser se plaque sur la mienne la seconde suivante.

36

LA DÉCOUVERTE DU CORPS ET DU LIBRE PLAISIR

Hena

Notre baiser est intense. Il est lent et profond. Rempli d'une faim inassouvie et de souffrance.

Nasser prend son temps. Il immobilise ma tête avec ses mains. Il suce ma langue, mordille mes lèvres. Il quitte ma bouche pour embrasser mon menton. Je ferme les yeux et laisse tomber ma tête en arrière, lui offrant un accès total à ma chair.

– J'ai tellement envie de toi, halète-t-il.

Je l'embrasse à nouveau, mes doigts plongeant dans ses cheveux. Je tire sur ses mèches. La seconde suivante, j'étouffe un cri alors qu'il me soulève pour me hisser sur lui. Mes cuisses emprisonnent ses hanches et ses mains pressent mes fesses, me collant à son érection. Je me frotte contre lui sans honte, avide de sensations. Je veux encore plus de contact. Mes mains passent sous son tee-shirt et mes ongles s'enfoncent dans la peau tendre de son torse.

– Je vais nous faire du bien, me promet-il.

Je n'en doute pas un seul instant. Nasser se dirige dans le petit couloir dans mon dos tandis que je continue de butiner ses lèvres avec empressement.

– Deuxième porte, lui indiqué-je.

Son goût et son odeur me rendent dingue. Bien vite, on se retrouve dans ma chambre et il me repose sur le sol. Sa main relève mon visage, son index et son pouce encadrant délicatement mon menton.

– Je veux d'abord découvrir ton corps. Si tu es toujours partante, ensuite, tu découvriras le mien, d'accord?

Je ne peux que hocher la tête, entièrement en accord avec ses propositions. Je ne mentais pas quand je disais que, ce soir, je lui faisais confiance pour nous donner ce dont nous avions besoin tous les deux.

Nasser s'écarte de moi et va s'asseoir au bord de mon lit.

– Est-ce que tu peux te déshabiller pour moi ou est-ce que tu veux que je m'en charge?

J'hésite. Mais, face à son regard si vif, j'ai encore plus envie de le rendre dingue. Alors, je préfère m'en charger.

– Je vais le faire, soufflé-je.

Il patiente. Il semble se retenir de me toucher. J'inspire profondément et tire d'un coup sec sur mon tee-shirt de pyjama pour le faire passer au-dessus de ma tête. Mes mamelons durcissent sous la température de la pièce, mais surtout à cause du regard gourmand que Nasser pose sur eux. J'ignore la cicatrice dans mon dos.

Je carre les épaules. Je me sens en confiance. Je me sens puissante, maîtresse de mon corps.

On m'a abîmée, mais on ne m'a pas fait plier. J'ai récupéré tout ce qu'on m'a un jour volé et je le partage librement avec Nasser. Ce soir, je m'offre sans peur et sans honte.

De sombres pensées tentent de m'envahir, mais je les repousse aussitôt. Je garde mon short et m'avance vers Nasser, sans toutefois être assez près pour le toucher.

– Tout va bien? me demande-t-il.

– Ouais.

– Ouais?

Je le fixe droit dans les yeux.

– Oui. Je suis avec toi.

– Parfait. Alors, approche-toi.

Je fais ce qu'il me demande avec hâte. Je prends place entre ses jambes écartées. Mes seins arrivent à la hauteur de son visage. Sa tête se penche vers mon sein droit. Il souffle délicatement dessus, regardant le frisson me parcourir. Mon mamelon durcit un peu plus et je gémis doucement alors qu'il ne m'a même pas encore touchée.

– Tu aimes ça?

– J'adore ça!

Mon exclamation l'excite. Il frôle mon mamelon avec le bout de sa langue, recouvrant ma peau de sa salive. Alors qu'il s'écarte, l'humidité sur ma peau me fait presque frissonner.

J'ai besoin de ça. Exactement de ça.

Il offre le même traitement à mon autre sein. Finalement, ses mains les soupèsent et ses index en effleurent le bout. Mon cœur bat un peu plus rapidement à chaque contact de sa peau contre la sienne.

Nasser prend son temps. Il maîtrise parfaitement les choses. En surface, du moins, parce qu'au fond de ses yeux, je vois que son contrôle s'amenuise et qu'il est aussi rongé que moi par le désir.

– Arrête de me rendre dingue, lui dis-je en caressant ses épaules.

Nasser lève son visage vers le mien, taquin. Il ne quitte pas mes yeux quand sa bouche se pose sur mon mamelon droit et l'aspire férocement.

– Mon Dieu…

Je gémis ouvertement en basculant la tête en arrière. Mais j'ai besoin de le voir faire. Je ne veux pas en louper une seule miette.

Je me retiens de tirer sur ses cheveux, de coller sa tête contre ma poitrine. Quand ses dents rencontrent ma chair pour la mordiller, je cède. Mes doigts s'entortillent dans ses mèches et mes ongles grattent son cuir chevelu. Un gémissement rauque sort de ses lèvres scellées autour de mon mamelon.

Il écarte soudainement sa bouche et se redresse avec hâte.

– Je veux que tu t'allonges sur le lit, m'ordonne-t-il.

Je lui tourne le dos et m'immobilise en sentant son doigt effleurer la cicatrice dans mon dos. Je pivote vers lui et rencontre son regard rempli de questions. Mais aucun mot ne sort de sa bouche, et je ne dis rien non plus.

– Ça te fait mal ? finit-il par chuchoter.

Je secoue la tête et il semble soulagé par ma réponse. Ma respiration se coupe quand il caresse ma peau abîmée tout en avalant difficilement sa salive. Puis il s'écarte et je fais ce qu'il m'a dit, à savoir m'allonger sur le lit, tandis que lui se tient debout près du matelas.

Je vois sa main effleurer son érection. Il se caresse en de lents va-et-vient, ne pouvant s'en empêcher. Il doit être à l'étroit dans son pantalon.

– Ouvre ton pantalon, lui demandé-je.

Il secoue la tête.

– Pas maintenant. N'oublie pas ce que j'ai dit. Je découvre d'abord ton corps.

– Ce n'est pas du jeu.

– C'est le meilleur jeu auquel j'ai joué de toute ma vie, rétorque-t-il.

Il m'observe tandis que je suis allongée au centre du lit, les seins nus, les mamelons gonflés après le traitement qu'il leur a infligé. Sa main effleure mes cuisses. Il me caresse doucement, jaugeant la moindre de mes réactions.

– Je me suis masturbée ici en pensant à toi, lâché-je soudain.

Sa main s'immobilise.

– Quand tu regardais ce porno ?

Je fronce le nez avant de hocher la tête. Je le vois sourire. Un sourire qui le rend irrésistible.

– Putain, j'en étais sûr !

Ses mains se posent alors de chaque côté de mes hanches. Il descend mon short avec des gestes sûrs. Il n'y a plus qu'une fine culotte de dentelle blanche qui recouvre ma peau. Il l'observe, et je me demande s'il peut apercevoir l'humidité qui s'échappe d'entre mes cuisses. Je sais que je suis trempée.

Alors que sa main se pose à l'intérieur de ma cuisse, je me tends un instant. Aussitôt, il s'arrête, attentif au moindre de mes mouvements. Je ne me tends pas de peur, mais par anticipation.

– Continue, le supplié-je presque.

Je comprends maintenant toute la signification de l'expression « mourir d'impatience ». Il s'agenouille devant mon lit et tire mes cuisses au bord du matelas. Il les écarte doucement. Ses yeux gris sont posés sur mon intimité.

– Voyons si tu aimes ça.

Aimer quoi ?

Je n'ai pas le temps de réfléchir à la question. Son visage se penche et il donne un long coup de langue sur le tissu de ma culotte.

– Oh…

– Hum, tu aimes ça.

Mes orteils se recroquevillent. Nasser lèche une nouvelle fois mon intimité, toujours cachée derrière ma lingerie.

– Hum, je sens ton goût à travers le tissu. Ça me rend dingue.

Son nez se pose entre mes cuisses et il respire mon odeur. Son geste paraît si naturel ! En fait, tout me paraît naturel avec lui. Il n'y a aucune honte. Aucune peur. Aucune barrière. Il se contente d'écouter et de découvrir mon corps pour savoir ce qu'il souhaite ou non.

Sa salive recouvre le tissu de ma culotte. Finalement, il tire doucement sur ma lingerie. Le tissu pénètre alors entre mes deux lèvres vaginales, frottant mon clitoris surexcité.

– Ça ! Ça, c'est bon, lui indiqué-je, de plus en plus bouleversée par ses caresses.

Il tire un peu plus fort, stimulant davantage ma chair. La seconde suivante, ma culotte disparaît et je me retrouve entièrement nue devant lui. Il garde ma lingerie à la main, ses doigts effleurant longuement le tissu trempé. Puis il se redresse, me laissant pantelante.

– Montre-moi, m'ordonne-t-il soudain.

– Quoi ?

À cet instant, je suis prête à lui montrer ce qu'il veut.

– Montre-moi comment tu t'es masturbée en pensant à moi.

Obéissante, je laisse ma main effleurer mon ventre. Puis mon index se glisse entre mes lèvres. Je les écarte doucement afin de frotter lentement mon clitoris. Je le caresse en cercle et en rythme.

– Est-ce que tu as glissé un doigt en toi ?

– Non, haleté-je. Juste le clitoris.

– Et maintenant, est-ce que tu sens que ton vagin a envie de jouir sur quelque chose, de s'y agripper férocement ?

– Ouais. Ouais, j'en ai besoin.

Nasser sourit un peu plus face à ma réponse. Il se penche à nouveau sur moi.

– Fais-moi goûter.

Je n'hésite pas. Mon index se pose sur ses lèvres et il lèche mon doigt comme un affamé.

– Alors? Comment est-ce que tu trouves mon goût?

– Délicieux. Mais il sera encore meilleur directement sur ma langue.

Sans autre préambule, sa tête plonge entre mes cuisses. Et sa langue entre dans la partie. Je vous jure qu'à cet instant, j'atteins le paradis. Mes hanches s'agitent tandis qu'il me lèche pleinement. Sa langue est partout, découvrant chaque recoin de mon sexe. Lorsque ses dents mordillent mon clitoris, je suis à deux doigts de jouir.

– Je vais déjà jouir, annoncé-je, de plus en plus haletante.

– Je le sens. Laisse-toi aller.

Je veux résister un peu plus longtemps. Mais sa langue pénètre désormais mon vagin aussi profondément que possible, et je suis incapable de résister. Je jouis dans un hurlement.

– Nasser, crié-je sans pouvoir m'en empêcher.

Bien que j'aie joui, il continue de me dévorer comme si j'étais le repas le plus délicieux qu'il ait jamais goûté. À plusieurs reprises, sa langue descend un peu plus et effleure la peau tendre de mon anus. Je découvre de nouvelles sensations, toutes particulièrement agréables.

– C'est trop intense, m'exclamé-je.

Cette fois-ci, son index pénètre dans mon vagin. Nasser le courbe afin d'appuyer sur mon point G.

– Putain de merde! hurlé-je.

Ma voix se brise presque et je sens mes yeux s'humidifier tant ce second orgasme est intense. L'instant suivant, Nasser se redresse et se laisse tomber sur mon corps avant de m'embrasser. Son goût est différent désormais: c'est un parfait mélange du sien et du mien.

Je veux le découvrir à mon tour. Je soulève alors son tee-shirt pour le lui retirer et y parviens difficilement. Mes mains descendent le long de son corps pour effleurer son érection. Il inspire brusquement en posant son front contre le mien.

– Tu m'exploreras longuement la prochaine fois. Là, je ne vais pas tenir, me prévient-il avec une voix rauque.

La prochaine fois.

Je ne m'attarde pas sur ces mots tandis qu'il ouvre son jean et le retire avec des gestes à peine mesurés. Il récupère son portefeuille, avant d'envoyer son pantalon au loin, et en sort un préservatif.

Il est désormais à genoux près de moi, uniquement vêtu de son caleçon. Le tissu à l'avant est un peu humide, signe qu'il est aussi excité que moi. Je me redresse sur mes coudes, observant l'entièreté de son corps. Je suis fascinée par la traînée de poils qui court jusqu'à son bas-ventre. Son torse est sculpté à la perfection, ses muscles sont secs et fins.

Nasser baisse son caleçon et son pénis apparaît devant moi. J'observe ses gestes. Ses doigts le caressent d'un mouvement lent, mais sans hésitation. Son index effleure son gland. C'est à cet instant que je remarque le morceau de métal qui le transperce.

– Tu aimes? me questionne-t-il.

C'est la première fois que je vois un piercing à cet endroit. Je hoche la tête et me redresse un peu plus, approchant mon visage de lui.

– Si tu poses ta bouche sur moi, je vais exploser dans la seconde, me prévient-il en haletant.

Alors, je me contente de lécher mes lèvres, imaginant son goût. Ne pouvant y résister, j'avance la main vers son sexe et l'atteins doucement. Son érection est longue et épaisse, mais sa peau est étrangement douce. Elle est surtout brûlante.

– Oh, ouais, souffle-t-il en vacillant près de moi. Touche-moi.

Exactement comme ça. Serre un peu plus les doigts autour de ma queue.

Je fais ce qu'il me demande. Je redécouvre le plaisir masculin. Je lui en donne et j'adore ça. Il y a quelque chose d'étrangement addictif dans le fait de rendre dingue son partenaire.

Un grognement sort de la bouche de Nasser et il pince la base de son érection.

– J'ai… j'ai besoin de te prendre.

J'éloigne ma main et me rallonge au centre du lit tandis qu'il enfile le préservatif. Il se place entre mes jambes, mais n'entame aucun mouvement. Il garde son regard posé sur moi, observant le moindre signe d'inconfort sur mon visage.

– T'es toujours avec moi?

D'abord, je ne réponds pas. J'ai envie de lui. J'ai besoin qu'il me pénètre. Mais j'ai aussi peur. Je n'ai pas peur de Nasser, pas du tout. J'ai peur parce que mes démons ne sont pas loin. Mais je refuse qu'ils me volent cet instant.

– Oui, je suis avec toi.

Nasser colle son torse contre ma poitrine. L'une de ses mains se place derrière ma nuque.

– Si tu veux qu'on arrête, tu me le dis, Hena. Tu n'as qu'un mot à dire, d'accord? C'est toi qui diriges. Toi.

Alors, j'oublie mes démons.

– Tu veux qu'on arrête?

– Non, surtout pas.

Je me concentre sur ce que je veux. Et ce que je veux, c'est lui. Je roule des hanches, frottant mon entrejambe contre son érection. Le plaisir m'électrocute presque.

– Je veux que tu me prennes, lui dis-je sans hésitation.

Il approche son gland de mon clitoris. Son piercing m'offre une caresse inédite. Ça me rend complètement démente.

La seconde suivante, son gland se place à l'entrée de mon vagin. Ses yeux dans les miens, il me pénètre doucement avec une longue poussée. J'inspire brusquement tandis qu'il souffle. J'écarte un peu plus les cuisses pour mieux ressentir chaque centimètre de sa lourde érection. L'humidité de mon intimité l'aide à me pénétrer.

Il porte son index à sa bouche, le lèche et le pose sur mon clitoris. Nouvel électrochoc. Je sens la pression grandir entre mes cuisses. C'est tellement bon ! Tellement différent de ce que j'ai vécu jusqu'à présent. Je n'étais pas vierge quand Abraham a abusé de moi, mais il a brisé chacun de mes souvenirs charnels. À cet instant, Nasser est en train d'effacer toute trace d'Abraham sur mon corps. Il détruit chaque marque qui a été apposée sur mon âme. Il la libère un peu plus de ses entraves.

– C'est bon ?

– C'est incroyable !

Il se presse contre moi et ses va-et-vient se font plus profonds, plus rapides. Je sens mon vagin se contracter pour le retenir en moi. J'en redemande, encore et encore.

– Tu t'agrippes tellement fort à moi, gémit-il à mon oreille.

Il baise ma bouche avec ses baisers comme il baise mon corps.

– Tu m'obliges à rester au fond de toi pour que je te donne tout ce que j'ai.

Il dit vrai. Je veux tout. Absolument tout ce qu'il peut me donner.

– J'aime quand tu es au fond de moi.

Ma remarque le stimule. Ses hanches percutent les miennes tandis qu'il me prend plus intensément.

– Comment est-ce qu'on était censés résister l'un à l'autre ? continue-t-il contre ma bouche. Comment résister à ça ?

Effectivement, c'était impossible. On aurait succombé un jour ou l'autre. Et ça aurait été aussi follement délicieux.

Ses mains viennent attraper les miennes et il relève mes bras au-dessus de ma tête. Il me possède sans jamais me voler mon corps. Il m'emplit et j'en redemande en ondulant contre lui. La tension grandit en moi tandis qu'il me pénètre à fond, se frottant contre mon clitoris.

– Ça, gémis-je. Recommence.

Avec un sourire ravi, il refait exactement le même mouvement. Et je décolle. Chaque muscle de mon corps se contracte tandis que je crie contre son visage. Mes doigts serrent fermement les siens. L'une de ses mains me libère pour relever ma cuisse sur sa hanche. Il plonge en moi avec un angle encore plus profond et plus dévastateur. Et je jouis. Je me craquelle de l'intérieur. Le pied absolu. L'union de deux corps guidés par leur seul instinct.

Son visage enfoui dans mon cou, il se laisse aller.

– Je te sens partout autour de moi, halète-t-il avec peine. T'es en train de me tuer, trésor.

– Et ça fait quoi, de mourir de plaisir ?

– C'est démentiel. Je veux mourir pour revivre à chaque putain de fois contre toi, Hena.

La délivrance le traverse d'un coup et il jouit longuement. Son corps pèse sur le mien, sans toutefois m'étouffer. Son poids sur moi m'apaise même. Je ne me sens pas démunie après l'orgasme. Je suis toujours dans ma bulle de luxure. Je suis toujours dans ce cocon protecteur qu'il forme avec son corps.

Il pose son front contre le mien et ferme les yeux. Son souffle frappe mes lèvres et nos bouches se trouvent, se taquinent plus doucement, plus sensuellement. Il se retire alors délicatement de moi en gémissant d'être séparé de la chaleur de mon intimité. Enfin, son corps s'étend près du mien. Nous essayons tous deux de reprendre notre souffle.

– Waouh !

L'exclamation m'échappe et je pose les mains sur mes joues brûlantes. Nasser rigole.

– Waouh ! répète-t-il.

– C'était… c'était vraiment très, très bon. Surtout ce que tu m'as fait avec ton piercing.

– N'est-ce pas ? Je pense qu'on devrait lui dédier une page Instagram.

Je lève les yeux au ciel, mais laisse un sourire s'épanouir sur mes lèvres. J'aime le fait que nous ne soyons pas gênés par l'intimité post-sexe. On parle librement et en toute transparence de ce qui vient de se passer.

– Je ne suis pas sûre d'aimer l'idée. Gardons ta queue juste pour nous.

Il lève un sourcil, mais ne me contredit pas. Il retire le préservatif et s'allonge de nouveau près de moi. Je me penche pour récupérer une bouteille d'eau sur ma table de nuit et en avale une longue gorgée.

Quand je me tourne vers Nasser, je remarque qu'il fixait mon dos, mais il ne me pose aucune question. Je ne suis pas prête à me confier et il semble l'avoir compris. Il se contente de croiser les bras sur son ventre plat et de fixer le plafond, un sourire en coin, repensant sûrement à ces dernières minutes.

– T'as l'air très satisfait de toi.

– Oh, je le suis !

Je m'allonge sur le côté, les deux mains sous ma tête, et l'observe en silence. Nous restons ainsi de longues minutes. Et, encore une fois, il n'y a aucune gêne.

– Tu m'as demandé de t'apprendre à découvrir les plaisirs charnels, reprend Nasser en me regardant. Donc, tu as bien compris qu'on va recommencer à coucher ensemble ?

Je hoche la tête avec entrain. J'ai secrètement hâte de voir sur quel chemin il va m'emmener.

– La prochaine fois, je veux découvrir ton corps.

Ses yeux prennent feu et un éclair de désir les traverse.

– Je suis en train de bander à nouveau, me dit-il.

– On va devoir régler le « problème », lui annoncé-je d'un ton solennel.

Il se redresse sur un coude, puis se positionne de nouveau sur moi, après avoir récupéré un nouveau préservatif.

– Prête à régler le problème?

– Absolument!

L'instant suivant, il me pénètre à nouveau et je hisse mes cuisses sur ses hanches.

C'est ainsi que se déroule la demi-heure qui suit, avant que son corps et le mien ne soient complètement vidés d'énergie. À aucun moment je ne pense à autre chose qu'à ce qui se passe entre nous. Aucun cauchemar ne vient me hanter. Aucun souvenir effrayant ne franchit la barrière de mon esprit.

Je finis allongée sur le ventre, le visage à moitié dans l'oreiller. Mes muscles me font mal tant ils ont été sollicités.

– Tu te rends compte? On a réussi à ne pas s'entre-tuer pendant plus d'une heure et demie, déclare Nasser.

J'étouffe un rire.

– Disons que c'est agréable quand tu es occupé à faire autre chose, dis-je avant de bâiller jusqu'à m'en décrocher la mâchoire.

Nasser s'assied près de moi.

– Je vais y aller, avant que ton frère ne débarque et me trouve là.

– Ouais, t'as peut-être raison.

Nous échangeons un regard, désormais tous deux incertains. Et maintenant, qu'est-ce qu'il va se passer?

Je l'observe étirer les bras au-dessus de sa tête. On vient de coucher ensemble plusieurs fois, je suis épuisée, mais je ne peux décrocher mon attention de son corps.

Je crois que je suis foutue.

Je finis par m'asseoir à mon tour et tire le drap sur moi. La chaleur de Nasser me quitte définitivement. Il se lève, nu. Nullement gêné, il traverse ma chambre pour récupérer son caleçon. Mon regard s'attarde sur ses fesses. Il tourne la tête vers moi en jouant des sourcils.

– Arrête de mater mes fesses, trésor !

– J'ai envie de les mordre.

Merde ! Est-ce que je viens de parler sans réfléchir ?

Nasser rigole doucement en enfilant son sous-vêtement.

– Tu pourras. La prochaine fois.

Le grand brun doit voir que je suis plongée dans mes pensées parce qu'il retrouve son sérieux.

– Tout est OK entre nous ? Tout est clair ?

Je hoche simplement la tête sans répondre. Ça veut dire quoi, tout est clair, au juste ? Mais alors que je m'apprête à demander des explications, Nasser me devance. Il récupère son tee-shirt et s'arrête devant moi.

– Ce que je veux dire par là, c'est que tu me plais, Hena. J'ai du mal à l'avouer, mais c'est vrai. Ce soir, tu m'as demandé de m'occuper de toi. Tu m'as fait confiance pour que je te fasse découvrir tout le plaisir que peut ressentir ton corps. Et je compte bien recommencer. Pour ça, j'ai besoin que tu continues de me faire confiance.

Il attend patiemment que je lui réponde. J'ouvre plusieurs fois la bouche, mais aucun mot n'en sort. Ses paroles viennent de me rassurer et de me réchauffer intérieurement. Je ne serai pas son vilain secret, et il ne sera pas le mien. Je ne sais pas dans quoi on est en train de se lancer, mais je n'ai pas envie de faire marche arrière. Alors, je décide d'être honnête à mon tour.

– Je te fais confiance. Et je te veux aussi. Je veux que tu continues à… m'initier aux plaisirs du corps.

– Alors, c'est tout ce qui importe. On va profiter, toi et moi. Laisse-moi m'occuper de ça.

Il se penche soudainement vers moi, agrippe délicatement le bas de mon visage et me fait relever la tête. Sa bouche se plaque sur la mienne le temps d'un baiser. Puis il s'éloigne et finit de se rhabiller.

– Je crois que je t'ai mal jugé, continué-je en l'observant enfiler son jean. Tu es bien plus que ce que tu laisses paraître, Nasser. Tu es bien plus que Hell. Beaucoup plus.

Il semble méditer mes mots. Il n'acquiesce ni ne me contredit. Ce soir, j'ai eu l'impression que lui donner un peu de contrôle sur moi ne signifiait pas que je me perdais moi-même. Je veux de nouveau ressentir ça. Je veux de nouveau me sentir forte entre ses bras, sous ses lèvres.

Ses yeux gris caressent ma silhouette à moitié cachée. Puis il détourne le regard et tombe sur ma table de nuit. Il lève un sourcil interrogateur.

– Qu'est-ce que c'est?

– Quoi?

Je tourne le visage vers l'objet de ses convoitises, mais déjà son bras s'élance pour récupérer le morceau de papier plié en deux.

Merde!

– Ce n'est rien.

Il déplie la feuille, un air concentré plaqué sur le visage.

– C'est juste… une liste de choses que j'ai envie de faire à court ou à moyen terme.

– Je vois ça.

Il lit rapidement les mots qui s'y trouvent et je le vois sourire.

– Faire quelque chose de fou et d'illégal? Eh bien, tu peux barrer cet objectif, vu tout ce que tu as fait d'illégal depuis que tu me connais.

– Hum, mais pourquoi je sens que ce n'est que le début?

– Ah, ça...

Sa main libre caresse sa courte barbe noire.

– Découvrir si les extraterrestres existent? Sérieusement? rigole-t-il.

– Quoi, tu n'y crois pas?

– Bien sûr que si. Après tout, j'étais un fan de *E.T.* quand j'étais gosse.

– Ha! Ha! Ha! Moque-toi, va! Mais quand les petits hommes verts viendront casser ta jolie bouche, tu ne pourras plus t'échapper.

– J'ai peur...

Il lit la dernière chose sur la liste et attrape mon regard.

– Croire en l'amour?

Je hausse les épaules, désormais beaucoup moins sûre de moi. Je me lève avant d'enfiler mon tee-shirt et mon short.

– Celle-là n'est pas définitive.

Je ne sais même pas d'où je sors cette explication stupide, mais il ne se moque pas de moi. Il écoute simplement ce que je dis. Son portable ne cesse de vibrer, alors il le récupère.

– Archi a besoin de moi. Rêve de moi, me lance-t-il sur un ton orgueilleux en passant le seuil de ma chambre.

– Je rêverai uniquement d'une certaine partie de ton corps, lui dis-je en le suivant à travers le couloir. Ta bouche n'en fera pas partie.

– Même après tout le plaisir qu'elle t'a donné? rétorque-t-il avec un sourire taquin.

Oui... Bon...

Il finit par quitter mon appartement et mon regard reste posé sur ses épaules tandis qu'il s'éloigne. Je verrouille la porte tout en réalisant que j'ai couché avec Nasser. Plusieurs fois. Et on recommencera. J'ignore où ça va nous mener, mais je veux continuer à me laisser aller sans réfléchir.

37

DANCE IN THE RAIN

Hena

Je suis en retard pour récupérer Karl à son rendez-vous chez sa psychiatre. Mais, pour ma défense, j'ai couru toute la journée. Disons que la nuit précédente ne m'a absolument pas reposée. Évidemment, Nasser en est le premier responsable. Je me suis retenue, ces dernières heures, de penser à lui, ce qui est un véritable exploit si vous voulez mon avis.

Je quitte le campus et cours vers ma voiture. Il a commencé à pleuvoir.

Fait chier!

Les gouttes s'abattent sur moi et je me mets bien vite à l'abri dans mon véhicule. Je tente d'appeler mon petit frère pour le prévenir de mon retard, mais je tombe directement sur sa messagerie.

– Vraiment super!

J'enclenche la marche arrière et quitte rapidement le parking. J'en profite pour lancer un autre appel. J'ai eu le message de l'inspecteur Tate, hier, mais j'aimerais lui parler de vive voix.

Dieu soit loué, il décroche à la deuxième sonnerie!

– Inspecteur Tate, se présente-t-il tandis que je rejoins la route principale de Monroe.

Heureusement, il y a peu de circulation ce soir.

– Bonsoir, inspecteur. C'est Hena.

– Ah, Hena! Comment allez-vous?

Je hausse les épaules bien qu'il ne puisse pas me voir.

– Pas trop mal. La vie continue.

– Et votre frère?

– Karl tente de reprendre une vie normale. Du mieux qu'il peut. Je vais, d'ailleurs, le chercher à sa séance de psy.

– Parfait, vous m'en voyez ravi. Vous avez eu le temps d'écouter mon message vocal?

Mon corps se tend en y repensant. Oui, j'ai eu le temps d'écouter et de réécouter ses mots une bonne dizaine de fois, et j'ai toujours la boule au ventre.

– Oui.

– Parfait, répète-t-il. Donc, comme je vous l'indiquais, Marcus a été aperçu récemment à la frontière est de la Louisiane. Plusieurs de mes collègues sont sur ses pas, mais nous pensons honnêtement que son seul but est de fuir très loin d'ici.

– Et Daryl? le coupé-je sans pouvoir attendre.

Prononcer son prénom à voix haute me dégoûte au plus haut point. Les liens du sang que nous partageons, encore plus.

– Votre père, continue-t-il, n'a pas été retrouvé. Je crois très sincèrement qu'il a traversé la frontière depuis longtemps.

– Vous pensez qu'il a recommencé ailleurs? Qu'il va reconstruire une secte telle que Délivrance?

– Effectivement. Sa foi envers cette organisation semblait puissante. Peut-être va-t-il trouver de nouveaux compagnons de route pour reconstruire Délivrance ailleurs.

– De nouveaux compagnons de route?

Un rire sans joie sort de ma bouche.

– Combien de personnes ces hommes ont-ils abusées? Combien d'enfants? D'adolescents? D'adultes? Je n'étais pas la seule victime, inspecteur Tate. Nous étions une dizaine. Alors, parler de ces monstres comme de compagnons de route n'est pas vraiment approprié, vous ne croyez pas?

J'entends une porte qui se ferme, puis des pas rapides.

– Bien sûr, se reprend immédiatement l'inspecteur. Et nous gardons l'œil ouvert. Si un nouveau mouvement éclôt, nous serons sur le coup. Je suis en contact avec tous les services de police de l'État, et ce, depuis le début de cette affaire. Ne vous inquiétez pas. Nos sources veillent pour nous.

Leurs sources. Ces mêmes sources secrètes qui les ont aidés à trouver Délivrance.

– Ce que je veux vous faire comprendre, reprend Tate, c'est que vous et votre frère n'êtes pas seuls. Est-ce que… est-ce que vous avez contacté votre mère ou son institut?

J'ai envie de lui dire que j'ai un mauvais pressentiment, mais le fait qu'il parle de ma mère me fige. Ma mère. La femme qui m'a élevée. Celle qui a toujours été un ange dans cet enfer.

– Non.

Je secoue la tête même s'il ne peut pas le voir.

– J'ai… j'ai atrocement envie de la voir, mais…

– Mais vous n'êtes pas encore prête, je comprends. Prenez votre temps, Hena. Rome ne s'est pas construite en un jour.

– Ça, c'est sûr.

Nous finissons par raccrocher. J'arrive aux abords de l'immeuble de la psychiatre de mon petit frère. C'est vrai, je ne suis pas encore prête à voir ma mère. J'ai peur de découvrir à quel point elle a été détruite, peur de comprendre, une nouvelle fois, que son esprit ne sera sans aucun doute jamais réparé. Certains diraient que l'espoir est toujours le dernier à mourir. Mais je crains que ma mère ne soit déjà morte à l'intérieur.

Mon véhicule s'arrête le long du trottoir. J'actionne le mouvement rapide des essuie-glaces tant la pluie s'abat sur le pare-brise. Je ne vois quasiment rien à l'extérieur, mis à part plusieurs personnes qui courent dans l'espoir de se mettre à l'abri.

J'aperçois finalement Karl au loin, sa main en visière pour trouver ma voiture. Je klaxonne rapidement, et enfin il court dans ma direction. Il ouvre la portière d'un mouvement sec et s'assied sur le siège passager. Ses cheveux blonds et sa veste grise sont trempés. Il a apparemment attendu plusieurs minutes seul, dehors, au lieu de rester au sec.

– Salut, lancé-je. Désolée pour le retard. Mon prof nous a lâchés après l'heure.

– Je t'ai attendue. J'ai cru que tu n'allais pas venir.

Ses yeux bleus croisent les miens. J'ai l'impression de faire face à un enfant de 10 ans que je devrais rassurer. Un enfant fragile, et surtout perdu.

– Tu aurais dû rester à l'abri.

Il pince les lèvres. Apparemment, c'était une séance difficile pour lui. Je pense qu'il a dû aborder des sujets sensibles avec sa psy.

– Comment est-ce que ça s'est passé avec Samantha ? lui demandé-je tout de même.

Il lâche un son inarticulé et serre les poings.

– J'veux pas en parler.

Je pose la main sur son poing, mais il retire son bras comme si mon contact l'avait brûlé. Sa réaction me blesse et je me sens naze. Mais je sais à quel point Karl est inaccessible quand il s'est refermé sur lui-même.

– Je… Est-ce qu'on peut y aller maintenant ?!

Je continue de l'observer. Je sais que je n'en ai pas le droit, mais, parfois, j'ai envie d'aller parler à sa psy, de lui demander si elle note des évolutions chez mon frère. J'ai besoin de savoir comment il va véritablement.

Toujours silencieuse, je me tourne vers le pare-brise et m'apprête à m'engager sur la route.

– Aujourd'hui, j'avais l'impression d'étouffer.

La confession de Karl m'arrête net. Je lâche le levier de vitesse et me tourne vers lui, le cœur tellement comprimé que j'ai l'impression qu'il n'est plus tout à fait en état de fonctionner. Mon frère lève son regard vers moi, mais j'ai l'impression qu'il n'est pas vraiment à mes côtés.

– Je t'ai menti, m'avoue-t-il alors.

Je fronce les sourcils, prenant peur.

– Comment ça ?

– Je ne suis pas allé à la séance avec Samantha.

– Quoi ?!

– J'avais… j'avais besoin de courir, mais pas de parler.

– Tu veux dire que tu viens de passer la dernière heure à courir sous la pluie ?

– Oui, c'est exactement ce que je suis en train de te dire.

Il attend en silence, la mine chagrinée. Peut-être a-t-il peur que je m'énerve, alors que la seule chose que je veux, c'est retrouver mon frère et lui faire comprendre à quel point je l'aime. Je prends sur moi pour ne pas lui faire de reproches. Je me retiens de lui rappeler à quel point ces séances sont essentielles.

– Est-ce que ça va un peu mieux ?

– Un petit peu.

– Alors, c'est le principal. Tu sais que la seule chose que je souhaite, c'est que tu ailles mieux.

Il reste muet de nombreuses secondes, puis il me surprend en me demandant :

– Est-ce que… est-ce que tu m'aimes ?

– Plus que ma propre vie.

Ses lèvres s'étirent de quelques millimètres. Ce n'est pas un vrai sourire, mais je peux voir ses muscles se détendre. Je lui souris à mon tour.

Un avertisseur sonore me fait sursauter et je vois, à travers le pare-brise, deux voitures qui manquent de se percuter. L'un des deux conducteurs descend sa vitre et injurie le second. Nous restons à l'abri de mon véhicule, un silence pesant entre nous. Chacun est plongé dans ses pensées. Je laisse aller ma nuque contre l'appuie-tête, sentant la fatigue de la journée s'abattre sur moi.

– Tu te rappelles quand on traînait dans le jardin alors qu'il pleuvait à verse ? demande Karl. Maman nous hurlait dessus pour qu'on rentre nous sécher.

Mon cœur se réchauffe à ce souvenir.

– Mais on ne l'écoutait jamais, dis-je. On récupérait des escargots qui traînaient et on les faisait faire la course.

Mon frère s'esclaffe.

– Ensuite, on dansait sous la pluie. On tournait sur nous-mêmes jusqu'à perdre l'équilibre.

Ce souvenir semble avoir tant de signification pour lui ! Ses traits expriment beaucoup d'amour. Alors, je ne réfléchis pas et pose la main sur la poignée de ma portière.

– Qu'est-ce que tu fais ? me demande Karl en se redressant sur son siège.

– Je vais tourner sur moi-même.

– Que… quoi ?

Je l'ignore et sors de la voiture. La pluie s'abat sur moi. Elle est glacée. Mais, en raison de mon corps brûlant, le choc n'est pas si désagréable. Karl descend à son tour du véhicule. Il est un peu plus trempé à chaque seconde passée sur ce foutu trottoir.

– Hena ? me questionne-t-il, incertain.

Je lui fais un clin d'œil et commence à tourner sur moi-même. D'abord, il m'observe sans bouger. Finalement, il s'approche de moi et sa silhouette vacille à son tour tandis qu'il se met à danser. J'explose de rire. Ma vue se trouble sous les gouttes d'eau qui me frappent. Mon frère pouffe près de moi. Il écarte les bras pour tenter de garder un certain équilibre.

– T'es folle ! s'exclame-t-il.

Je ferme les yeux et me laisse bercer par cet instant. Il n'y a que nos souvenirs de gosses. Il n'y a plus d'enfer. Seul le paradis nous tend les bras.

Quand nous retournons dans la voiture, après cet instant de grâce, la plus belle récompense se présente à moi. Mon frère effleure ma main avant de murmurer :

– Merci.

Et je reprends la route, complètement trempée, mais heureuse.

38

AVOIR MAL ET AIMER CETTE DOULEUR

Nasser
Le lendemain soir

La foule est en ébullition ce soir. Mes poings s'abattent sur le jeune type en face de moi. L'enfoiré n'est pas venu seul : il est accompagné d'un couteau suisse qu'il a tenté, plusieurs fois, de faire pénétrer dans mon bas-ventre.

Je pousse le type à terre. Je le plaquerais bien sur le sol, mais je porte toujours mon jean et je n'ai pas envie de le foutre en l'air pour un rigolo pareil. La terre est boueuse à cause de la pluie qui s'est abattue hier.

Ce soir, les combats sont organisés derrière l'entrepôt, et je prie pour qu'aucun flic – en particulier le frère d'Archi, l'inspecteur Hiro – ne se ramène. Mais c'est aussi ça, le Toxic Hell : on fait le show. Les gens en redemandent et ils reviennent avec encore plus d'argent.

Plusieurs voitures sont rangées en arc de cercle, leurs phares allumés pour éclairer notre ring improvisé. Le type se relève et tente de me mettre au sol. Je rigole dédaigneusement en l'esquivant.

– Tu es trop lent, lui lancé-je avant de balayer ses jambes. Et un peu con, aussi.

La fin du combat sonne. La foule m'acclame. Mais je ne cherche qu'une personne du regard. Je repère rapidement sa tête blonde tandis que les spectateurs envahissent l'espace de combat. Hena récupère l'argent des paris, un grand sourire sur le visage. Je la vois glisser quelques billets dans la poche de sa jupe en jean, me volant aussi facilement qu'au premier jour.

– Petite voleuse, marmonné-je dans ma barbe en tentant de la rejoindre.

Ma petite voleuse.

Comme si elle m'avait entendu, Hena se tourne vers moi. La foule nous sépare, mais elle me lance un clin d'œil de défi. Oh, oui, elle sait que je l'ai vue ! Mais, encore une fois, elle ne regrette pas son geste. Elle ne regrette jamais rien. Elle est trop entière pour ça.

Alors que je tente de m'approcher d'elle, plusieurs filles me barrent la route et me félicitent pour ma victoire. L'une d'elles se jette à mon cou sans que je puisse l'esquiver et ses lèvres se plaquent sur ma bouche. Une autre colle ses seins contre mon dos.

Je me dégage rapidement et les fusille du regard. Elles se dispersent vite pour se mêler à la foule. Ce comportement m'aurait fait sourire il y a peu. Mais, maintenant, la seule chose que je veux, c'est rejoindre Hena. Je vois ses épaules disparaître au loin.

Bordel !

Les gens m'empêchent de m'approcher d'elle. C'est la première fois que j'ai envie de leur hurler de dégager.

– Hena ! crié-je dans son dos.

Elle s'arrête une seconde avant de reprendre sa route, quittant le centre de la fête. Enfin, je la rejoins. Nous sommes désormais de l'autre côté de l'entrepôt, cachés de la foule. Ma main agrippe son épaule et je tire son corps à moi. Hena tente vivement de se libérer.

– Ne t'éloigne pas de moi, lui dis-je.

Ma voix résonne plus comme une supplication qu'autre chose. Elle me frappe le bras.

– Je pars si j'en ai envie, enfoiré !

Je la lâche avant de la contourner pour me placer face à elle. Elle fixe mes lèvres comme si elle était profondément blessée.

– Arrête ça immédiatement.

– Que j'arrête quoi ?

– De me regarder comme si je venais de te trahir, alors qu'elles m'ont pris par surprise.

– Ce n'est pas pour autant que ça ne me fait pas mal.

Je sais que je devrais rester impassible face à son énervement, sauf que sa réaction me fait plaisir. Je m'approche d'elle.

– Ça t'a fait mal ?

Elle relève le menton avec hargne.

– Atrocement.

Un délicieux sourire se dessine sur mes lèvres. Pourquoi est-ce que ça me fait tant plaisir ?

– Peux-tu arrêter de sourire avant que je ne t'arrache les yeux ?

– Viens plutôt m'embrasser.

J'enfouis mes mains dans ses cheveux avant de la coller contre le mur de l'entrepôt. Mes lèvres se posent sur les siennes et les dévorent sans répit. Mais ce baiser, ça ne me suffit pas. Je viens de combattre. Mon corps bouillonne, rempli de testostérone. Et j'ai Hena dans mes bras. Elle me rend dingue ! Sa réaction me rend encore plus dément. Mes mains se posent sous ses fesses et je la hisse contre mon corps.

– Tu es avec moi ? lui demandé-je.

Elle hoche la tête et ses cuisses s'enroulent autour de mes

hanches dans un mouvement souple. Je tremble presque d'envie. Elle aussi.

– Regarde-toi, murmuré-je contre sa bouche.

Je l'embrasse une nouvelle fois, léchant ensuite sa lèvre inférieure.

– Tu es jalouse, alors que tu es la seule que je veux.

Ma confession l'excite. Elle gémit contre moi avant de mordiller mon oreille.

– Tu es trop content de l'effet que tu as sur mon corps, souffle-t-elle. Peut-être que je devrais trouver une autre personne et poser ma bouche sur la sienne afin de voir si tu restes toujours aussi enthousiaste.

Je lui donne un coup de bassin, mes hanches roulant contre les siennes.

– Tu peux faire ça, trésor. Mais tu seras responsable de sa mort.

Elle rigole, ne me prenant pas au sérieux. L'une de ses mains trace un chemin entre nous et je la sens ouvrir le bouton de mon jean.

– Hum… gémis-je.

À cet instant, nos corps sont deux bêtes prêtes à tout pour répondre à leurs besoins primaires. Je me félicite d'être toujours prévoyant et glisse une main dans ma poche arrière, d'où je sors une capote.

– Je t'avais dit qu'on allait coucher à nouveau ensemble. Tu es prête ? Je ne serai pas tendre.

Pour la tendresse, on repassera. Pas alors qu'elle me rend si fou et que je perds mes moyens. J'ai besoin de reprendre le contrôle de la seule façon que je connaisse : en la prenant, elle.

Hena hoche la tête sans hésitation, toujours coincée entre mon corps et le mur humide.

– Je ne veux pas que tu sois tendre. Je veux que tu me dévores comme l'autre jour.

Je la mets toutefois en garde :

– N'importe qui pourrait nous surprendre.

Aucune peur ne se lit sur son visage. Je n'y vois qu'une faim semblable à la mienne. Depuis que ma queue l'a pénétrée la première fois, je ne pense qu'à une seule chose : recommencer. La posséder et atteindre le paradis entre ses cuisses.

– Dépêche-toi, m'ordonne Hena dans un souffle.

C'est difficile de mettre une capote dans cette position, mais j'y arrive finalement. Je relève un peu plus sa jupe. Je mouille mon index avant d'écarter le tissu de sa lingerie et de la caresser, m'assurant qu'elle soit humide. Le but est de lui donner du plaisir et que ça soit confortable pour elle autant que possible.

Quand je sens qu'elle est prête à me recevoir, je taquine l'entrée de son vagin avec mon gland. J'écarte davantage ses cuisses, la soulève un peu plus et la pénètre d'une poussée longue et profonde. Un gémissement se bloque à l'arrière de ma gorge. Hena tente de fermer les yeux, mais je l'embrasse durement dans le but de la garder parfaitement concentrée sur moi. Ses yeux verts m'observent dans les moindres détails. Elle baisse le regard sur notre point de rencontre et une plainte sort de sa bouche.

– Nasser… plus fort !

L'expression qui tord son visage manque de me faire jouir immédiatement. Je lui obéis et la pénètre un peu plus durement. Son vagin comprime mon érection sur toute sa longueur. Ses muscles se resserrent à chaque passage et tentent de me retenir au fond d'elle. Je plane complètement. La seule chose à laquelle je pense est qu'elle me rend insatiable. Je n'en aurai jamais assez. Jamais.

Ses dents se plantent alors dans mon épaule quand elle sent le plaisir monter.

– Oh, tu me tues ! gémis-je en me collant un peu plus à elle.

J'entends des cris au loin. La foule acclame de nouveaux combattants. Mais je me moque de tout, sauf du feu qui fait rage en moi.

– Pourquoi est-ce que c'est si bon de succomber?

Ma voix sonne comme une plainte.

– Parce que nos corps aiment se battre et entrer en collision, halète-t-elle pour toute réponse.

Je souris et m'enfonce de nouveau en elle.

– Hena Williams. Toi et ton esprit. Toi et ton corps si excitant. Toi et ta répartie qui me donne parfois envie de te tuer.

Je colle ma bouche contre son oreille et la mordille avant de continuer :

– Toi et ton cœur si pur malgré la souillure qui nous entoure. Je crois bien que je te cherchais depuis longtemps. Et je ne vais pas réussir à te laisser t'éloigner.

– On parie? me défie-t-elle avec un sourire.

Elle jouit soudainement autour de moi. Son vagin se contracte follement en rythme et j'explose rapidement. Je ne peux pas m'en empêcher. Hena me fauche comme un raz-de-marée. Elle me terrasse. C'est plus qu'une lutte de pouvoir entre nous. On saute ensemble de la falaise. On profite ensemble de la chute sans jamais penser à notre collision avec le sol.

Quand elle finit par s'écarter, une partie de moi l'accompagne. Peu importe les pas qui nous séparent, je suis toujours avec elle. Et elle reste avec moi. Son odeur est sur ma peau, son cœur, entre mes dix doigts. Je le berce avant de le serrer doucement, au rythme de ses battements.

39

LE SOLEIL N'EST RIEN…

Hena

– OK, doc, j'ai un peu merdé.

Super entrée en matière ! La D^re^ Bomley fait le tour de son bureau avant de remettre en place ses lunettes. Je me laisse tomber sur le canapé et pose mes coudes sur mes genoux.

– Par « un peu merdé », vous entendez « juste merdé » ou « j'ai vraiment merdé, docteure » ?

– Difficile à dire.

– OK, expliquez-moi.

Je m'apprête à ouvrir la bouche, mais reste finalement muette. Après tout, c'est elle qui m'a dit de profiter de la vie, que c'était le meilleur moyen de reconstruire un équilibre. Mon équilibre.

– Ce mec. Nasser.

Elle voit exactement où je veux en venir.

– D'accord, alors on va parler de cet étudiant. Est-ce que vous avez fini par vous entre-tuer ? Non, ne me dites pas si c'est le cas. Je dois conserver un visage professionnel.

– On s'est entre-tués. Avant de coucher ensemble. Aujourd'hui… je peux dire que je le fréquente.

Je pense à ce qu'il s'est passé au Toxic Hell, et au deuxième round, le soir même, dans la voiture de Nasser, avant qu'il ne me raccompagne chez moi.

Iris Bomley lève ses sourcils parfaitement dessinés, surprise par ma réponse. Est-ce que je suis censée me confier sur ma vie sexuelle à ma psy? Si ça se trouve, elle va m'envoyer bouler et demander à sa secrétaire de me boycotter.

– Ce n'est pas fini. Je lui ai dit.

– Qu'est-ce que vous lui avez dit?

J'inspire profondément avant de masser mes paupières fatiguées.

– Je lui ai dit que j'avais été violée à Délivrance. Sans entrer dans les détails.

– Vous lui avez dit pour votre viol, reprend ma psy. D'accord. Et comment vous êtes-vous sentie après cet aveu?

– J'avais… j'avais peur, avoué-je. Mais ça n'a rien changé à sa manière de faire. Il a été très prévenant.

J'ai même ressenti du soulagement, en fait.

– Est-ce que vous ressentez l'envie de vous confier concernant le reste?

Je hausse les épaules, mais secoue la tête. Oui, j'en ai envie, mais je sais surtout que je veux que Nasser se confie à moi à l'avenir. Je sais qu'il cache beaucoup de choses, lui aussi.

Ma psy s'autorise à sourire tout en réfléchissant à un truc qui m'échappe. Elle me fixe comme une mère regarderait sa fille.

– Vous vous sentez comment?

Je ne réfléchis pas longtemps et lui dis le fond de ma pensée.

– Je me sens bien. Étrangement bien. Je me sens libre. Forte.

– Parce que vous l'êtes, Hena. Même si vous devez flancher à nouveau un jour, vous êtes forte. Vous êtes libre. Et vous voulez que je vous avoue un secret?

Ses mots et son soutien me font du bien. C'est beaucoup plus qu'une professionnelle qui s'adresse à une patiente de manière clinique. J'ai l'impression qu'elle est vraiment là pour moi, et ce, depuis qu'elle m'a tendu la main des mois auparavant.

– Dites-moi tout, doc.

– Même si on a essayé de vous faire plier un jour, même si on a essayé de vous briser, vous êtes solide. La seule personne qui pourra dompter votre corps et votre tête, c'est vous-même, Hena.

Nous échangeons un regard tandis que ses mots tournent en boucle dans ma tête. « Vous êtes forte. » Peut-être qu'elle dit vrai. On m'a fait plier. On a tenté de me détruire. Mais je ne me suis pas cassée.

***

Ce soir, c'est Halloween. Et j'ai bien vite compris que c'était un événement particulier dans cette faculté. Une occasion idéale pour faire la fête? Assurément. Mais je crois que quelque chose de plus gros qu'une soirée entre étudiants s'organise. Je n'ai pas eu l'info comme quoi il y aurait des combats au Toxic Hell ce soir.

Le Pr Mozart termine son cours tandis que les étudiants s'impatientent.

– Le suicide collectif est un événement marquant et horrifique qui se remarque dans plusieurs mouvements sectaires.

J'ai beau passer les différents rangs au peigne fin, il n'y a aucune trace de Nasser, et Archi n'est pas là non plus. Qu'est-ce qu'ils organisent? Je tente de me concentrer sur les mots de mon professeur, mais mon attention dévie presque automatiquement sur d'autres sujets. Je ne suis apparemment pas la seule si j'en crois tous les chuchotements qui parcourent les rangs.

– Je vous parle notamment de l'ordre du Temple solaire.

La canne du professeur frappe le sol.

– Je sais que c'est Halloween et que vous avez tous hâte de vous gaver de confiseries, mais il reste cinq minutes de cours, alors tâchez de demeurer silencieux, s'il vous plaît.

Nous nous taisons tous, suspendus à ses lèvres.

– Donc, reprend notre professeur, l'ordre du Temple solaire, connu pour ses meurtres et suicides collectifs, a provoqué la mort de soixante-quatorze victimes. Ce mouvement sectaire avait une idéologie claire et sans issue : ses membres revendiquaient le fait de faire voyager leur âme vers une autre planète par le biais du suicide.

Un mouvement d'effroi nous traverse.

– Plusieurs controverses et théories du complot sont nées à la suite de différents massacres. Certains ont vivement dénoncé le fait que la police a toujours refusé d'enquêter sur la piste d'assassinats alors même que certaines victimes avaient été retrouvées étouffées par des sacs en plastique. Selon certains dénonciateurs, ces suicides collectifs n'auraient été que des mises en scène.

Vingt heures sonnent. Nous commençons tous à nous agiter. Notre professeur fait claquer une nouvelle fois sa canne sur le sol.

– Pour la semaine prochaine, je vous demanderai un travail de réflexion sur les massacres de l'ordre du Temple solaire. Épluchez chaque ressource qui se trouve à votre disposition. Ma question est simple : au regard de votre esprit critique, s'agissait-il de suicides collectifs ou de meurtres collectifs ? J'interrogerai certains d'entre vous au cours d'une présentation orale.

Je note rapidement le devoir à faire, sentant, au fond de moi, que ce week-end va être particulièrement studieux. Puis je quitte l'amphithéâtre au pas de course. J'ai reçu un message de Karl pendant le cours. Il passera la soirée d'Halloween, en bordure de la ville, avec quelques-uns de ses camarades. Quant à moi? Je vais sans doute squatter mon canapé et me nourrir exclusivement d'oursons en guimauve jusqu'à frôler la crise de foie.

Alors que je quitte rapidement les lieux, une silhouette se dresse sur mon chemin.

– Pourquoi est-ce que tu es si pressée?

Je me détends en découvrant qu'il ne s'agit que d'Archi. Il avait trop à faire pour assister au cours, apparemment. Aly se tient dans son dos, distribuant… des cartes? Archi m'en tend une. On dirait une carte de poker, mais revisitée.

– Qu'est-ce que c'est?

Il y a un petit soleil dessus. Juste un foutu soleil.

– Pour la partie de ce soir.

– La partie? Attends, de quel jeu est-ce que tu parles?

– Trouve ta carte complémentaire et elle te guidera.

– Ma quoi?

Mais, déjà, Archi s'éloigne. Aly a disparu de la circulation. Je reste une bonne minute à observer la carte, complètement perdue. Est-ce que je suis censée jouer à une partie de poker géante? Enfin, ce n'est pas du tout ce genre de carte, habituellement. Je la retourne et découvre les mots qui y sont inscrits:

Le soleil n'est rien sans…

Sans quoi? Qu'est-ce que c'est censé vouloir dire? La curiosité me dévorant, je rejoins le parking tout en me creusant les méninges.

Je fronce les sourcils en apercevant une silhouette adossée contre ma portière. Nasser m'attend patiemment, ses doigts tripotant un objet que je parviens difficilement à distinguer. Ses épaules sont moulées dans une vieille veste d'aviateur.

Ses lèvres s'étirent doucement quand il me voit m'approcher.

Enfin, j'aperçois ce qu'il tient. Sa propre carte, et quelque chose me dit que c'est loin d'être un hasard.

– Le soleil n'est rien… commencé-je avec un air conspirateur.

– Sans la lune, termine-t-il en me tendant sa propre carte.

J'observe ses ongles recouverts de vernis noir et la récupère, fixant les mots qui y sont inscrits, juste en dessous du dessin de la lune.

– Donc, tu es ma carte complémentaire. Qu'est-ce que ça signifie, exactement ? T'es censé être mon guide du soir ?

Nasser se redresse et s'écarte de ma voiture. Il s'approche de moi et ses lèvres effleurent les miennes, sans réellement les toucher. J'ai envie de son contact, mais je ne bouge pas, le laissant venir à moi.

– Ça veut dire que, ce soir, nous ne jouons pas l'un contre l'autre, trésor. Nous jouons ensemble, contre les autres.

À quel jeu est-ce qu'on va jouer ?

Mais Nasser s'éloigne déjà vers son propre véhicule, attendant que je le suive. Je n'hésite pas une seconde, intriguée et frustrée au plus haut point. Je suppose que la partie a déjà débuté.

40

… SANS LA LUNE

Hena

Mille et une questions traversent ma tête tandis que je m'installe sur le siège passager. Je n'attends pas que Nasser ait fermé sa portière pour le questionner.

– OK. Alors, qu'est-ce qu'il se passe ?

Il tourne son visage vers moi, ravi de me voir si curieuse.

– Regarde-toi : t'es super excitée, non ?

Je hoche la tête, reconnaissant que c'est le cas. Mon programme du soir était de rester devant un film d'horreur. Savoir que je vais passer la soirée avec Nasser change tous mes plans.

– J'avoue que je suis follement intriguée.

– D'accord, laisse-moi t'expliquer. Mais d'abord…

– Quoi ?

– Il me faut ta bouche parce qu'elle me rend dingue, putain !

Il pose alors une main sur ma nuque et m'attire vers lui. Ses lèvres percutent les miennes et je les possède autant qu'elles m'emprisonnent. Je me laisse conquérir par Nasser, puis je l'envahis à mon tour.

Il se détache de moi, mais garde son visage contre le mien.

– Salut, chuchoté-je.

– Salut, toi.

J'observe les différentes nuances de gris dans ses yeux, puis les longs cils noirs qui les habillent. Lui aussi observe mon visage. Si je ne me détache pas de lui, on va se sauter dessus au milieu du parking.

Même si on a déjà couché ensemble près de la foule, à l'entrepôt? se moque ma conscience.

Je m'écarte et m'éclaircis la gorge, puis je contemple les deux cartes complémentaires.

– Alors, qu'est-ce qu'on fait?

Nasser met le contact avant de m'expliquer le déroulement de la soirée.

– Cette année, Archi et Aly ont décidé d'organiser une fête spéciale pour Halloween sur le principe de la collaboration. Chaque participant récupère une carte et doit trouver l'étudiant qui a la carte complémentaire.

– Est-ce que le fait que tu sois ma carte complémentaire est dû au hasard?

– Absolument pas. Je n'allais pas laisser quelqu'un d'autre s'approcher de ton petit cul.

J'arque un sourcil tout en frappant son épaule.

– Je peux protéger mon cul toute seule.

– J'en doute pas, mais tu auras besoin de moi ce soir. Crois-moi.

Hum. Intéressant.

C'est complètement ridicule, mais ça me plaît. Après tout, j'étais la première à être jalouse en voyant ces femmes l'embrasser après le combat.

– Donc, une fois qu'on a trouvé sa carte complémentaire, on fait quoi? lui demandé-je.

– Une fois que tu as trouvé ton compagnon du soir, le jeu commence. Les règles sont simples.

Nasser s'engage sur la route. Il accélère et passe rapidement les vitesses. Le soleil est presque couché et la circulation est assez fluide ce soir.

– Trois défis sont proposés à chaque duo. Ils doivent les relever selon leur interprétation des règles.

– Mais encore?

– Tourne la carte avec la lune. Les règles y sont inscrites. À nous de les interpréter à notre sauce. Une fois qu'on a réalisé les défis, il faut envoyer la preuve par message à Archi ou à Aly.

Je lui obéis et retourne la carte. Trois phrases y sont inscrites, que je n'ai pas encore lues. J'ai l'impression de prendre part à une énorme chasse au trésor et j'aime beaucoup ça.

– Défi numéro un: prendre de la hauteur. Défi numéro deux: deviens l'ennemi de la loi. Et dernier défi: fais le grand saut. OK, c'est super énigmatique. T'as déjà une idée de comment réaliser le premier?

– Bien entendu. Je t'emmène à l'endroit idéal.

Prendre de la hauteur… Tant qu'on ne s'écrase pas, tout devrait bien se passer.

– Et qu'est-ce qu'on gagne? demandé-je ensuite.

Nasser hausse les épaules alors qu'on quitte le centre-ville. Les immeubles se font plus rares, laissant la place à des zones pavillonnaires. À mesure que le paysage défile, la forêt commence à s'installer entre les demeures éparses et les entrepôts industriels.

– J'sais pas trop, répond finalement Nasser. Des souvenirs, des rires, des peurs.

– Qui aimerait gagner de nouvelles peurs? Je veux gagner de la tune.

– Peut-être que ces défis permettront à tes peurs de disparaître, dit-il de manière énigmatique.

Je n'ai pas le temps de réfléchir à sa réponse que sa voiture s'arrête non loin du parc où il s'est incrusté, l'autre jour, quand je dressais ma carte à main levée. Avant que tout ne dérape, qu'il ne m'embrasse et qu'on ne s'entre-tue presque…

– Donc, pour le premier défi, « prendre de la hauteur », t'as choisi de m'emmener au parc ?

– Bien sûr que non. On va juste laisser la voiture ici histoire de pas me la faire abîmer.

J'observe le cuir parfaitement entretenu dans l'habitacle. OK. Ça se tient. Mais, maintenant, je veux savoir quelles sont les intentions du grand brun à mes côtés.

Nous sortons du véhicule. Sans m'attendre, Nasser commence à s'éloigner.

– Bien sûr, ne m'attends pas, bougonné-je en le suivant. Merci !

– Bouge ton cul.

– C'est si gentiment demandé !

Ses larges épaules s'éloignent déjà. On longe le parc. Je me souviens de ce moment gênant entre Tag et moi. Mon Dieu ! Heureusement qu'il n'est pas ma carte complémentaire ! J'aurais sans doute fini par le tuer avant minuit.

On continue notre marche sur deux ou trois cents mètres. La forêt se fait plus dense. On traverse une colline et on déboule dans un endroit reculé de la ville de Monroe, qui surplombe légèrement le centre-ville. Mais j'ai du mal à me repérer avec la densité des arbres. Il y a quelques maisons abandonnées. Je parie que, le soir, aux alentours de minuit, cet endroit doit être plus que flippant.

– Et si on tombe sur un psychopathe caché entre deux arbres ? demandé-je à Nasser, qui marche devant moi.

– Alors, je te laisse avec lui et je me tire.

Ma bouche s'arrondit de surprise. J'entends son rire au loin.

– Enfoiré !

Finalement, on arrive près d'une vieille supérette abandonnée. J'ignorais qu'il y avait autant de vestiges ici. Je me demande pourquoi les gens se sont tirés. Il y a plusieurs vieux camions et quelques grues un peu plus loin. Les travaux semblent suspendus depuis des années, sans doute par faute de moyens.

Nasser s'avance vers une vieille grue, et je vois sa main se poser sur le métal rouillé. En comprenant ce qu'il s'apprête à faire, je m'immobilise à environ cinq mètres de lui.

– Alors là, hors de question que je monte là-dessus. Ça fait au moins cent mètres.

Il tire sur le métal, testant la solidité de ce dernier. Sauf qu'on dirait que ce truc va s'effondrer.

– Arrête de faire ta *drama queen*, Hena. Il y a à peine dix mètres.

– Dix mètres sur du métal rouillé qui menace de se rompre sous notre poids ? Bravo, Hell ! Tu remportes la palme du plus débile.

Je l'entends pousser un soupir. Il tire un peu plus sur le métal. Apparemment satisfait, il pose son pied sur l'un des barreaux et commence à grimper. Je suis victime d'un gage ? Ça se passe comment ?

– Pardon, mais tu ne peux pas faire comme n'importe quel mec un minimum mignon ? C'est-à-dire m'emmener en haut d'une colline, bien au chaud dans ta voiture ?

Je l'entends pousser plusieurs jurons exaspérés.

– Arrête un peu. Hors de question que j'emmène ma caisse dans un endroit pourri.

– Ils nous mentent donc dans les livres, continué-je. Les héroïnes ont droit à une colline avec un coucher de soleil, alors que, moi, j'ai droit à une grue miteuse qui va me faire choper le tétanos.

Je l'entends rigoler doucement, puis il continue de grimper. Il a déjà escaladé environ un tiers de la grue quand il s'immobilise pour m'observer.

– Arrête de parler et rejoins-moi. Le but est de dépasser tes peurs. Et, si j'en crois la peur que je vois sur ton visage à la simple pensée de grimper…

– Je n'ai pas peur du vide ! m'exclamé-je.

J'évalue plus attentivement le haut de la grue et la distance qui le sépare du sol.

– Bon, OK, j'avoue, j'ai peur du vide. Mais encore plus quand tu veux me faire monter sur ce truc.

– Je suis déjà monté ici des dizaines de fois, arrête de faire ta gamine !

Qui voudrait grimper là-dessus ?

Et je ne suis ni une *drama queen* ni une enfant. Je ne suis pas une putain de froussarde, mais quand même ! Je me doutais que son caractère d'enfoiré allait revenir au galop.

Nasser détache une main pour se recoiffer comme si tout allait bien, comme si sa vie n'était pas en jeu.

– Waouh ! Mais quel gangster !

Ma moquerie le fait sourire, dévoilant des dents parfaitement alignées. Je tourne sur moi-même. Soit je repars par là où je suis arrivée – mais je suis presque sûre de me perdre et je n'ai clairement pas envie de redescendre seule de la colline –, soit… soit je suis Nasser.

– Bon… quand faut y aller…

– Qu'est-ce que t'as dit ? crie Nasser.

– Je réfléchissais à la meilleure manière de te faire souffrir.

Je m'approche de la grue et pose mes deux mains dessus. Je serre les doigts. Je suis secrètement soulagée de sentir un métal vraiment solide sous ma prise. Bon, si Nasser a pu le faire, je peux le faire aussi.

Je commence à grimper sur la grue sans jamais jeter le moindre coup d'œil vers le sol.

– Quand je te disais que j'avais l'impression de sauter d'une falaise à tes côtés, ce n'est pas ce que je sous-entendais.

Lui parler m'aide à me concentrer sur autre chose que sur les fourmillements dans mes jambes.

– Je croyais qu'on était d'accord sur le fait de profiter de notre chute avant de nous écraser au sol ? reprend Nasser, au-dessus de moi.

Je lève la tête. J'ai une vue parfaite sur ses jambes musclées et ses fesses contractées. Finalement, il grimpe sur la plateforme de la grue et s'assied dessus naturellement, ses jambes pendant dans le vide. Il se penche vers moi pour s'assurer que tout va bien. Le vent fait voler mes cheveux tout autour de mon visage.

– T'es toujours en vie ?

– À peine.

Il se penche un peu plus, observant le moindre de mes gestes. Il n'a vraiment pas le vertige !

– T'es presque arrivée. On peut s'asseoir sereinement en haut. Encore un petit effort.

– Si je tombe, Karl va te retrouver et te massacrer.

– Tu ne tomberas pas.

– Mais si je tombe…

– Tu ne tomberas pas. Regarde-moi.

Je lève les yeux vers lui, mes mains solidement accrochées au métal.

– Plus que deux mètres. Pousse sur tes cuisses sans regarder en bas.

« Pousse sur tes cuisses. » Je vais surtout le pousser dans le vide, oui ! Après un temps interminable, je sens que j'arrive à la partie stable de la grue. Nasser est toujours penché dans ma direction. Ses mains viennent se placer sous mes aisselles afin de m'aider. Je le laisse me tirer jusqu'à lui, les poumons en feu. Je finis par m'asseoir à ses côtés, les jambes dans le vide. J'ai l'impression que chacun de mes muscles est ankylosé.

– Mon Dieu ! soufflé-je en posant mes mains de part et d'autre de mes cuisses pour me stabiliser. Je suis assise sur une foutue grue.

– Lève la tête et regarde l'horizon.

Au point où j'en suis… Je lève les yeux et les écarquille en découvrant le paysage qui s'étend autour de nous. Le soleil est presque couché, mais quelques rayons résistent, tentant le plus possible de rester encore un peu. De l'autre côté, la lune se lève, pressée de prendre sa place dans le ciel. On voit le haut des immeubles d'ici. La ville de Monroe s'étale devant nous, illuminée de toutes parts.

– Waouh ! murmuré-je, émerveillée par ce panorama

– C'est beau, pas vrai ?

– Je dois bien avouer que c'est incroyable.

Il renifle avec arrogance, puis sort son portable avant de prendre une photo de la vue et de l'envoyer à Archi.

– Mais comment on va redescendre ?

Je commence déjà à paniquer.

– Arrête de penser à l'avenir, Hena. Savoure le moment présent.

Le vent s'infiltre sous mon pull et un frisson remonte le long de mon épine dorsale. Heureusement que Nasser est assis près de moi ! La chaleur qui se dégage de son corps m'enveloppe et je la savoure avidement. Je me repasse mentalement ses précédents mots.

– T'as dit que tu venais ici ? Pour quoi faire ?

– Pour la vue.

Sa réponse est sortie rapidement, mais je sens qu'il y a autre chose. Je ne veux pas paraître intrusive et patiente donc, observant la nuit s'installer. Le ciel est bien dégagé, ce soir, nous donnant tout le loisir d'observer ses nuances.

– Et aussi pour… pour décompresser. Fuir la réalité, je suppose.

Je le regarde. Ses yeux sont posés sur la ville de Monroe.

– Fuir la réalité, je connais ça.

Il inspire brusquement, puis pose ses mains sur ses cuisses.

– Quand mon père et mon grand frère sont tombés pour un braquage qui a mal tourné, il y a quatre ans, je me suis retrouvé seul dans une maison qui n'en était plus une depuis des années. Et la banque voulait que les crédits soient remboursés. Beaucoup de crédits. Je me suis tiré pour payer leurs dettes et éviter de finir dans un foyer. Ensuite, j'ai longuement zoné dans les rues de Monroe.

En apprendre enfin sur son passé me fait perdre la parole. Son histoire est compliquée. Cela a dû être difficile à vivre. Un père et un frère en prison pour braquage? Nasser, qui finit à la rue?

– J'ai fini par découvrir cet endroit, laissé à l'abandon depuis bien longtemps. Depuis ce point d'observation, tu peux voir à quel point la ville de Monroe est belle de loin. Mais, en réalité, elle est loin d'être si belle. D'ici, on ne peut pas voir les jeunes aussi perdus que je l'étais, qui peuplent les rues sans avoir d'endroit où dormir. D'ici, tu ne vois pas tous ces pourris qui la dirigent. Tu ne vois que la lumière, qui t'éblouit, alors qu'il y a tellement, tellement d'ombres juste derrière.

J'observe les quelques hautes tours qui se dressent au loin, tentant d'imaginer ce qu'a dû vivre Nasser. Beaucoup de choses s'expliquent – son comportement, sa personnalité… J'ai envie de me coller à lui, de mouler mon corps contre le sien et de lui dire que je comprends.

– Tu as rencontré Archi lorsque tu étais à la rue?

Nasser secoue la tête.

– Je commençais déjà à me servir de mes poings pour m'en sortir. Les premières pierres de mon royaume étaient fixées. Et puis je suis tombé sur lui. Et j'ai finalement intégré la fac cette année.

Bien sûr que Nasser s'est construit un royaume ! Un domaine infranchissable où personne ne pourrait l'atteindre. Mais surtout pour se protéger face aux coups que peut nous porter la vie.

– Donc, continué-je doucement, ton frère et ton père sont en prison ?

Il hoche sa tête, puis ne dit rien pendant de longues minutes, se demandant, sans doute, s'il doit se confier ou non. Je ne le force pas. Je sais à quel point c'est difficile de se livrer sur sa propre vie, sur ses traumatismes. Finalement, il poursuit d'une voix calme mais profonde.

– Mon père n'a pas toujours traîné dans les mauvaises affaires. En fait, c'était un chouette père… avant. Il a rencontré ma mère, qui venait d'Algérie. Mais elle est morte. Tout s'est écroulé. Il s'est entouré des mauvaises personnes, et mon grand frère l'a rejoint dans ses magouilles. Un braquage a mal tourné. Un type a été tué.

– Mon Dieu !

– Ouais. Mon frère est sorti cette semaine et il est de retour en ville.

La sortie de prison de son frère ne semble pas du tout ravir Nasser. Au contraire, il se tend un peu plus à mes côtés. C'est un sujet douloureux pour lui. Il garde un visage imperturbable, mais je vois la douleur traverser ses yeux. Son armure se craquelle par endroits. Lui aussi, il a des blessures. Lui aussi, il traîne des bagages.

Je reporte mon attention sur la ville.

– On a tous des fêlures. Mais, tu sais, certaines sont utiles. Elles permettent de laisser entrer la lumière[1].

J'ignore s'il m'a véritablement entendue. La seconde suivante, ses doigts effleurent les miens. Je l'ai écouté. Et il m'a entendue.

1. Référence à la citation de Michel Audiard : « Heureux soient les fêlés, car ils laisseront passer la lumière. »

Aucun bruit de la ville ne nous parvient. Il n'y a que l'écho de nos pensées. Il n'y a que l'infinité du moment présent.

Dix minutes plus tard, Nasser atterrit sur le sol, ses pieds frappant la boue séchée. Il vient de sauter le dernier mètre.

– Espèce de frimeur, marmonné-je avant de poser les pieds sur la terre ferme à mon tour.

Ma descente était nettement moins spectaculaire que la sienne. Il me fait un sourire victorieux, puis s'adosse contre la grue et m'observe étirer mes bras.

Bon, j'ai survécu à la descente de la grue démoniaque.

– Que disait le deuxième défi, déjà? lui demandé-je en époussetant mon jean.

– Devenir l'ennemi de la loi.

– Est-ce qu'on est censés voler quelqu'un?

– On pourrait, mais pas que. On va s'amuser.

Son idée n'est effectivement pas si mauvaise que ça. On arrive, après cinq minutes de marche à longer une route, près d'une sorte de terrain vague, derrière le parc. Au loin, je vois plusieurs caravanes, regroupées sur une vaste étendue d'herbe. Il y en a environ une dizaine. Des guirlandes lumineuses les relient les unes aux autres. Au centre, une soirée bat son plein. Nasser emmêle alors ses doigts aux miens et me tire à sa suite.

Plusieurs personnes passent près de nous. Leur style particulier et franchement cool m'interpelle. La plupart sont habillés avec de larges tenues fleuries et leurs cheveux sont retenus avec des bandeaux.

– Des hippies! m'exclamé-je.

Personne ne semble remarquer notre présence. La plupart dansent entre eux, au centre du terrain. Un type avec un chapeau de paille est en train de jouer de la guitare tout en fumant un joint. D'autres personnes sont assises en rang à même le sol et picolent grassement. Je m'immobilise en découvrant deux jeunes en train de se déshabiller tout en se frottant l'un contre l'autre.

La plupart des gens ont l'air dans un état second. Ils paraissent heureux, dans un autre monde. Mais ce rassemblement ne semble pas très légal, vu ce qui circule à tour de bras.

Nasser lâche ma main et commence à s'éloigner tout en me demandant de rester là et d'observer.

– Deviens ennemie de la loi, me rappelle-t-il.

Je le regarde passer près d'un type et tirer discrètement son briquet de sa poche arrière. Nasser s'éloigne après ce vol, puis se tourne vers moi, debout au milieu de la foule. Son regard m'incite à commettre les mêmes infractions que lui.

Je me prête au jeu. Je m'avance vers l'attroupement, bougeant en rythme sur les notes de la guitare. On dirait un vieux morceau de rock psychédélique. Je ne regarde personne, aucune victime potentielle, si ce n'est Nasser, que je retiens captif de mon regard. Mon cœur bat rapidement. Trop rapidement.

Boom. Boom. Boom!

Il explose et je m'embrase face à la chaleur et aux promesses contenues dans les yeux de Nasser. Je danse doucement, me mélangeant aux autres fêtards. J'inhale une fumée inconnue qui plane dans l'air et je ferme les yeux tout en me détendant. Mes hanches ondulent, mes bras se lèvent au-dessus de ma tête.

Je sens alors une silhouette qui se colle dans mon dos. Un inconnu se frotte à moi. J'ouvre les yeux et remarque que Nasser nous regarde. Les poings serrés, il me scrute sans intervenir. Il veut bouger. Il veut me rejoindre et me toucher. Mais un regard de ma part l'en empêche. Je veux qu'il observe et devienne fou de cette distance entre nous.

Mes fesses se frottent toujours contre l'inconnu. Une odeur de sueur et de fumée émane de lui. Mes mains glissent dans mon dos et j'effleure son ventre. Le type se frotte un peu plus contre moi. Je pivote vers lui et continue mon manège tandis que mes doigts fondent dans la poche arrière de son jean.

Deviens ennemie de la loi. Bingo!

Je sors le téléphone de l'inconnu avec précaution et le range dans ma propre poche. Ne dansant que pour Nasser, je me retourne vers lui et capte à nouveau son regard. Il sourit devant mon petit manège.

J'ignore le danseur et je m'éloigne, mon vol accompli. Le type ne remarque pas vraiment mon départ, planant complètement à cause de la substance qu'il a dû inhaler.

Nasser se tient toujours à quelques mètres de là et m'observe venir jusqu'à lui. Je lève le portable devant son visage.

– Deviens l'ennemi de la loi. J'espère que tu as pris en photo mon infraction.

Il n'a pas le temps de me répondre que nous entendons des sirènes au loin. Le musicien arrête de jouer de la guitare et se lève brusquement. Les fêtards prennent peur. Certains se rhabillent, d'autres se bousculent. Je vois des sachets de poudre blanche tomber sur le sol.

C'est pas vrai!

Nasser agrippe ma main et s'élance dans la direction opposée. Je vois des agents de police pénétrer dans les lieux. Armés de lampes torches, ils tentent d'immobiliser certains fuyards pour les contrôler.

– Vous êtes sur une propriété privée, hurle l'un des flics. Merde, je sens l'odeur de l'herbe d'ici! Coffrez-les!

Nous traversons le lieu de débauche désormais en pleine panique. Il faut qu'on se barre d'ici avant de nous retrouver dans un sacré merdier. Nasser s'immobilise brusquement tandis qu'un agent nous interpelle. Je relâche ses doigts tout en haletant. Ça y est, on est cuits ! Je nous vois déjà enfermés au commissariat pour le restant de la soirée.

Les yeux gris de Nasser se plantent alors dans les miens. Je n'y trouve pas de la peur. Je n'y vois que du défi et une soif d'aventure.

– L'ennemi de la loi, me rappelle-t-il.

– Vous ! Restez là ! hurle un agent en courant vers nous.

Nasser me tend une nouvelle fois sa main et je l'agrippe. Et nous nous mettons à courir. On fuit aussi vite que possible. Mon souffle est court, mes jambes sont douloureuses et mes poumons me brûlent alors que l'agent est toujours sur nos talons.

Un rire me traverse tandis que Nasser se met à courir encore plus vite. Pourtant, la situation n'est vraiment pas drôle. Je devrais prendre peur et tuer Nasser pour m'avoir emmenée ici. Mais la seule chose que je fais, c'est sourire. Mes joues s'étirent tellement qu'elles me font mal.

– Plus vite ! m'ordonne Nasser.

Je l'écoute et force sur mes jambes, qui sont à deux doigts de flancher. Le flic hurle dans notre dos et la peur m'envahit – l'adrénaline aussi. Un sentiment euphorisant qui me donne l'impression d'être vivante comme jamais je ne l'ai été de ma vie.

Je dérape, mais je n'ai pas le temps de tomber que Nasser me relève.

– Je te tiens.

Nous reprenons notre course. Les cris du flic s'amenuisent et, finalement, on parvient à le semer. On rejoint la voiture une minute plus tard. L'adrénaline parcourt toujours mon corps tandis que Nasser met le contact et qu'on s'élance sur le chemin du retour. Je ne pense qu'à une seule chose : notre dernier défi.

– Prête pour le grand frisson ? me demande Nasser en se tournant vers moi.

J'ai peur, mais j'ai hâte. Alors, je hoche la tête et sa voiture émet un vrombissement.

Il faut faire le grand saut. C'est l'heure.

41

LA LIBERTÉ DE CHOISIR

Hena

Nasser immobilise sa voiture devant l'entrepôt qui abrite le Toxic Hell. Vu les voitures et les motos garées, je comprends que l'endroit est plein malgré l'absence du patron. Je devine qu'Archi est là et que c'est le lieu de rassemblement pour la fin de soirée. Notre course s'achève donc ici.

– Mais nous n'avons même pas fait le grand saut, lui fais-je alors remarquer.

J'ai réfléchi, durant le retour, à comment interpréter cette phrase. Honnêtement, à part sauter de la grue, je ne vois pas ce que l'on aurait pu faire. Ça peut vouloir dire tout et n'importe quoi.

Nasser reste silencieux derrière son volant. Puis il se tourne vers moi, un sourire joueur sur les lèvres.

– Mais la soirée n'est pas terminée, trésor. Elle ne fait que commencer.

Il descend du véhicule et j'en fais de même. Il me jette un dernier regard énigmatique, puis se dirige vers l'entrée du Toxic

Hell. Je prends mon temps pour respirer l'air frais, juste quelques secondes.

Plus Nasser s'éloigne, et plus j'ai l'impression qu'il redevient insaisissable. Il disparaît pour redevenir Hell, le roi de ce royaume rempli de vices. J'entends la foule hurler et je vois les gens s'écarter tandis qu'il pénètre dans sa tanière. Mais il s'arrête sur le seuil, attendant que je vienne à lui. J'observe ses yeux inquiets face à l'écart qui nous sépare. Il ne rentrera pas sans moi. Je me suis trompée. C'est toujours Nasser. Mon Nasser.

J'inspire une dernière bouffée d'air et me sens enfin prête pour la suite. J'avance prudemment dans sa direction, ignorant tous les regards qui se posent sur moi. Alors que je vais l'atteindre, il passe le seuil et se mêle à la foule en ébullition. Contrairement à tout à l'heure, il ne s'agit plus de joueurs de guitare et de hippies.

Le rap résonne dans les nombreux haut-parleurs. Les gens sont collés les uns aux autres. Ils hurlent, tournoient sur eux-mêmes. Plus loin, les cris sont encore plus forts. Un combat clandestin a lieu sur le ring du Toxic Hell. Mais Nasser ne s'en préoccupe pas. Il se tourne vers moi et indique du menton l'escalier en métal menant à la mezzanine. La faim que je vois sur son visage appelle la mienne.

Je ne vois que lui. Je ne pense qu'à sa peau contre la mienne. Il grimpe l'escalier et je le suis.

Une fois arrivée en haut, je veux m'approcher de lui, mais il fait un pas en arrière, la tête penchée sur le côté. Il passe une main dans sa barbe noire.

– Tu as confiance en moi? me demande-t-il de but en blanc.

Sa voix claque par-dessus le brouhaha en contrebas. Je hoche la tête. Il s'approche au bord de la mezzanine, surplombant le vide. Mon cœur s'emballe.

– Je veux que tu le dises à voix haute.

– Oui, j'ai confiance en toi! m'exclamé-je avec force.

– Deuxième question : as-tu confiance en toi, Hena ?

J'hésite à répondre, puis je réalise que oui… Oui, je me refais confiance. Totalement. J'ai récupéré mon corps, ma tête, et je les maîtrise tous les deux. Alors, j'acquiesce encore.

– Alors, je veux que tu sautes, annonce Nasser.

Mon cerveau se déconnecte. Je ne suis pas sûre d'avoir bien compris. Mais, en réalité, si, j'ai très bien saisi ses propos.

Faire le grand saut.

Une partie de moi veut reculer. Mais l'autre partie est intriguée depuis des semaines, depuis que Nasser a tenté de me pousser dans le vide. J'ai du mal à me concentrer tellement mes pensées se bousculent.

– Je vais m'écraser sur le sol, rétorqué-je, peu assurée.

– Mais tu profiteras de la chute. Et l'impact n'en sera que meilleur. Fais taire ta raison. Brise les chaînes qui te retiennent. Écoute ta liberté. Qu'est-ce qu'elle te murmure de faire ?

La panique afflue en moi en même temps qu'une affreuse poussée d'adrénaline. Je sais que Nasser ne me forcera jamais et qu'il me suffit de faire demi-tour.

Mais il me teste.

Et je me teste moi-même. Je veux repousser mes propres limites. Mes propres peurs.

– Si j'entre en collision avec le sol, est-ce que tu t'écraseras avec moi ?

Je lui ai déjà posé cette question, et sa réponse reste inchangée.

– Oui.

La foule te rattrapera, murmure une voix au fond de moi.

Je le sais. Je m'approche du bord, observant toutes ces personnes en contrebas. Elles nous remarquent et nous acclament. Des bras se lèvent, des hurlements se font entendre. La foule est prête. Je sais que Nasser a déjà sauté. Et la foule l'a toujours rattrapé.

Plus j'observe ces gens qui m'attendent, et plus l'hésitation me quitte. Je parcours longuement les visages à la recherche de traits connus. Je croise le regard de Tag. Il me fixe sans discrétion, la mine perplexe. Plus loin se tient mon frère. Aux côtés d'une jolie jeune femme, il m'observe, choqué. Archi est près d'eux, un grand sourire sur le visage. Il est persuadé que je ne sauterai pas.

– Saute ! hurlent certaines personnes.

– Pousse-la ! crient d'autres gens.

– Sympa, murmuré-je en comprenant à quel point ils sont à la recherche de spectacle.

– Tu es libre, répète Nasser, qui se tient désormais dans mon dos. Libre de sauter. Libre de ne pas faire le grand saut. Il n'y a que toi pour décider, trésor. Quelle liberté choisis-tu ?

Je lui fais face. Le vide est derrière moi. J'affronte son regard. J'inspire profondément sans penser à autre chose. Je suis libre. Le feu fait rage en moi. Je suis forte et indomptable. Alors, je me laisse tomber en arrière, sous son regard complice.

Un cri sort de ma bouche. Mon cœur loupe plusieurs battements. Et alors que je pensais me briser chaque membre, mon corps est rapidement réceptionné par plusieurs bras tendus. Des mains me saisissent et on me maintient en l'air, tel un trophée. Toute la foule s'enflamme et crie victoire.

Un rire incrédule m'échappe. Ma poitrine se gonfle brusquement. En haut, Nasser se tient penché vers moi. Un sourire fier illumine son visage. Et, sans plus attendre, il saute. La foule, toujours en délire, le réceptionne.

Une sensation que je n'ai jamais ressentie me parcourt. Le temps de la chute, j'ai eu l'impression de mourir et de revenir à la vie. Je n'ai jamais autant savouré mes bouffées d'oxygène que celles qui remplissent actuellement mes poumons. Je me sens vivante.

La foule nous soulève tout en nous acclamant. Les doigts de

Nasser effleurent les miens. Enfin, mes pieds se posent sur le sol, mais mon corps tremble. Nasser n'attend pas et vient me prendre dans ses bras. Les corps d'inconnus forment un cercle autour de nous.

– Tu l'as fait! s'exclame-t-il.

Je l'ai fait.

Il colle sa bouche à la mienne et j'enroule mes bras derrière sa nuque, complètement droguée par la vie qui me parcourt.

42

RÉPONDRE À LA PROVOCATION

Nasser

Elle a sauté. Hena a écouté la petite voix dans sa tête. Elle s'est fait confiance. Elle a affronté mon regard et a eu les couilles de se jeter dans le vide.

Je la serre un peu plus contre mon corps, sa silhouette s'imbriquant parfaitement dans la mienne bien qu'elle soit beaucoup plus petite. Je n'ai qu'une envie : la dévorer. J'ai contenu ma faim toute la soirée, mais c'est terminé. Le jeu est fini, et je me moque de savoir qui est le gagnant parmi les étudiants.

Je la veux atrocement. Ça me fait mal tant j'ai besoin d'elle. Parce que, oui, j'ai besoin d'elle. Mes mains parcourent son dos et finissent par s'immobiliser sur ses hanches. Je voudrais que la foule disparaisse pour que je puisse la prendre à même le sol. Mais les gens sont là, et je ne la partagerai pas.

Alors que je m'apprête à la tirer une nouvelle fois vers l'escalier donnant sur la mezzanine, j'entends Archi hurler mon prénom dans mon dos.

Son ton ne me plaît pas. Je redresse la tête, aux aguets. Son air rageur m'inquiète.

– Ton frère ! hurle-t-il.

Malgré le brouhaha ambiant, j'ai parfaitement compris ce qu'il vient de dire. Mes membres se figent et je regarde dans tous les sens en relâchant Hena.

– Qu'est-ce qu'il se passe ? me demande-t-elle alors avec perplexité.

Mais je l'ignore. Ma colère prend le dessus. J'ai dit à MG de ne pas revenir. Mais, bien sûr, il est là quand même. Je vais l'anéantir.

Archi s'approche de nous. Je remarque la panique qu'il tente de me cacher. Il connaît mon frère. Il sait à quel point MG est un enfoiré.

– Ton frère est là.

– Reste avec elle, lui ordonné-je.

– Rester avec qui ? demande Hena en tentant de m'attraper le bras. Et… ton frère ?

C'est à cet instant que je le vois. Mon grand frère. L'homme que j'adulais étant gosse, avant de le détester à l'adolescence.

Debout au centre de *mon* ring, il pointe un doigt dans ma direction. Il me défie directement devant tout le monde. Les billets pleuvent. Les gens viennent de trouver leurs deux nouveaux adversaires.

MG scande mon nom et la foule le suit. Mais je vois la moquerie et le dédain qui s'échappent de ses paroles et de ses gestes. Sa large poitrine est moulée dans un débardeur. Il passe une main sur son crâne rasé tout en m'observant narquoisement.

Hena comprend bien vite la situation en observant nos regards meurtriers.

– N'entre pas dans son jeu, m'ordonne-t-elle.

Mais je suis déjà en train de foncer. Elle me suit.

– Choisis la liberté, me supplie-t-elle. Ne reste pas enchaîné à ce passé qui tente de te détruire. Brise tes liens, Nasser. Choisis la liberté plutôt que ce combat.

J'écarte doucement sa main. Elle ne comprend pas. Ou, du moins, c'est moi qui choisis de ne pas comprendre.

– Je ne serai libre que lorsque je l'aurai forcé à quitter ma vie, soufflé-je.

Puis je m'éloigne d'elle et m'approche de celui qui a, un jour, été mon frère. Je grimpe sur le ring, comme je l'ai fait des dizaines de fois. Mais je ne suis pas là pour le spectacle. Je ne suis pas là pour l'argent. Je suis là pour revendiquer mon territoire et faire comprendre à mon frère que je ne serai jamais à sa botte.

Je sais qu'Hena s'est approchée du ring au lieu de rester à l'écart, mais Archi est près d'elle. Rien ne peut lui arriver.

Je me redresse de toute ma hauteur et affronte ce regard gris si semblable au mien. Combien de fois MG s'est-il défoulé sur moi à la suite d'une dispute avec mon père ? Combien de fois m'a-t-il humilié dans le seul but de me faire passer pour le fils raté ?

– Salut, petit frère, me lance-t-il en souriant de toutes ses dents.

– Tu n'aurais jamais dû revenir ici.

Ma voix est calme, alors même qu'une tempête fait rage en moi.

– J'ai décidé de te donner une petite leçon. Histoire que tu te rappelles qu'ici, tu es et resteras toujours ma petite chienne.

Son insulte ne m'atteint pas. Il cherche à me mettre hors de moi, mais je le suis déjà.

– Tu aurais dû choisir de suivre nos ordres, reprend-il en commençant à sautiller sur place. Maintenant, je vais devoir te mettre une raclée comme tu les aimais tant avant. Souviens-toi.

Je fais rouler mes épaules et me mets à tourner autour de lui, un petit sourire aux lèvres. Il n'est qu'un corps puissant qui croit que sa principale force, lors d'un combat, réside dans le poids de ses muscles. J'observe les mouvements et la position de ses jambes. Lamentable !

Il joue des muscles, croyant m'impressionner.

– Alors ? Attaque !

Son ordre claque et la foule rugit. Ils veulent du sang alors même qu'ils ignorent les liens qui nous unissent.

– Si tu quittes cet endroit, je te laisse tranquille. C'est mon dernier avertissement.

Un rire moqueur lui échappe. Pour toute réponse, il s'abat sur moi. Comme je le disais, il est large et lourd, mais ce n'est qu'une masse de chair sans aucun entraînement précis. Il a appris à frapper comme un bourrin pour écraser ses ennemis. Moi, je les fais s'agenouiller. Je les fais plier dans les règles de l'art de l'humiliation publique.

J'esquive ses poings aisément.

– Tu es venu te donner en spectacle, craché-je. Laisse-moi te montrer mon numéro.

La foule veut du sang ? Elle va en avoir. Alors que MG tente de m'attraper entre ses larges mains, je me glisse sur le côté et abats mon coude à l'arrière de sa nuque. Il perd l'équilibre, mais essaie de se tourner vers moi pour m'attraper. Je me suis déjà reculé. S'il m'attrape, il frappera fort dans l'espoir de me briser. Mon but est de le fatiguer, de le déstabiliser.

Il se redresse et un hurlement rageur sort de sa bouche. Il pensait m'épingler facilement, aussi facilement que par le passé. Or, la nouvelle réalité ne lui plaît pas. Alors, pour le rendre encore plus fou, je lui adresse un sourire d'enfoiré.

– Allez, *petite chienne*, montre-moi comment tu mords.

Je lui balance au visage sa propre insulte. Ses yeux sont noirs, si noirs… On dirait notre père. Il me saute une nouvelle fois dessus. J'évite son premier poing, mais pas le deuxième, qui percute durement ma mâchoire. La foule rugit. Je laisse croire à mon frère qu'il a le dessus, alors qu'en vérité, je ne fais que me donner en spectacle. Je relève ma garde, plaçant mes deux avant-bras devant mon visage.

Un sourire victorieux déforme déjà le visage de mon frère tandis qu'il enchaîne les coups et que je les encaisse sans broncher. J'entends la voix d'Hena par-dessus les cris. Elle hurle mon nom, inquiète malgré sa connaissance de mon fonctionnement.

Mon frère frappe sans jamais véritablement me blesser. Et ses coups le fatiguent. Le véritable jeu peut commencer. Je me décale et MG tape dans le vide. Tandis qu'il se redresse difficilement, je me replace face à lui et lui fais un clin d'œil. Puis j'envoie brusquement ma tête directement dans la sienne. Mon front percute son nez, et un bruit parfaitement reconnaissable se fait entendre. Il étouffe un cri.

Je me recule quand il vacille. Je sautille sur place. Mon nom est sur la plupart des lèvres. Le show commence. Mon frère se redresse et crache du sang à mes pieds.

– Tu as toujours eu du mal à respecter tes aînés, articule-t-il difficilement.

Il veut vraiment me terminer. Mais, le prenant au dépourvu, je ne m'éloigne pas cette fois. Je m'avance soudainement vers lui et envoie un direct dans son nez déjà brisé, puis je me glisse dans son dos. Je ne perds pas mon temps en menaces inutiles et décide de lui porter le coup fatal. Mon genou se lève et je frappe directement l'arrière de sa cuisse.

MG s'effondre à genoux. J'enroule alors mon bras autour de sa gorge et le tire en arrière. Prise d'étranglement. Elle ne lui laisse aucune échappatoire.

Mais mon but n'est pas de le tuer. Je ne suis pas un criminel, et surtout je n'insulterai jamais la mémoire de notre mère de cette façon. Je lui montre simplement qu'ici, c'est mon terrain de jeu. Mon territoire. Mon royaume.

Je me penche à son oreille en continuant d'exercer une pression sur sa gorge.

– Tu as voulu du spectacle, tu l'as eu. En mémoire de notre mère, je n'irai pas plus loin dans ta punition, MG. Alors, je vais te relâcher et tu vas repartir d'où tu viens.

Il tente de s'écarter de moi et de se redresser, mais ma prise est trop solide. Soudainement, je le relâche. Toujours à genoux, il essaie de reprendre son souffle.

La foule veut plus de sang, mais je l'ignore. Je jette un dernier regard plein de pitié à mon frère, puis je lui tourne le dos. Je cherche une tête blonde parmi les gens et me calme en la trouvant au bord du ring. Je m'apprête à le quitter quand la bouche d'Hena s'ouvre en grand :

– Derrière toi !

Instinctivement, je me tourne en m'écartant d'un bond. La lame du couteau qui devait entrer profondément dans mon dos ne fait qu'effleurer mes côtes. Une douleur lancinante me traverse tandis que je me retiens difficilement aux cordes du ring.

Fier de sa lâcheté, mon frère observe le sang imbiber mon vêtement.

– Tu viens de te faire un nouvel ennemi, petit frère.

Et il quitte le ring sous les hurlements de la foule. Certains sont avides du spectacle, d'autres crient d'effroi. Archi tente de le suivre, mais MG a déjà disparu. Je presse ma blessure et m'autorise à pousser une exclamation de douleur. Je suis un tricheur, mais il reste un lâche. Il remporte cette victoire avec un comportement indigne.

43

I GOT YOU IN THE DARK

Hena

J'effleure le menton de Nasser. Il tressaille à mon contact.

– Tu vas avoir une cicatrice. Ton frère ne t'a vraiment pas loupé.

Il se contente de hausser les épaules avant d'appliquer une compresse sur la plaie au niveau de ses côtes.

– Qu'il crève, crache-t-il.

J'inspire brusquement. Je me tiens debout devant lui tandis qu'il est assis sur le canapé de son salon. Une heure s'est écoulée depuis la fin de son combat. La foule a quitté l'entrepôt depuis peu.

J'observe ses gestes précis pendant qu'il termine son pansement. Sa peau est parsemée de cicatrices ici et là. Un peu comme moi. Alors que je repense à ses mots, la tristesse s'abat sur moi. Je sais que son frère est une ordure, mais l'entendre souhaiter sa mort me fait de la peine. Surtout pour Nasser. Il en faut beaucoup, dans une vie, pour finir par détester son frère.

– Pourquoi cet air choqué ? On n'a pas tous la chance d'aimer son frère.

Je reste silencieuse, comprenant son point de vue. J'ai du mal à imaginer qu'on puisse détester son frère à ce point, d'autant que la relation que j'ai avec le mien est si importante à mes yeux. Mais nous n'avons pas la même histoire, Nasser et moi, et je ne peux qu'essayer de me mettre à sa place.

– Ouais, tu as raison, dis-je finalement.

Il secoue la tête pour écarter une mèche trempée de sueur de son front. Par réflexe, je la place derrière son oreille. Mon geste semble lui plaire. Il termine sa tâche, puis attend patiemment alors que je me tiens entre ses cuisses écartées. Mes mains se posent sur ses épaules et j'enfonce le bout de mes doigts dans ses muscles noués pour essayer de les détendre.

– Oh, bordel ! souffle-t-il en laissant tomber sa tête en avant. Continue.

Son front se pose contre mon ventre tandis que je lui masse les épaules, les dénouant du mieux que je le peux. Cette soirée avait si bien commencé ! Je me sentais bien, en paix avec moi-même. Je me sentais libre, et je sais que Nasser ressentait la même chose. Et voilà que son frère est venu tout gâcher.

Mais je n'ai pas envie de rester sur cette note toxique. Pas alors que le reste de la soirée était si excitant.

– On a réalisé les trois défis, lui rappelé-je.

– Désolé de te décevoir, trésor, mais je n'ai pas envoyé les photos à temps.

– Mais c'est une victoire personnelle, juste pour nous. J'ai dépassé mes peurs ce soir.

Il lève son visage et plante son regard dans le mien, pensif. Mes mains s'immobilisent sur ses épaules tandis que ses doigts agrippent mes hanches.

– C'est vrai, répond-il avec fierté. Tu as été forte et putain de belle.

Son compliment me fait rougir. Ses pouces tracent des cercles à travers mon jean.

– Et maintenant, qu'est-ce que tu veux faire ? me demande-t-il.

J'aime notre position. J'aime le sentir presque agenouillé en face de moi. Ça me donne un sentiment de puissance très excitant. Et désormais, c'est à mon tour de découvrir son corps.

– C'est à mon tour, soufflé-je. Et je veux faire beaucoup de choses.

Il arque un sourcil sans me lâcher des yeux.

– À ton tour de quoi ?

– L'autre soir, tu as promis que je pourrais te découvrir comme tu l'as fait avec moi. Je veux le faire ce soir. Découvrir ton… corps.

Ses doigts s'immobilisent et plusieurs émotions traversent son visage. Le désir, assurément, mais je vois aussi certains doutes.

– Je ne sais pas si je pourrai tenir longtemps sous ton exploration.

– Eh bien… je suppose que le meilleur moyen de le savoir serait que tu me laisses faire.

Nasser se redresse et reste assis sur le canapé, jambes ouvertes. Il me laisse un total accès à son corps tout en observant le moindre de mes gestes avec avidité. Il ignore que, le véritable grand saut pour moi, c'est maintenant. Je vais toucher le corps d'un homme, l'explorer à ma guise, guidée par les seuls ordres que mon cœur me donnera.

Je recule d'un pas et l'observe à travers mes cils. Son tee-shirt a disparu depuis longtemps. Ses longues jambes musclées sont toujours moulées dans son jean taché par endroits. C'était une longue soirée. Certains moments ont été difficiles. Mais l'aventure que nous avons vécue valait son pesant d'or.

Je le contemple sous tous les angles sans jamais entamer un mouvement dans sa direction. Soudainement, les doutes m'envahissent et ma confiance en moi vole en éclats. Je n'ai jamais goûté au plaisir masculin de cette façon… Jamais. Mais je souhaite le découvrir. Je désire faire cette expérience.

– Par où est-ce que je suis censée commencer?

Je plaque un sourire factice sur mon visage. Nasser fronce les sourcils et accroche mon regard.

– Est-ce que t'es toujours avec moi? Parce que, si on n'est pas deux, on s'arrête tout de suite. Tu dois me dire ce que tu ressens, trésor.

Je secoue la tête. Je ne veux pas arrêter. Mais savoir qu'il est prêt à suivre mon rythme, et uniquement le mien, me fait dangereusement tomber pour Nasser. Le monde autour de nous n'est qu'un enfer toxique. Mais lui et moi, ce lien entre nous? C'est putain de pur.

– Je suis avec toi. Absolument, affirmé-je sans hésiter.

– Tes yeux disent le contraire, Hena.

Je décide d'être honnête avec lui.

– Je ne sais pas comment je suis censée agir pour que tu éprouves du plaisir.

– Crois-moi, il suffit que ta peau touche la mienne pour que je veuille te dévorer. Agis simplement comme ton corps le veut. Je tâcherai de rester sage et de ne pas bouger.

J'inspire brusquement et fais tourner ses mots en boucle dans ma tête. « Agis comme ton corps le veut. » Que veut mon corps? Mais, surtout, que veut mon cœur?

Aiguillée par ces deux pièces maîtresses, je m'approche de Nasser et me place une nouvelle fois entre ses jambes. Il respire profondément, comme s'il tentait de se maîtriser. Il reste sage, comme promis. Ses mains sont posées sur ses cuisses.

– Tu es clean? lui demandé-je, parce qu'il n'y aura pas de préservatif entre nous.

Il hoche la tête. J'en fais de même, car je le suis aussi. Après être sortie de Délivrance, j'ai réalisé tous les tests nécessaires afin de m'en assurer. Et je prends la pilule aujourd'hui.

Je m'agenouille devant Nasser, cherchant son regard. Ma position lui soutire un grondement. J'aime savoir que je produis cet effet sur lui. Ce n'est que justice quand on sait que son seul regard suffit à m'incendier.

Mes doigts s'égarent sur ses genoux. Je lui indique d'écarter un peu plus les cuisses. Je fixe son érection, à l'étroit derrière le tissu de son jean. Je passe la langue sur mes lèvres, le rendant aussi fou que je le suis à cet instant.

– Tu me tues, me confesse-t-il.

– Ne meurs pas tout de suite.

Je tends les mains vers sa braguette, mais m'éloigne au dernier moment avec une idée en tête.

– Baisse ton jean, lui demandé-je avec un petit sourire.

Un rire sort de sa bouche.

– Autoritaire, trésor?

Je hoche la tête et l'observe relever rapidement les fesses pour retirer son jean. Il enlève, dans le même mouvement souple, son caleçon. Son érection se retrouve à une dizaine de centimètres de mon visage. Je l'observe sans discrétion.

Mes yeux verts suivent le tracé d'une veine qui court le long de sa verge. Ma main s'enroule alors délicatement autour de son pénis. J'ai l'impression qu'il pulse. Mes doigts n'en font pas totalement le tour tellement il est épais. Le contact avec ma peau le fait gémir.

Je me nourris de ses réactions, de ses soupirs. De ses tremblements. Il serre les poings, mais reste immobile, entièrement concentré sur mes gestes. J'entame un mouvement de haut en bas. Sa chair est brûlante et étonnamment douce. Une goutte perle au bord de son gland traversé par le piercing. Ce dernier m'appelle, attisant ma gourmandise. Je me penche et le bout de ma langue effleure le métal. Son goût envahit ma bouche. Un goût qui n'appartient qu'à lui. Ça me plaît.

– Ça, ce n'est vraiment pas du jeu, martèle Nasser.

Mes lèvres s'étirent, puis j'embrasse de nouveau le bout de son érection, un peu plus longuement cette fois.

– Je t'ai laissé découvrir mon corps. Reste calme pendant que je fais pareil avec le tien.

– Comment veux-tu que je reste calme quand ta bouche est sur moi?

Son goût m'envahit un peu plus et j'en veux davantage. J'ai besoin de plus. Je veux qu'il s'imprègne en moi. Je reprends mon mouvement de va-et-vient entre mon poing.

– Tu aimes? lui demandé-je.

Son souffle est rapide et ses yeux me lancent des éclairs.

– À ton avis?

Alors, je me penche une nouvelle fois et ma langue s'enroule autour de son pénis. Je le suce doucement. Je le tue lentement. Une minute plus tard, l'une de ses mains se pose à l'arrière de ma tête, mais à aucun moment il n'y exerce une pression. Il me touche simplement comme s'il ne pouvait pas s'en empêcher, caressant mes cheveux.

– J'ai déjà envie de jouir dans ta bouche, me dit-il dans un souffle erratique.

Ma langue joue avec son piercing.

– Mais j'ai besoin de jouir en toi, me prévient Nasser. Je veux te sentir. Que tu prennes autant de plaisir que moi.

Actuellement, je ressens du plaisir. Mais sa supplication me rend complètement dingue. Sans attendre, je me redresse et m'installe sur ses genoux. Il m'attire à lui pour m'embrasser langoureusement. Nous partageons son goût. Il n'y a aucune honte, aucune limite. Il n'y a que nous, et ça nous suffit.

– Ne te maîtrise plus, lui demandé-je. À toi de jouer, Hell. Fais-moi brûler.

Il se relève brusquement, me gardant prisonnière de ses bras. La seconde suivante, il me plaque sur le canapé, s'abat sur moi et presse son corps contre le mien. Avides, ses dents viennent mordiller mes mamelons à travers mon haut.

– Aucune maîtrise? me demande-t-il.

– Aucune.

Ce soir, je suis prête à le suivre sur un nouveau chemin. Je sais qu'il sera mon guide quoi qu'il arrive. Ma bouche s'ouvre encore.

– Fais-moi oublier le chaos. Fais-moi planer comme avec la meilleure des drogues.

Il retire mon haut, puis ses doigts pressent mes cuisses.

– Non. Toi, deviens mon chaos.

– OK. Deal.

Il reprend alors ses baisers et m'emmène dans un univers parallèle. Je ne suis plus toute seule dans le noir. Les flammes qui entourent Hell illuminent tout.

Son bas-ventre se frotte contre mon clitoris, ses doigts s'emmêlent dans mes cheveux. Il immobilise ma tête tout en se mouvant au fond de moi. Mes ongles s'enfoncent dans ses épaules tandis que je fixe ses yeux, où je contemple les plus belles nuances de gris. Comme un orage qui s'annoncerait dans un ciel étoilé.

Son érection grossit en moi. Il vit en moi. Je vis autour de lui. Et nous mourons ensemble, seconde après seconde, tandis que le plaisir nous anéantit. Le plus bel anéantissement. Le plus absolu. Le plus pur, aussi.

Nasser continue de me pénétrer et je continue de gémir contre sa bouche. Il m'embrasse jusqu'à en perdre haleine. Il me revendique et je lui cède, sans une once de regret, chaque parcelle de mon être.

Mais, au fond de moi, j'ai peur de ce que je ressens, au-delà de toute cette attirance physique. Je redoute la danse que sont en train de pratiquer nos deux cœurs. Ils valsent ensemble, en rythme.

Et, comme pour toute musique, j'ai peur que notre chanson se termine. Alors, il ne restera plus rien de moi.

– Nasser, susurré-je quand son doigt fait des cercles contre mon clitoris.

Puis je hurle quand il pince ma chair délicatement entre son index et son pouce. Je ne peux plus tenir. C'est aussi bon qu'un saut dans le vide. C'est aussi fort que vivre. Aussi dangereux.

– Perfection, murmure Nasser à mon oreille.

Enfin, je me fonds en lui dans une jouissance qui me tire des larmes tant elle me met en pièces.

***

Abraham est là.

Je suis censée être profondément endormie, Nasser à mes côtés. Je suis au chaud contre son corps, dans son appartement. Mais, au bout du lit, je vois Abraham. Ses yeux sont posés sur moi. Il prononce mon prénom, encore et encore. Une plaie s'étale sur sa poitrine, là où je lui ai enfoncé le poignard. Il n'est pas mort. Il est là et il veut me récupérer.

Non. Non. Non ! Je ne retournerai pas là-bas.

Il s'approche du lit. Je ne peux pas bouger. Il s'approche encore et ses doigts effleurent ma cheville. Je voudrais hurler de toutes mes forces et m'éloigner. Mais rien ne se produit. Les larmes débordent de mes paupières. Abraham effleure mon tibia avec son index, me promettant de me préparer pour le nouveau monde.

Soudainement, on me secoue. On me tire de ce cauchemar ultra-réaliste et je me redresse en hurlant. Un cri si fort et déchirant qu'il me vrille les oreilles. Mais je ne peux pas m'en empêcher. Tout ce que je contenais dans ce cauchemar déborde à mon réveil.

Nasser s'assied à mes côtés, la mine inquiète.

– Hena ?

Il tend un bras dans ma direction, mais je secoue la tête et m'écarte vivement. Je me blottis contre la tête de lit, un sanglot bloqué dans la gorge.

– S'il te plaît, ne me touche pas.

Aucune larme ne coule sur mon visage. Mes pleurs sont à l'intérieur. Ils me défoncent et me brisent presque. Et j'ai beau me rappeler que tomber n'est pas grave, que, même si je plie, ça ne sera que temporaire, ça fait mal. Je souffre, et il n'y a rien à faire.

Assis de l'autre côté du matelas, Nasser veille à ne pas me toucher. Il m'a tirée de mon cauchemar et doit sans doute comprendre pourquoi je suis dans cet état.

– Respire.

Sa voix est calme et rassurante.

– Respire, me demande-t-il encore. Inspire doucement et expire ensuite. Prends ton temps. Voilà, doucement.

Je me concentre sur ses mots et fais ce qu'il me dit. Je garde mon regard dans le sien. Et, pendant tout le long, il me fait comprendre que je ne suis pas seule.

Quelques minutes plus tard, je n'étouffe plus. Les démons – mes démons – sont toujours là, mais je les contrôle désormais. Mon corps tremblant se calme peu à peu. Nasser continue de me murmurer des paroles rassurantes.

La compassion se lit sur son visage, mais aussi un sentiment plus profond que je n'arrive pas à qualifier. J'ai mal à la gorge tant j'ai hurlé, et surtout retenu mes larmes. Soudain, j'ai froid. Je serre mes jambes relevées contre ma poitrine. Nasser tend une nouvelle fois sa main dans ma direction, hésitant.

– Est-ce que je peux te toucher?

– Oui.

Le mot est sorti tout seul parce que j'ai besoin de lui maintenant que je comprends qu'Abraham n'est pas vraiment là. La main de Nasser effleure mes cheveux. Il les caresse tendrement, continuant à me calmer. Il poursuit son geste pendant plusieurs minutes et je finis par fermer les yeux tant c'est agréable.

– J'ai cru qu'il était là – mon bourreau –, mais ce n'était qu'un cauchemar.

Son geste s'interrompt. Puis Nasser finit par le reprendre lentement. Je garde les paupières fermées, n'ayant pas le courage d'affronter son regard.

– Les cauchemars, je connais ça, me dit-il soudain.

J'inspire doucement, me concentrant sur ma respiration. Inspirer, expirer. Je sais le faire.

– Tu veux me raconter? continue-t-il.

Je ne m'éloigne pas de Nasser, le remerciant du plus profond de mon cœur d'être là. Ma décision est déjà prise. Peut-être qu'en parler sera libérateur. Alors, pour la première fois depuis longtemps, je me confie.

– J'ai eu une enfance très heureuse et une adolescence sans drames. La vie de rêve. Jusqu'à ce moment. C'était il y a un peu plus de six mois, maintenant. J'étais dans la cuisine avec Karl. Ma mère préparait des spaghettis.

C'était le plat préféré de Karl. Je peux presque encore sentir l'odeur de la viande hachée se diffuser dans l'air.

– Notre géniteur, Daryl, avait disparu depuis de longues années. Nous pensions qu'il était en train de se saouler dans un coin de l'État. Mais ce n'était pas le cas. Deux hommes lui avaient monté le cerveau pendant des mois pour qu'il fasse partie de leur « communauté ». Abraham et Marcus. Tandis que ma mère préparait le repas, ils sont arrivés. Ils se sont présentés à nous, tout sourire. Je n'ai pas perçu le danger. Mon frère non plus. Mon père était de retour. Je me suis dit que sa famille devait lui manquer et que c'était la raison de sa venue. Je lui ai souri, même si je ne comprenais pas pourquoi il n'était pas seul. Et puis, le noir complet m'a engloutie.

Je m'arrête une seconde, rassemblant mes pensées. Tout est flou dans ma tête. Je me force à ouvrir des portes que j'ai fermées à double tour.

– Je me suis réveillée à l'autre bout de l'État, dans une vieille ferme, au milieu du bayou. Sur les terres de Délivrance.

Dire ce nom à voix haute me donne envie de vomir. Mais je refuse de donner autant de pouvoir à un simple mot. Plus maintenant.

– Et qu'est-ce qu'il s'est passé ?

La voix de Nasser est toujours aussi calme et rassurante. Il continue d'effleurer mes cheveux.

– Ces trois hommes nous ont dit qu'ils nous avaient choisis. Mon père voulait récupérer sa famille. Ils étaient complètement fous. Ils pensaient que Délivrance était une communauté qui devait nous préparer à l'ouverture sur un nouveau monde. Ils étaient persuadés que notre civilisation allait bientôt s'éteindre et qu'ils allaient devoir fonder et diriger notre nouvelle société.

Je frissonne en repensant à cela. Les sectes sont tellement dangereuses…

– Nous n'étions pas seuls là-bas. Il y avait d'autres… d'autres victimes, choisies de manière arbitraire.

Il y en avait environ une dizaine. Aujourd'hui, je n'ai aucun contact avec elles et c'est sans doute mieux ainsi.

Nasser se tend à mes côtés, mais je ne le laisse pas m'interrompre.

– Abraham s'est présenté à moi comme mon professeur. Il

devait me préparer pour mon entrée dans ce nouveau monde. Il est d'abord resté loin de moi et se contentait d'essayer de m'endoctriner. Mais je refusais tout contact. J'ai été placée en isolement pendant des semaines. Mais je n'ai pas cédé. Alors, les coups ont commencé, d'où la marque dans mon dos. Pendant ce temps… mon père et Marcus s'occupaient des autres.

Un sanglot me secoue.

– Ils ont brisé mon frère. Et ma mère. Karl était si joyeux avant tout ça ! Mais les coups pleuvaient sur lui. Les attouchements aussi. Nous n'en avons jamais vraiment parlé.

Les souvenirs me concernant remontent. Mais ils ne me font pas peur. Je les laisse me heurter. Je ne combats pas les vagues ; je les laisse glisser sur ma peau.

– Finalement, Abraham a décidé que j'étais trop récalcitrante. Un soir, il a posé la main sur moi, environ dix jours avant que la police ne nous découvre. Il a possédé mon corps, présentant ça comme ma naissance pour ce nouveau monde. Il pensait que mon viol signifiait la purification de mon âme.

– Putain de merde, articule difficilement Nasser en inspirant brusquement.

Il connaissait une partie de mon histoire. À présent, je lui raconte tout, sans l'épargner.

– Pendant qu'il abusait de moi, j'ai vu des caméras. Cet enfoiré filmait ce qui était en train de se produire, sans doute dans le but de mater ça des heures plus tard.

Il m'a violée pendant de longues et interminables minutes. Mon cerveau n'a qu'un souvenir flou de ce moment, comme si j'avais volontairement oublié ces instants pour toujours.

– La seule chose dont je me souviens, ce sont les mouvements de son corps dans le mien. J'avais l'impression qu'il m'enfonçait un couteau au fond du ventre. Il le retirait et l'enfonçait à nouveau tandis que je mourais. J'étais en train de mourir. Encore et encore. Abraham ne me sauvait pas. Il me détruisait.

Je pose les mains sur mon ventre, comme si j'avais véritablement senti un couteau me planter.

– Ensuite, chuchoté-je, j'ai ressenti du dégoût et de la colère. Encore plus de colère.

Ce n'était pas ma faute. J'étais une victime. Les seuls coupables sont ceux qui bafouent notre consentement pour voler une partie de nous. Et je le savais. Mais j'en voulais au monde entier, et je m'en voulais à moi-même.

Abraham ne m'a ensuite plus jamais touchée de cette manière. Il était véritablement persuadé de m'avoir aidée en abusant de mon corps et de mon esprit.

Pauvre malade !

La respiration de Nasser est heurtée. Je sais que, si Abraham était toujours en vie, Nasser l'aurait étouffé de ses propres mains.

– Un soir… le dernier soir, celui de « l'unification de toutes nos âmes », comme ils disaient, nous étions tous rassemblés au centre de la ferme, en cercle. Il ne restait plus rien de ma mère, qui était assise silencieusement sur le sol, tandis que Karl avait le regard vide. Ces enfoirés nous souriaient. Ils pensaient véritablement que ce qu'ils faisaient était nécessaire. Ils pensaient nous sauver, putain !

Les souvenirs affluent, même ceux que je pensais avoir oubliés. Je me rappelle le sang des animaux offerts en sacrifice lors de cette pseudo-cérémonie.

– Je me souviens des chandeliers sur pied autour de nous. Je savais que j'allais être punie, mais j'ai couru vers l'un d'eux et je l'ai renversé. Le sol a pris feu.

Tout est un peu flou dans ma tête, comme s'il y avait une brume épaisse autour de tout ce qu'il s'est passé. Abraham était furieux. Tellement furieux. Il m'a frappée. Encore et encore. C'est à ce moment-là que j'ai vu à nouveau les caméras. Ils nous filmaient. Pourquoi ? Je n'aurai jamais la réponse parce que les inspecteurs n'ont rien retrouvé.

Nasser continue ses caresses, m'apportant silencieusement chaleur et soutien.

– Les flammes grandissaient. Je pensais que j'allais sûrement mourir, mais c'était le plus beau moment de ma vie. Parce que j'allais enfin être libérée de ce calvaire. Les chaînes de Karl et de ma mère allaient enfin être brisées. Abraham a tenté de me maîtriser. Il y avait ce poignard accroché à sa ceinture. Je n'ai pas réfléchi. Je l'ai récupéré et, pendant qu'il tentait de m'étouffer, je l'ai planté dans sa poitrine. Il a pénétré profondément entre ses poumons.

Ce souvenir-là est très clair dans ma tête.

– J'ai prié pour qu'il meure. Je voulais qu'il rende son dernier souffle avant de rendre le mien. Et ça a été le cas : il est mort très rapidement. Et c'était… c'était si bon de mettre fin à la vie de mon ravisseur ! Ce n'était plus mon professeur. C'était un cadavre. Et je ne regrettais rien. Je ne regrette toujours rien aujourd'hui.

Je le referais cent fois s'il le fallait, sans aucune once de culpabilité. L'enquête préalable a écarté rapidement ma responsabilité en raison de la légitime défense.

– Le reste est très flou, terminé-je. Marcus s'est enfui. Il ne restait que mon géniteur. J'ignore combien d'heures se sont écoulées. Au bout d'un moment, les flics sont arrivés. Ils étaient si nombreux ! Mais Daryl a réussi à fuir à son tour.

– Est-ce qu'on a retrouvé leur trace, à Marcus et lui ?

Je secoue la tête. Voilà, je l'ai racontée. Mon histoire. Je ne ressens pas de dégoût ni de vide profond en moi. Je sens comme une sorte de libération de mon être. L'inspecteur Tate connaît toute l'histoire, et la Dre Bomley également. Mais savoir que Nasser est maintenant au courant, ça ne me fait pas peur. Parce que j'ai confiance.

– On a volé mon corps à Délivrance. Mais je l'ai récupéré aujourd'hui.

– Oui. Ce corps n'appartient qu'à toi. Tu es libre, affirme Nasser. Toi seule te possèdes.

Ses paroles me font un bien fou. J'ai l'impression qu'il comprend, qu'il me comprend réellement. Il n'y a aucun jugement dans son regard.

– Nous sommes restés plusieurs mois dans une maison de protection des témoins, avec mon frère. Ma mère a été internée dans un centre de Monroe, plongée dans un silence volontaire. Je n'ai toujours pas eu le courage d'aller la voir. Parce que ça me fait mal. Puis on s'est finalement installés, avec Karl, dans le centre-ville de Monroe, et notre nouvelle vie a commencé. J'ignore si Marcus et mon géniteur ont reconstruit Délivrance ailleurs. Marcus a été repéré à la frontière de l'État, d'après l'inspecteur chargé du dossier, mais Daryl reste introuvable. Il se cache. Et au fond de moi… j'ai peur. Peur que tout recommence.

– Ça ne recommencera jamais.

La force et la conviction dans sa voix me font doucement sourire. Il paraît si fort, si sûr de lui ! Ça me pousse à avoir foi en moi et en mon avenir. Il a sûrement raison. Tout ceci est terminé.

Nasser masse ma nuque douloureuse, puis il pose son front contre le mien.

– Tu n'es plus seule, souffle-t-il contre ma bouche. Tu m'as, moi. Je suis là.

Il a raison. Je ne suis plus seule.

– Je me suis confiée à toi. Je te fais confiance, Nasser. Tu es le premier homme à qui j'en parle.

Ce sera dur de fermer définitivement ce chapitre, mais je dois en écrire un nouveau loin de tout ça.

44

LA CHASSE

Inconnu

La jeune femme hurle. Des gargouillis s'échappent d'entre ses lèvres. Je la poignarde plusieurs fois dans le ventre. Son corps s'écroule sur le sol. Du sang coule de sa bouche. Elle tend la main dans ma direction, comme une ultime demande à l'aide.

Mais je ne peux pas. Surtout, je ne le veux pas. Je n'écoute que les voix dans ma tête. Celles qui m'accompagnent depuis si longtemps, même quand je ne le sais pas.

Le ventre de la jeune femme est dans un état lamentable tant ma lame l'a pénétré. Le sentiment que cette mort me procure me fait du bien. C'est si bon… Et cette femme est soudainement si belle.

Ses yeux sont toujours ouverts, brillants de larmes et d'horreur. Ses cheveux noirs sont étalés autour de son visage.

Si belle…

Ne me préoccupant ensuite plus d'elle, je porte le poignard à ma bouche. Ma langue sort et vient lécher le bout de la lame.

Je goûte le sang, savourant les arômes de fer avec délectation.

Oh, oui ! C'est si bon !

Et ce n'est que le début.

45

COMPLICATIONS

Nasser

J'observe Hena. Elle est endormie. Assis au bord du matelas, un café brûlant dans les mains, je le sirote dans le calme du lever du jour. Je repense à tout ce qu'elle m'a dit. Tous les détails de ces atrocités orchestrées par cette bande de cinglés. Ça me dégoûte. J'ai envie de la serrer contre moi et de plonger mon nez dans ses cheveux dans le seul but d'inspirer son odeur.

Son petit nez se fronce et ses paupières papillotent soudainement. Elle s'étire et roule sur elle-même. Tout en étouffant un bâillement, elle me remarque à ses côtés. Un petit sourire hésitant se dessine sur ses lèvres. Dieu qu'elle est belle ! Et je veux la protéger, veiller sur elle.

Tandis qu'elle me fixe, mon cœur se serre. Je ressens de la culpabilité. J'ai besoin d'être honnête avec elle. J'ai besoin de lui dire mon secret. Un secret qui va détruire la relation qui est née entre nous, je le sens.

– Je veux te dire quelque chose.

Elle me sourit alors pleinement, pensant que je suis taquin. Ma bouche s'ouvre, mais, au même instant, je perçois de lourds tambourinements. Les bruits qui percutent la porte de l'entrepôt sont si forts qu'on les entend jusqu'ici.

– Qu'est-ce qu'il se passe ? demande Hena.

– Aucune idée. Je vais voir.

Les sourcils froncés et uniquement vêtu d'un bas de jogging, je quitte rapidement mon appartement et descends l'escalier en métal de l'entrepôt. L'endroit est dans un sale état, mais je ne m'attarde pas dessus.

J'arrive devant l'immense porte coulissante. Les cognements redoublent d'intensité.

– J'arrive ! m'exclamé-je. Ça va, ça va !

Hena foule le sol derrière moi. Je remarque qu'elle a remis ses vêtements de la veille. Elle est aussi préoccupée que moi.

Je fais coulisser la lourde porte et me retrouve nez à nez avec l'inspecteur Hiro, le frère d'Archi. Il prend une seconde pour évaluer la situation. Il observe attentivement le visage d'Hena avant de reporter son attention sur moi. Sa mine sombre ne me dit rien qui vaille.

– Qu'est-ce qu'il se passe, inspecteur Hiro ?

Sa mâchoire se contracte. J'espère qu'il ne vient pas pour perquisitionner les lieux. On avait un accord, lui et moi.

– Un meurtre a été commis à cent mètres d'ici.

J'entends la respiration d'Hena se couper derrière moi. Elle se colle contre mon dos. Le choc m'envahit tellement que j'en perds mes mots.

– Comment ça ? Ce n'est pas possible !

– Une jeune femme a été sauvagement assassinée près de chez toi, Nasser.

Un seul nom me vient en tête. Peut-être que je me trompe, mais je mettrais ma main à couper que mon frère, MG, y est pour quelque chose.

L'enfoiré !

***

Hena

Un meurtre. Il y a eu un meurtre. Une femme a été assassinée et son meurtrier court toujours.

La nouvelle me terrasse. Je n'imagine pas dans quel état sera sa famille en apprenant la triste nouvelle.

L'inspecteur Hiro, que je ne connais pas, pénètre dans l'entrepôt sans vraiment attendre l'autorisation de Nasser. Son regard suspicieux analyse les lieux.

– Je ne peux pas m'attarder, annonce-t-il ensuite. Mais tu es le seul à vivre ici et à organiser des soirées dans les parages.

– Qu'est-ce que vous essayez de me dire, inspecteur?

Les deux se toisent sans ciller.

– Une de tes… soirées s'est-elle tenue ici, hier soir?

Nasser ne répond rien, mais son silence est éloquent. L'inspecteur pousse un soupir avant de m'observer une nouvelle fois. Je serre les bras sur ma poitrine, me sentant glacée de l'intérieur.

– L'enquête vient de s'ouvrir et l'arme du crime n'a pas été retrouvée. Nous n'avons pas encore les détails de ce qu'il s'est passé, mais je pense que tu vas rapidement avoir de mes nouvelles.

L'inspecteur Hiro quitte l'entrepôt. Je suis toujours sous le choc. Je ne vois rien de ce qui m'entoure. Mais, au fond de moi, je sais que ce meurtre est lié à ma propre vie. Appelez ça l'instinct.

Je sens que Marcus ou mon père est ici. L'un des deux – voire les deux – est proche. Et ce n'est qu'une question de temps avant qu'il ne me trouve.

Nasser est plongé dans ses propres pensées, m'en refusant l'accès. Je dois voir mon frère. Je dois lui parler, être auprès de lui.

– J'ai besoin de rentrer chez moi, soufflé-je.

La panique m'envahit pour ne plus me quitter. Nasser se tourne vers moi, inquiet, lui aussi.

– Ma voiture est toujours sur le parking de la fac et ma batterie de portable est à plat. Je dois récupérer mon véhicule, puis rejoindre mon frère.

Nasser ne me contredit pas. Vingt minutes plus tard, il me dépose sur le parking de l'université. Toujours plongé dans son monde, il fixe son pare-brise. Un meurtre a été commis près de chez lui. Si ça se trouve, et c'est même fort probable, il s'agit d'une fêtarde qui était à l'entrepôt hier soir. Je m'apprête à descendre, mais il se penche soudainement vers moi et pose sa bouche sur la mienne.

Il m'embrasse à en perdre haleine. Dans cet océan de noirceur, il est ma bouée de sauvetage.

– Rentre chez toi. Retrouve ton frère. Et recharge ton foutu portable. Je te rejoins rapidement, d'accord?

– D'accord.

Je quitte sa voiture et traverse le parking. Nous sommes le 1er novembre, mais il y a pas mal de véhicules garés. Beaucoup d'étudiants bossent à la bibliothèque universitaire. Je me demande s'ils savent ce qu'il s'est passé. Probablement pas. Pas encore, du moins.

La voiture de Nasser s'éloigne tandis que j'atteins la mienne. Une silhouette se glisse entre mon corps et la portière. Je fais un bond en arrière. Tag se tient devant moi. Je pose ma main sur mon cœur.

Putain, encore lui! Toujours dans les parages!

– Bouh! s'exclame-t-il en rigolant devant ma mine défaite.

– Tu m'as fait peur!

– Je vois ça!

Il replace correctement son sac à dos sur son épaule.

– J'allais bosser à la bibliothèque quand je t'ai vue. Je voulais simplement te dire que le ciel sera dégagé, ce soir, si tu veux qu'on retourne dans ce parc.

Je le regarde de travers sans pouvoir m'en empêcher. Comment peut-il sérieusement croire qu'on se retrouvera une nouvelle fois, tous les deux, là-bas?

– Désolée, mais non.

Mon refus lui fait perdre son sourire. Ses traits si aimables et avenants se craquellent. Son visage est rempli de déception et de perplexité.

– T'es sûre? Écoute… je sais qu'on est partis sur un mauvais pied, toi et moi…

Je le contourne sans attendre.

– On ne sera jamais amis, toi et moi, Tag. Reste loin de moi.

Je n'attends pas sa réaction et pénètre dans mon véhicule. Tag disparaît rapidement de mon champ de vision tandis que je m'éloigne.

46

UNE ÂME DÉMOLIE. UN CŒUR QUI BAT ENCORE. À PEINE

Hena

Je pousse la porte de mon appartement, la peur au ventre.

– Karl ! crié-je sans attendre.

Mais il n'y a que le silence qui me répond. Un mauvais pressentiment monte en moi et je hurle de nouveau son prénom.

La porte de sa chambre s'ouvre brusquement. Mais ce n'est pas mon frère qui en sort. C'est une jeune femme, celle qui était à ses côtés, dans la foule du Toxic Hell, hier. Sa camarade de cours, qui est apparemment beaucoup plus que ça.

Je me fige, et elle en fait de même, incertaine. Nos regards se rencontrent et je réalise les choses. Elle a passé la nuit ici. Avec mon frère. Ils ont… Putain ! Un mélange de surprise et de joie me traverse.

– Salut, dis-je doucement. Je suis Hena.

– Salut. Je m'appelle Maya.

Ses longs cheveux noirs sont emmêlés et elle vient apparemment d'enfiler sa robe rose à toute vitesse. Elle a encore les traits de l'oreiller sur sa joue droite. Mon frère arrive alors derrière elle, visiblement gêné.

– On ne t'a pas entendue, me dit-il alors. Tu sais à quel point j'ai le sommeil lourd et Maya est pire que moi.

– Je… j'allais m'en aller, reprend Maya en passant rapidement près de moi.

Je l'observe quitter l'appartement comme si elle était poursuivie.

– On a simplement… traîné ensemble, avance prudemment mon frère.

J'ai envie de lui poser plein de questions, mais il y a un sujet beaucoup plus tragique dont il faut que l'on discute. Je lui explique la situation, de mon réveil jusqu'au départ de cet inspecteur Hiro.

Le visage de mon frère se décompose au fur et à mesure de mon récit.

– On sait qui l'a tuée?

– Non. L'arme du crime n'aurait apparemment pas été retrouvée. Mais une enquête a forcément débuté.

Je le regarde dans les yeux et me sens obligée de lui faire part de mon mauvais pressentiment.

– Daryl ou Marcus: ça doit être l'un des deux. Peut-être les deux. Je le sens.

Là où le sang coule, Daryl est présent. Il aimait le faire couler à Délivrance. Et il le fait de nouveau aujourd'hui, je le sens au plus profond de mon âme.

***

Plusieurs jours se sont écoulés depuis le meurtre de cette jeune femme. Nous n'avons pas eu d'informations supplémentaires, bien que la nouvelle se soit rapidement répandue sur le campus.

La victime était une étudiante de deuxième année qui avait ses habitudes au Toxic Hell. Elle était venue parier dans l'espoir de récupérer le gros lot. Mais sa vie a été brisée ce soir d'Halloween. On l'a tuée. Cette pauvre jeune femme est morte !

Les soirées au Toxic Hell ont été suspendues jusqu'à nouvel ordre. Nasser ne m'a que très rarement quittée ces derniers jours. Je m'endors chaque soir dans ses bras et me réveille la joue posée contre son cœur. Je me sens protégée, à l'abri d'un cocon qu'il aurait spécialement créé pour nous. Mais je sais que cette situation ne va pas durer.

Quelque chose de mauvais va arriver. Je le sens au fond de mes tripes. Les journaux parlent d'un cas isolé concernant le meurtre de l'étudiante. Certains avancent la piste d'un règlement de comptes tandis que d'autres supposent qu'il s'agit sans doute d'un malade qui s'est arrêté en route avant de tracer son chemin vers une autre ville.

Ce soir, je m'endors aux côtés de Nasser, dans son appartement, mon corps collé contre le sien. Il était particulièrement épuisé. Finalement, au milieu de la nuit, je me lève. Je suis incapable de dormir.

Je me tiens au pied du lit pendant de longues secondes et observe sa silhouette endormie. Sentant certainement mon absence, Nasser se tourne sur le côté et serre mon oreiller comme si j'étais toujours étendue près de lui.

Je quitte l'espace chambre et traverse l'immense pièce unique de son appartement, plongé dans la pénombre. Dans la cuisine, j'attrape une bouteille d'eau avant d'en avaler de longues rasades. Le liquide soulage ma gorge, mais un nœud y reste toujours coincé.

Je repose la bouteille et m'avance dans le salon. La lune danse à travers les fenêtres. Je m'arrête devant la photo d'une femme d'une trentaine d'années aux longs cheveux noirs et aux yeux gris. Vu les traits de cette ravissante personne, je me doute qu'il s'agit de la mère décédée de Nasser.

Je commence à reculer, mais remarque que l'un des trois ordinateurs posés sur le bureau de Nasser émet plusieurs bips. Ils semblent indiquer l'arrivée de notifications. Je me demande de quoi il s'agit. Des discussions avec des parieurs?

Je me tourne vers le lit, qui trône à plusieurs mètres de là. Nasser dort toujours à poings fermés, laissant échapper quelques ronflements. Je m'installe prudemment dans le fauteuil du bureau. Je ne sais pas trop ce que je suis en train de faire, mais toute cette technologie dernier cri attise ma curiosité.

Ma main secoue doucement la souris. L'écran du milieu s'allume soudainement. Je plisse les paupières et tente d'habituer mes pupilles à cette nouvelle luminosité. L'écran d'accueil est tout ce qu'il y a de plus basique. Il montre une vue panoramique d'une grande ville. Je regarde rapidement les immeubles et comprends qu'il doit sans doute s'agir de New York.

Une icône violette clignote: « Tor Browser. » Je clique dessus et atterris sur une sorte de navigateur que je n'ai jamais vu avant. C'est ça, le dark Web? Ça ne me paraît pas si différent de ce que je connais.

Dans la barre d'outils, je peux voir que plusieurs fichiers sont ouverts avec différentes icônes. Je clique au hasard sur l'un d'eux. Plusieurs courbes s'affichent avec des chiffres – sans doute les gains liés à la diffusion des combats de Hell sur le dark Web. Je ferme finalement le navigateur et observe les dossiers sur l'écran d'accueil. Les premiers sont numérotés de un à sept.

Je m'apprête à quitter l'ordinateur pour rejoindre la chaleur de Nasser, mais je m'arrête sur un dossier sans nom. Je double-clique sur l'icône tout en me sentant coupable de fouiner. Mais je me demande pourquoi Nasser ne l'a pas nommé.

Je me penche en voyant de nombreuses images s'afficher. Je grimace en découvrant des photos de bagarre. Ce sont des enregistrements de combats clandestins qui ont eu lieu au Toxic Hell.

Je quitte rapidement le dossier et en ouvre un autre appelé « Pour D ». Je découvre des miniatures de différentes vidéos. Je clique sur une image au hasard. Une sorte de carte satellite avec des coordonnées s'affiche. Ne comprenant pas vraiment de quoi il s'agit, je clique sur le bouton « suivant ». C'est une capture d'écran issue de Google Maps. Mais mon cœur loupe un battement parce que je reconnais parfaitement l'endroit.

Qu'est-ce que…

Je clique de nouveau sur « suivant » et une vidéo se lance. Mon corps devient glacial. Mes membres se mettent soudainement à trembler alors que je revois l'homme qui habite mes cauchemars.

Abraham…

Je remarque ensuite une jeune femme que je ne connais pas. Elle se tient debout. De la paille traîne sur le sol, sous ses pieds nus. Les murs semblent en mauvais état et entièrement faits de bois.

La ferme abandonnée de Délivrance…

La jeune femme n'est vêtue que d'une sorte de long tee-shirt blanc. Je vois d'ici ses membres trembler tandis qu'elle fixe le sol en serrant les lèvres.

Abraham jette un coup d'œil à la caméra, sourit doucement, puis s'approche d'elle. Il effleure ses épaules et embrasse son front comme le ferait une personne aimante.

Mon souffle se raréfie et j'appuie une nouvelle fois sur le bouton « suivant ».

J'ai l'impression de perdre tous mes repères. Mon cœur saigne, puis il se brise définitivement.

Parce que, sur cette nouvelle vidéo, c'est ma silhouette qui apparaît.

47

LOVING YOU IS A LOSING GAME

Hena

Je dois halluciner. Je me trompe forcément, ce n'est pas possible. Dites-moi que je me trompe… Mais non. La conclusion est toujours la même. C'est moi sur cette vidéo. Une vidéo trouvée dans l'ordinateur de Nasser, en plus de différentes informations relatives à Délivrance.

La vidéo ne dure que quelques secondes, mais je me reconnais bien. Je suis nue tandis qu'Abraham se redresse et s'avance vers la caméra. Sous sa longue toge noire, il était nu, lui aussi. Je le sais parce que, désormais, je me souviens de cet instant. Et Nasser a une vidéo de…

Je suffoque et étouffe un petit cri.

Pourquoi est-ce si compliqué de respirer? Pourquoi est-ce si dur d'avoir le cœur brisé? Comment faire quand il refuse de se remettre à battre?

Je sursaute en entendant un craquement derrière moi.

– Hena?

Je me lève si brusquement que je renverse le fauteuil du bureau. Je fais volte-face et me dresse devant Nasser, alors que la seule chose que j'aimerais faire, c'est m'écrouler.

Ses yeux gris trahissent son inquiétude. Les questions semblent se bousculer dans sa tête.

– Qu'est-ce que tu as? ose-t-il me demander.

– Tu...

J'aimerais parler. J'aimerais hurler, mais ma voix se brise et des tremblements irrépressibles me parcourent. Alors, Nasser fixe l'écran de l'ordinateur et comprend. Il comprend exactement ce que je viens de découvrir. Il a l'air défait, alors que c'est moi qui viens d'être trahie.

Soudainement, j'explose. La douleur me terrasse, mais elle n'est pas la seule. L'incompréhension, la colère et un sentiment de trahison l'accompagnent.

– Pourquoi?! Pourquoi as-tu ces informations dans ton ordinateur? Pourquoi as-tu cette... cette vidéo?

Ma voix flanche sur le dernier mot. Je sens les larmes monter à mes yeux brûlants sans pouvoir les retenir.

– Ce n'est pas ce que tu crois. Laisse-moi t'expliquer.

Nasser fait un pas dans ma direction, une main tendue vers moi. Je fais un bond en arrière et recule ensuite davantage.

– Ne t'approche pas! hurlé-je. Reste loin de moi!

– Écoute-moi!

La frustration l'habite désormais.

– Ce n'est pas ce que tu crois, répète-t-il.

Je devrais l'envoyer bouler, mais mon cœur se raccroche à ses mots, comme si je n'étais pas assez anéantie.

– C'était trop beau pour être vrai, n'est-ce pas? Toi. Nous.

Mille et un scénarios me passent par la tête. J'imagine plein de choses concernant Nasser à mesure que ma panique grandit.

– Hena, m'appelle Nasser d'une voix forte. Attends. J'ai besoin que tu m'écoutes. Je n'ai pas été honnête avec toi.

– Tu crois ?!

J'explose encore plus. Je me jette sur lui et le pousse le plus fort possible. Il ne bouge pas vraiment, alors je martèle son torse de mes poings.

– Putain ! Tu as ces putains de photos et de vidéos dans ton ordinateur !

Il me laisse faire, recevant mes coups sans me repousser. Finalement, ses mains agrippent mes poignets. Je me dégage comme s'il venait de me brûler. C'est le cas, il vient de me brûler et je n'ai rien pour atténuer les flammes et les dégâts qu'elles sont en train de causer.

– Ce n'est pas ce que tu crois, répète Nasser. Lorsque tu m'as rencontré, dans le bar d'Archi, c'était la première fois que tu me voyais. Mais ce n'était pas la première fois que moi, je te voyais. Pourtant, je n'avais pas eu connaissance de toi par les journaux.

Je veux qu'il arrête de parler. Je veux juste que tout s'arrête. Je traverse la pièce et il me suit. Les larmes dévalent mes joues. Ses mots résonnent à mes oreilles. Je lui fais finalement face.

– Quand je t'ai vue dans ce bar, je connaissais déjà ton histoire. Ta véritable histoire. Je devais m'approcher. Alors, je suis venu à ta rencontre.

– Tais-toi !

Mais il secoue simplement la tête.

– Tu faisais partie de Délivrance ?

Voilà, j'ai posé la pire question possible. Le chagrin et l'incompréhension traversent son visage comme s'il était sincèrement blessé par mes mots.

– Quoi ? Bien sûr que non ! Tu crois vraiment que j'aurais pu être l'un de ces malades ?!

Je ne sais que croire. Je ne veux plus rien croire, et surtout pas croire en nous. Quand je pense que Nasser a vu… Il m'a vue… Pendant tout ce temps, il savait. Et il ne m'a rien dit. Il m'a vue dans cet état. L'envie de vomir me prend. Je lutte de toutes mes forces pour ne pas me laisser submerger.

– Tu m'as vue ! Tu… tu as…

– Hena, écoute-moi, bordel ! hurle-t-il soudain.

Je me tais, pleurant toujours.

– Si la police est intervenue, si la police vous a trouvés, c'est grâce à moi.

Mon cœur bat toujours aussi rapidement, mais ses mots me parviennent après une seconde.

– Quoi ?

Ma voix se craquelle. Nasser reste à bonne distance de moi. Ses poings se serrent et se desserrent comme s'il s'empêchait de me toucher, puisque je refuse son contact.

– Tu sais que je suis sur le dark Web depuis longtemps, Hena. J'ai vu tellement de choses y circuler ! Tellement de merdes affreuses que les gens filment pour les poster. Des animaux torturés. Des armes vendues illégalement. Mais, un jour… un jour, j'ai vu bien pire. Une atrocité à laquelle je n'avais jamais été confronté.

Au fur et à mesure de son récit, mes jambes me lâchent presque, mais je suis incapable de bouger pour aller m'asseoir.

– En naviguant sur différents serveurs, j'en ai découvert un nouveau. Je suis tombé sur certaines vidéos, postées par un groupe d'hommes. Ces hommes, c'étaient les dirigeants de Délivrance. Ils… ils se filmaient, avec vous. Les caméras n'étaient pas là pour garder des souvenirs, Hena. Ils diffusaient ça sur le dark Web afin de recevoir de l'argent de la part d'inconnus qui vous mataient.

– Non…

Ils nous filmaient pour ça. Ils vendaient les images à des malades sur le Net.

Nasser inspire brusquement avant de reprendre :

– J'ai prévenu l'inspecteur Hiro, avec qui j'étais déjà en contact. Je l'aidais à retrouver certaines infos sur le Net. On a réussi à vous localiser. Vous étiez dans l'État. Un putain de mouvement sectaire sévissait près d'ici sans que personne le sache. Hiro s'est mis sur l'affaire et a contacté des collègues. C'est comme ça que l'inspecteur Tate a été chargé de l'enquête et que Délivrance a été démantelée.

Je secoue la tête, sentant la panique affluer en moi.

– Je t'en prie, Hena, il faut que tu me croies ! Ces infos sont toujours dans mon ordinateur, car je sais que l'enquête est en cours.

– Tu m'as vue ? Tu as assisté à… tu as assisté à mon viol ? À ceux de mon frère ?

– Oui. Et ça me bouffait de l'intérieur de voir ça sans pouvoir trouver d'où provenaient ces images ! hurle-t-il en retour.

Mes lèvres tremblent et un gémissement douloureux sort de ma bouche. J'ai besoin de me protéger, de dresser des barrières autour de moi.

– Comment as-tu pu me mentir ?

Ma voix n'est qu'un murmure.

– Tu savais depuis le début. Tu… tu as vu toutes ces choses que j'ai subies. Je me suis confiée à toi, alors que tu le savais.

L'air se raréfie autour de moi, mais j'ai besoin de parler. J'ai besoin de dire ce que je ressens.

– Tu n'as rien dit. Comment as-tu pu me mentir ?

– Comment étais-je censé te le dire ?! L'autre jour, après que tu t'étais confiée à moi, je voulais enfin tout t'avouer, mais…

– Je t'ai parlé des caméras. Tu savais que ça me bouffait. Mais tu n'as rien dit, encore une fois. Tout n'était que mensonges. Tu viens de me briser le cœur, pleuré-je sans pouvoir me retenir. Et ça fait un mal de chien !

– Ce n'est pas vrai, ce n'était pas un mensonge ! Je ne voulais pas te faire de mal, Hena.

– Tu viens de tout briser, murmuré-je. Je n'en reviens pas que tu aies vu tout ça, que tu m'aies vue dans cet état.

– Ne dis pas ça. Ça ne change rien. Ne remets pas tout en question.

Un rire incrédule m'échappe.

– Ça ne change rien, martèle Nasser, parce que je suis fou de toi.

Mais je n'entends même pas ses mots. Je ne ressens que mon âme que l'on tente de faire plier une nouvelle fois. Mes larmes continuent de couler et mon palpitant, de saigner. Nasser s'excuse plusieurs fois. Il tente un nouveau mouvement dans ma direction, mais je lève la main devant moi.

– Ne m'approche pas. Ne m'approche plus !

– J'ai merdé, c'est vrai, Hena, mais écoute-moi. J'ai besoin que tu comprennes. J'avais peur de t'en parler.

– Je ne veux plus t'écouter. J'en suis actuellement incapable. Je veux juste… je veux juste partir loin de toi.

– J'ai besoin que tu me croies, souffle-t-il.

Ses yeux brillent étrangement et je vois sa lèvre inférieure trembler. Lui aussi semble détruit.

Mais je l'ignore. Je dresse un mur infranchissable autour de moi. La dernière chose qu'il me reste pour me protéger.

– Je savais que tu étais dangereux, asséné-je d'une voix plus claire. Je savais que m'approcher de toi serait risqué. Et tu sais le pire dans cette histoire ? J'avais raison. J'ai profité de notre chute, mais je suis entrée en collision avec le sol, comme prévu, et tu n'étais pas là quand je me suis écrasée. Parce que c'est toi qui viens de me pousser.

– Hena… tente-t-il d'une voix faible.

– Bravo, Nasser ! Tu disais que ce petit jeu allait nous tuer. Je viens de perdre la partie. J'arrête.

– Hena !

Je fais un pas en arrière, mes jambes me soutenant afin que je puisse prendre la fuite.

– J'arrête. Bravo, Nasser. Tu as gagné.

– Ce n'est pas un jeu ! Ce n'est pas un putain de jeu !

Je secoue la tête et m'éloigne, le laissant seul.

Que me reste-t-il sans lui ?

48

PEUX-TU RESSENTIR MA DOULEUR ?

Hena

Je ne peux pas rentrer chez moi, pas comme ça. Je ne veux pas voir Karl dans cet état. Je suis toujours en miettes et je ne sais pas quoi faire ni où aller. J'ai quitté l'appartement de Nasser alors qu'il essayait de me retenir sans jamais poser la main sur moi.

Le jour se lève à peine et j'ai passé la dernière heure à rouler sans but. Notre conversation tourne en boucle dans la tête. Il m'a menti – ou, plutôt, il a omis, pendant plus d'un mois et demi, de me dire la vérité. Ça fait vraiment mal, et il n'y a rien à faire contre cette douleur.

Une autre voix résonne en moi. Si nous avons été retrouvés, si l'inspecteur Tate a été mis au courant, c'est grâce à Nasser.

Là, tout de suite, j'aimerais que ma mère soit présente. Je voudrais lui parler, poser ma tête sur son épaule et pleurer à chaudes larmes. Me sentir à l'abri dans ses bras. Mais je me retrouve devant une maison à deux étages, assise derrière mon volant. Mes larmes coulent toujours.

Abraham m'a filmée, moi, et les autres victimes aussi. Ces hommes étaient fous, mais ils étaient aussi des prédateurs sexuels. Ils vendaient ces images sur le Web. Des malades les achetaient et prenaient plaisir à les regarder. C'est abominable !

Sans savoir par quel miracle j'y arrive, je gagne la porte d'entrée de la maison. Ma main s'abat faiblement contre le bois. Malgré l'heure matinale, le battant s'ouvre à toute volée. Aly se tient sur le seuil. Son sourire disparaît bien vite.

– Hena ? Mais qu'est-ce qu'il se passe ?

Je suis incapable de lui répondre. Comme si Aly comprenait mon besoin silencieux, elle m'attire vivement à elle. Ses bras m'enlacent et je pleure sur son épaule. Sa chaleur et sa douceur font que je m'effondre sans pouvoir me retenir.

Je pleure pendant de longues minutes. Pendant tout ce temps, Aly reste près de moi. Je ne prononce pas un mot, et elle non plus. Elle se contente de caresser mes cheveux. On termine sur le canapé du salon, blotties l'une contre l'autre.

– Est-ce que tu as besoin que j'appelle quelqu'un ? Ton frère ? Nasser ?

À la mention de ce dernier nom, mes paupières douloureuses se ferment soudainement.

– Non, n'appelle personne.

– D'accord.

Elle continue de réchauffer mon corps, ne me lâchant pas une seule seconde. Nous ne sommes pas les meilleures amies du monde, mais son âme est pure et soutient la mienne au milieu de cette noirceur.

Finalement, Aly s'écarte de moi et s'assied en tailleur. Elle effleure mes doigts.

– Est-ce que tu as besoin que je tue quelqu'un pour toi ?

Malgré moi, je souris.

– Ça va aller, mais je garde ton idée en tête.

– Je suis sérieuse. J'ai eu une mauvaise nuit aussi. J'en ai marre qu'on pleure pour des gens qui ne méritent pas nos larmes. J'ai une idée, tiens.

Une lueur calculatrice traverse son regard. Mes larmes se sont taries. Je ne ressens qu'un grand vide et une immense fatigue maintenant.

– Quelle idée ?

– Tu sais quoi ? On devrait se barrer d'ici et envoyer balader tous ces cons. Ensuite, on ouvrirait un bar. Au milieu du Texas. Et si quelqu'un nous ennuie là-bas, on le tue. On expose son cadavre et on utilise sa peau pour faire des bottes. De vraies bottes de Texans !

Un rire involontaire m'échappe.

– C'est horrible !

Elle hausse les épaules, absolument pas désolée.

– Tu sais où me trouver si tu as besoin. Je suis parfaitement sérieuse.

– Merci d'être toi. Tu te contentes de dire ce qui te passe par la tête parce que tu en as envie. C'est ce que j'aime chez toi.

Cette jeune femme est tellement entière et sincère !

– On n'a qu'une vie, je n'ai pas le temps de faire semblant pour plaire aux autres.

Je me contente de hocher la tête avant de serrer ses doigts entre les miens. Placer les individus dans des cases précises, c'est la spécialité de notre société.

– Et merci d'avoir été là ce matin. Je ne t'ai même pas expliqué ce qu'il s'était passé et tu es restée avec moi, me soutenant.

– Les amies sont faites pour ça, ma chérie. Tu n'as pas besoin de parler pour que je sois là pour toi.

Je m'apprête à lui répondre, mais j'aperçois Archi, qui descend l'escalier, apparemment en pleine gueule de bois si j'en crois l'odeur qui me parvient. Il passe une main dans ses cheveux et bâille sans gêne, se croyant manifestement tout seul.

– Tu pues la mort, crache sa sœur.

Archi cligne plusieurs fois des yeux et nous remarque enfin sur le canapé, surpris.

– Salut. T'es venue prendre le petit déjeuner ?

– Ouais, on va dire ça.

– Cool.

Son portable sonne dans sa poche. Il le sort et le colle à son oreille. Je me tends parce que je sais parfaitement qui l'appelle à cette heure-ci.

– Salut !

Archi se tourne vers moi, fronçant soudainement les sourcils.

– Quoi ? Est-ce que j'ai vu Hena ?

Je secoue la tête, le suppliant silencieusement de répondre par la négative. Archi semble vraiment préoccupé, mais sa sœur secoue la tête à son tour.

– Non, répond-il finalement, je ne l'ai pas vue. Je viens de me lever. Et Aly est déjà partie.

Archi finit par s'éloigner et nous laisser tranquilles. Je pousse un soupir de soulagement. Je ne veux pas affronter Nasser. Je suis encore trop blessée pour ça.

***

Cinq jours se sont écoulés. J'ai fait ce que je sais le mieux faire : j'ai fui. Je suis restée éloignée de Nasser, veillant à ne jamais être près de lui, et à ne surtout pas prendre ses appels. C'était assez simple, sachant qu'il n'était pas vraiment à la fac. La blessure est toujours ouverte en moi et trop de choses négatives me bouffent, dont le meurtre de cette étudiante. Je ne perds pas de vue le danger qui peut toujours rôder.

Je pensais pouvoir ignorer Nasser encore une fois, aujourd'hui, mais, au détour d'un couloir, je l'aperçois. Et lui aussi me remarque, forcément. Il joue des coudes pour me rejoindre tandis que j'opère automatiquement un demi-tour.

– Hena !

Sa voix claque dans mon dos. Je m'apprête à l'ignorer, mais finalement je m'arrête, sans toutefois me tourner vers lui. Entendre sa voix après tant de jours sans le voir me perturbe grandement. Plein de souvenirs défilent dans ma tête. Les moments où l'on se défiait, où il était en moi, pénétrant mon cœur et mon esprit, lorsque je me sentais libre et indomptable à ses côtés.

– Tu n'as pas répondu à mes appels.

Je reste silencieuse.

– Peux-tu au moins te tourner vers moi ?

Sa voix est suppliante. Je ne bouge pas. Je sens sa silhouette massive juste dans mon dos, son ombre et sa chaleur me percutant.

– Je crois que jamais une fille ne m'a rendu aussi fou. S'il te plaît…

Quelque chose me pousse à ne pas partir. Finalement, je me tourne vers lui, mais fixe le bout de mes chaussures.

– Hena, regarde-moi.

D'abord, je ne le fais pas. Mais j'ai entendu, dans sa voix, à quel point il ne va plus pouvoir se maîtriser face à mon silence. Alors, je lève les yeux et les plante dans les siens. Son regard me retourne. Il exprime tant de choses ! Nasser me laisse pour la première fois lire librement en lui.

– J'ai besoin de toi, putain ! N'as-tu pas besoin de moi ?

Si, atrocement ! crié-je silencieusement.

Mais je me contente de redresser le menton. Enfin, je m'exprime.

– Non, Hell. Absolument pas.

Il accuse le coup et recule comme si je venais de le gifler. Il inspire brusquement.

– Je vois.

Il regarde autour de nous comme s'il ne pouvait plus soutenir mon regard. Le roi des combats clandestins a disparu. Hell n'est plus. Il n'y a que Nasser. Je découvre une douleur ravageuse sur son visage, faisant écho à la mienne.

– Parfait. Je te laisse tranquille, cette fois.

– J'aimerais bien, oui.

Ma conscience hurle en moi. Elle m'insulte et griffe mon corps meurtri. Nasser fronce les sourcils et son visage se ferme complètement. Ses émotions disparaissent. Il se redresse et redevient l'inconnu qu'il était pour moi avant que tout ça n'arrive, avant que le chaos ne s'abatte sur nous.

– OK. C'est sans doute mieux comme ça.

Il fait volte-face et s'éloigne, bousculant les élèves sur son passage. Mon visage se décompose et je ferme les yeux pour ignorer les larmes qui montent.

49

CHOOSE YOUR OWN PATH

Nasser

Hiro refuse de me donner les putains d'infos supplémentaires sur le meurtre de cette fille. C'est classé « secret défense ». Mon cul ! Les informations sont confidentielles seulement quand ça l'arrange. Quand il a eu besoin de moi par le passé, pour Délivrance, bizarrement tous les verrous ont sauté.

J'ai besoin de savoir si mon frère est vraiment l'auteur de tout ça. Avant qu'il finisse en prison, j'aurais eu des doutes, mais les années derrière les barreaux l'ont rendu encore plus monstrueux. Ça ne m'étonnerait absolument pas qu'il se soit débarrassé de cette femme pour une sombre raison.

Je quitte ma voiture et me dirige vers la prison d'État. Il n'y a personne dans mon dos. Pourtant, je sens et je sais qu'on me surveille. MG n'est pas loin. Il rôde sans aucun doute dans l'espoir de me porter le prochain coup. Mais je ne veux pas le combattre. Je veux juste tracer mon chemin et qu'il reste loin de moi. D'où ma présence ici.

Je passe rapidement les contrôles de sécurité et me retrouve dans l'un des parloirs. Je suis venu il y a peu de temps, mais ma volonté reste toujours la même concernant mon père et mon grand frère.

Assis sur une chaise soudée au sol, je patiente. Mes genoux s'agitent et mon corps se tend de minute en minute. Finalement, une silhouette massive entre dans la pièce, escortée par un flic. Mon père se laisse tomber sur la chaise en face de moi.

S'il n'a pas changé depuis ma précédente visite, ses traits sont néanmoins plus fatigués. Il semble surtout surpris de me trouver ici. Son regard gris m'analyse, comme s'il cherchait une blessure. Bien sûr qu'il est au courant de ce qu'il s'est passé avec MG !

– Quel honneur, cette visite ! Deux fois en un an, bon sang !

Je reste silencieux et croise les mains sur la table. Mon père observe l'état désastreux de mes phalanges. Il fronce le nez.

– MG m'a expliqué ce qu'il s'était passé entre vous.

Je ne suis pas surpris. Mais je veux en savoir davantage afin de gratter des informations sur le comportement de MG.

– Est-ce qu'il t'a dit autre chose ?

– Qu'est-ce qu'il aurait dû me dire ?

Je n'obtiendrai rien de mon père, je le vois à son visage. Mais je continue néanmoins.

– Est-ce qu'il a tué quelqu'un ?

Ma question le prend au dépourvu.

– Je ne contrôle pas les faits et gestes de ton grand frère.

Personne ne contrôle totalement cet enfoiré, ça, c'est bien vrai.

– Mon fils, reprend mon père, quand je sortirai…

– Je ne suis pas venu pour parler de ta future libération ni de tes plans, le coupé-je froidement.

Il croise alors les bras et m'observe attentivement. Il ne paraît pas surpris. Il sait, au fond de lui, que je ne changerai pas d'avis.

J'ai l'impression de me retrouver des années en arrière, alors qu'il gérait d'une poigne de fer mon existence.

– Alors, pourquoi est-ce que t'es venu ici?

– Je suis venu te dire une dernière fois que je ne me mêlerai jamais de vos affaires. Garde MG près de toi, qu'il ne se dresse plus en travers de ma route.

Je pose mes mains à plat sur la surface en métal et m'assure de le regarder droit dans les yeux pour lui asséner le coup de grâce.

– Et je suis venu te dire au revoir.

Mon père ne s'attendait pas à cette phrase. Il paraît soudainement perturbé et mécontent.

– Tu crois que tu peux tourner le dos à ta famille?

Nous avons déjà eu cette discussion. C'est toujours le même combat et le même résultat.

– Je le peux, et je suis en train de le faire.

Je me suis construit moi-même et j'avancerai sans lui. Il le faut.

– Ta mère aurait voulu qu'on reste soudés.

Le fait qu'il mentionne ma mère ne me plaît absolument pas. Ce sujet est une corde sensible chez moi.

– Il y a bien longtemps qu'on n'est plus soudés, articulé-je difficilement en fronçant les sourcils. Ne mêle pas maman à cette conversation.

Il veut me contredire. Il veut dominer. Mais il semble aussi comprendre, finalement, qu'il n'y a plus d'issue.

– Tu souhaites véritablement couper les ponts avec moi?

– Oui. C'est la dernière fois que je viens te voir.

Il hoche plusieurs fois la tête, son regard perdu dans le vide. Puis il me demande:

– C'est à cause d'une fille?

Je garde le silence. Oui et non. Je ne peux m'empêcher de

penser à Hena. Mais ça me rend complètement fou, alors j'essaie de la sortir de mes pensées.

Mon père finit par pousser un soupir de résignation.

– Je parlerai à ton frère, mais s'il veut te donner une nouvelle leçon, je ne le contrôlerai pas.

– J'espère qu'il t'écoutera parce que je ne jouerai plus face à ce lâche.

La conversation se termine ainsi et le silence envahit l'espace entre nous. N'y tenant plus, je me lève et commence à me diriger vers la sortie. J'ai à peine fait un pas que la voix de mon père claque dans mon dos.

– Nasser ?

Je tourne à demi la tête dans sa direction.

– Après le cancer de ta mère, je n'ai pas été le père qu'il fallait. Mais sache que… je te respecte. Tu as eu le courage que je n'ai pas eu au bon moment. J'ai pris les mauvaises décisions. Trace ton propre chemin, fils.

Ce ne sont que des mots, mais je les réceptionne et je les accepte. Je hoche simplement la tête et m'éloigne.

– *Ma'asalama*.

« Au revoir. » Ce sont mes derniers mots pour lui.

Je me sens libre à cet instant. Une page se tourne. Je dis adieu à l'homme qui m'a élevé avant de prendre le mauvais chemin.

La famille est importante. Mais, parfois, les liens du sang ne suffisent plus. Peut-être que mon père n'est pas le seul fautif dans cette histoire. Il s'est retrouvé piégé dans une spirale infernale où il n'avait plus de contrôle.

Mais cette spirale ne m'écrasera pas.

***

Le soir est tombé. Le bar dans lequel bosse Archi se remplit à vue d'œil. Assis sur l'un des tabourets du comptoir en bois, je sirote ma bière tout en regardant fixement mes doigts. Archi sert derrière le bar. Il est en train de récupérer le numéro d'une cliente.

Je reste plongé dans mes pensées. Il n'y a que le noir qui m'entoure. Une lourde enveloppe de noirceur qui refuse de s'évaporer et qui m'aveugle.

Je repose ma bière et masse mes tempes douloureuses. Une femme s'installe sur le tabouret voisin. Je lui jette un coup d'œil et découvre une silhouette sculpturale. Malgré le regard rempli de sous-entendus qu'elle me lance, je reste impassible. Je tourne la tête sans plus faire attention à elle.

– Salut, susurre-t-elle d'une voix douce et sensuelle.

Je ne l'écoute pas. Je ne pense qu'à une seule personne, à une femme qui me rend complètement dingue. Hena a mis mon univers sens dessus dessous. Et c'est impossible de faire machine arrière désormais. Je ne veux qu'elle. Je ne désire qu'elle et son putain de caractère.

– Tu perds ton temps, lancé-je à l'inconnue. Je ne suis pas libre.

Non, je ne le suis pas. Hena a beau se mentir, elle s'est enroulée autour de moi et me retient toujours prisonnier. Oui, je n'ai pas été sincère avec elle. J'ai merdé. Elle me repousse, car c'est sa douleur qui s'exprime. Ce que je comprends.

Par contre, j'étais honnête quand je lui ai dévoilé mes sentiments. Je lui ai dit que j'étais fou d'elle et elle m'a repoussé. Elle s'est protégée en le faisant. Mais tout ce qu'il y a eu entre nous n'a jamais été un mensonge. Je suis tombé pour elle et je suis tombé à ses côtés.

Hena a déserté le Toxic Hell. Mais ce n'est qu'une question de temps avant que nos chemins se croisent de nouveau. Telle est notre vie. Et s'il faut forcer le destin pour que je la récupère un jour, je suis prêt à le faire. Mais pas maintenant. Je dois lui laisser le temps de digérer la situation. J'attendrai patiemment qu'elle amorce le premier pas dans ma direction.

– Oh, oh, regarde qui voilà !

Je relève la tête en entendant les paroles d'Archi. Il nettoie un verre de l'autre côté du comptoir tout en observant l'entrée du bar. La fille continue d'essayer d'engager la conversation, mais je l'ignore. Je fixe les personnes qui viennent d'entrer.

Aly, la sœur d'Archi, avance avec deux amies. Une quatrième personne les suit, les yeux fixés sur ses pieds.

Hena. Ma voleuse. Mon chaos.

Sa longue chevelure est tirée en arrière, dévoilant la finesse de ses traits. Je vois d'ici la profondeur des cernes sous ses yeux. Comme si elle avait senti mon regard sur elle, Hena lève la tête et me découvre au comptoir. Elle s'arrête sur place et sa bouche s'ouvre de surprise.

De mon côté, je maîtrise parfaitement mon expression et l'observe sans laisser paraître quoi que ce soit, alors qu'au fond de moi, c'est le bordel complet.

Semblant penser à quelque chose de désagréable, Hena détourne le regard, m'ignorant volontairement.

Ma petite garce indomptable.

Hena s'installe à la table d'Aly. Seulement quelques mètres nous séparent. Sa chaise est dans mon champ de vision si bien qu'on se fait presque face. Aly lance la discussion. Hena jette un nouveau coup d'œil vers moi sans pouvoir s'en empêcher. Elle remarque la jeune femme à mes côtés et je vois son visage se crisper. Elle n'aime pas la proximité de cette inconnue avec moi. Je ne bouge pas, savourant cette minuscule victoire.

Je vois sa respiration s'accélérer. Finalement, Aly suit son regard et me remarque à son tour. Elle dresse son majeur dans ma direction. Malgré moi, un petit rire sort de ma bouche. Je me demande si Hena s'est confiée à elle. Sûrement en partie.

L'inconnue s'éloigne finalement. Je le remarque à peine. Mon attention est entièrement focalisée sur Hena. D'ailleurs, elle rigole face au geste d'Aly et m'ignore une nouvelle fois. Je veux la prendre, la baiser, la caresser, puis lui demander pourquoi elle m'inflige cette torture. Je veux lui hurler de ne plus me repousser. Sauf que je sais pertinemment que j'ai merdé.

Patience.

Mais je sens que ma maîtrise s'amenuise. Hena agit comme un aimant sur moi. J'ai besoin d'elle. Elle est nécessaire à mon univers.

50

ACCEPTER SON CHAOS

Hena

Nous sommes vendredi et l'après-midi commence à laisser sa place à la soirée. Aujourd'hui, j'ai eu un entretien d'embauche pour travailler dans le café du campus, et j'ai réussi ! Je commence dans quelques jours.

Une semaine s'est écoulée depuis que j'ai quitté Nasser. Une semaine que je cherche à le gommer totalement de ma vie sans vraiment y arriver. C'est dur d'essayer de supprimer de sa tête une personne qui est justement censée y rester.

Karl vient de rentrer de ses cours et il fait les cent pas dans le salon. Il est super speed ce soir. Je me lève du canapé et m'approche de lui.

– Ça va ?

Il se tourne brusquement vers moi.

– Oui. On va bien.

– Tu parles de toi à la troisième personne ? demandé-je avec un sourire. Ton ego ne va plus passer les portes, mon gars.

Mon frère secoue la tête en rigolant.

– Je suis juste… un peu nerveux avec tout ce qu'il se passe.

Il semble avoir une nouvelle crise. Mais je n'ai pas le temps de lui demander davantage de détails qu'il se dirige déjà vers sa chambre tout en croquant à pleines dents dans une pomme juteuse. J'aimerais qu'on ait une vraie discussion, sauf que ce sera apparemment pour plus tard.

Je me laisse tomber une nouvelle fois sur le canapé et fixe le plafond. Et mes pensées dérivent encore vers Nasser. Oui, il m'a menti. Oui, c'est toujours douloureux. Mais ce qu'il s'est passé entre nous n'était pas un mensonge. Une partie de moi tente de se mettre à sa place. S'il m'avait parlé avant, je sais que j'aurais également pris la fuite.

Notre confrontation me revient en mémoire. J'essaie de comprendre ses réactions et ses silences. Je lui en veux toujours, mais j'ai également besoin de lui. Alors que mon univers vole en éclats, j'ai besoin que Nasser devienne mon ancre face à ce chaos qui semble s'annoncer.

On juge si facilement les autres sans connaître leur histoire, sans même savoir que, parfois, ces personnes que l'on juge nous ressemblent. Je comprends une chose fondamentale. Je me redresse et, sans plus réfléchir, je décide d'obéir à mon instinct. Il existe sans doute bien des arguments qui justifieraient que je reste loin de lui, mais j'ai surtout plusieurs raisons de le rejoindre. La première? Je suis amoureuse de Nasser Imran.

Mes sentiments me heurtent de plein fouet. Je ne peux plus me mentir. C'est pour ça qu'il m'a fait si mal. Parce que je l'aime et que j'ai besoin de lui.

Je récupère mes clés et quitte l'appartement. Je ne veux plus fuir.

***

J'arrive vingt minutes plus tard devant l'entrepôt. Un calme olympien règne dehors. Je quitte mon véhicule sans prendre le temps d'écouter mes doutes et mes peurs. Je tambourine contre la porte en métal, mais finis par la faire coulisser quand je ne reçois pas de réponse. Je pénètre dans le Toxic Hell, le souffle court.

Nasser se tient au milieu du ring. Le choc se lit sur son visage, mais j'y vois autre chose : de l'espoir face à ma présence.

– Hena ?

Je m'avance vers lui, les jambes tremblantes.

– Je te déteste encore un peu, mais je… je crois que je t'aime.

C'est bizarre de le dire à voix haute.

Il quitte le ring sur lequel il était en train de s'entraîner.

– Tu m'aimes ?

Le choc fait place au ravissement. Et je sais qu'il ressent la même chose que moi. Il m'a dit être fou de moi.

– J'ai… j'ai besoin de toi, Nasser. Tu as volé mon cœur et tu lui as porté un coup presque fatal, c'est vrai. Mais tu l'as tant de fois aidé quand c'était pourtant difficile de le faire fonctionner.

Sa respiration s'accélère alors qu'il s'avance vers moi. Au moment où son corps va toucher le mien, un boucan et des exclamations se font entendre. La situation devient floue autour de moi. J'ai l'impression de suivre ce qu'il se passe au ralenti.

– Police !

Trois policiers pénètrent dans l'entrepôt, arme au poing. L'inspecteur Hiro entre à leur suite, la mine sombre.

Deux flics attrapent Nasser, qui se débat, et le tirent loin de moi.

– Qu'est-ce qu'il se passe ? Putain, lâchez-moi ! Lâchez-moi !

– Qu'est-ce que vous faites ? m'exclamé-je en tentant de m'approcher de Nasser.

Mais l'inspecteur m'en empêche en se dressant devant l'homme que j'aime.

– Un braquage à main armée a eu lieu cet après-midi. Une personne a été blessée par balle. Les coupables ont été arrêtés.

– Mais qu'est-ce que vous me racontez?

Nasser secoue les épaules, mais les deux policiers le maintiennent fermement.

– L'un des coupables, ton frère, nous a dit que tu l'avais aidé à se procurer des armes. Je vais devoir t'emmener au poste, mon garçon.

La surprise, le choc et la rancœur se mélangent sur le visage de Nasser. Puis la rage semble l'envahir. Je sais qu'il n'a rien fait. Il hait son frère. Il ne l'aurait jamais aidé.

– Je n'ai pas aidé MG! Jamais de la vie! Il vous a menti.

Hiro secoue sa tête.

– Je crains bien que, cette fois, je ne puisse pas t'aider. Emmenez-le.

Les deux flics traînent Nasser vers la sortie. Je tente d'attraper l'épaule de l'un d'eux pour qu'il le lâche.

– Vous vous trompez! hurlé-je. C'est une putain d'erreur.

Le flic me repousse durement au niveau de la poitrine et Nasser explose.

– Ne la touche pas, espèce d'enculé! braille-t-il en se débattant comme un forcené.

Hiro me jette un regard noir.

– Avant de provoquer un carnage, écartez-vous.

Son ordre est clair: si je ne m'éloigne pas, la situation va dégénérer et j'aurai tout sauf aidé Nasser. Alors, je prends sur moi et recule, la mâchoire et les poings serrés.

– Vous vous trompez, Nasser est innocent.

Hiro soupire et les quatre hommes repartent vers la sortie. Nasser me jette un dernier coup d'œil. Il sait que je le crois, malgré tout. Et ça semble lui suffire pour l'instant. Mon regard exprime l'amour et la confiance que je lui porte.

51

L'INNOCENTE QUI AIMAIT LE COUPABLE

Nasser

– Vous savez parfaitement que je n'ai rien à voir avec cette histoire, Hiro.

L'inspecteur pousse un long soupir tandis que je m'installe dans la salle d'interrogatoire. Dieu soit loué, je n'ai pas de menottes aux poignets !

Des envies de meurtre me viennent. MG n'a apparemment pas écouté notre géniteur. Je voudrais qu'il soit en face de moi pour lui briser les genoux. Je ne pensais pas que son comportement pourrait être encore plus lâche qu'avant, mais je me suis apparemment trompé.

Je m'installe sur la chaise en métal et carre les épaules. Quelle ironie quand on sait que j'étais assis sur une chaise similaire, il y a peu, pour dire adieu à mon père !

– C'est plus compliqué que ça, reprend l'inspecteur. Cet individu nous a indiqué que tu lui avais fourni de quoi préparer leur braquage, à lui et ses deux petits camarades.

– Et qu'ont dit ses camarades ?

– Aucune mention de ton nom.

Un sourire moqueur étire mes lèvres.

– Alors, réfléchissez, putain ! J'arrive pas à croire qu'un homme tel que vous soit si stupide.

– Surveille ton putain de langage.

J'arque un sourcil face à son propre juron. C'est l'hôpital qui se fout de la charité, à ce stade.

– Dites-moi que mon frère est ici.

– Il est ici. Dans une salle bien gardée, de l'autre côté du bâtiment.

– Amenez-le-moi. Laissez-moi seul avec lui cinq minutes.

– Écoute, ne rends pas la situation encore plus compliquée, gamin. Une femme a failli perdre la vie aujourd'hui quand ton frère lui a tiré dessus avant de voler la caisse de sa boutique.

– C'est malheureux, mais ce n'est pas mon problème.

– Ça l'est si les paroles de MG sont véridiques.

Je pose les deux mains sur la table.

– C'est ça, votre preuve, inspecteur ? Parce que, si mon arrestation repose sur ses mots, vous êtes en train de vous planter sévère.

– Tu n'es pas officiellement arrêté. On t'interroge.

– Deux de vos petits copains m'ont embarqué. On peut difficilement parler d'une promenade de santé, *inspecteur*.

Un lourd silence s'installe entre nous. Hiro jette plusieurs fois des coups d'œil à la porte. Il perd son temps et me fait perdre le mien, alors que, putain, Hena s'est ouverte à moi ! Elle est enfin revenue. Elle a des sentiments pour moi, et c'est la seule chose qui m'empêche de vriller à l'heure actuelle.

– Si ce n'est qu'un interrogatoire, comme vous dites, je suis donc libre de partir ?

– As-tu, oui ou non, fourni des armes à ton grand frère ?

– Vous voulez que je vous réponde en quelle langue ? Non, espèce d'idiot !

– Tu veux que je te coffre pour outrage ? N'aggrave pas ton cas, Nasser.

Son pseudo-ton paternaliste me rend dingue. Je n'ai aucune envie de jouer les gentils gars. Je déteste l'injustice, et par-dessus tout qu'on m'accuse de mentir.

– Vous me connaissez, putain ! m'énervé-je. On a déjà fait affaire, vous et moi. Vous vous trompez sur toute la ligne, et en beauté. Je ne suis pas un ange, mais je ne nage pas dans ces eaux-là. Jamais. Et si vous n'avez pas de preuves, vous allez devoir me relâcher. Maintenant !

Son regard affronte le mien, mais hors de question que je baisse les yeux. Finalement, il se lève et s'engage dans le couloir en claquant la porte dans son dos.

– Profitez-en pour ramener mon putain de portable, que votre collègue a pris !

Les minutes s'écoulent sans que quiconque ne vienne. Au bout d'un interminable quart d'heure, Hiro se présente de nouveau dans la salle. Son air mécontent vaut son pesant d'or. J'aimerais prendre une photo de sa tête pour la montrer ensuite à Archi.

– Ton frère va passer un paquet de temps derrière les barreaux, encore une fois. Quant à toi, nous n'avons effectivement pas de preuve de ta culpabilité, à part sa parole contre la tienne.

Il sort mon portable de sa poche et le pose devant moi. Je me redresse sans attendre, toujours aussi énervé.

– Toi, tu es libre jusqu'à preuve du contraire.

– Et il n'y aura aucune preuve du contraire.

Je vois, sur son visage, qu'il ne sait toujours pas s'il doit me croire. Quelle déception... Tu m'étonnes qu'Archi ne puisse pas le supporter !

– Vous venez de commettre une erreur, inspecteur. Plus jamais je ne vous aiderai. Allez crever.

Il contracte durement la mâchoire. Il est à deux doigts de me plaquer contre le mur pour m'arrêter, je le sens. Mais je recule déjà et lui souris avec une expression innocente.

– Oh ! Archi vous passe le bonjour.

– Dégage d'ici !

***

Hena

J'arrive chez moi. Le soleil est couché désormais. Ça me tuait de patienter chez Nasser sans aucune nouvelle. Je sais, au fond de moi, qu'il est innocent, mais rester seule dans cet endroit immense me foutait les jetons.

Je gare ma voiture devant mon immeuble. Une fatigue intense me frappe soudainement. Je suis lasse de toute cette situation qui échappe à mon contrôle. Pourtant, j'ai l'impression que je ne suis pas au bout de mes peines.

Mon portable vibre dans ma poche. Le soulagement m'envahit quand je découvre qui est mon correspondant.

– Nasser !

– Trésor.

Entendre ce surnom me réanime. C'est comme si je pouvais de nouveau respirer.

– Où es-tu ? me demande Nasser sans attendre.

– Devant chez moi.

– Attends-moi là-bas. Je… j'arrive dans trente minutes.

Il raccroche et je m'empresse de quitter mon véhicule. Tandis que je m'engage dans l'escalier, mon portable se met encore à sonner. Mais ce n'est pas Nasser qui tente de me joindre. C'est un numéro que je ne connais pas.

– Allô ? demandé-je prudemment.

Une voix de femme me répond.

– Milhena Williams ?

Je connais ce timbre, mais je n'arrive pas à mettre un nom dessus.

– Oui. Qui est à l'appareil ?

J'arrive devant la porte de mon appartement et m'apprête à l'ouvrir, mais je suspends mon geste.

– Je suis Samantha Holms, la psy de votre frère. Je peux vous parler une minute ?

Je déverrouille finalement ma porte et découvre que l'appartement est apparemment vide, vu le silence qui y règne. L'inquiétude monte en moi. Mon frère est justement censé être chez sa psy à cette heure-ci. J'ai, de mon côté, annulé mon rendez-vous avec la Dre Bomley.

– Oui, bien sûr. Mais mon frère n'est pas avec vous ? Je sais qu'il a loupé une séance, mais cela ne devait plus se reproduire…

Elle souffle des paroles que je ne comprends pas et je lui demande de répéter.

– J'ai longuement attendu pour vous appeler, car Karl est un adulte et il est libre de ses choix, d'autant que je sais que votre propre situation est compliquée, mademoiselle. Mais j'aurais dû vous contacter bien avant. Milhena, Karl ne vient plus à nos séances depuis des semaines.

Je fronce les sourcils et pose mon sac sur le canapé.

– Mais ce n'est pas possible ! Je viens, la moitié du temps, le chercher devant votre immeuble.

Seul le silence me répond. Un mauvais pressentiment me gagne.

– J'avoue ne pas comprendre, continue la psy. Si je vous ai appelée ce soir, c'est pour savoir si votre frère avait tout simplement trouvé un autre praticien et avait oublié d'effectuer un transfert de dossier.

– Non, chuchoté-je. Mon frère n'a jamais pris de nouveau psy.

– Eh bien, je pense que vous devriez avoir une conversation avec lui.

– Je dois vous laisser.

Me moquant d'être impolie, je raccroche soudainement et glisse mon portable dans ma poche.

– Karl, murmuré-je, mais qu'est-ce que tu ne me dis pas?

Je me dirige vers sa chambre, une boule grossissant dans mon estomac. Je n'ai pas pour habitude de fouiller dans ses affaires, mais, cette fois-ci, j'entre sans hésiter dans son espace. Le lit est fait à la perfection. Tout est rangé au centimètre près.

J'allume la lampe et déambule dans la pièce avant de m'asseoir au bord de son lit. Mon frère m'a menti depuis des semaines. Mais pourquoi tous les hommes de ma vie ont-ils décidé de se jouer de moi? Et pourquoi Karl aurait-il menti?

Beaucoup de choses me traversent l'esprit. Karl a refusé de se soigner, mais il m'a fait croire que tout allait bien. Et je n'ai rien vu. Il s'est passé tellement de choses autour de nous que je n'ai même pas remarqué ce que j'avais sous les yeux. Je voyais ses crises et son comportement bizarre, mais je pensais que ça irait mieux. Je pensais que le temps le guérirait.

Je fouille minutieusement sa chambre dans l'espoir de comprendre où il va quand il n'est pas chez sa psy. J'ouvre le tiroir de sa table de nuit, mais il n'y a absolument rien dedans. Je me redresse et m'avance vers sa penderie. Je déteste ce que je suis en train de faire, mais j'ai besoin de réponses. Mes mains s'enfoncent entre les cintres. Je ne sais pas vraiment ce que je cherche.

Je baisse alors les yeux, qui se posent sur un sac de sport, au fond du placard. Je le tire à moi et l'ouvre.

Le bruit résonne dans la chambre. Je plonge ma main dans le sac. L'incertitude m'envahit quand je touche quelque chose de pointu du bout des doigts.

– Mon Dieu, Karl ! Mais qu'est-ce que tu as fait ?

J'ouvre le sac en grand. Mes doigts tremblent tellement que j'ai du mal à saisir ce qu'il contient. La première chose que je sors, c'est un couteau avec une lame souillée de taches brunâtres.

Non. Non. Non ! Ce n'est pas possible. Je refuse. Dites-moi que je suis en plein cauchemar !

Puis je retire du sac un tee-shirt gris appartenant à mon petit frère, la prunelle de mes yeux. Le tissu est taché. Je n'ai pas besoin de réfléchir longtemps pour comprendre ce dont il s'agit. Du sang. Mon cerveau fait les connexions. Des liens et des réponses s'imposent à moi, mais je les repousse le plus loin possible.

Et tandis que je suis en train de toucher ces preuves irréfutables qui incriminent mon frère, une partie de moi se détruit. Tout ce temps, j'ai cru que mon père avait tué cette femme. Mais, en réalité…

Un craquement se fait entendre dans mon dos. Je sursaute et lâche le tee-shirt comme s'il était empoisonné. Mon frère se tient sur le seuil de sa chambre. Il fait un pas dans ma direction, le visage ruisselant de sueur. Je ne bouge pas d'un centimètre. J'en suis incapable.

– Karl, murmuré-je difficilement, mais qu'est-ce que tu as fait ?

Sauf que ce ne sont pas les yeux de mon frère qui m'observent attentivement. Ce sont ceux d'un inconnu. Son regard est si noir, si inhumain ! C'est le corps de mon frère, mais la personnalité d'un autre. C'est un monstre qui se tient devant moi. Et c'est ce même monstre qui me frappe au niveau de la tempe. Je m'effondre sur le sol.

Un monstre a emmené mon frère dans le noir. Et il va m'emmener, moi aussi, loin de la lumière.

52

LA BRÛLURE DES FLAMMES
ET LA DANSE DES OMBRES

Hena

Le bruit de pleurs me réveille. Ce ne sont pas les miens. J'émerge lentement. Une douleur fulgurante assaille mon crâne. Je suis assise en boule, mon corps recroquevillé contre un mur en mauvais état. Je cligne des yeux, tentant de m'acclimater à la faible luminosité des lieux.

Les pleurs continuent de se déverser à quelques mètres de moi. J'essaie d'analyser chaque détail de mon environnement. Je suis dans une sorte de vieille salle de restaurant abandonné. Des morceaux de plâtre jonchent le sol, ainsi que des détritus et diverses boîtes, comme si cet endroit avait été transformé en squat.

J'entends d'ici les bruits de la circulation. Nous sommes donc dans le centre-ville de Monroe ou proche de ce dernier – pas très loin de chez nous, je suppose.

Tout ce qu'il s'est passé me revient alors en tête. L'interpellation de Nasser. L'appel de Samantha. Ce que j'ai retrouvé dans la chambre de mon petit frère. Le regard monstrueux qu'il m'a lancé lorsqu'il m'a découverte devant sa penderie. Et puis le noir complet. Karl m'a sans aucun doute portée jusqu'ici.

Oh, non… Karl!

Je localise d'où viennent les sanglots. Mon frère est assis à quelques mètres de moi, son dos calé contre le mur décrépit. Ses genoux sont relevés contre sa poitrine et ses mains tiennent fermement un couteau. Le même couteau qui lui a servi précédemment. Son visage se lève vers moi et je vois les larmes qui ruissellent sur ses joues.

– Je ne voulais pas te frapper. Mais j'étais obligé. Par… pardon, Hena.

Je colle un peu plus mon dos contre le mur, toujours aussi silencieuse. Toujours aussi détruite intérieurement. Je pensais que la vie m'avait déjà donné des coups violents, mais elle vient de me faucher, et il n'y a aucun moyen que je me relève.

– Tu m'aimes toujours, hein?

Sa voix résonne comme celle d'un petit garçon. Un petit garçon détruit, qui a détruit à son tour.

Pour la première fois, je ne lui réponds pas. Je ne sais pas quoi dire. Je n'arrive tout simplement pas à lui parler. Ma tête me lance et je presse l'une de mes mains contre ma tempe. Je sens comme du sang coagulé, comme si j'avais saigné, et pas qu'un peu. Une odeur nauséabonde envahit mes narines, mais je n'arrive pas à savoir d'où elle provient.

Karl inspire brusquement avant de renifler et de s'essuyer le nez avec son bras.

– Je suis fou, Hena. Je suis un monstre.

– Tu n'es… tu n'es pas un monstre.

J'essaie de le calmer, mais je n'arrive pas à soutenir son regard. Ça ne lui plaît pas. Ça l'énerve davantage, même.

– Tu ne peux même pas me regarder ! hurle-t-il en pointant le couteau dans ma direction.

Je dois atteindre et raisonner mon frère. Sauf que j'ai peur, putain ! Ce n'est plus mon frère en face de moi. Il n'est pas seul dans son propre corps. Il est en proie aux ténèbres, qui tentent de m'envelopper, moi aussi.

Les signes avant-coureurs se rappellent à moi. Toutes ces crises, sa panique avant que Nasser ne le calme dans le couloir de la fac. La fois où il m'a parlé des flammes autour de lui. Son regard divaguant vers un univers qui le retenait prisonnier. Ces moments où il flanchait et où je pensais que le temps et sa psy allaient le guérir. Mais ça n'a pas été le cas. Ses traumatismes ont gagné la partie sans même que je m'en aperçoive.

Je me suis trompée, tout ce temps, en pensant qu'il allait mieux. Rien n'allait. Rien ne va. Rien n'ira, désormais. Délivrance ne lui a pas laissé que des souvenirs traumatisants. Délivrance a détruit mon frère. Il a été tellement perturbé qu'il en est venu à reproduire les mêmes horreurs, ou presque.

– Karl, l'appelé-je doucement pour ne pas le brusquer.

Mais il ne m'entend même pas. Il se balance d'avant en arrière. Alors que je me redresse lentement, il pointe une nouvelle fois son couteau dans ma direction.

– N'avance pas !

Sa voix est chargée de tant de souffrance et de tant de colère ! Ça me brise. Mais je ne serai jamais aussi brisée que lui.

Je me rassieds contre le mur. Je dois contacter l'extérieur. Je me souviens alors d'un détail et implore quiconque m'écoute d'avoir raison. Je sens mon portable dans la poche arrière de mon jean. Karl était dans un tel état qu'il n'y a pas fait attention. Tandis qu'il se remet à pleurer, tout en observant le plafond, je tire doucement mon portable dans mon dos, remerciant le ciel de n'avoir jamais mis de mot de passe. Mon index tremblant glisse sur l'écran et j'atterris directement sur mon journal d'appel. Je ne vois qu'un nom et je ne prends pas le temps de réfléchir.

Je clique sur le prénom de Nasser et active le haut-parleur. Je le supplie intérieurement de décrocher.

Un craquement se fait entendre quand Karl se lève soudainement. Je me tourne vivement vers lui. Il fait les cent pas, tenant fermement son couteau tout en poussant diverses exclamations dont je ne comprends pas le sens.

– Karl, l'appelé-je doucement.

– Tais-toi, ne dis pas *mon* prénom.

Nouveau coup à mon âme.

Il se met à hurler. Un hurlement déchirant, comme celui d'un animal blessé.

– Où sommes-nous ? murmuré-je.

Il ne me répond pas. J'aimerais voir si Nasser a bien décroché et nous entend, mais impossible de tourner la tête. Je garde mon attention entièrement sur mon frère parce que, dans cet état, il pourrait se blesser, mais aussi s'en prendre à moi.

– Est-ce qu'on est dans le centre-ville de Monroe ?

Finalement, Karl hoche la tête.

– Pas très loin de chez nous, dans un vieux resto abandonné, mais calme. C'était… c'était plus facile de venir ici quand les pulsions étaient trop fortes pour que j'y voie clair.

Alors, pendant que je pensais que Karl était chez sa psy, il venait ici. Et quand je venais le chercher chez Samantha, il avait déjà rejoint l'immeuble de cette dernière.

– J'ai trouvé cet endroit près de la pizzeria dans laquelle on est venus manger. Tu te souviens, Hena ?

Oui, je m'en souviens.

– Tu m'as emmenée dans un restaurant transformé en squat

sur Walnut Street? C'est ici que tu venais quand tu me disais aller chez ta psy, Karl?

Il ne m'écoute pas et sa main libre frappe son front.

– Les flammes me brûlent tellement, Hena! Je n'ai jamais voulu ça! Jamais!

Le voir dans cet état me fait tellement mal! Mon frère est malade. Puis il change soudainement d'expression et son visage se détend à vue d'œil. Il inspire brusquement, comme s'il calmait l'une de ses crises.

– Karl, l'appelé-je une nouvelle fois. Tu es malade. Il faut que tu…

– Je ne suis pas malade! hurle-t-il. Je… je… ce sont ces pulsions qui me poussent à faire tout ça, ce n'est pas *moi*. Les cauchemars étaient si nombreux. J'ai juste… Je me suis perdu en eux, Hena. Ils sont devenus réels.

Je range à tâtons mon portable, puis je me relève avec précaution, craignant pour ma vie. J'observe le couteau sale qu'il tient. Il continue de faire les cent pas, marchant sur les détritus. J'aimerais pouvoir le calmer, mais j'ai l'impression que c'est impossible. Quelque chose a explosé dans sa tête.

L'odeur fétide est de plus en plus présente. Ça me retourne l'estomac. J'inspecte les alentours, et puis je le vois, plus loin. Un cadavre gît de l'autre côté de la pièce, à moitié recouvert d'une bâche. Je distingue certaines parties du corps où la chair s'est décomposée. Il est là depuis quelque temps déjà.

Karl, mais qu'est-ce que tu as fait…

Ma bouche tremble et je sens mon corps devenir glacial. Mes yeux inspectent le corps en décomposition. Je peux voir une partie du visage. Je lâche un sanglot et me colle contre le mur.

– Daryl? murmuré-je. Oh, mon Dieu!

Un gémissement d'agonie se bloque à l'arrière de ma gorge.

Karl arrête de marcher et remarque ce que je viens de voir. Il fait un pas dans ma direction, mais s'arrête soudainement.

– Tu n'as pas fait ça… haleté-je.

– Il nous a suivis à Monroe, Hena, articule-t-il avec un sourire froid. Il nous pistait en pensant qu'on ne le verrait pas. Mais je l'ai pris en chasse à mon tour. Je suis devenu le meilleur chasseur.

– Qu… quoi ?

– Daryl s'approchait de nous sans que les flics le remarquent. Mais, moi, je l'ai senti. Je l'ai vu, Hena. J'ai réfléchi comme lui. Je l'ai coincé tandis qu'il s'approchait de notre résidence. Alors, je l'ai brisé, comme il nous a brisés. Et c'était si bon…

– Et Marcus ?

Mon frère secoue la tête.

– Je n'ai jamais retrouvé sa trace.

Ses yeux s'illuminent et il continue :

– Peut-être que je pourrai le chasser, lui aussi. Je le fracasserai lentement.

Je pleure à chaudes larmes désormais. Karl ne semble pas comprendre mon comportement.

– Tu verses des larmes pour Daryl ?! Je me suis occupé de lui, Hena ! Tu devrais être contente !

– Je ne pleure pas pour lui, Karl. Je pleure pour toi, pour ton âme.

Je pensais que notre géniteur, Daryl, était sur nos talons. Jamais je ne me serais doutée que Karl l'avait retrouvé avant de… le tuer.

– Karl, il faut que tu m'écoutes. Nous devons…

– Tu ne devais jamais l'apprendre ! me coupe-t-il. Les ombres m'avaient promis que tu n'en saurais rien.

Il se frappe une nouvelle fois le front, puis pointe son couteau vers moi.

– Je me suis retenu tant de temps face à mes pulsions depuis qu'on est sortis de Délivrance. Je me suis maîtrisé, pour toi, parce que tu pensais que j'allais mieux. J'ai essayé de lutter, Hena, je te le jure. Mais tu m'as laissé tomber. Tu t'es détournée de moi en te concentrant sur ta nouvelle vie et sur Nasser. Et moi… je ne pouvais plus lutter.

– Je ne t'ai jamais laissé tomber, Karl ! m'époumoné-je en sentant mes lèvres trembler. Jamais ! J'aurais tout donné pour toi ! Tout !

Mais ce n'est pas lui qui parle, c'est cette voix mauvaise qui lui a retourné le cerveau.

– C'est ancré en moi. Ces hommes ont fait de moi un monstre, reprend-il comme si je n'avais rien dit. Je ne pouvais plus me retenir. J'avais besoin de verser le sang, comme le faisaient Abraham et tous les autres. Alors, je me suis d'abord attaqué à un chat. Mais les animaux ne me suffisaient plus.

Je pense au chat que j'ai retrouvé, un soir, derrière la benne à ordures.

Oh, non…

– Je… je ne me sentais pas mieux. J'avais toujours besoin de me cacher, mais les voix me trouvaient à chaque fois et me transformaient en pantin. Et c'était de plus en plus difficile de faire semblant.

Alors, les ombres dans sa tête, les flammes, ce n'était pas les souvenirs de Daryl, de Marcus et d'Abraham. C'étaient ces voix. Sa personnalité s'est dissociée. À cet instant, il n'est plus uniquement mon frère. C'est toujours son corps physique, mais il n'est pas seul.

– Elles décident de ce qui est bon pour moi, continue Karl. Elles seules peuvent vraiment me comprendre !

– Ce n'est pas vrai. Ce n'est qu'un mensonge qu'elles tentent de te faire croire. Karl, regarde-moi…

– Elles m'obligent à faire mal aux autres, à te faire mal, à toi, à me faire mal. Mais je ne pouvais pas te faire du mal. Pas à toi, ma sœur. Alors, je me suis contenté de te suivre. Je me suis contenté d'être une ombre derrière toi.

Il tapote son front du bout de son couteau. Je comprends que Karl me pistait. Et je réalise autre chose : c'est sûrement lui qui a tué cette étudiante !

– Les voix s'amplifient. Elles veulent tout détruire. Taisez-vous ! Taisez-vous !

Il se tient la tête, la pointe de couteau à quelques millimètres de son œil droit. Je fais un pas vers lui, incapable de rester éloignée.

– Ça va aller, Karl, je te le promets.

Il m'ignore et s'avance vers le cadavre de notre père. Il lui donne un coup de pied tout en poussant un hurlement.

– Tout ça, c'est ta faute ! Ta faute ! Dis-lui, Hena.

– C'est vrai. C'est sa faute.

Il s'éloigne de notre géniteur et s'approche vivement de moi, ne s'arrêtant qu'à quelques centimètres. Mais il faut que je sache.

– Tu as tué cette étudiante ?

J'ai toujours un maigre espoir. Je pensais que, cette nuit-là, il l'avait passée avec Maya, sa camarade.

– Je ne voulais pas la tuer, me jure-t-il. Mais je le devais.

– Non, Karl ! Dis-moi que ce n'est pas vrai !

Je recule, mes jambes ne me retenant presque plus.

– J'étais rentré à l'appartement avec mon amie. Mais je ne pouvais pas dormir. Alors, j'ai quitté la chambre en m'assurant qu'elle dormait. Maya a un sommeil si lourd ! J'aurais pu la tuer, elle, mais ce n'est pas ce que je voulais. Donc, je suis sorti et j'ai zoné. Je suis retourné au Toxic Hell. La soirée se terminait et je suis tombé sur cette étudiante. Je l'ai tuée. Et je ne l'ai pas regretté. Puis je suis rentré aussi silencieusement que possible.

Il attend que je parle, mais je n'y arrive plus. Son corps se met à trembler et nous pleurons tous les deux en nous regardant.

– Ça va aller, soufflé-je. On va s'occuper de toi.

Mais je sais bien que non, ça n'ira pas.

– Tu as besoin d'aide.

– J'avais besoin de toi ! Je n'avais besoin de rien d'autre. Mais, même toi, tu n'es pas assez forte face aux flammes. Et les ombres me disent que tu n'es plus la bienvenue dans notre vie.

– Alors, ne les écoute pas !

– Mais tu ne m'aimes plus ! hurle-t-il en s'agitant davantage.

Je secoue la tête. C'est mon frère, et il est malade. Il a vécu l'horreur jusqu'à être détruit de manière irréversible.

– Je t'aime, Karl.

– Tu mens !

Il brandit son couteau devant moi, mais je l'ignore. La lame effleure mon ventre. Je le fixe sans flancher.

– Il faut qu'on te soigne, Karl. Tu comprends ?

Le couteau reste entre nous. Il secoue la tête et finit par s'écarter.

Un craquement retentit et une silhouette que je connais parfaitement pénètre dans la pièce. Karl ne l'a pas entendu arriver. Le soulagement et l'espoir m'envahissent. Nasser a répondu à mon appel. Il a décroché et, surtout, il est là. Il étudie immédiatement la situation. Il observe du mieux qu'il peut mon corps. Il fait sombre, là-dedans, mais il aperçoit le couteau entre mon frère et moi.

L'horreur et l'inquiétude se lisent sur son visage. Puis il se tourne vers Karl, ses deux mains devant lui comme pour montrer qu'il n'est pas armé.

– Salut, mon pote.

53

CŒUR GLACÉ, CŒUR FRACASSÉ, CŒUR ÉCRASÉ

Hena

Karl pointe son couteau vers Nasser, choqué de le voir ici.

– Qu'est-ce que tu fais là ?!

Le grand brun ne lui répond pas. Il se tient simplement là, le regard aussi rassurant que possible. Puis mon frère se tourne vers moi, le visage détruit.

– C'est toi qui l'as fait venir ? Mais comment ?

– Nasser ne te veut pas de mal.

– Tu m'as trahi ! Toi aussi !

Il hurle sur moi et ses cris me vrillent les oreilles. Je secoue la tête, des larmes s'échappant toujours de mes paupières.

– Je ne t'ai pas trahi, Karl. Je t'aime. Je donnerais tout pour toi. Mais tu es malade. Je veux juste qu'on te soigne. Je serai là, d'accord ? Je ne te laisserai pas tomber. Jamais.

Je condamne ses actes. Il a tué une jeune femme innocente. Mais il est malade.

Mon petit frère inspire brusquement. Une partie de lui, le vrai Karl, écoute mes mots. Mais les ombres sont toujours là, prêtes à s'abattre sur lui pour le dévorer. Je ne les laisserai pas gagner. C'est impossible.

Nasser fait un nouveau pas dans sa direction et Karl redresse les épaules. La sueur inonde son front et il paraît désespéré.

– N'approche pas ! hurle-t-il à Nasser. Ne nous approche pas.

Ce dernier l'ignore et continue son avancée.

– Karl, écoute-moi. Baisse ton couteau.

– Non !

C'est le cri d'un adolescent complètement bousillé par la vie.

– Mon pote, baisse ton couteau. Ça va aller, d'accord? On va te soigner.

– JE NE VEUX PAS ALLER MIEUX ! Ne t'approche pas !

– Tout le monde veut aller mieux. Pense à ta sœur. Tu te détruis, mais tu la détruis, elle aussi. Alors, crie, pleure, bats-toi. Tu es plus fort que l'horreur dans ta tête. Ne la laisse pas gagner.

Karl pleure à chaudes larmes désormais. Ses doigts tremblent sur le couteau.

– Mais c'est dur, chuchote-t-il.

– Tu es plus fort que ça, contré-je. Bats-toi.

Je ne me bats pas que pour mon frère à cet instant. Je me bats aussi pour moi. Je me bats pour cette jeune fille qui a été assassinée, pour sa famille, qui doit connaître la vérité.

– Ne laisse pas les voix gagner, continué-je. Tu es fort.

Un sanglot s'étouffe dans ma gorge. Nasser m'observe silencieusement. Lui aussi paraît défait.

Tandis que mon frère commence à baisser le bras qui brandit le couteau, j'entends des bruits de pas.

– Police ! s'exclame un agent, sans doute appelé par Nasser.

Bordel, pas comme ça ! Quel idiot ! Il vient de tout gâcher !

– Non ! hurle Karl.

Il s'approche de nous et tout se déroule très vite. Karl explose et Nasser se jette sur lui. Le couteau l'effleure et Karl s'enfuit. J'accours près de Nasser, qui se tient le ventre. Mais il secoue la tête pour m'indiquer qu'il va bien.

– Suis-le !

Déjà, le flic s'éloigne sur les traces de Karl, et j'en fais de même.

– Police ! hurle à nouveau l'agent en traversant le squat abandonné.

– Ne le faites pas paniquer !

Ce n'est pas comme ça qu'on doit fonctionner ! Karl est perdu dans la tête. À cet instant, c'est un garçon qui se rend compte de tout ce qu'il a fait.

Le flic m'ignore et je vois mon frère fuir au loin. Il passe par une fenêtre cassée et renverse une poubelle sur son passage. Le flic tente de la repousser tandis que, moi, je cours vers une autre fenêtre.

– Karl ! hurlé-je.

J'atterris dans une ruelle. Je vois Karl lâcher le couteau et courir jusqu'à la rue, plus haut. Je le suis, le souffle court. Je ne vois que lui, je ne ressens que sa douleur.

– Karl !

Il se tourne vers moi, le regard perdu. Il veut traverser la route pour fuir, mais il y a des voitures. Trop de voitures.

– Non ! C'est trop dangereux.

Il me jette un dernier regard, les yeux humides, et s'élance sur la route pour échapper au flic et aux conséquences de ses actes. Il n'a pas fait deux foulées qu'une voiture le heurte de plein fouet.

Le corps de Karl – le corps de mon petit frère – est éjecté à plusieurs mètres sur la chaussée.

– Nooooon !

Je pousse le cri le plus déchirant qui soit. Je pensais avoir souffert par le passé. Je pensais que je ne ressentirais pas de douleur pire que celle déjà subie, quand Abraham a possédé mon corps. Mais je me trompais. Parfois, la douleur vous tue, comme maintenant.

Je cours comme une dératée. Je sens Nasser dans mon dos, le flic à mes côtés, mais je me moque de leur présence.

Je rejoins Karl et me laisse tomber contre son corps désarticulé, mes genoux heurtant le bitume. Une voiture pourrait m'écraser, mais je m'en moque. J'attends presque que la mort vienne me faucher à mon tour.

Les jambes de Karl forment un angle bizarre. Du sang s'échappe de sa bouche et il s'étouffe. Je pose les mains sur ses joues, délicatement, comme s'il était un papillon rare. Mais, déjà, ses paupières se ferment. Son regard bleu, si lumineux, disparaît peu à peu.

– Hena, souffle-t-il difficilement.

Je colle mon visage contre le sien, mes larmes recouvrant sa peau. Mon corps forme un rempart autour de lui, comme si je pouvais à nouveau le protéger. Mais je sais que ce n'est plus possible. C'est la fin. C'est la fin de son calvaire et le début du mien.

– Je… je… articule-t-il en s'étouffant davantage. Je suis désolé de n'avoir pas pu lutter contre les ombres. Tu m'aimes encore, pas vrai?

– Oui. Je t'aimerai toujours, Karl, sangloté-je sans pouvoir m'arrêter.

Comme s'il n'attendait que ça avant de mourir, Karl me sourit une dernière fois. Puis son souffle s'éteint pour toujours.

Mon corps est glacé, et le sien ne va pas tarder à l'être. Mon cœur est fracassé. La vie vient de me terrasser.

– Vole, petit papillon, murmuré-je en effleurant ses joues. Vole, libère-toi.

Et le papillon s'envole. Il s'échappe de la toile d'araignée qui lui engluait le cœur.

54

SEULE DANS LA NUIT

Hena

Je n'ai aucun souvenir de l'enterrement de mon petit frère. Je sais juste qu'un moment, son cercueil était là, et l'instant suivant, il était sous terre. Nasser, Archi et Aly étaient aussi présents. Je crois qu'il y avait également l'inspecteur Tate. Je me tenais au bord de la tombe, regardant le vide. J'étais déjà dans un état second, prête à fuir la réalité. Karl n'était pas parti seul. Il avait emporté la vie d'une jeune femme qui n'avait rien demandé, qui était innocente. Et il m'avait emmenée, moi.

C'était il y a trois jours. Ou peut-être quatre. En fait, j'ai perdu toute notion du temps. Il s'écoule lentement ou rapidement. Qu'est-ce que j'en sais? Je suis seule, avachie dans mon canapé, les genoux contre la poitrine. Mes yeux observent le vide.

Je peux presque sentir l'odeur de Karl. Le parfum qu'il a acheté en arrivant dans cet appartement. Il était tout content d'en mettre dès qu'il sortait. Je me souviens de ses pleurs, de ses actes condamnables. Mais, par-dessus, je me rappelle ses sourires et ses rires.

Ils étaient rares, mais ils réchauffaient toujours mon cœur.

Je refuse tout contact avec l'extérieur, même avec Nasser. Je ne ressens… rien. Je ne suis qu'une enveloppe vide. Une fleur fanée qui ne retrouvera plus jamais les rayons du soleil.

Je suis seule dans la nuit et je veux y rester. Dans cet endroit qui me rappelle notre vie.

Des coups sont donnés contre la porte d'entrée, mais je les ignore, encore une fois. Parfois, Nasser reste des heures entières derrière le battant. Il est silencieux, mais je sens sa présence. Il ne me quitte pas et n'insiste pas pour entrer. Mais, aujourd'hui, il ne semble pas vouloir abandonner.

– Hena ?

Il me parle à travers la porte, mais je l'ignore. En fait, je crois que j'ai oublié comment parler. Je ne suis pas sûre que, si ma bouche s'ouvre, elle puisse produire le moindre son. Je n'ai plus rien en moi.

– Je ne partirai pas. Pas aujourd'hui.

Pars, murmure une voix intérieure. *Pars. Laisse-moi.*

Je ne veux pas être sauvée.

– Ouvre-moi. S'il te plaît.

– Pars, chuchoté-je.

Il ne peut pas m'entendre, mais ce n'est pas grave.

De nouveaux coups résonnent.

– Je vais forcer ta porte.

– Ne le fais pas, murmuré-je à nouveau.

Mes yeux continuent de fixer le vide. Mais Nasser insiste. Ses poings frappent en rythme la porte. Je ferme les yeux, priant pour qu'il s'éloigne. En vain. Il reste là. Il me dérange. Il me pousse à ressentir autre chose que ce vide en moi.

La colère m'envahit. Contre lui, contre le monde entier. Cette colère rejoint mon déni. C'est moche à voir, mais je suis humaine.

– Hena ? Ouvre la porte !

Je me redresse difficilement et vacille sur mes jambes. Depuis combien de temps est-ce que je n'ai pas mangé quelque chose de solide ? De toute façon, je m'en moque. Je n'ai pas faim, vu que je suis vide.

J'arrive devant la porte et la déverrouille avant de l'ouvrir lentement. Nasser écarquille les yeux en me voyant. Je dois vraiment avoir une mine horrible, mais je m'en fiche. Je me fiche de tout. Je veux qu'il dégage pour que je puisse retourner dans ma solitude.

– *Habibti*[1]…

Lui aussi a l'air de n'avoir pas dormi depuis des nuits. Sa barbe est plus longue, ses vêtements, chiffonnés.

– Pars, chuchoté-je. Ne reviens pas.

Il secoue la tête et tente d'entrer dans mon appartement, mais je l'en empêche.

– Je ne veux pas partir, martèle-t-il.

– Tu le dois.

Les mots sortent mécaniquement de ma bouche. Je ne ressens toujours rien.

– Tu n'es pas seule, Hena, insiste Nasser avec un regard inquiet.

Si. Je le suis.

– Tu es en face de moi. Pourtant, je suis seule.

Il le faut. Je ne laisserai plus jamais quelqu'un avoir du pouvoir sur moi. C'est si dur de souffrir ! C'est si dur de dire adieu !

Nasser ne fait pas mine de s'écarter. Je m'apprête à fermer la porte, mais sa main bloque le battant, ses longs doigts posés à plat.

La colère – le seul sentiment que je m'autorise à ressentir – revient en force.

– Je t'ai demandé de dégager !

Mon cri résonne entre nous. Ma voix est rauque tant j'ai peu parlé ces derniers jours.

---

1. « Ma chérie ».

– Laisse-moi ! insisté-je.

– Je ne peux pas.

Il reste fermement campé sur ses jambes, le regard fixe, les épaules tendues.

– Je ne veux pas que tu tentes de me réparer !

– Je ne veux pas te réparer, rétorque Nasser. Tu n'as pas besoin d'être réparée. Tu plies, c'est vrai, mais tu n'es pas brisée.

Un rire sans joie m'échappe.

– Foutaises !

Je lâche ma porte et sors sur le palier pour lui faire face.

– Dégage ! Je n'ai pas besoin de toi. Je n'ai jamais eu besoin de toi.

Mensonges. Mensonges. Mensonges.

Je fais taire cette voix qui tente de ressurgir dans ma tête. Nasser recule comme si je l'avais frappé. Parfait, c'est exactement ce qu'il doit faire. Me laisser dans la nuit.

– Je ne…

– Oublie-moi, Nasser.

Ses yeux sont humides. Je remarque ce détail, mais mon cerveau ne sait pas comment gérer cette information. Tout est mis sur pause en moi.

Enfin, la détermination semble quitter Nasser. Il comprend qu'il ne pourra rien changer. La résignation s'empare de lui et il fait un pas en arrière. Son regard ne quitte pas le mien, puis il finit par disparaître du couloir.

L'instant suivant, je me laisse tomber sur mon canapé, toujours aussi apathique.

55

RIGHT PERSON BUT WRONG TIME

Hena

Les jours passent. Nasser est revenu le lendemain de sa dernière visite. Il a toqué à ma porte, mais il n'a pas parlé, cette fois. Il est resté quelques minutes, jusqu'à comprendre que je n'allais pas ouvrir.

Il est parti, pour ne plus revenir les jours suivants. Il m'a obéi. Je suis restée seule, comme il le fallait. Je n'ai pas pleuré. Aucune larme n'a coulé sur mon visage. Je suis restée vide tout ce temps.

Je commence à sortir de la brume épaisse trois jours plus tard. J'accomplis quelques gestes mécaniquement et termine sous la douche. L'eau brûlante coule sur moi. Elle est trop chaude, mais je m'en moque. Enfin, je me rappelle qu'au-delà de ce grand froid qui refuse de me quitter, il y a une vie.

Ma vie.

Je ne suis pas morte. Je réalise les choses. Ce n'était pas le cas ces derniers jours. Là, je comprends, comme si mon cerveau se remettait en marche. Mon corps rouillé refuse que je l'abandonne une nouvelle fois. Il veut que je me batte. Je ne veux pas lui céder, mais mon cerveau s'y met, et, à eux deux, ils parviennent à me réveiller.

Je vais devoir vivre.

Je laisse tomber ma tête en avant et l'eau coule dans mes cheveux. C'est si bon de ressentir à nouveau ces quelques sensations ! La dernière discussion que j'ai eue avec Nasser me revient alors en mémoire. J'ai été horrible avec lui, alors qu'il ne souhaitait qu'une chose : m'aider. J'avais besoin d'être seule avec moi-même, c'était essentiel. Alors, je l'ai repoussé. Je lui ai fait croire que je n'avais jamais eu besoin de lui. Ce n'était qu'un mensonge.

Savoir qu'il était là, ces derniers jours, attendant derrière ma porte, c'est aussi ce qui m'a aidée à tenir sans que je le réalise sur le moment. Je pensais que j'étais seule tout ce temps. Mais je ne l'étais pas. Jamais.

Et puis Nasser a arrêté de venir en comprenant que je n'allais plus jamais lui ouvrir.

– Putain…

Je presse mes mains sur mes paupières. D'autres souvenirs veulent m'envahir, mais ceux-là sont trop douloureux. Je ne suis pas encore prête pour eux. Alors, je me concentre sur Nasser. Je me concentre sur lui, ma réalité. Je ne sais absolument pas ce que je vais faire une fois que je serai en face de lui, mais il faut que je le voie.

J'arrive vingt minutes plus tard dans la zone industrielle désaffectée de Monroe. Je me gare en face de l'entrepôt. Je ralentis le pas en découvrant la Lincoln Navigator, garée juste devant la lourde porte métallique ouverte. Il y a des cartons dans le coffre.

Qu'est-ce qu'il se passe ?

Tant de choses ont dû se produire depuis que je me suis retranchée sur moi-même ! Beaucoup plus de choses que je ne le pensais.

Je m'avance entre les cartons et arrive devant l'entrée, mais je ne vois personne à l'intérieur. Finalement, une silhouette apparaît devant moi. Nasser traverse la salle sans m'avoir encore remarquée. Il s'est rasé de près et porte un pull gris, assorti à ses yeux. Il m'aperçoit soudain sur le seuil. Nous restons silencieux pendant une longue minute, sans bouger. Finalement, il s'approche de moi.

– Hena?

Ça fait du bien d'entendre sa voix. Je croise les bras. Je ne sais même pas ce que je fous là. Et voir ces cartons me fait mal. Mais j'avais besoin de revoir Nasser.

– Salut.

– Salut, me répond-il.

Ses yeux parcourent avidement ma silhouette. Plein de choses se réveillent en moi. Des choses qui dormaient depuis de longs jours.

Il ne me demande pas comment je vais. Il doit connaître la réponse. Je pose finalement la question qui me bouffe.

– Tu déménages?

Nasser fixe les cartons derrière moi.

– J'ai beaucoup réfléchi, ces derniers jours, à l'avenir du Toxic Hell. J'ai tout repassé dans ma tête. L'inspecteur Hiro. Mon père. Mon frère. Ton... ton frère.

J'inspire brusquement sans pouvoir m'en empêcher. Il me fixe comme s'il ne croyait pas vraiment à ma présence. Comme s'il voulait me toucher et me serrer contre lui.

– Et, continue-t-il, je crois que je vais tout mettre sur pause quelque temps: les combats, le dark Web et tout ce qui va avec. J'ai économisé pas mal de fric. C'est l'occasion d'en profiter. Je pars à l'aventure. On verra de quoi seront faits l'avenir et mon voyage.

Ne pars pas! crie mon cœur silencieusement. *Je t'aime toujours!*

Il a l'air décidé et très motivé.

– J'espère que tu vas t'éclater.

Voilà la seule chose que je prononce.

Quelle débile je suis !

– Tu ne veux pas venir avec moi ?

Sa proposition tourne dans ma tête, mais j'ai encore besoin de rester ici. Je ne peux pas partir comme ça. Je ne veux pas devenir un poids pour lui alors qu'il ressent l'envie de s'en aller.

– Je… je ne peux pas partir ainsi.

Nasser hoche la tête, mais reste silencieux.

– Bonne personne, mais mauvais moment, pas vrai ? continué-je avec un rire triste.

Nous nous observons quelques secondes, puis il s'approche de moi, lève mon visage et m'embrasse. Ses lèvres épousent les miennes. La brume disparaît autour de moi. Nasser la dissipe sans lui laisser le choix. C'est si bon de le sentir de nouveau contre moi ! Son goût et son odeur me possèdent enfin.

Sa langue effleure la mienne une dernière fois, puis je recule.

– Merci de m'avoir aidée à être libre, Hell. Merci de m'avoir aidée à faire le grand saut.

– Et quelle sacrée chute !

Il se retient de me sauter dessus et de me garder pour lui, je le sais. Mais il doit voir que je ne suis pas prête.

– Salut, dis-je doucement.

– Salut, ma petite voleuse.

Le souffle court, je lui souris tristement.

Je quitte le Toxic Hell. Je quitte Nasser. C'est dur, ça me fait mal, mais je sais qu'il mérite de profiter de la vie à son tour.

56

FLY LIKE A BUTTERFLY

Hena

Je ne rentre pas chez moi. J'ai quelque chose à faire. Quelque chose d'important.

Ma voiture traverse la ville de Monroe. Je me gare près d'un endroit bien précis. C'est une belle journée, malgré le fait qu'on soit en novembre. Les rayons du soleil illuminent le ciel.

Je reste assise derrière mon volant, me demandant si je suis prête pour ça. Mais il le faut. Alors, je respire une fois, deux fois, et je descends de mon véhicule.

Je passe le lourd portail en fer forgé. Je croise une vieille dame qui tient une belle plante entre ses mains. Elle s'avance dans l'allée, un sourire nostalgique aux lèvres. Elle se rend devant la tombe d'un homme et pose la plante dessus avant de le saluer.

Je suis à deux doigts de faire demi-tour, mais je résiste. Je m'avance dans une allée et m'arrête devant une tombe fraîchement creusée. Il n'y a qu'une seule et unique fleur posée dessus. Je ne me souviens même pas de ça. Comme je le disais, le jour de son enterrement est un gros flou dans ma tête. La seule chose que je sais, c'est que je n'ai pas versé une larme depuis. Les larmes sont bloquées en moi. Elles ne coulent pas sur mes joues, elles coulent en moi. Elles m'ont noyée pendant des jours.

Je m'assieds devant la tombe, me moquant de me salir. Je pose une main sur la terre qui se tasse peu à peu. Une terre qui recouvre le cercueil de mon frère. Je réalise enfin les choses, et mon Dieu, que ça fait mal ! Mon frère est parti.

– Salut, Karl.

Ma voix se brise sur son prénom. Et les larmes coulent. Je ne les retiens plus tandis que je prends conscience de la situation. Il ne reviendra plus jamais. Mais il est libéré, désormais.

– Je t'en veux.

Je l'avoue à haute voix, enfin.

– Terriblement. Tu m'as fait tellement mal. Et tu en as fait à cette jeune femme. Une innocente. Mais je m'en veux aussi. Pourquoi la vie a-t-elle décidé d'être si injuste ?

Seul le silence me répond.

J'ai trouvé l'adresse de la mère de cette jeune femme grâce à l'inspecteur Tate. Pauvre femme ! Je n'imagine pas sa douleur. Je vais lui écrire une lettre. Une longue lettre dans laquelle je lui expliquerai Délivrance. Je m'excuserai pour Karl. Je ne peux pas ne rien faire. Je sais que ce n'est qu'une maigre consolation : elle a perdu son enfant et aucun parent ne mérite ça. Je veux simplement qu'elle puisse comprendre certaines choses.

– On ne peut pas défaire ce qui a été fait, continué-je. Tu n'as jamais réussi à te remettre de ce que tu as subi. Tu as… tu as vrillé dans le but de te protéger de tes propres bourreaux. Et j'ai cru que j'arriverais à t'aider. Mais ça n'a pas suffi.

L'être humain peut être poussé dans ses derniers retranchements quand il vit l'enfer.

– J'espère que, là où tu es, tu pourras être heureux.

Un papillon bleu se pose alors devant moi, sur la tombe. Il a la même couleur que les yeux de Karl. Je sais que c'est sans aucun doute un jouet de mon imagination. On est en novembre, il ne devrait pas y avoir de papillon ici. Mais je laisse ce mirage exister.

– Je veux que tu saches que je t'aime, Karl. Mon cœur ne te voit que comme mon petit frère brisé. Et je veux que tu saches que je me pardonne.

Je me pardonne d'avoir échoué à te sauver. Je n'étais peut-être pas assez forte.

Le papillon disparaît.

– Je dois vivre. Pour moi. Pour toi. Est-ce que ça va faire mal? Oui. Mais je vais y arriver, pas vrai? Je serai forte, pour nous deux.

Je me relève, le corps frissonnant malgré le soleil.

– Un jour, je te retrouverai. D'ici là, ne reste plus dans le noir, Karl.

Je fixe une dernière fois sa tombe. Notre enfance défile dans ma mémoire. Les bons moments. Ses rires, ses sourires. Je ne garde que le meilleur.

Je m'éloigne. Mon deuil commence. Je laisse partir mon frère, même s'il fera toujours partie de moi, malgré ce qu'il a fait.

J'ai de nouvelles fêlures. Elles sont très profondes, cette fois, mais elles laisseront encore passer la lumière.

57

TON CŒUR EST LE MIEN

Hena

La seconde étape de mon voyage se situe à l'est de la ville. J'arrive devant le centre psychiatrique de Monroe. Je n'avais encore jamais eu le courage de venir ici. Je me fais violence pour y être aujourd'hui, car j'en ai besoin. C'est important pour que je puisse revivre ensuite. Peu importe le résultat, je serai libérée d'un poids.

Je me présente à l'accueil du grand bâtiment aseptisé. La femme qui se tient debout derrière le comptoir affiche un air aimable et un grand sourire qui me rassurent et me mettent à l'aise.

– Bonjour. J'aimerais voir Nora Williams, s'il vous plaît.

La jeune femme a l'air surprise.

– Je suis désolée, mais Mme Williams ne reçoit pas de visiteurs.

Parce qu'elle est plongée dans le silence depuis des mois, je le sais.

– Je suis sa fille.

La femme paraît choquée.

– Sa fille ? Vous avez une pièce d'identité ?

– Oui, m'empressé-je de répondre avant de la lui tendre.

– Je vais voir ce que je peux faire. Attendez-moi ici.

Je patiente quelques minutes, stressée. Finalement, la femme revient, un petit sourire aux lèvres.

– Vous pouvez me suivre. J'ai juste besoin de reprendre votre nom complet.

Nous longeons rapidement plusieurs couloirs. C'est très différent de ce que je pensais. Il semble y avoir plusieurs ailes dans ce bâtiment. Tout est parfaitement compartimenté.

On arrive devant une grande salle commune dans laquelle les visiteurs sont autorisés. Plusieurs adultes rient entre eux. La pièce est ultra-lumineuse, ce qui la rend un peu plus chaleureuse.

– Elle est assise devant la fenêtre, au bout de la pièce, m'indique l'infirmière. Votre mère est silencieuse depuis son entrée ici.

– Je sais. Merci.

La femme me laisse et je patiente une minute sur le seuil de la salle. J'entends plusieurs discussions. Deux hommes sont en train de jouer aux cartes.

Je m'avance, les yeux posés sur une silhouette bien trop maigre. La femme est assise dans un fauteuil, me tournant le dos. Elle fixe l'extérieur. Elle n'a aucune réaction en m'entendant arriver. Ses épaules sont basses, ses membres figés.

Ma maman.

La femme qui m'a mise au monde. La femme qui m'a aimée. Je savais à quel point ce serait pénible de venir ici. Je m'y attendais. Mais s'y préparer ne change rien à la douleur que l'on ressent le moment venu.

– Bonjour, maman.

Je retiens un tremblement en l'observant. Si elle m'a entendue, elle ne laisse, encore une fois, rien paraître. Je me poste devant elle sans toutefois lui boucher la vue. Son visage n'a pas changé.

Il est toujours marqué par l'âge et par ce qu'elle a subi. Sa peau est blafarde. Elle continue d'observer le jardin.

La fenêtre possède un petit rebord et je m'assieds dessus. Je ne peux quitter ma mère des yeux. J'observe son regard fatigué, les traits de son visage, qui se sont affinés. Elle a perdu du poids. Beaucoup de poids. Elle porte un petit gilet blanc par-dessus sa tenue d'hôpital. Ses mains sont croisées sur ses cuisses de manière élégante. Ses ongles sont coupés très court.

Je voudrais la serrer contre moi et l'embrasser. Je voudrais sentir son odeur, cette odeur qui n'appartient qu'à elle. Mais je n'ose pas.

– Les gens ont l'air gentils, ici.

Encore une fois, elle ne me répond pas, ce qui ne me surprend pas, vu son état.

– Je suis venue seule. Je… j'ai merdé.

Je n'arrive pas à prononcer davantage de mots. Je m'éclaircis la gorge pour éviter de sombrer.

– Je dois te raconter. Tout te raconter.

Alors, je lui relate tout. Je commence avec notre emménagement dans cette ville, puis notre rentrée à l'université. J'enchaîne avec la découverte du ciel en astronomie et ma rencontre avec le Pr Mozart en sociologie. Je lui parle d'Aly, et même de ma psy. Mais, surtout, je lui parle de Nasser. Je lui parle de Hell, de ce garçon qui m'a sauvée tout en se sauvant lui-même.

Ensuite, je lui annonce la mort de Daryl, et je lui parle de Karl. C'est compliqué de mettre des mots dessus, mais j'y arrive, pour elle. Elle tressaille finalement. Quand je finis de parler, je vois une larme couler sur sa joue, mais elle ne dit toujours rien. Je renifle parce que je pleure également. Je ne fais que ça, aujourd'hui. Je me penche, pose mes mains sur les siennes et les serre. Je lui apporte ma chaleur et mon amour.

Pitié, maman : où que tu sois, reviens ! Suis ma voix. Suis ma chaleur. Reviens, maman.

– J'essaie d'être forte, mais c'est dur, tu sais. Tu me manques. Atrocement.

Ma voix se brise, mais j'inspire longuement pour ne pas perdre tous mes moyens.

Et je lui raconte de nouveau mes sentiments concernant Nasser. Je lui dis à quel point je l'aime. Mais, surtout, je lui explique que j'ai peur de l'aimer.

– Il part, terminé-je. Je ne le reverrai plus.

De longues minutes silencieuses s'écoulent. Finalement, ma mère serre mes doigts. J'ai l'impression que mon imagination me joue un tour, mais ça semble réel. Ses lèvres bougent. Je me colle à son visage et elle chuchote à mon oreille.

– Va avec lui. Vis.

Elle est revenue. Elle a bravé sa propre tête pour me montrer qu'elle était toujours là. Je me laisse tomber contre elle et la serre dans mes bras tout en laissant libre cours à mes pleurs.

***

Je crois bien que je n'ai jamais roulé aussi vite de ma vie. J'ai quitté Nasser trois heures plus tôt : c'est sûr qu'il est déjà loin d'ici, loin de Monroe. Il est trop tard, je le sens, et il ne décroche pas son téléphone.

– Putain ! m'exclamé-je en frappant mon volant.

Le soleil est presque couché quand je me gare devant l'entrepôt. Je descends de mon véhicule sans attendre. Je crois bien que je ne prends même pas le temps de fermer ma portière. Je suis désormais bien sortie de cette brume épaisse qui m'a accompagnée ces derniers jours. Je réalise que j'étais en train de commettre l'erreur de ma vie.

Je cours, manque de glisser et arrive devant la porte métallique.

– Hell ! hurlé-je à m'en faire exploser les cordes vocales.

J'ai l'air d'une folle, mais je m'en moque. Son véhicule est toujours là, mais les cartons, non. Ils sont sans doute déjà tous chargés dans le coffre.

Je me fige en voyant qui se tient non loin. Nasser est assis sur le sol, son dos calé contre le mur de l'entrepôt. Il est là. Il est vraiment là. Il n'est pas parti. Le soulagement s'affiche sur ses traits, puis un sourire taquin habille ses lèvres.

– Hena ? Tu en as mis, du temps.

Quoi ?

Non, je n'ai pas le temps de m'attarder sur ses mots. Je ne l'écoute pas. Je cours vers lui. Il a à peine le temps de se relever que mon corps se colle déjà au sien. Je le percute et la collision est si bonne ! Mes bras s'enroulent autour de son cou tandis qu'il m'enlace fermement.

– Pourquoi tu n'es pas parti ? m'exclamé-je.

– Je t'attendais.

– Quoi ?

– Il n'a jamais été question de partir sans toi, trésor.

Mon cœur déborde de joie. Il pompe tout le sang possible et j'ai l'impression de planer.

Quel bluffeur !

– Tu savais que je reviendrais ?

– Oui. Je l'espérais, en tout cas.

Il me connaît bien. Plus que bien, même. Il s'est insinué en moi de tout son être jusqu'à ce qu'on ne fasse qu'un.

– Et si je n'étais pas venue ?

– Alors, je serais venu te chercher. Parce que tu es la seule.

Sa main coince une mèche de mes cheveux derrière mon oreille, puis sa bouche se colle à la mienne. Je suis la seule qui compte pour lui, comme il est le seul dans mon cœur. Il est ma plus belle chute, ma plus belle collision sur le sol.

– Tu as fait ce que tu devais faire?

Il ne me laisse pas m'écarter. Je hoche vigoureusement la tête.

– Oui. Je lui ai dit au revoir.

Je n'en reviens pas que Nasser ne soit pas parti. Il m'attendait. Il savait que je reviendrais. Il savait que j'avais besoin de temps avant de le rejoindre.

– Je me trompais en disant que tu étais la bonne personne, mais que c'était le mauvais moment. Tu es la bonne personne. Et c'est le bon moment. C'est le putain de moment que nous choisissons. Parce que nous sommes libres de le faire.

Il hausse les sourcils, mais je ne le laisse pas parler et continue:

– Je veux encore me tenir au bord de la falaise avec toi. Je veux qu'on fasse plein de grands sauts. Je veux qu'on se jette dans le vide, main dans la main.

– Et tu veux profiter de la chute sans te soucier de notre collision avec le sol?

– J'emmerde notre chute. On s'est trompés depuis le départ, Nasser. On ne s'est pas écrasés sur le sol. On s'est percutés l'un l'autre.

Il m'embrasse une nouvelle fois, puis s'écarte soudainement.

– Alors, pars avec moi.

Il tend la main et je n'hésite plus. Je la saisis et entremêle mes doigts aux siens.

– Oui.

Je suis peut-être douée pour voler les gens – et particulièrement Nasser –, mais, dans cette histoire, c'est lui, le plus grand voleur. Il a volé mon cœur et ne me l'a jamais rendu. Mais ce n'est pas grave. Je sais qu'il s'assurera qu'il ne s'arrête jamais de battre.

Nasser me sourit. Pour la première fois depuis longtemps, le sourire que je lui renvoie est sincère. Nous avons partagé nos cauchemars et nous ne pourrons jamais défaire ce qu'il s'est passé. Mais, à présent, il est temps de partager nos nouveaux rêves.

ÉPILOGUE

Hena
Deux mois plus tard
Memphis, Tennessee

Assise sur l'un des tabourets du bar, je sirote la fin de mon cocktail. L'arôme du citron stimule mes papilles. C'est alors que je sens un regard sur moi. Un homme, assis de l'autre côté du bar, est en train de me reluquer. Je fais semblant de l'ignorer et sors mon portable de la poche de ma veste. Je sélectionne un numéro et porte le téléphone à mon oreille. Il est vingt heures trente, j'espère qu'elle va décrocher.

– Allô?

– Docteure Bomley? C'est Hena.

J'entends un craquement. Ma psy s'est levée de son fauteuil et le bruit de ses talons résonne.

– Hena? Je suis tellement contente de vous entendre! Comment se passe votre petit périple?

Je souris en pensant à l'homme qui partage ma vie et qui la sauve chaque jour.

– Ça se passe bien.

Nous sommes à Memphis depuis quelques jours. Juste avant, nous étions à Nashville. La semaine prochaine, nous nous dirigerons vers La Nouvelle-Orléans. J'ai toujours rêvé d'y aller.

– Et vous, ça va?

– Les premiers signes de la grossesse se font sentir. J'essaie de faire avec.

L'imaginer avec un ventre rond fait gonfler mon cœur. Iris Bomley m'a tant aidée pour ma guérison ! Je sais qu'elle sera une super maman. Même si j'ai quitté la ville, j'ai continué à prendre de ses nouvelles. Archi et Aly poursuivent leurs études et manquent chaque jour de s'entre-tuer.

Et, avant-hier, j'ai eu ma mère au téléphone. Elle n'a pas prononcé un mot, mais elle m'a écoutée lui raconter notre périple, avec Nasser. À un moment, elle a rigolé. Et ce son a bercé mes oreilles pendant des heures. J'ai hâte de la revoir.

– Bon courage. Vous allez être géniale, lancé-je à ma psy.

Elle s'esclaffe.

– Je ne vous dérange pas plus longtemps. Je voulais simplement vous remercier. Et vous dire que vous aviez raison quand vous avez affirmé que l'amour existait.

– Bien sûr qu'il existe, Hena. Sous différentes formes. Mais il nous trouve toujours.

Je raccroche une minute plus tard.

C'est à ce moment-là que mon pigeon mord à l'hameçon. L'homme qui se tenait de l'autre côté du bar s'approche de moi, un sourire de prédateur sur le visage.

Mais j'ai déjà mon propre prédateur.

– Je peux vous offrir un verre ? me demande-t-il.

– Oh ? Euh… oui. D'accord.

Ma fausse moue timide lui plaît encore plus. L'homme s'installe près de moi, ne prenant même pas la peine de cacher son alliance.

Enfoiré !

Il engage la conversation, mais je ne l'écoute pas. J'observe son costume taillé sur mesure. Il me raconte une blague et je fais semblant de rire. Je me colle à lui et glisse la main dans l'une de ses poches. Mes doigts se saisissent immédiatement de ce que je convoitais.

Bingo !

L'alarme incendie se déclenche au même moment.

Parfaitement à l'heure, Hell.

La plupart des clients commencent à paniquer et quittent le bar. Le type dégage rapidement, inquiet. Quant à moi, je bois la dernière gorgée de mon verre, nullement anxieuse. Je garde précieusement le portefeuille dans une main, puis sors à mon tour du bâtiment.

Beaucoup de gens se sont rassemblés sur le parking. Je le traverse en regardant droit devant moi. Une silhouette massive s'approche soudainement et mes lèvres s'étirent.

– La pêche a été bonne ?

Je lève le portefeuille en direction de Nasser.

– Impec. Et toi, Hell ?

Il m'observe longuement, dévoilant ses dents.

– Pas mal, ta trouvaille, trésor. Mais j'ai fait mieux.

Il agite des clés de voiture. Une moue boudeuse tord mes lèvres.

– Je crois que j'ai gagné cette partie, termine-t-il.

Je dois bien le reconnaître. Mais je gagnerai la prochaine fois.

– Je suis prête pour ma revanche, fanfaronné-je.

Il a l'air impatient. Il rigole dans sa barbe avant de se pencher et de m'embrasser. Nos langues dansent ensemble. Puis il se tourne et je saute sur son dos. Ses mains se placent à l'arrière de mes cuisses et il se dirige vers la voiture qu'il vient de voler.

Je mordille le lobe de son oreille et chuchote :

– J'ai envie de toi.

– Arrête de me rendre dingue.

– Jamais.

Je n'arrêterai jamais. Pas alors que c'est si bon de le voir perdre pied. Je plonge mon visage dans son cou et ferme les yeux.

Nous sommes libres. Nous sommes forts. L'enfer toxique qui nous retenait prisonniers n'est plus. Nous contrôlons notre propre destin, désormais. Et, surtout, nous affronterons nos chutes ensemble, sans peur. Car nous serons toujours la plus belle et la plus dangereuse collision qui puisse exister.

Fin

PLAYLIST

« Atlantis » (Sped Up Version) – Seafret
« I'm Dangerous » – The EverLove
« Alpha » – Layto
« Fire » – The Score
« Trop Beau » – Lomepal
« Flames » – Donzell Taggart
« I Got You, Honey » – Ocie Elliott
« House of the Rising Sun » – Lauren O'Connell
« In the End » – Andrew Simple
« Young Souls » – Broken Back
« Sweat » – Zayn
« I Fall Apart » – Post Malone
« Avec toi » – Oboy
« Ciel pleure » – Laylow feat. Dinos
« Is This Love » – Bob Marley

REMERCIEMENTS

Nasser et Hena ont traversé un enfer toxique qui a tenté de les étouffer entre ses flammes. Ils ont chuté. Ils se sont brûlé les ailes. Puis, ils se sont sauvés l'un l'autre. Et aujourd'hui, nos deux anges déchus volent à nouveau.

Bon nombre d'entre nous ont grandi dans un foyer toxique. Un foyer qui peut pousser à l'autodestruction et à un repli total sur soi. Un foyer dans lequel les apparences peuvent être trompeuses. De l'extérieur, les gens peuvent penser que tout va bien et que les enfants ou les adolescents évoluent dans un cocon protecteur. De l'intérieur, c'est autre chose. Il peut arriver que l'on souffre. Et plus on grandit, plus on tente d'effacer certains traumatismes, qui peuvent malgré tout nous suivre jusqu'à l'âge adulte. On aimerait les enfouir, les effacer de notre mémoire. Alors on sourit, on ment au monde, on se ment à soi-même dans l'espoir de pouvoir berner ceux qui nous entourent.

Mais parfois, c'est difficile de lutter, de se libérer. C'est difficile d'oublier. Alors, j'aimerais dire à tous ceux qui endurent encore cette situation aujourd'hui, vous n'êtes pas seuls. Même si vous pensez l'être, vous ne l'êtes pas. Vous êtes courageux. Forts. Vous pliez, mais vous ne vous cassez pas.

J'espère de tout cœur que l'histoire d'Hena et Nasser a pu vous parler. J'espère que vous les avez aimés comme je les aime. Je vous présentais les premiers chapitres en janvier 2022 sur Wattpad, et c'est grâce à vous que ce roman est là aujourd'hui.

Les thèmes abordés dans ce manuscrit me tiennent énormément à cœur. Deux passés douloureux qui s'entremêlent pour se rejoindre en un présent commun. Je vous conseille vivement de faire vos propres recherches sur les milieux sectaires afin de découvrir ce qui peut se passer autour de nous.

J'aimerais tout d'abord remercier chaque personne qui a lu ce livre. N'hésitez pas à en parler sur les réseaux, autour de vous. Aussi, venez directement m'envoyer un petit message sur Instagram (@anitarigins), je serai ravie d'échanger avec vous à propos de ce manuscrit.

Merci aux bêta-lectrices qui m'ont accompagnée dans ce projet : Colyne, depuis *No Rules* et jusqu'à l'infini, toujours. Amely, hâte qu'on observe notre ciel toutes les deux. Tracy, un jour je t'emmènerai sur les pas de *Ride or Die with Me*, au cœur de Paris. Had, je me souviens encore de tes vocaux tandis que tu lisais le premier jet de *Toxic Hell*, je me souviens de mes rires en les écoutant et de mon cœur qui se serrait.

Merci à mes amis auteurs, qui me permettent de ne pas me noyer. Kentin Jarno, tu mérites le meilleur, merci d'être là depuis le jour 1. Delinda Dane, nos appels de cinq heures de suite ont illuminé la plupart de mes nuits. Océane Ghanem, tu sais déjà tout, mais merci : merci d'avoir suivi ce projet, merci d'être toi aussi dans la team Drama Queens, merci de ton soutien infaillible. Jenn Guerrieri, la pro des conseils et des trailers de fou.

Merci à tous ces lecteurs qui me soutiennent activement sur les réseaux et me font souvent sourire à trois heures du matin. Vous avez mon cœur : Océane (Oceadorable__), Ines (read_ness), Marie (la_connasse_lit_des_romances), Aly, Didine, Jade, Victoire (nous_les_lecteurs), Sarah, Jen (Passionofbooks), Camille, Céleste (cel.library), Maelle (maaellebooks), Charlottedeloy, unevasion, Chloe (Chloexbook), Chloé (Justeunepause_), Fanny, lesmondesdecassiopee, Shadowwreader, BlondieBooks, Fragmentsdelectures, Elo (moviesandbooksquote), Lorenzo, Olivia (Oli_vres), Aya (ohunefleurr), Khelia, claras_bookshelf, Julia (bookss_addict), Manonmgr_, Alice (over_book_), Severine Boisvilliers, Steph_anie_bouquine, Floe Seux Roche, heartless.books, la_biblio_d_asle__, Nessy, et plein d'autres encore !

Enfin, merci aux éditions Addictives et plus précisément à Juliette, mon éditrice, à Carole, Noémie et Anne. Vous êtes les *best* !

Comment gagner un jeu dont on ne connaît ni les règles ni les codes ?

À peine arrivée sur son nouveau campus, Iris assiste à une vague d'hystérie dans les couloirs de la fac. Le groupe le plus sélect du campus vient de lancer une invitation : qui veut tenter de les rejoindre ?
Les membres de la Meute règnent en maîtres sur l'université : tout le monde les connaît, et tout le monde veut en être… Sauf Iris, qui a des priorités bien différentes ! Mais c'était sans compter sur Tucker, le leader du groupe aussi horripilant qu'attirant, qui a d'autres plans pour la jeune fille… Et alors que le bad boy l'entraîne dans son univers sulfureux et inquiétant dont elle ne connaît pas encore les règles, Iris va vite se rendre compte que résister à la tentation n'est pas si facile !
Sera-t-elle prête à pousser les portes de l'enfer aux côtés de Tucker… au risque de trop se prendre au jeu ?

Que la chasse commence!

Rose Hoffman a trouvé un semblant de paix en intégrant la sororité des Pure Spirit. Des règles, un cadre strict, voilà ce qu'il lui faut pour reprendre sa vie en main ! Mais lorsque Tayron « T-J » Price débarque dans sa vie en manquant de l'écraser, ce fragile équilibre vole en éclats. Membre de la Meute, une fraternité qui ne jure que par la fête et les excès, Tayron représente tout ce que Rose déteste et un interdit qu'elle ne veut surtout pas transgresser. Avec lui, plus aucune règle, sinon les siennes… et ça, c'est bien trop dangereux pour la jeune femme. Mais pas de chance, Tayron est décidé à la prendre en chasse : il a vu le feu qui se cache derrière ses airs de fille sage, et il ne compte pas s'arrêter avant de la voir s'enflammer. Même si, pour cela, ils doivent brûler tous les deux…

Auteure : Anita Rigins

Edisource – Éditions Addictives
100, rue Petit, 75019 Paris
Imprimé par FINIDR – Lipova cp. 1965 – 73701 Cesky Tesin,
République tchèque
Dépôt légal : février 2023 – Achevé d'imprimer : janvier 2023
ISBN : 978-2-37126-542-4
Réf. contrat : ZNAS_001

Elle croit avoir déjà vécu des réveillons improbables, mais elle n'a encore rien vu !

Lia déteste Noël. Elle se maudit déjà d'avoir accepté de passer les fêtes dans un petit chalet, enfermée avec sa sœur et ses potes coincés. Et elle se maudit davantage quand elle découvre que Dylan – un inconnu qui lui a piqué son taxi, s'est moqué d'elle et lui a donné beaucoup trop chaud dans un ascenseur – est également du voyage ! Le réveillon s'annonce encore plus catastrophique que d'habitude et Lia espère fort ne pas commettre de meurtre avant la nouvelle année. Mais ça, c'est loin d'être gagné, surtout quand Dylan la rend aussi folle de désir que folle tout court…